Thomas Finn

Die Letzte Flamme

Thomas Finn

Die Letzte Flamme

Die Chroniken der Nebelkriege

Ravensburger Buchverlag

Für Lars Sch.,
dem einzig wahren Magister Eulertin

Bibliografische Information Der Deutschen Bibliothek

Die Deutsche Bibliothek verzeichnet diese Publikation in der Deutschen Nationalbibliografie; detaillierte bibliografische Daten sind im Internet über **http://dnb.ddb.de** abrufbar.

1 2 3 4 10 09 08 07

Umschlagillustration: Peter Gric
Redaktion: Franziska Jaekel

Printed in Germany

ISBN 978-3-473-35272-2

www.ravensburger.de

Inhalt

»Ja, ich weiß, woher ich stamme:
Ungesättigt gleich der Flamme
glühe und verzehr' ich mich.
Licht wird alles, was ich fasse,
Kohle, alles, was ich lasse –
Flamme bin ich sicherlich!«

Ecce Homo

Nebelkrieg

Der Wind trug das Dröhnen der Kriegstrommeln heran. Das unheimliche Geräusch hatte mit Anbruch der Abenddämmerung eingesetzt, erfüllte die Ebenen vor den Toren Colonas wie ein mächtiger Puls und übertönte sogar das Grollen des Gewitters, das am nördlichen Horizont heraufgezogen war.

Kai stand mit unbewegter Miene auf der gewaltigen Ringmauer der Stadt und umschloss mit festem Griff seinen Zauberstab. Die Luft schmeckte nach Rauch und Verderben. Beständig zuckten Blitze über den wolkenverhangenen Himmel, die die Auenlandschaft zwischen den fernen Ausläufern des Elfenwaldes und den nahen Fluten des Flusses Rhyn in ein gespenstisches Flackerlicht tauchten.

Vor ihm erstreckten sich brennende Bauernkaten, abgeholzte Hügel und hohe Erdaufwürfe, zwischen denen dunkle Reiter zu erahnen waren. Mit rüden Gesten trieben sie Rotten wankender Kämpfer vor sich her: Untote, wandelnde Skelette und Wiedergänger, wie jeder in Colona nur allzu gut wusste. Morgoya, die unheimliche Nebelkönigin von Albion, und ihre finsteren Zauberer hatten die Toten aus ihren Gräbern gerufen und über das Nordmeer auf den Kontinent geführt. Doch die grässliche Leichenschar war nicht die einzige Bedrohung, vor der sie sich in Acht nehmen mussten. Auf den Hügeln im Norden waren die Silhouetten großer Katapulte auszumachen, an denen Albions Geschützmeister schon seit Tagen bauten. Und auf der befestigten Straße nach Westen, in Richtung Elfenwälder, war bereits am Nachmittag ein großer Belagerungsturm herangeschleppt worden, in dessen Nähe unzählige Feuer eines großen Heerlagers zu sehen waren. Siegessicher flatterten dort Standarten im Wind, deren Motiv im grellen Licht der Blitze gut zu erkennen war: ein schwarzer Drache auf rotem Grund. Das Feldzeichen Morgoyas.

Kai suchte den Nachthimmel nach Gargylen ab, doch von den geflügelten Schrecken Albions war nichts zu sehen. Aus irgendeinem Grund hielt Morgoya die fürchterlichen Monstren noch zurück. Warum, wusste niemand.

»Ich frage mich, wann sie losschlagen.« Kai strich sich eine schwarze Haarsträhne aus der Stirn, die ihm der Wind vor die Augen geweht hatte.

»Ich weiß es nicht«, antwortete Fi, die neben ihm stand und sich leicht auf ihren Bogen stützte. »In zwei oder drei Tagen? In einer Woche? Auf jeden Fall wird es nicht mehr lange dauern.«

Kai betrachtete das hübsche Profil der Elfe mit ihrer sanft geschwungenen Nase und den weichen Lippen, das von schulterlangem hellem Haar umschmeichelt wurde. Wie immer hatte er bei ihrem Anblick Mühe, sich auf etwas anderes zu konzentrieren.

»Das Heer ist schon ziemlich groß«, meinte Kai. »Dabei scheint Morgoyas Hauptstreitmacht noch nicht einmal eingetroffen zu sein.«

Fi schnaubte aufbrausend. »Die Nebelkönigin soll nur nicht glauben, dass sich Colona bereits von ihrer Vorhut abschrecken lässt. Hier stehen fast fünftausend Verteidiger unter Waffen.«

»Trotzdem«, erwiderte Kai und spähte wieder in die Ebene. »Irgendetwas sagt mir, dass Morgoyas Feldherren eine Schurkerei aushecken. Ständig diese Trommeln und schon seit Stunden treiben sie die Untoten auf den Hügeln hin und her. Ganz so, als wollten sie unsere Aufmerksamkeit von etwas anderem ablenken.«

Misstrauisch wandte er sich dem Ostteil der Stadt zu, dort wo sich die glitzernden Fluten des Rhyns ein breites Bett in den Untergrund gegraben hatten. Doch auf der Flussseite war alles ruhig. Alles, was er ausmachen konnte, war die schwache Silhouette eines Fryburger Greifenreiters, der am Himmel über ihnen seine Kreise zog.

Tatsächlich war der Markgraf Fryburgs bis jetzt der einzige Herrscher gewesen, der dem belagerten Colona bereitwillig mit Truppen zu Hilfe geeilt war. Vor wenigen Tagen war dann die Nachricht eingetroffen, dass auch die Zwerge unter dem Oberbefehl Bergkönig Thalgrims ein großes Heer in Marsch gesetzt hatten. Leider stand das Zwergenheer noch jenseits des Flusses Rhyn und war gut zwei Tage von der Stadt entfernt.

Kais Heimatstadt Hammaburg war inzwischen als eine der ersten Städte des Kontinents an den Feind gefallen. Ob der Klabauter Koggs Windjammer und ihre anderen Verbündeten die Machtübernahme unversehrt überstanden hatten, wussten sie nicht. Magister Eulertin, Kais Lehrmeister und ehemaliger oberster Windmacher Hammaburgs, befürchtete, dass Morgoya in der Hafenstadt weitere Truppen zusammenziehen ließ, um mit diesen über die Elbe zügig bis hinauf in das Herrschaftsgebiet Hallas mit der berühmten Zauberuniversität vorzustoßen. Der Däumlingszauberer war daher bereits vor zwei Wochen mit den Magiern des *Hermetischen Ordens von den vier Elementen* aufgebrochen, um mit den Stadtmagistern Hallas Kriegsrat zu halten. Der arkane Orden war ein geheimer Bund weißer Magier, der als verlängerter Arm der Feenkönigin diente. Die Mission versprach für die Ordenszauberer unangenehm zu werden, da sie bewusst gegen die Gesetze der Magierschaft verstoßen hatten. Denn nach der Schlacht im Albtraumgebirge hatten sie die verfolgten Hexen des Kontinents offen unter ihren Schutz gestellt und mit nach Colona gebracht.

Die Hexen halfen nicht nur dabei, das Feindgebiet auszuspähen und die Stadtwehren auf elementare Weise zu befestigen, vor allem kümmerten sie sich um die Eindämmung der geheimnisvollen Seuche, die vor einem Monat in Colona ausgebrochen war. Die Hexen hatten ihr den Namen Ghulenpest gegeben. Niemand zweifelte daran, dass Morgoya auch hinter diesem heimtückischen Anschlag steckte. Die Opfer der Seuche verfielen in kürzester Zeit und nahmen tierhafte Züge an. Ihre Haut wurde weich und transparent, sodass man die Adern durchschimmern sah. Außerdem wuchsen ihnen Reißzähne und lange, spitze Nägel. Kurz, sie verwandelten sich nach und nach in gefürchtete Ghule, in Leichenfresser.

Selbst Seine Magnifizenz, der oberste Stadtmagister Hallas, sollte einsehen, dass sie jede Hilfe brauchen konnten. Immerhin hatte das gewaltige Heer der Nebelkönigin innerhalb nur einer Woche jeden Widerstand an den Küsten niedergekämpft. Alle Hoffnungen ruhten jetzt auf dem Eintreffen der vereinten Magierschaft.

»Komm, Kai.« Fi strich sich das helle Haar hinter die Ohren und tastete wie so oft nach dem Glyndlamir, der verborgen um ihren Hals hing. »Es bringt nichts, uns hier oben eine weitere Nacht um die Ohren zu schlagen. Sollte etwas passieren, werden uns die Wachen der Stadt schon verständigen. Du solltest besser zurück ins Quartier gehen und dich ordentlich ausschlafen. Wir brauchen dich ausgeruht.«

Kai seufzte. Sicher hatte Fi Recht.

Widerwillig wandte er sich dem dunklen Dächermeer in ihrem Rücken zu und folgte Fi nach unten. Die Gassen zwischen den schiefen Fachwerkgebäuden waren nahezu menschenleer. Wie in den vorangegangenen Nächten hatten sich fast alle Bürger in ihren Häusern eingeschlossen. Einzig drei Nachtwächter mit Laternen und blitzenden Hellebarden zogen in den Straßen ihre Runden.

Alles wirkte friedlich.

Dennoch, Kais Unruhe blieb.

»Warte, Fi.« Er fasste nach der Hand der Elfe.

Fi blieb stehen und schaute ihn fragend an. Doch in diesem Moment nahm Kai über einem der Hausdächer eine flatternde Bewegung wahr. Kampfbereit riss er seinen Zauberstab hoch, ließ ihn aber schnell wieder sinken, als er sah, wer sich ihm da näherte: Olitrax, der Sohn des Drachenkönigs Pelagor!

Der kleine Drache war nicht viel größer als ein Adler und hatte sich ihm als magischer Vertrauter angeschlossen. Schon landete er auf seinem Arm und peitschte aufgeregt mit dem Schwanz.

»Was ist denn, Olitrax?«, fragte Kai. »Du solltest doch bei Dystariel bleiben.«

Dystariel war ihre beste Agentin. Die abtrünnige Gargyle spähte nun schon seit Wochen den Feind vor den Mauern der Stadt aus. Dennoch war es fast unmöglich, den Verteidigern in Colona klarzumachen, dass sie auf ihrer Seite stand. Selbst Amabilia hatte mit großem Unbehagen reagiert, als Magister Eulertin ihr Dystariel vorgestellt hatte. Aus diesem Grund verbarg sich die Gargyle vor den Stadtbewohnern und schickte regelmäßig Olitrax aus, um Kai über ihre neuesten Erkenntnisse zu unterrichten.

Der kleine Drache schnaubte aufgebracht und suchte Kais Blick. Sofort zeichnete sich vor Kais innerem Auge das Abbild Dystariels ab und er vernahm die Reibeisenstimme der Unheimlichen.

Los, du kleines Schuppenbündel. Such Kai und bring ihn zur Rhynbrücke. Und wage es ja nicht, ohne ihn wiederzukommen. Er soll Verstärkung mitbringen …

»Eine Nachricht von Dystariel«, sprach Kai alarmiert. »Aus irgendeinem Grund sollen wir so schnell wie möglich zur Brücke kommen.«

Die Rhynbrücke stellte auf vielen Hundert Meilen den einzigen Weg über den Fluss dar und galt als das Wahrzeichen Colonas. Von einem stark befestigten Kastell am jenseitigen Flussufer aus spannte sich die mächtige Steinkonstruktion zu ihnen ins Stadtgebiet. Die Brückenzölle, aber auch die günstige Lage der Stadt, die es den Stadtherren erlaubte, den Warenhandel der Flussschiffer zu kontrollieren, hatten seit jeher zum Wohlstand Colonas beigetragen.

Fis Augen verengten sich. »Beim Traumlicht! Dann war deine Vorahnung also doch nicht unbegründet.«

»Olitrax«, befahl Kai dem Drachen, »benachrichtige Amabilia und die Hexen und teile ihnen mit, was du uns berichtet hast. Wir dürfen keine Zeit verlieren.«

Olitrax breitete seine Schwingen aus und stieg wieder zum Nachthimmel auf. Kai und Fi rannten durch verwinkelte Gassen und an stolzen Bürgerhäusern vorbei nach Osten. Wann immer ihnen Gardisten oder Mitglieder der Bürgerwehr begegneten, forderten sie die Männer auf, ihnen zu folgen. Doch als sie den alten Markt vor der mannshohen Rhynmauer erreichten, hatten sich ihnen erst wenige Kämpfer angeschlossen. Kai blieb schwer atmend stehen und sah auf die große Brücke. Das mächtige Bauwerk ruhte auf schweren steinernen Pfeilern und spannte sich wie eine dicke Schlange über den Fluss. Stromauf und stromab, dort wo die Ringmauern der Stadt einige Schritte weit in den Fluss ragten, war der Rhyn über die ganze Breite mit schweren Hafenketten gesichert. Sie verhinderten, dass fremde Schiffe das Stadtgebiet ansteuern konnten. Außerdem hatten die Hexen im Fluss Nereiden und andere Wassergeister beschworen, die ebenfalls einen Angriff abwehren sollten.

Zwei der Brückenwächter mit Hellebarden und schweren Topfhelmen eilten auf sie zu und musterten das seltsame Aufgebot fragend.

»Herr Magus, Frau Elfe? Ist irgendwas?«, wollte der eine von ihnen wissen.

»Das kann ich noch nicht sagen«, keuchte Kai und sah sich zu den Gardisten um, die ihnen gefolgt waren. »Egal, was ihr gleich zu sehen bekommt, Männer, ich will, dass ihr ruhig bleibt, verstanden?«

Ohne auf das Murren in den Reihen zu achten, legte Kai die Hände an den Mund und begann laut zu rufen. »Dystariel? Wo bist du?«

Sein Ruf war kaum verhallt, als ein Schatten mit gewaltigen Fledermausschwingen auf den Platz hinabglitt. Panisch wichen die Männer zurück. Bögen wurden gespannt und Hellebarden in Position gerückt.

»Lasst die Waffen sinken, diese Gargyle steht auf unserer Seite«, erklärte Fi den verängstigten Soldaten.

Dystariel baute sich drohend vor der Gruppe auf und fletschte ihre Reißzähne. Sie wusste, dass sie gewöhnliche Waffen kaum fürchten musste.

»Angst, Bürger?«, grollte sie genugtuend. »Ich schätze, ihr habt noch nicht genug Angst.« Sie trat näher an die Männer heran.

»Lass das!«, herrschte Fi die Gargyle an. »Sag uns lieber, warum du uns herbestellt hast.«

»Morgoyas Feldherren wollen die Brücke zerstören«, röhrte Dystariel und deutete mit einer ihrer Krallenhände in Richtung Fluss. »Sie wollen verhindern, dass das Zwergenheer nach Colona übersetzt.«

»Aber natürlich, der Plan ergibt Sinn«, flüsterte Kai besorgt. »Bergkönig Thalgrim kommandiert mehrere Tausend bestens bewaffnete Streiter. Wenn die Zwerge erst in der Stadt sind, wird es Morgoyas Truppen nicht mehr so leichtfallen,

Colona einzunehmen. Und unmöglich kann ein so starkes Heer einfach mittels einiger weniger Fähren übersetzen.«

Kai schob sich an den ungläubig dreinschauenden Soldaten vorbei und versuchte wieder einen Blick auf den Fluss zu erhaschen. »Aber wie?«

Nirgends war ein Angreifer zu erkennen.

»So!«, antwortete Dystariel.

Vom Himmel her war ein leises Pfeifen zu vernehmen. Bevor auch nur einer der Bewaffneten reagieren konnte, prasselten gewaltige Steinbrocken auf dem Platz nieder. Ein schwerer, hölzerner Ladekran, der an der Uferwehr stand, wurde von einem der Himmelsgeschosse in Stücke gerissen. Zur gleichen Zeit spritzten im Fluss an mehreren Stellen gewaltige Fontänen auf.

»Katapultbeschuss!«, brüllte einer der Soldaten panisch.

»Zusammenbleiben!«, schrie Fi und sorgte dafür, dass sich die Gardisten zu kleineren Gruppen zusammenschlossen.

»Das ist noch nicht alles«, fauchte die Gargyle unbeeindruckt. »Der Angriff wird zu Luft und zu Wasser erfolgen. Magie! Nehmt euch also in Acht. Ich werde mir die Wurfmaschinen unserer Freunde vornehmen, bevor sich die Katapultmannschaften eingeschossen haben.«

»Gut!« Kai packte seinen Zauberstab und nickte. Hastig rannte er zusammen mit Fi und dem Haufen Bewaffneter zum Brückentor, wo nun Alarm gegeben wurde. Kaum hatten sie das Tor passiert, als Kai jenseits der stromabwärts gelegenen Hafenkette sah, wie an mehreren Stellen zugleich das Wasser aufschäumte. In der Gischt waren schemenhaft die Umrisse von Wassermännern, Nymphen und Nereiden zu erkennen, die mit Speeren und Dreizacken aufeinander einstachen. Die magischen Wächter der Hexenschaft wurden von feindlichen Wasserelementaren angegriffen. Und das war noch nicht alles. Weiter hinten brach die gewaltige Schere eines riesigen Flusskrebses aus den Fluten hervor. Das Untier war mindestens so groß wie einer der Kähne unter ihnen an den Kaianlagen. Ein klirrendes Geräusch war zu vernehmen und die zerbrochene Hafenkette versank im Strom.

Weitere Wachmannschaften eilten herbei. Fi ließ die Männer auf der Brücke Aufstellung nehmen, als abermals ein Brausen und Heulen die Luft erfüllte. Unmöglich konnten die albionschen Katapultmannschaften schon wieder nachgeladen haben. Kai visierte bereits den kolossalen Krebs an, als aus der tief hängenden Wolkendecke ein Schwarm flirrender Gestalten auf die Brücke zustürzte. Feindliche Luftelementare!

Wütend jagte Kai den Angreifern sein elementares Feuer entgegen und ließ das Geschoss explodieren. Jaulend zerplatzten einige der luftigen Wesen.

»Zielt auf die Steine und Amphoren, die sie tragen«, gellte irgendwo hinter ihm Fis Ruf. »Schießt!«

Ein Hagel aus Pfeilen jagte den Luftikussen, Windsbräuten und Säuselgeistern entgegen, doch die Geschosse vermochten nur wenig auszurichten. Sie durchschlugen die Luftgestalten ohne spürbare Wirkung. Nur einer der Pfeile sprengte einer der Windgestalten die gefährliche Last aus den Armen.

Kai sah nun auch, dass ihre Gegner Felsen und Amphoren trugen. Im nächsten Augenblick erzitterte die Brücke unter dem Aufschlag der Wurfgeschosse. Kai wurde von den Erschütterungen hart gegen das Brückengeländer geworfen, doch zu seiner Befriedigung richteten die herabgeworfenen Felsen auf der Brücke kaum Schäden an. Einzig, wo die Amphoren aufschlugen, züngelten jetzt unheimliche schwarzrote Stichflammen empor.

Viel Zeit zum Nachdenken blieb Kai nicht, denn sogleich wurde er von zwei Windsbräuten angegriffen. Kreischend jagten sie auf ihn zu, während Kai mehrere Funken sprühende Kugelblitze heraufbeschwor und damit zum Gegenangriff überging. Ein heißer Lufthauch war alles, was von den Elementaren übrig blieb.

Mehrere Hexen griffen jetzt in den Kampf ein. Auf fliegenden Forken und Besen rasten sie über dem Dächermeer der Stadt heran und griffen die Wesen mit Luftwirbeln, gelben Lichtbällen und grün leuchtenden Blitzschlägen an.

»Alles in Ordnung, Kai?«, ertönte schräg über ihm eine besorgte Stimme. Kai suchte die Sprecherin und entdeckte die Däumlingshexe Amabilia, die auf dem Rücken von Olitrax saß. Ihre grauen Haare flatterten zerzaust im Wind, während der Drache einen Bogen um Kai beschrieb. Mit seinem Flammenhauch vertrieb er einen vorwitzigen Säuselgeist, der sich ihnen hinterrücks zu nähern versuchte.

»Nein, nichts ist in Ordnung«, rief Kai zurück. »Da vorn auf dem Fluss naht ein Riesenkrebs!«

»Lass den unsere Sorge sein«, antwortete Amabilia. »Kümmere du dich um den Brand da hinten.«

Schon war die Däumlingshexe mit ihren Schwestern in der Finsternis verschwunden.

Kai wandte sich wieder dem flackernden Schein auf der Brücke zu. Erst jetzt sah er, dass die schwarz-roten Flammen immer greller über das Gestein flackerten. Unmöglich war das ein normales Feuer. Die Farbe und auch der eigentümlich wallende Rauch – das musste das unheimliche schwarze Feuer der Nebelkönigin sein, von dessen zerstörerischer Macht er schon gehört hatte.

Entsetzt sah Kai mit an, wie das schwarz-rote Feuer auf magische Weise das Felsgestein verbrannte. Der Flammenteppich breitete sich immer weiter auf der Brücke aus. Schon jetzt hatten sich die Flammen einen Daumen breit in den steinigen Untergrund gefressen. Inzwischen züngelten sie auch an der Steinbalustrade empor.

Hinter Kai donnerte es gegen einen der Brückenpfeiler und ein höllisches Fiepen ließ ihn herumwirbeln. Ein großes Loch prangte plötzlich im Gestein und knirschend und polternd stürzten weitere Steinquader in die Tiefe. Jenseits der Brüstung schob sich ein riesiger Scherenarm über die Wehr.

Gleich drei Hexen gingen gegen das Flussmonster vor, doch ihre Zauber prallten nahezu wirkungslos an dem schweren Hornpanzer des Riesenkrebses ab. Weiter hinten ließ Fi die Bogenschützen einen Pfeilhagel auf das Ungetüm abschießen. Ebenfalls ohne sichtbaren Erfolg.

Kai kam den Hexen mit einem neuerlichen Feuerball zu Hilfe und wandte sich wieder dem unheimlichen Brandherd zu. Schnell. Er musste das Feuer auf der Brücke löschen, bevor es sich weiter durch das Gestein fressen konnte.

Nur wie?

Ihm kam eine verzweifelte Idee. Er konnte elementares Feuer heraufbeschwören. Vielleicht war es ihm auch möglich, einen Brand zu löschen? Kai hob seinen Zauberstab und konzentrierte sich auf jene Pforte in seinem Innern, durch die seine Zauberkräfte strömten. Mit den Lippen ahmte er ein saugendes Geräusch nach und versuchte, den Fluss magischer Energien umzukehren.

Das schwarz-rote Flammenmeer zog sich prasselnd zusammen, stieg spiralförmig in die Höhe und schlug ihm wie eine glühend heiße Wand entgegen.

Gepeinigt schrie Kai auf. Er glaubte, seine Lunge würde in Flammen stehen. Rücklings fiel er auf den harten Untergrund und konnte nur mit Mühe seinen Zauberstab in den Händen halten. Seine Kleidung schwelte und der Geruch verbrannten Haares stach ihm in die Nase. Kai hustete blutigen Schaum. Doch die Brücke vor ihm war nun vom Feuer befreit.

Kai rappelte sich mühselig wieder auf, taumelte gegen die Brustwehr und musste hilflos mitansehen, wie weiter hinten zwei der Gardisten von einem zuschnappenden Scherenarm gepackt und in die Tiefe gerissen wurden. Gischt spritzte empor. Die Brücke schwankte.

Mit zittriger Geste versuchte Kai einen neuen Zauber zu weben, doch eine plötzliche Schwäche zwang ihn erneut zu Boden. Ein armseliger Kugelblitz jagte aus seiner Rechten und zerplatzte wirkungslos am Körper des Riesenkrebses unter ihm. Kai stöhnte. Die schwarzen Flammen, die noch immer in seinem Inneren loderten, zehrten ihn so aus, als habe er einen Kelch mit Gift gelehrt.

In diesem Augenblick schmetterte ein heller Fanfarenstoß durch die Nacht und über dem Kastell am jenseitigen Flussufer riss der Himmel auf. Das, was sich da oben aus den Wolken schob, war … ein Schiff!

Das wundersame Luftgefährt ähnelte in mancherlei Hinsicht den Koggen, die Kai in Hammaburg gesehen hatte. Nur dass dieses Flugschiff einen schnittigeren Bug aufwies und aus dem weißen Holz der Perl-Eiche gebaut war, aus dem damals auch die Kutsche der Feenkönigin bestanden hatte. Beständig wurde es von silbrigen Lichtpunkten umkreist, die stolz geblähte Segel beleuchteten, deren filigrane Masten nicht nur in die Höhe ragten, sondern auch weit über die Reling reichten.

Auf der Brücke setzten erstaunte Rufe ein und der Angriff des Riesenkrebses war für einen Moment vergessen. Als Kai das bunte Wappen Hallas an der Beplankung des wundersamen Himmelsgefährts erkannte, hätte er vor Erleichterung schreien mögen. Die vereinte Magierschaft war endlich eingetroffen. Das konnte nur bedeuten, dass auch Magister Eulertin nah war.

Im nächsten Augenblick regnete vom Vorderkastell des Flugschiffes ein Blitzlichtgewitter auf die gepanzerte Flussbestie nieder. Es roch nach verbranntem Horn und abermals stieß das Ungetüm sein markerschütterndes Fiepen aus. Doch diesmal klangen die Geräusche schmerzerfüllt. Der Panzer des Krebses knackte und das Ungeheuer wurde der Länge nach gespalten. Gurgelnd versank es in den Fluten.

Von dem Flugschiff erhoben sich drei Riesenhabichte, auf denen Zauberer in weißen Gewändern saßen. Zügig setzten sie den flüchtenden Luftelementaren nach und verfolgten sie über die Dächer der Stadt. Kai sah ihnen gebannt hinterher.

Das imposante Flugschiff glitt jetzt mit leisem Rauschen über ihre Köpfe hinweg, steuerte in einem eleganten Manöver den Marktplatz Colonas an und ging zur Landung über.

Kai wankte zurück zum alten Markt und ließ sich dabei von Fi stützen, die ebenso verwundert das Eintreffen der Magierschaft beobachtete, wie alle, die eben noch auf der Brücke gekämpft hatten. Mit einem sanften Knirschen kam das Flugschiff zum Stillstand. Fenster und Türen der umliegenden Häuser öffneten sich und immer mehr Bürger betraten den Marktplatz, um mit eigenen Augen Zeuge des ungeheuerlichen Schauspiels zu werden. Auch einige der Hexen näherten sich dem Gefährt neugierig.

Vier in graue Gewänder gekleidete Zauberlehrlinge ließen von Deck aus eine Rampe zu Boden gleiten und nahmen neben der Reling Aufstellung. Kai überflog das Deck und zählte gut zwei Dutzend Gestalten. Sechs der in weiße Gewänder gehüllten Zauberer betraten nun den Platz, denen zwei große Wesen mit schweren Äxten und zotteligen Haaren folgten.

»Beim Traumlicht«, flüsterte Fi. »Das sind Trolle!«

Da betrat ein weiterer Zauberer die Rampe. Er hielt einen knorrigen Zauberstab in seiner Rechten und war mit einer eindrucksvollen Zeremonialrobe bekleidet, die über und über mit goldenen Stickereien verziert war. Ohne Zweifel waren dies Schutzrunen. Selten hatte Kai eine derart stattliche Erscheinung gesehen. Nur der gepflegte, weiße Vollbart des Magiers passte nicht so recht zu seiner kahlen Kopfhaut, die im Schein der magischen Schiffsbeleuchtung wie polierter Knochen schimmerte.

Streng maß der Mann die versammelte Menge mit Blicken. Dann schritt auch er würdevoll auf den Marktplatz hinab.

»Warte hier, Fi«, sagte Kai. »Ist wohl besser, wenn ich die Begrüßung übernehme.«

Kai bahnte sich einen Weg durch die Menge und verharrte erst, als er der Abordnung aus Halla direkt gegenüberstand. Tief verbeugte er sich.

»Ich vermute, Ihr seid der Oberste Stadtmagister Hallas?«, hub Kai freundlich an.

Der bärtige Zauberer trat einen Schritt auf ihn zu, musterte ihn aufmerksam und lächelte maliziös.

»Lass mich raten«, brummte der Magier mit tiefer Bassstimme. »Ich habe dich auf der Brücke zaubern sehen. Du bist Kai, Eulertins Adept, richtig? Jenen, den man als ›die Letzte Flamme‹ bezeichnet.«

Kai nickte.

Der Bärtige gab zweien seiner Begleiter ein Zeichen. Die Zauberer hoben ihre Stäbe wie zum Gruß und plötzlich fühlte sich Kai wie in einen Schraubstock gepresst. Verzweifelt wollte er sich zur Wehr setzen, doch die Taubheit, die ihn nach dem Kampf auf der Brücke befallen hatte, war noch immer nicht abgeklungen. Der oberste Stadtmagister Hallas hob seine Hand, murmelte eine Formel und entriss Kai mit magischen Kräften seinen Zauberstab. Die Augen des Mannes verengten sich drohend.

»Und jetzt schwärmt aus und fangt diese elenden Hexen ein«, dröhnte seine Stimme über den Platz. Die sechs Magier erhoben sich kurzerhand in die Lüfte. Weiter hinten auf dem Platz waren ängstliche Laute zu hören. Grelle Blitze fegten über die Menschenmenge hinweg und schon wurde eine der Hexen von den Beinen gerissen. Eine zweite versuchte auf ihrem Flugbesen zu entkommen, doch sogleich stürzten sich drei Luftgeister auf sie und rissen sie wieder zu Boden.

»Ich verstehe Euch nicht, Stadtmagister«, keuchte Kai verstört. »Was soll das? Ich …«

»Von nun an wird eine neue Ordnung in Colona Einzug halten, Bürger der Stadt«, brüllte der Stadtmagister. »Ihr habt uns gerufen, und so stelle ich die Stadt von Stund an unter das arkane Kriegsrecht Hallas. Hexentum, Dämonologie, Buhlschaft mit den Schatten und Spionage für den Feind stehen unter Strafe. Zuwiderhandlungen werden mit dem Tode geahndet.«

Der Magier ging auf Kai zu und hob forsch dessen Kinn an.

»Und du, Letzte Flamme«, sprach er gefährlich leise, »gewöhnst es dir besser an, mich mit meinem richtigen Titel anzusprechen. Vor dir steht Aureus von Falkenhain, Magnifizenz der Universität zu Halla und Erzmagister der arkanen Zunft. Respektlosigkeit – wird bestraft. Ungehorsam – wird bestraft. Widerworte – auch die werde ich bestrafen. Die Torheiten Eulertins gehören der Vergangenheit an. Von nun an übernehme ich deine Ausbildung!«

Befehl & Gehorsam

Kai saß wie betäubt und mit auf den Rücken gebundenen Armen auf einem klapprigen Holzstuhl und sah finster zu dem großen Schreibtisch hinüber, auf dem der Erzmagus Hallas Karten, Bücher und Pergamente ausgebreitet hatte.

Aureus von Falkenhain studierte die Papiere schon eine geraume Zeit, ohne Kai zu beachten.

Die Schlacht an der Rhynbrücke musste schon eine Ewigkeit zurückliegen, denn durch die Bogenfenster des Zimmers quälte sich bereits trübe das Morgenlicht.

Soweit Kai wusste, waren die Kämpfe an der Brücke längst zum Erliegen gekommen. Den Sieg an der Rhynbrücke beanspruchte die Magierschaft natürlich für sich. Und so war es kein Wunder, dass kurz darauf unterwürfige Abordnungen des Magistrats vorstellig geworden waren, die dem Erzmagus und den knapp zwei Dutzend Magiern und Adepten aus Halla nur zu bereitwillig ihre Unterstützung versprachen.

Die Magierschaft hatte daraufhin das Zünftehaus am alten Markt in Beschlag genommen, in *Arkane Residenz Colona* umbenannt und jedem Bürger damit signalisiert, dass von nun an die Zauberer das Regiment über die Stadt führten.

Den Gedanken an Flucht hatte Kai dennoch nicht aufgegeben. Es ärgerte ihn maßlos, dass er sich in der Nacht so hatte überrumpeln lassen. Und er hoffte verzweifelt darauf, dass es Fi, Amabilia und möglichst vielen Hexen gelungen war, den Magiern zu entkommen. Immerhin, das taube Gefühl, das ihn nach der Löschung des Brückenbrandes befallen hatte, war vollständig vergangen. Jetzt brauchte er nur noch auf die richtige Gelegenheit zum Zuschlagen zu warten. Unglücklicherweise hatten sich rechts und links der Zimmertür die beiden muskulösen Trolle aus dem Luftschiff aufgebaut, seine Hände waren gefesselt, sein Zauberstab war fort und vor ihm saß einer der mächtigsten Zauberer des Kontinents.

»Und, Junge, beschäftigst du dich noch immer mit Fluchtgedanken?« Aureus von Falkenhain sah unerwartet von einem Pergament auf und musterte ihn eindringlich.

»Ich will endlich wissen, was mit Magister Eulertin geschehen ist«, platzte es wütend aus Kai heraus.

Die Augen des Stadtmagisters verengten sich. Er beschrieb eine Zaubergeste, und wie schon bei seiner Gefangennahme hatte Kai das Gefühl, als würde sich eine unsichtbare Würgeschlange um seinen Körper pressen. Pfeifend wurde die Luft aus seinen Lungen gedrückt.

»Ich habe es dir schon einmal gesagt, Junge. Respektlosigkeit dulde ich nicht!«

Der Erzmagus ließ den Zauber von Kai abfallen und nickte ihm mit falscher Freundlichkeit zu. »Ich schlage vor, wir versuchen es noch einmal.«

Kai rang verzweifelt nach Luft. Er musste sich seine Worte diesmal besser überlegen, obwohl er sich nur schwer beherrschen konnte. »Ich würde gern wissen, was mit Magister Eulertin geschehen ist, *Erzmagus.*«

»Ah, geht doch.« Seine Magnifizenz fuhr sich zufrieden über den Vollbart und ließ sich mit der Antwort Zeit. »All diese aufmüpfigen Doktoren und Magister, die diesem *Hermetischen Orden von den vier Elementen* angehörten, wurden ihrer verdienten Strafe zugeführt. Wir haben sie versteinert!«

Entsetzt riss Kai die Augen auf.

»Du kennst das ja sicherlich«, fuhr von Falkenhain ruhig fort. »Dein geschätzter Magister Eulertin verfuhr damals bei Morbus Finsterkrähe auf die gleiche Weise. So bestrafen wir Magier alle Abtrünnigen, Verräter und Schattenverschwörer. Was Eulertin selbst angeht, nun, sagen wir es so: So klein er auch ist, lebend nützt er uns derzeit mehr. Für ihn haben wir ein anderes Schicksal vorgesehen. Allerdings befürchte ich, dass auch er dabei sein winziges Leben verlieren wird.«

Kai biss wütend die Zähne zusammen. Hauptsache, Magister Eulertin lebte noch. Doch bei dem Gedanken an das Schicksal der anderen Magier wurde ihm flau zumute.

»Die Kollegen werden uns natürlich bei unserem Kampf gegen Morgoya fehlen«, fuhr der Erzmagus mit leisem Bedauern fort, »doch leider waren mir die Hände gebunden. Die Verbündeten benötigen eine strenge Hand, die sie führt. Lasse ich Verstöße gegen die bestehende Ordnung zu, ist dies bereits der erste Schritt, um uns alle in die Finsternis zu treiben.«

»Bei allen Moorgeistern, wovon sprecht Ihr, Erzmagus?«, presste Kai ungläubig hervor. Vergeblich zerrte er an seinen Fesseln. »Da draußen überrennen die Heerscharen Morgoyas den Kontinent. Ihr solltet lieber versuchen, so viele Verbündete wie möglich um Euch zu scharen, statt sie kaltblütig umzubringen.«

Wider Erwarten verzichtete von Falkenhain darauf, Kai für seine Anmaßung zu bestrafen. Stattdessen sah er ihn mitleidig an. »Aus deinen Worten sprechen der Schmerz und die Unbekümmertheit der Jugend. Du hältst mich für einen Unmenschen? Nun, das ist dein gutes Recht. Doch wisse, auch ich habe Frau und Kinder, die ich nur ungern in einer Welt aufwachsen sähe, über die die Nebelkönigin von Albion herrscht. Ich will dir deine Beleidigung also noch einmal nachsehen. Aber ich verspreche dir, es war das letzte Mal.«

Der Stadtmagister grub zwischen den Papieren nach einem schmalen Buch und wechselte das Thema. »Wir beide haben heute noch viel zu tun, daher bitte ich dich um deine Mitarbeit. Wie uns von vielen Seiten berichtet wurde, pflegst du Umgang mit einer Elfe. Sie hat hier in Colona großes Aufsehen erregt. Weilt diese noch in der Stadt?«

Das konnte nur eines bedeuten: Fi war entkommen.

Um sich seine Erleichterung nicht anmerken zu lassen, blickte Kai kurz hinüber zu den beiden Trollen an der Tür. Beide waren so groß, dass sie ihre Köpfe einziehen mussten, um nicht gegen die Decke zu stoßen. Ihre muskulösen Arme ruhten auf mächtigen Äxten und ihr Blick war irgendwie hoffnungslos. Ihm fiel auf, dass die beiden Hünen mondsilberne Reife um die Hälse trugen.

»Ragosch und Hrundar. Meine Leibwächter«, kommentierte von Falkenhain Kais Blick. »Sie wurden im Riesengebirge eingefangen. Seitdem dienen sie mir. Also, ich warte auf deine Antwort.«

»Ja, sie hat in der Nacht auf der Brücke mitgekämpft, Erzmagus«, versuchte sich Kai an einer vorsichtigen Antwort.

»Doch sie wurde von dem Riesenkrebs ins Wasser gerissen. Ich weiß nicht, ob sie noch lebt.«

»So, so«, murmelte sein Gegenüber und musterte ihn argwöhnisch. Er stemmte sich aus dem Stuhl und schritt hinüber zu einem der Fenster. Mit nachdenklichem Blick starrte er gen Westen. »Nun, wir werden sehen. Das Auftauchen dieser Elfe ist in jedem Fall sehr untypisch für dieses spitzohrige Pack. Üblicherweise lassen die Elfen in Zeiten der Not andere Völker die Drecksarbeit erledigen. Insbesondere uns Menschen. Aber ich denke, das wird sich schon bald ändern.«

Als sich der Magier wieder zu Kai umdrehte, kräuselte ein hässliches Grinsen dessen Lippen. Doch schnell hatte er sich wieder im Griff. »Andererseits stammt diese Elfe den Berichten nach aus Albion. Soweit wir wissen, wurden die Elfen dort von Morgoya versklavt. Auf jeden Fall ist deine Begleiterin ein gutes Beispiel dafür, dass die Elfen offenbar doch bereit sind zu kämpfen. Zumindest, wenn die Not es von ihnen verlangt …«

Was meinte von Falkenhain damit? Die Worte des Erzmagus wurden Kai zunehmend unheimlich.

»Wenn es allerdings darauf ankommt, ist natürlich nur auf uns Menschen und auch auf die Zwerge Verlass. Heute ebenso wie damals in den Schattenkriegen.« Ein versonnenes Lächeln lag auf den Lippen des Zauberers. »Doch eines nach dem anderen. Zunächst einmal werden wir mit den Hexen im Stadtgebiet aufräumen. Danach …«

»Den Hexen habt ihr es zu verdanken, dass wir jetzt nicht in einer unbewohnbaren Eiswüste leben … Eure Magnifizenz!«, meinte Kai böse. »Warum dieser Hass auf sie?«

Wieder fühlte sich Kai von unsichtbaren Kräften gepackt, die schmerzhaft seinen Brustkorb zusammendrückten. Der Stadtmagister sah in kühl und beherrscht an. »Spar dir deine unqualifizierten Bemerkungen, Junge. Oder sollte ich besser sagen ›Letzte Flamme‹? Ich hatte genug Zeit, mich mit dir zu befassen. Mehr als genug. Und ich kenne da einen Vers. Er stammt von den Schicksalsweberinnen – und er betrifft dich.

Licht und Dunkel werden um die Letzte Flamme ringen,
die den Keim des Schattens in sich trägt.

Kommt dir das bekannt vor?« Von Falkenhain war Kai inzwischen so nahe gekommen, dass dieser seinen säuerlichen Atem riechen konnte, als er weitersprach. »Sicher tut es das. Kannst du mir auch sagen, was diese Textstelle bedeutet? Nein? Nun, dann helfe ich dir auf die Sprünge. Dieser Teil der Prophezeiung verrät uns, dass du den Keim des Schattens bereits in dir trägst! Nichts anderes. Glaubst du also allen Ernstes, ich werde es zulassen, dich weiterhin dem verderbten Einfluss dieser Schattenbuhlen auszusetzen? Hexen sind wankelmütig. Sie folgen keinen Regeln. Bei ihnen gibt es keine Ordnung. Bei ihnen ist es so wie damals bei den Zauberern des alten Kaiserreichs. Die meisten von ihnen stehen nur so dicht davor, dem Schatten anheimzufallen.« Der Stadtmagister hob Zeigefinger und Daumen, zwischen denen nicht einmal mehr eine Münze Platz fand. »Um all dies zu verhindern, dafür wurde einst die magische Universität zu Halla gegründet. Ausbildung, Disziplin, Moral und Rechtschaffenheit, *das* sind die Attribute, die einen Magus auszeichnen. Du wirst schon sehen. Die verdorbene Gesinnung dieser Hexen wird sich spätestens im Kampf gegen Morgoya zeigen.«

Endlich beruhigte sich der Magier wieder und löste den magischen Klammergriff. Kai brach japsend auf dem Stuhl zusammen und rang erneut nach Luft.

»Du hältst dich für etwas Besseres, richtig?« Der Erzmagus schnaubte abfällig.

»Dabei bist du nichts anderes als ein dummer Junge, der bis jetzt nur viel Glück hatte. Doch es ist, wie es ist. Unglücklicherweise hat das Schicksal ausgerechnet dich zu jener Waffe bestimmt, die über unser aller Zukunft entscheiden soll. Leider hat Eulertin das in letzter Konsequenz nicht begriffen. Ich werde daher dort weitermachen, wo dein törichter Lehrmeister versagt hat. Ich werde aus dir eine Waffe schmieden, ganz so wie man glühendes Eisen zu hartem Stahl formt. Und bis es zum Zusammentreffen mit Morgoya kommt, werde ich dir auch deinen dunklen Keim ausgetrieben haben. Verlass dich darauf, Junge.«

Der Erzmagus wandte sich an die beiden Trolle. »Hoch mit ihm!«

Die beiden Hünen packten Kai und stellten ihn unsanft auf die Füße.

»Also, ich frage dich das nur einmal«, der Stadtmagister hob mahnend einen Zeigefinger. »Leistest du mir den bedingungslosen Eid zum Gehorsam?«

Kai sah trotzig zu Aureus von Falkenhain auf. »Einem Wahnsinnigen? Niemals.«

»Gut, du hast es nicht anders gewollt.« Der Erzmagus griff nach einer kleinen Ebenholztruhe, die auf dem Tisch stand.

Wortlos öffnete er die Verschlüsse und entnahm ihr einen mondsilbernen Reif, der jenen aufs Haar glich, die die beiden Trolle trugen.

»Es handelt sich hierbei um ein kostbares Artefakt aus den Schattenkriegen«, erklärte der Stadtmagister kühl. »Von seiner Art existieren leider nur noch sehr wenige Exemplare. Weit weniger, als wir derzeit benötigen. Vielleicht hast du davon schon einmal gehört, man nennt es den Sklavenkragen!«

»Den was?« Kai wich ängstlich vor dem Zaubergegenstand zurück, doch die beiden Trolle hielten ihn fest.

Von Falkenhain lächelte kalt. Er öffnete einen Verschluss, klappte den Reif auf und legte ihn kurzerhand um Kais Hals. Kai versuchte verzweifelt, seine elementaren Kräfte heraufzubeschwören, doch schon schlug ihm der Erzmagus hart ins Gesicht. Als Kai seine Konzentration wiedergewann, lag der Reif wie ein kaltes Würgeeisen um seinen Hals.

»Lasst ihn los!«

Die Trolle wichen geduckt zur Tür zurück und von Falkenhain nickte zufrieden. »So, und jetzt, Letzte Flamme, wirst du die Vorzüge dieses Sklavenkragens kennenlernen. Setzen!«

Kai spürte in sich plötzlich den erdrückenden Zwang, sich auf dem Stuhl niederzulassen. Bevor er darüber nachdenken konnte, hatte er das Kommando ausgeführt.

»Aufstehen!«

Kai wollte sich dem Befehl widersetzen, doch wie von Geisterhand gezwungen, sprang er wieder auf. Kalter Schweiß bedeckte seine Stirn. Laut schrie er auf und riss an seinen Fesseln, um das fürchterliche Artefakt ergreifen zu können. Mit seinen geistigen Kräften versuchte er bereits, nach einem silbernen Brieföffner zu fassen, um diesen auf sein Gegenüber zu schleudern, als die Stimme von Falkenhains abermals zu hören war. »Hör auf, dich zu wehren!«

Kai spürte den Zwang, ruhig stehen zu bleiben. Verzweifelt warf er den beiden Trollen einen Blick zu, doch diese pressten lediglich ihre borkigen Lippen aufeinander.

»Glaube mir, das alles tut mir mehr weh als dir.« Der Erzmagus seufzte. »Aber du hast mir keine andere Wahl gelassen. Der Sklavenkragen sorgt dafür, dass du mir von nun an bedingungslos gehorchst. Die ersten Befehle, die ich dir gebe, lauten: Du wirst weder mich noch einen anderen Magier mit deinen Kräften angreifen. Du wirst nicht versuchen zu fliehen, und du wirst auch meinen Untergebenen gehorchen. Hast du das verstanden?«

Kai nickte und Tränen stiegen ihm in die Augen. Widerstand war zwecklos. Noch nie hatte er sich derart erniedrigt gefühlt.

Der Erzmagus ging um ihn herum und löste die Stricke an seinen Händen.

Kai betastete unwillkürlich den Sklavenkragen. Es war sinnlos. Das Artefakt würde sich ohne magisches Zutun nicht entfernen lassen. Von Falkenhain streckte beiläufig einen Arm nach seinem knorrigen Zauberstab aus. »Zeit zum Aufbruch, Letzte Flamme. Du wirst jetzt den Grund kennenlernen, warum wir nach Colona gekommen sind.«

Das Labyrinth

Kai und die beiden Trolle folgten Aureus von Falkenhain durch hohe Korridore und geschwungene Treppen hinunter ins Erdgeschoss. Wann immer Kai erneut gegen die Macht des Sklavenkragens aufbegehren wollte, entflammte hinter seiner Stirn ein bohrender Schmerz, der ihn fast wahnsinnig machte. Ihm blieb daher nichts anderes übrig, als sich seinem Schicksal zu fügen. Am Rande nahm er wahr, dass es im ehemaligen Zünftehaus sehr geschäftig zuging. Magier, Adepten und herumschwirrende Luftelementare räumten die Zimmer des Gebäudes um, ordneten arkane Folianten und Zauberschriften in leer geräumte Regale ein, trugen Bannkreise auf Wände und Türen auf und schleppten Kisten mit Zauberingredienzien in das Gebäude. Kurz darauf hatten sie den Vorplatz erreicht, auf dem ihnen ein kühler Wind entgegenschlug. Noch immer war dort das wundersame Flugschiff vertäut. Stolz und majestätisch thronte es in der Platzmitte und war umringt von Schaulustigen. Schon verneigten sich die ersten Bürger vor dem Erzmagus.

Kai konnte seinen Zorn kaum unterdrücken. Am liebsten hätte er von Falkenhain einen Feuerball in den Rücken gejagt, doch bereits der Gedanke daran ließ Übelkeit in ihm aufsteigen. Die Lage, in der er sich befand, war aussichtslos.

Zwei Magier schlossen sich dem kleinen Trupp an, der jetzt schnellen Schrittes den Marktplatz hinter sich ließ und sich nach Süden wandte.

Kai wollte stehen bleiben, doch sofort trieb ihn eine unsichtbare Kraft dazu weiterzugehen. Zumindest, so stellte er fest, musste er nicht geraden Schrittes hinter dem Erzmagus herlaufen. Auch auf seine Laufgeschwindigkeit nahm der elende Sklavenkragen kaum Einfluss. Offenbar ließ ihm der magische Zwang einen gewissen Interpretationsspielraum. Kai schöpfte erstmals wieder Hoffnung.

Die seltsame Prozession hatte gerade das Viertel der Tuchschneider hinter sich gelassen, als Kai ein prasselnder Feuerschein ins Auge stach. Auf einem lehmgestampften Platz nahe der Wehrmauer brannte ein Haus. Kai stockte der Atem, als er erkannte, welches Gebäude da lichterloh in Flammen stand. Es war das Siechenhaus, in dem die Hexen versucht hatten, die an der Ghulenpest Erkrankten gesund zu pflegen. Das brennende Fachwerkgebäude wurde von zwei Magiern und einem guten Dutzend Gardisten umringt, die aufpassten, dass die Glut nicht auf die übrigen Häuser der Stadt übersprang. Erschüttert lauschte er den spitzen Schreien, die aus der Feuerhölle nach draußen drangen.

»Erzmagus! Tut doch was«, schrie Kai verzweifelt. »Da sind noch Menschen drin!«

Aureus von Falkenhain, der dem Brand kaum Beachtung zollte, drehte sich zu ihm um. »Was macht man wohl mit einer schwärenden Wunde? Man brennt sie aus, bevor sie den Körper vergiftet. Das wird dir jeder Wundheiler bestätigen. Und damit du es weißt, Junge, da drinnen brennen nicht nur diese Ghulenkranken, da drinnen brennen auch die Hexen, die wir aufgegriffen haben.«

Kai sah den Magier fassungslos an und spuckte verächtlich auf den Boden. »Eines Tages wird Euch Eure verdiente Strafe ereilen.«

Von Falkenhain holte ansatzlos aus und schlug Kai ins Gesicht. »Ich ergänze meine Anweisungen. Auch Beleidigungen und Anmaßungen sind dir von nun an verboten. Und jetzt weiter.«

Die Trolle schoben Kai voran, dem angesichts der grausamen Szene die Tränen gekommen waren. Zornig schluckte er sie wieder hinunter. Es würde der Tag kommen, an dem er die Hexen rächen würde.

Endlich erkannte Kai das eigentliche Ziel ihres Marsches. Vor ihnen lag das seltsame Koboldviertel Colonas. Die eigentümlich bunt bemalten Gebäude dieses Stadtteils waren etwas schmaler, als in der Stadt üblich und wiesen an Fenstern, Türen und Fassaden verspielte Holzschnitzereien auf. Sie zeigten lachende Fratzen und Unholde mit herausgestreckter Zunge. Am auffälligsten aber waren die hölzernen Giebelalbe knapp unter den Dächern. Die Figuren stellten greinende Katzenwesen mit Stummelflügeln dar, die weit in die Gassen ragten. Für seinen Geschmack ähnelten sie den echten Alben, den Überbringern böser Albträume, eine Spur zu viel. Auf jeden Fall waren die Bauten ebenso merkwürdig, wie die Kobolde selbst, die hier lebten. Auch von ihnen hatte er schon seltsame Dinge gehört. Was wollte der Erzmagus hier?

Wie erwartet war das Eintreffen der Magier nicht unbemerkt geblieben. In der vor ihnen liegenden Gasse öffneten sich Fenster und Türen, und immer mehr Kobolde strömten auf die Straße, die den Zauberern und Trollen misstrauisch entgegenblickten. Kai wusste von diesem Volk eigentlich nicht viel. Hier in Colona galten sie als verschlossenes, eher ernstes Völkchen. Nur einmal im Jahr, in der sogenannten Albnacht, suchten sie die Stadt angeblich mit festlichen Umzügen, lustigen Streichen und lauten Spielmannszügen heim. Und nach allem, was er gehört hatte, feierten die Menschen dann ausgelassen mit. Davon abgesehen ließen sie die Kobolde in Ruhe und genossen den Wohlstand, zu dem das kleine Volk durch den exklusiven Handel mit kostbaren Elfenwaren beitrug. Warum die Kobolde die Einzigen waren, mit denen die verborgen lebenden Elfen des Westens Handel trieben, wusste niemand zu sagen.

Die Kobolde machten den Magiern nur widerwillig Platz, als sie sich durch das Gassengewirr drängten. Kai konnte hören, wie die Kobolde aufgeregt in ihrer kehligen Sprache tuschelten. Mehrere von ihnen liefen davon.

Unbeirrt setzte von Falkenhain seinen Weg fort. Er führte die Gruppe an bunten Wohngebäuden, Lagerhäusern, Werkstätten und Färbereien vorbei, bis sie schließlich ein eigentümliches, parkähnliches Areal im Zentrum des Viertels erreichten. Kai sah sich erstaunt um. Vor ihnen lag ein Irrgarten, der von mannshohen Hecken gebildet wurde. Noch nie hatte Kai Sträucher dieser Art gesehen. Die Blätter an den verschlungenen Zweigen besaßen eine schmutzig grüne Farbe, zwischen denen tiefblaue Blütendolden emporwuchsen.

Der Erzmagus lächelte zufrieden. »Ja, das ist es! Es entspricht ganz den Beschreibungen, die ich studiert habe.«

Kai sah sich nach den Bewohnern des Viertels um, die ihnen mit düsteren Blicken gefolgt waren. Kai fiel auf, dass der Irrgarten so von Häusern abgeschirmt wurde, dass er selbst von der hohen Stadtmauer aus unmöglich einzusehen war.

»Das sind Schlafranken«, meinte einer der Magier aus Halla hinter ihnen. »Wer von ihren Dornen gestochen wird oder den Staub ihrer Blüten einatmet, fällt ins Koma. Früher hat man mit dem Gift angeblich Drachenfallen präpariert. Die Pflanzen wirken gepflegt.«

»Ja«, murmelte von Falkenhain. »Mir scheint, die Kobolde wissen sehr gut, was sie hier vor den anderen Einwohnern verbergen. Aber das Gift dieser Schlafranken wird uns nicht aufhalten. Und was den Irrweg betrifft, mit solchen Spielereien halten wir uns auch nicht auf.« Der Erzmagus trat auf den Zugang des Heckenlabyrinths zu, eine Art Tor, das von wild wuchernden Ranken gebildet wurde. Umgehend entfaltete das vor ihnen liegende Grün ein gespenstisches Eigenleben. Es knackte und knisterte, und Kai musste mit ansehen, wie sich gefährlich spitze Dornen aus den Zweigen schoben. Die Blüten öffneten sich und sahen nun aus wie fleischige Mäuler.

Bei allen Moorgeistern, was ging hier vor sich?

»Botanicus Weidenberg!«, befahl der Erzmagus einen der drei Magier zu sich. »Das Elixier.«

Ein lockenköpfiger Zauberer mit spitzer Nase trat an die Seite von Falkenhains. Er öffnete einen kleinen Lederkoffer und entnahm diesem vier Kristallflaschen mit einer gelben Flüssigkeit. Eine von ihnen reichte er dem Erzmagus, eine weitere einem seiner beiden Kollegen und die dritte drückte er Kai in die Hand. Das letzte Behältnis entkorkte er selbst.

»Austrinken!«, befahl von Falkenhain. Er öffnete den Flakon und leerte ihn in einem Zug. Kai konnte nicht anders, als dem Beispiel der anderen zu folgen. Die Flüssigkeit schmeckte bitter und es schüttelte ihn.

»Ein Antidot«, erklärte der lockenköpfige Magier stolz. »Es schmeckt nicht gut, aber es schützt ein, zwei Tage lang gegen alle pflanzlichen Gifte!«

»Und nun macht uns den Weg frei!«, forderte der oberste Stadtmagister.

Der Botanicus hob pflichteifrig seinen Zauberstab und intonierte eine komplizierte Zauberformel. Kurz darauf bebte die Erde und über den Hausdächern stieg ein aufgeschreckter Schwarm Tauben auf. Vor ihnen schraubte sich ein massiges Erdelementar aus dem Boden, dessen Körper aus Wurzelsträngen, Blättern und Rindenstücken bestand. Das Wesen sah seinen Beschwörer mit harzigem Blick an.

Der Magier flüsterte ein Kommando. Schon stampfte der erdbraune Koloss auf das Labyrinth zu. Rücksichtslos trampelte er die hohen Büsche nieder, riss die gefährlichen Schlafranken aus dem Boden und ignorierte die Irrwege und dichten Pollenschleier, die aus den blauen Blüten hervorwölkten. Stattdessen bahnte er sich auf direktem Weg eine breite Schneise ins Zentrum des Heckenlabyrinths. Als das Elementar die Mitte des Irrgartens erreicht hatte, versank es unter lautem Rascheln wieder im Boden.

Hinter ihnen stöhnten die Kobolde laut auf. In ihren Blicken blitzte offene Feindseligkeit. Doch keiner von ihnen schien etwas unternehmen zu wollen. Sie hatten vor den Magiern und den beiden Trollen offenbar Angst.

»Botanicus Weidenberg, Magister Balthasar und auch du, Junge, folgt mir«, befahl der Erzmagus ungerührt. Kai spürte wieder den Zwang, ihm nachzueilen. Gemeinsam mit den drei Magiern stolperte er über das platt gewalzte Rankengeflecht hinweg. Hin und wieder stachen dennoch Dornen durch seine Beinkleider, und er musste niesen, so dicht wallten die heimtückischen Pollen vor seinem Gesicht. Doch bis auf ein leichtes Schwindelgefühl und ein gelegentliches Brennen, dort, wo seine Haut zerkratzt wurde, war kaum etwas von der Wirkung der Schlafranken zu spüren. Das Antidot tat seine Wirkung.

Kai sah sich zu seinen Begleitern um, doch die hatten selbst genug mit dem gefährlichen Pflanzengewirr zu tun. Er streckte vorsichtig seine Hand aus. Da sich der Sklavenkragen nicht bemerkbar machte, rupfte er während des Laufens ungesehen einige der blauen Blüten von den Zweigen und versteckte sie hastig in seinen Taschen. Irgendwann war der Erzmagus wieder ungeschützt, dann würde er ihm eine böse Überraschung bereiten …

Aureus von Falkenhain erreichte das verschattete Zentrum des Irrgartens als Erster und blieb stehen. Sein Gewand hatte aufgrund des dichten Pollenflugs längst eine schmutzig braune Färbung angenommen, doch es kümmerte ihn nicht. Er murmelte eine Formel, beschwor drei Windsbräute mit wehenden Haaren herbei und befahl ihnen, das vor ihm liegende Areal von Blättern und Wurzelsträngen zu säubern. Kai sah erstaunt, dass zu ihren Füßen moosbewachsene Granitplatten verborgen lagen, die der unbekannte Schöpfer der Anlage zu einer kreisrunden Fläche angeordnet hatte. In allen vier Himmelsrichtungen wurden die Platten von hüfthohen Säulen eingerahmt. Letztere liefen nach oben hin in steinernen Schalen aus, die am Rand mit arkanen Symbolen verziert waren – die Zaubersymbole für die vier Elemente Feuer, Wasser, Luft und Erde.

Kai schluckte. Der Ort war ihm irgendwie nicht geheuer. Und mit jedem Atemzug, den er tat, wurde ihm unheimlicher zumute, ganz so, als ströme der Platz einen finsteren Odem aus. Am liebsten wäre er davongelaufen, doch der Sklavenkragen hinderte ihn daran.

»Fantastisch!«, murmelte der Erzmagus und klopfte sich beiläufig einige Pollen aus dem Bart. »Meine Herren, das ist mehr als ich erwartet habe. Wir sind Morgoya zuvorgekommen!«

Kai sah den obersten Stadtmagister irritiert an. Was meinte der Mistkerl mit seiner letzten Äußerung?

Von Falkenhain trat vor die Schale mit den elementaren Luftzeichen und wischte fahrig über das Gestein. Sein Blick hatte einen gierigen Ausdruck angenommen. »Jetzt müssen wir bloß noch den Zugang öffnen.«

»Was ist das hier … Erzmagus?«, wagte sich Kai zu fragen.

Der Zauberer blickte triumphierend zu ihm auf. »Das wirst du noch früh genug erfahren, Junge. Vor dir liegt der Grund, warum Morgoya Colona erobern will. Hier wird sich der Krieg entscheiden. Zwanzig lange Jahre habe ich mir Gedanken um ihre Ziele gemacht. Ich habe Bücher gewälzt und Orte besucht, die du dir in deinen kühnsten Träumen nicht ausmalen kannst. Militärisch sind wir ihr nicht gewachsen. Auch wir Magier können daran nur wenig ändern. Doch jetzt halten wir den Schlüssel in der Hand, um eine Macht zu entfesseln, mit der wir die Elende in die Fluten des Nordmeeres zurückwerfen können.« Mit einem herrischen Nicken bedeutete er Kai, an die Schale mit den Feuersymbolen heranzutreten. »Magister Balthasar, übergebt dem Adept seinen Zauberstab.«

Der dritte Magier, ein Mann mit hohlen Wangen und fliehender Stirn, trat zu Kai heran und reichte ihm seinen verloren geglaubten Zauberstab. Glücklich schlossen sich Kais Finger um das Eichenholz, doch gegen die Macht des Sklavenkragens nützte auch er nichts.

»Und jetzt mach dich nützlich, Letzte Flamme«, sagte von Falkenhain mit schneidender Stimme. »Beschwöre in der Schale elementares Feuer herauf!«

Der Erzmagus hatte den Befehl kaum formuliert, als Kai auch schon die entsprechenden Zaubergesten wob. Er wollte nicht, doch je mehr er versuchte, sich dem Befehl zu widersetzen, desto stärker wurde der bösartige Schmerz hinter seiner Stirn. Kais Hass auf die Erniedrigung durch den Erzmagus wuchs.

Mit einem lauten Prasseln entzündete sich vor ihm in der Schale ein Irrlicht.

Die drei Magier beschworen nun ihrerseits Elementare herauf. Vor dem Botanicus erschien eine Kröte aus Humus, der hohlwangige Magier beschwor einen glitzernden Seestern und in der Schale vor Aureus von Falkenhain wirbelte eine kleine Windhose. Die vier Elementare waren kaum erschienen, als die Steinplatten zu ihren Füßen in fahlblauem Licht aufleuchteten. Kai stieß einen Laut der Überraschung aus, als im Zentrum eine granitene Bodenluke erschien. Darin prangte ein kunstvolles Schloss aus Koboldgold, das im trüben Licht der

Sonne funkelte. Die vier Elementare sanken in sich zusammen. Mit ihnen verebbte auch das blaue Leuchten, das die Granitplatten erfasst hatte.

»Verflucht!« Aureus von Falkenhain trat an die Tür zu ihren Füßen und starrte auf das Schloss. »Ich habe zwar mit weiteren Sicherungen gerechnet, aber nicht mit so etwas.«

»Mir scheint, Euer Vorhaben ist gescheitert, Eure Magnifizenz?«

Zornig drehte sich von Falkenhain um und suchte den Sprecher. Ein Stück von ihnen entfernt stand auf einen Krückstock gestützt ein alter Kobold mit langer Nase und schlohweißem Haar. Kai hatte den Alten bereits einmal im Magistrat gesehen. Er war der oberste Sprecher des Koboldrats, der nach altem Recht praktisch allein über die Vorgänge im Koboldviertel entscheiden durfte. Und er war selbst ein Zauberer. Seinen Namen hatte Kai vergessen, doch der Greis sah den drei Magiern furchtlos entgegen.

Jetzt bemerkten der Erzmagus und seine Kollegen, dass in der aufgebrachten Menge vor dem Labyrinth bereits Speere und Säbel blitzten. Dort waren inzwischen Dutzende zu allem entschlossene Kobolde zusammengeströmt. Ob sie gegen die Trolle und die vereinte Macht der Magier bestehen würden, bezweifelte Kai. Doch würde von Falkenhain einen offenen Aufstand riskieren?

»Meister Humperich.« Der Erzmagus schien sich dagegen entschieden zu haben und lächelte ölig. »Ich bedaure auf derart rücksichtslose Weise in Euer Viertel eingedrungen zu sein. Doch Ihr wisst ja selbst, wir befinden uns im Krieg. Natürlich hätte ich Euch zuvor informieren müssen.«

»Richtig, aber Ihr habt es nicht. Also, was wollt Ihr hier?«, fragte ihn der alte Kobold mit schnarrender Stimme.

»Ihr wisst es, Meister Humperich, und ich weiß es ebenfalls. Das Geheimnis dieses Labyrinths ist kriegsentscheidend. Ich bin nur meiner Pflicht als Erzmagus der vereinten Magierschaft nachgekommen.«

»Wenn Ihr schon so viel zu wissen glaubt, Erzmagus«, krächzte der Kobold spöttisch, »dann wisst Ihr sicher auch, dass mein Volk einst als Hüter dieses Ortes eingesetzt wurde. Und zwar von niemand Geringerem als Sigur Drachenherz!«

Kais Augen weiteten sich überrascht.

Von Falkenhain, der inzwischen bis auf zwei Schritte an den alten Kobold herangetreten war, strich nur mühsam beherrscht über seinen Vollbart. »Sollte dem tatsächlich so sein, respektieren wir das natürlich.«

Irgendetwas sagte Kai, dass der Erzmagus bereits an einem neuen Plan arbeitete.

Der Greis wies mit dem Krückstock zu einer der Gassen. »Ich muss Euch und Eure Begleiter nun bitten, unser Viertel wieder zu verlassen. Umgehend. Ihr wisst ja selbst, wie ungestüm und töricht das junge Volk manchmal ist.« Er deutete mit dem Kopf zu der Menge hinter ihm. »Wir beide wollen doch nicht riskieren, dass Ihr oder einer Eurer Kollegen von einer verzauberten Elfenwaffe verletzt werdet? Natürlich unbeabsichtigt. Und ganz gewiss wollt Ihr es auch nicht auf ein magisches Duell mit mir und meinen Lehrlingen ankommen lassen.« Zwei kleinere Kobolde mit Zauberstecken in den Händen traten neben ihn. »Wir stehen doch immerhin auf derselben Seite, oder?«

Immer mehr bewaffnete Kobolde strömten aus den Gassen und der Platz füllte sich.

Der Blick des Erzmagus vereiste, dennoch behielt er seine freundliche Maske auf. »Wie Ihr wünscht, Meister Humperich. Kümmern wir uns zunächst um die dringlicheren Probleme dieser Stadt. Dennoch hoffe ich auf ein Gespräch mit Euch, schließlich hat unser Erscheinen einen Grund. Und sicher werdet Ihr verstehen, dass ich auf bloße Gerüchte nur wenig gebe. Wenn Ihr mir nachweist, dass es wirklich Sigur Drachenherz war, der Euch diese Sonderrechte zugestanden hat, dann …«

»Ihr zweifelt daran?«, unterbrach ihn der Kobold eisig.

»Mitnichten, aber das Ganze hat sich immerhin vor über eintausend Jahren, zur Zeit der Schattenkriege, zugetragen.«

»Wir besitzen Brief und Siegel …«

»… die wir auf ihre Echtheit untersuchen werden«, unterbrach ihn der Erzmagus. »Gern in Anwesenheit des Magistrats, den sicher interessieren wird, was Ihr hier in Eurem Viertel verbergt.«

»Seid kein Narr, Magnifizenz!« Der alte Kobold verzog wütend sein Gesicht. »Es gibt Dinge, an denen man besser nicht rührt. Und wenn Ihr glaubt, Ihr würdet mich umstimmen können, dann irrt Ihr Euch.«

»Ihr sagt es selbst«, erwiderte von Falkenhain betont gleichmütig. »Wir stehen auf der gleichen Seite. Ich entschuldige mich nochmals. Doch Ihr werdet verstehen, dass ich wissen muss, was Morgoya sucht. Ich schlage daher ein Gespräch unter vier Augen vor. Nur wir beide.«

Der Kobold beäugte ihn lauernd.

»Gut«, sagte er zögernd. »Und nun fort von diesem Ort!«

Der Erzmagus nickte und bedeutete Kai und seinen Kollegen ihm zu folgen. Die Kobolde öffneten eine Schneise, und so dauerte es nicht lange, bis sie das Viertel wieder verlassen hatten.

Die übrige Wegstrecke verbrachten sie schweigend. Kaum aber hatten sie die Eingangshalle des Zünftehauses erreicht, platzte es aus dem Erzmagus heraus.

»Was glaubt dieser Wicht, mit wem er es zu tun hat? Ich bin Aureus von Falkenhain, Magnifizenz der Universität von Halla – und kein dahergelaufener Koboldbengel, den er herumkommandieren kann!«

Wütend hämmerte er einem zufällig vorbeikommenden Zauberadepten einen Stapel Bücher aus den Armen. Verschreckt machte der Junge, dass er davonkam. Auch die Magier, die sie begleitet hatten, versteiften sich. Nur die Trolle blieben ungerührt nahe einer der Treppen stehen. »Wir waren so dicht dran. So dicht! Aber noch ist das letzte Wort in dieser Angelegenheit nicht gesprochen. Wenn dieser Kobold annimmt, ich werde ihm unvorbereitet gegenübertreten, dann irrt er sich. Ich besitze Mittel und Möglichkeiten, von denen er nichts ahnt …«

Der Erzmagus wirbelte zu Kai herum und fixierte ihn. Ein böses Lächeln huschte über sein Gesicht. »Ragosch und Hrundar, bringt den Jungen runter in den Keller.«

Die Trolle traten vor, packten Kai und führten ihn mit sich. Da er nichts gegen den Willen von Falkenhains ausrichten konnte, fügte er sich und ließ sich von den Hünen eine ausgetretene Kellerstiege hinunter in einen schimmlig riechenden

Korridor führen. Umgehend entzündeten sich unter der niedrigen Decke des Kellergangs magische Lichter, die die Umgebung silbern ausleuchteten. Die Trolle schnaubten gereizt, da sie geduckt weiterlaufen mussten. Doch Kais Mitleid mit ihnen hielt sich in Grenzen.

Der Erzmagus wies die Trolle nun an, Kai in ein Tonnengewölbe am Ende des Gangs zu schaffen, dessen schwere Eichentür über ein kleines Fenster mit eisernem Kreuz verfügte. Ein Weinlager. Die Wände wurden von langen Regalen gesäumt, in denen noch immer staubige Flaschen lagen. In der Mitte des Raums stand ein großer Holzzuber, an dessen Außenseiten lederne Riemen befestigt waren. Das eigentlich Befremdliche aber war die schleimige, dunkle Masse, die sich in der Wanne bewegte. Was war das? Kai zuckte unwillkürlich zurück, doch die beiden Trolle stießen ihn weiter in den Raum hinein.

»Los ausziehen!«, herrschte ihn von Falkenhain an.

Kai sah den Magier verständnislos an, musste dem Kommando aber mit zusammengebissenen Zähnen nachkommen. Wieder verfluchte er die elende Macht des Sklavenkragens.

»Ich bedaure«, fauchte der Erzmagus ohne viel Mitgefühl, während er Kais Kleider nachlässig auf einen Hocker warf. »Aber leider kann ich dir diesen Raum nicht ersparen. Es handelt sich hierbei um einen Kerker, speziell ausgestattet für Hexen.« Er nickte in Richtung Holzwanne. »Der Inhalt dieser Wanne sollte dir bekannt vorkommen. Gewitteregel. Wenn ich Magister Eulertin richtig verstanden habe, hat er dich mit diesen possierlichen Tieren einst vor deinem Verderben bewahrt.«

Kai stieß einen leisen Schrei aus. Er konnte sich sogar noch sehr gut an die schmerzhafte Behandlung im Hause Eulertins erinnern. Gewitteregel besaßen die Fähigkeit, einem Zauberer die magischen Energien zu entziehen. Doch hier in der Wanne befanden sich nicht nur ein halbes Dutzend dieser widerlichen Egel wie damals, sondern gleich einige Hundert.

»Bitte nicht …«, keuchte er.

»Rein da mit dir! Und zwar bis zum Hals!«

Wimmernd schloss Kai die Augen, während er nackt in die glitschige Masse glitt. Überall an seinem Leib spürte er Bewegungen. Blitze zuckten durch die Masse der Egel, und an immer mehr Stellen seines Körpers setzte ein scharfes Brennen ein. Der Schmerz breitete sich in Wellen aus und war schon bald kaum noch zu ertragen.

Kai schrie. Sein ganzer Körper schien in Flammen zu stehen. Und mit dem Schmerz kam die Schwäche. Sie durchflutete ihn bis auf die Knochen, saugte ihn aus und ließ ihn kraftlos gegen den Wannenrand kippen.

Wortlos fesselte der Erzmagus Kais Hände mit den Schlaufen am Wannenrand und hob Kais Zauberstab auf. Einen Moment lang betrachtete er ihn nachdenklich, dann lehnte er ihn gut sichtbar gegen eines der Weinregale. »So nah und doch so fern. Das wird dich Respekt lehren.«

Unvermittelt trat er hinter Kai und nahm ihm den Sklavenkragen ab. »Den brauchst du einstweilen nicht mehr.« Von Falkenhain schnaubte gehässig. »Noch heute Nacht wird dieser Kragen den Hals von Meister Humperich zieren. Und dann wollen wir doch mal sehen, ob er sich nicht etwas entgegenkommender zeigt …«

»Eines Tages …«, keuchte Kai. Hasserfüllt starrte er dem Erzmagus hinterher, der bereits auf dem Weg zur Tür war.

»Ragosch und Hrundar, der Junge ist jetzt keine Gefahr mehr, aber ich will kein Risiko eingehen. Ihr bleibt vor der Tür und sorgt dafür, dass sich ihm niemand nähert!«

Die Trolle grunzten und folgten Seiner Magnifizenz. Doch all das bekam Kai kaum noch mit. Als sich die Gewölbetür hinter seinen Bewachern schloss, verlor er das Bewusstsein.

Traum & Wirklichkeit

Leise glucksend schlängelte sich ein Bächlein durch die morgenfrische Waldwiese. Die Sonne spiegelte sich auf den Gräsern tausendfach in kleinen Tautropfen, über den Farnen zwischen den Bäumen summten kleine Fliegen und dort wo die Spinnen ihre Netze gewoben hatten, glitzerte und glänzte es in vielen bunten Farben.

Kai atmete tief die würzige Waldluft ein und schaute sich um. Verwundert sah er an den Stämmen der Buchen und Fichten empor, die ihre Kronen weit über seinen Kopf in den blauen Himmel streckten.

Bei allen Moorgeistern, wo war er?

Sollte er nicht in diesem verfluchten Weinkeller liegen? Kai sah irritiert an sich herab und bemerkte, dass er noch immer nackt war. Zwar verhinderte der warme Frühlingswind, der durch die Bäume strich, dass er fror, doch seine Blöße gab ihm ein unbehagliches Gefühl.

Kaum war er sich dieser Empfindung bewusst geworden, als sich silberweißer Stoff um seinen Körper wickelte und ihn in ein weiches Gewand hüllte.

Besser, Kind des Unendlichen Lichts?

Kai schreckte herum. Auf der Lichtung hinter ihm stand ein Einhorn. Das edle Tier besaß eine Schulterhöhe, die Kai weit überragte, es war sogar größer als die geflügelten Pferde der Feenkönigin. Aus seiner Stirn ragte ein armlanges, in sich verdrehtes Horn, und als es einige Schritte auf ihn zutrat, zeichneten sich unter dem strahlend weißen Fell kraftvolle Muskeln ab.

»Hat dich die Feenkönigin geschickt?« Kai wich unwillkürlich einen Schritt zurück.

Das Einhorn schnaubte und neigte leicht seinen Kopf, um Kai näher zu betrachten. Die Augen des Ehrfurcht gebietenden Hengstes waren so blau, dass Kai glaubte, in unergründliche Bergseen zu blicken.

Die Feenkönigin tut, was sie immer tut, erklärte das Einhorn geheimnisvoll. *Sie hat Ereignisse in Gang gesetzt, die nun auf ihre Erfüllung warten. Doch damit du tun kannst, was dir bestimmt ist, muss ich dich Dinge über die Welt lehren, die dich begreifen und erkennen lassen.*

»Und wer bist du? Wo sind wir hier überhaupt?«, wollte Kai wissen.

Um das zu verstehen, bist du hier.

»Ich müsste eigentlich in Colona sein. Demzufolge ist das hier bloß ... ein Traum?«

Manchmal liegen Traum und Realität dicht beieinander, Kind des Unendlichen Lichts. Und manchmal lässt sich das eine nicht von dem anderen unterscheiden.

»Also *ist* das hier ein Traum?«

Das Einhorn trabte mit ruhigen Schritten neben ihn. *Heißt es bei euch Menschen nicht, ein Traum sei wahr geworden, wenn sich ein sehnlicher Wunsch erfüllt?*

Kai nickte.

Siehst du. Wenn ein solcher Traum in Erfüllung geht, wo liegt dann der Unterschied zwischen Traum und Realität?

»Das eine ist eben wahr, das andere aber nicht«, rang Kai nach einer Antwort. »Ich meine, das eine ist bloß ein Gedanke. Eben eine Wunschvorstellung. Das andere ist wirklich. Das ist die Realität.«

Und doch formen und bestimmen die Träume euer Leben. Sie leiten einen jeden von euch und führen euch auf den vorherbestimmten Weg – denn nur so können sie eines Tages wahr werden. So wahr, wie das, was ihr für die Realität haltet. Die ganze Welt entspringt einem Traum, einem großen schöpferischen Gedanken.

Kai sah das Einhorn skeptisch an. »Wenn dem so ist, warum werden dann nicht die Träume aller Menschen wahr?«

Dies liegt an dem Schatten, der mit dem Unendlichen Licht in die Welt trat. Durch ihn haben die meisten Wesen ihren Ursprung vergessen und das Träumen verlernt. Sie zweifeln, lassen sich von dem verführen, was sie für die Wirklichkeit halten – und verzagen daran. Ihre Träume können sich nicht mehr erfüllen.

Das Einhorn schüttelte die Mähne und deutete auf den Waldrand. Die Bäume schoben sich wie ein Vorhang beiseite, und vor ihnen tat sich ein nachtschwarzer Himmel auf. Auch die Wiese war plötzlich verschwunden. Kai und das Einhorn standen jetzt irgendwo im Nichts.

»Wo … wo sind wir hier?«

Am Anfang von allem, antwortete das Einhorn feierlich. *Damals, als das Unendliche Licht aus dem Nichts trat und in einem einzigen Augenblick die Welt erschaffen hat.*

Eine Lichtexplosion entflammte die weite Leere um sie herum, und Kai sah fassungslos mit an, wie sich aus dem Licht Berge, Täler und Ozeane formten. Das Land war von Schnee bedeckt, Eisberge trieben auf den urzeitlichen Gewässern und in der Ferne waren Vulkane auszumachen, die ihren feurigen Auswurf in den Himmel schleuderten.

Damals befanden sich die Elemente noch in Unordnung, fuhr das Einhorn fort, *doch das Unendliche Licht wies jedem von ihnen seinen Platz im Weltengefüge zu. Und mit ihnen trat auch das Leben, so wie du es kennst, in die Welt.*

Kai sah mit an, wie die Gletscher schmolzen und die Vulkane sich beruhigten. Die Landmassen verformten sich und die karstigen Landstriche überzogen sich mit sanftem Grün. Bäume wuchsen aus dem Untergrund, zwischen denen Feen tanzten, aus den Bergen stapften Riesen auf die Ebenen und Drachen schwangen sich majestätisch zum Himmel auf. Kai stöhnte angesichts all dieser atemberaubenden Bilder um ihn herum.

Jene, die ich dir hier zeige, gehören zu den Ersten, die die Weltenbühne betraten. Doch das Leben erwies sich als so bunt und schöpferisch, wie es nur ein Traum hervorzubringen vermag. Während sich die Elemente ordneten, wuchsen auch die jüngeren Völker heran. Trolle, Elfen, Zwerge, Menschen und viele andere. Doch je weiter dieser Prozess gedieh, desto stärker wurde auch der Einfluss des Schattens in der Welt. Und mit dem Schatten wuchsen unter den Völkern Streit, Missgunst und Machtgier.

Blitze entflammten den Himmel, und Kai sah, wie die Riesen damit begannen, sich gegenseitig zu erschlagen. Drachen breiteten sich über die Welt aus. Immer wieder stießen sie auf Gruppen kleiner Wesen nieder, entflammten die Wälder, ließen die Ozeane über die Ufer treten und die Ebenen unter Frost und Eis ersticken.

Ein Krieg begann, den die Drachen für sich entschieden. Den jüngeren Völkern blieb nichts anderes übrig, als sich zu verstecken oder sich zu unterwerfen, wenn sie nicht sterben wollten.

»Warum hat sich das Unendliche Licht dann zurückgezogen?«, fragte Kai. »Wieso hat es zugelassen, dass all dies geschah?«

Der Strom an Bildern riss ab und Kai fand sich von einem Moment zum anderen auf der einsamen Waldlichtung wieder. Sein Herz hämmerte vor Aufregung.

Das Unendliche Licht hat sich nicht zurückgezogen. Das Einhorn schnaubte. *Die Schatten machen dich dies bloß glauben. Es ringt mit der Finsternis und hilft uns, ihren Einflüsterungen zu widerstehen. Es wirkt zu jeder Stunde und durch jeden Einzelnen von uns. Wer in sich hineinlauscht, der kann seine Wärme spüren. Doch noch immer gibt es einen Ort in der Welt, an dem das Unendliche Licht so ursprünglich ist, wie zum Beginn aller Zeiten.*

»Und wo befindet sich dieser Ort?«, wollte Kai wissen.

An einem Platz, den du nur erreichen kannst, wenn du die Wirklichkeit mit deinen Träumen tauschst. Man nennt ihn die Quelle des Unendlichen Lichts. *Sie war am Anfang von allem. Erst wenn sie ihre Reinheit verliert, dann ist auch die Schöpfung selbst in Gefahr.*

»Dann geht es Morgoya um die Quelle des Unendlichen Lichts?«, keuchte Kai entsetzt.

Ich sehe, du hast deine erste Lektion gelernt.

Das Einhorn neigte das edle Haupt und berührte Kai mit seinem mächtigen Horn. Die Waldlichtung um Kai herum verblasste. Auch die Konturen des Einhorns verwischten immer mehr.

»Nein, verlass mich jetzt nicht«, rief Kai. »Was soll das alles? Sag mir, wer du bist? *Was* du bist?« Ein Wirbel erfasste sein Bewusstsein …

… und Kai schlug die Augen auf.

Verwirrt kam er zu sich. Ihm war übel und noch immer lag er nackt in dem Bottich des alten Weingewölbes. Seine Haut war krebsrot, doch das Brennen auf seinem Körper hatte nachgelassen. Nur langsam wurde ihm bewusst, woran das lag: Der Holzzuber war leer. Die Gewitteregel waren aus der Wanne gekrochen und hatten sich wie schwarzer, fleckiger Pilzbewuchs über die Wände und die Decke des Gewölbes ausgebreitet. In ihren öligen Wurmleibern blitzte es hin und wieder hell auf, sodass der alte Kellerraum in ein zuckendes Flackerlicht getaucht wurde.

»Bei allen Moorgeistern, was ist hier …?«

»Pst, Kai!«, ermahnte ihn eine vertraute Stimme.

Kai drehte seinen Kopf und sah direkt neben sich auf dem Wannenrand Amabilia stehen. Die kleine Däumlingshexe war wie immer in ein erdbraunes Gewand gehüllt und trug ihre Haare großmütterlich zu einem Dutt hochgesteckt. Schemenhaft konnte Kai erkennen, wie sie einen ihrer winzigen Finger auf die Lippen legte.

»Amabilia!«, wisperte Kai. Noch nie in seinem Leben hatte er sich so gefreut, ein bekanntes Gesicht zu sehen. »Wie bist du hier reingekommen? Und was hast du mit den Gewitteregeln gemacht?«

Amabilia lächelte angespannt und deutete zu einem der Regale.

»Diese Magier haben das Haus zwar hermetisch abgeriegelt und mit ihrer Magie dafür gesorgt, dass hier kaum eine Maus unentdeckt hereinkommt – aber wie du weißt, bin ich noch ein gutes Stück kleiner. Und auf Mäuse ist Verlass. Da unten befindet sich eines ihrer Löcher. Das Gängesystem führt bis unter den Marktplatz. Und was die Egel betrifft, unterschätzt du meine Zauberkräfte.«

»Die Magier haben einige von euch Hexen verbrannt.« Kai blickte die Däumlingshexe traurig an.

»Ja, ich weiß.« Amabilia schloss bekümmert die Augen. »Doch jetzt ist es erst einmal wichtig, dass wir dich hier rausholen. Wir haben schon viel zu viel Zeit verloren. Erst musste ich dich finden, und dann hat es Stunden gedauert, bis du wieder aufgewacht bist.«

»Wie spät ist es jetzt?«, murmelte Kai, der sich noch immer seltsam klar an seinen Traum zurückerinnerte. Gleichzeitig spürte er, dass er inzwischen einen Teil seiner Kräfte wieder zurückerlangt hatte.

»Zwei Stunden vor Mitternacht.«

»Herrje, gut möglich, dass von Falkenhain jeden Augenblick zurückkommt und nach mir sieht. Wie hast du dir unsere Flucht vorgestellt?«

»Mittels eines meiner bewährten Verkleinerungstränke.« Amabilia zückte eine Kürbiskernflasche und hielt diese hoch. »Wir verschwinden so, wie ich hier reingekommen bin.«

Kai erhob sich und streckte vorsichtig seine Glieder. Er wusste selbst, dass sein Schamgefühl gegenüber Amabilia unangebracht war, dennoch war er froh, als er kurz darauf wieder seine Kleider trug. Als er zu seinem Zauberstab griff, spürte er, dass sich sein Geist wie ein Muskel spannte. Er fühlte sich zwar noch immer schwach, aber er war jetzt wenigstens nicht mehr wehrlos.

Amabilia hielt ihm die Kürbiskernflasche hin, doch Kai zögerte.

»Ich kann nicht, Amabilia«, flüsterte er.

»Wie bitte?«

»Es geht nicht. Ich kann nicht mit dir kommen, ohne vorher noch etwas erledigt zu haben.«

»Beim Unendlichen Licht, was meinst du?« Amabilia blickte ungläubig zu ihm auf.

Mit knappen Worten berichtete ihr Kai von dem schrecklichen Sklavenkragen.

»Noch nie in meinem Leben habe ich mich so gedemütigt gefühlt. Ich werde nicht gehen, ohne zuvor auch diese beiden Trolle von ihrem Los befreit zu haben.«

Eine Weile herrschte Schweigen. Schließlich hob Amabilia ihre winzigen Schultern. Ein resigniertes Lächeln lag auf ihren Lippen.

»Das zu meinem sorgsam ausgetüftelten Plan. Also, wie stellst du dir das vor?«

»Versteck dich. Ich glaube, von Falkenhain hat vorhin einen Fehler gemacht. Wenn ich mich täusche, na ja, dann hoffe ich, dass du mir gegen die beiden Trolle beistehst. Du kannst ja zur Not immer noch durch das Mauseloch verschwinden.«

Amabilia seufzte. »Ein offener Kampf? Junge, ich hoffe du hast dir das gut überlegt.«

Die winzige Hexe ließ eine Pusteblume in ihren Händen erscheinen, hielt sich an ihr fest und schwebte damit hinter den Bottich.

Kai nickte entschlossen und wandte sich zur Tür. »Ragosch, Hrundar!«

Vor der Tür rumpelte es und ein Balken wurde zurückgeschoben. Mit erhobener Axt betrat der erste der Hünen das Gewölbe und blickte Kai unter seinen zotteligen Haaren verblüfft an. Seine Augen verengten sich und gemeinsam mit seinem Kameraden stampfte er auf Kai zu.

»Wartet!«, rief Kai. »Der letzte Befehl des Erzmagus lautete lediglich, dass ihr dafür sorgen sollt, dass sich mir niemand nähert. Nicht mehr, aber auch nicht weniger.«

Mit unruhigen Blicken blieben die beiden Trolle stehen. Ragosch betastete seinen Sklavenkragen und sah gequält zu seinem Kumpan.

»Ich schätze, der Erzmagus hat euch die gleichen Befehle gegeben, wie mir. Ihr sollt ihm gehorchen, sein Leben beschützen und nicht versuchen zu fliehen, richtig?«

Hrundar grunzte misstrauisch.

»Du sprechen wahr, kleiner Zauberer«, dröhnte seine Stimme durch das Gewölbe. »Doch Zauberer alle Betrüger. Du auch Zauberer. Warum wir dich sollen lassen gehen?«

»Weil ich euch nicht zurücklassen werde, ohne euch zuvor von eurem elenden Los zu befreien.«

In den trüben Augen der beiden Trolle flackerte das erste Mal so etwas wie Hoffnung auf.

»Wir nicht dürfen fliehen«, keuchte Hrundar gequält und hob wieder seine Axt.

»Aber ihr flieht doch nicht«, beruhigte ihn Kai. Langsam näherte er sich den beiden Hünen. Er wusste, dass er vorsichtig sein und auf das schlichte Gemüt der beiden Trolle vertrauen musste. »Ein Fluchtversuch sieht anders aus. Etwa wenn ihr versucht wegzulaufen. Ihr aber steht hier vor mir und achtet noch immer getreu darauf, dass sich niemand dem Gewölbe nähert. Oder hat euch von Falkenhain ausdrücklich verboten, dass sich jemand die Mondsilberreife an euren Hälsen ansieht?«

»Nein«, kam es zögernd über die Lippen Ragoschs.

»Seht ihr, genau das werde ich jetzt tun. Und ich werde nichts machen, was gegen eure Befehle verstößt.«

Kai stand nun direkt zwischen den beiden Trollen und sah zu ihren breiten Hälsen mit den Sklavenkragen auf. Die Trolle atmeten stoßweise, und Kai konnte ihre Anspannung spüren.

Bei den Verschlüssen der Artefakte handelte es sich wie erwartet um die dünnste Stelle am Reif. Sie hatten die Form ineinander verschränkter Dornen und wirkten wie aus einem Guss. Kai war klar, dass er eigentlich einen magischen Spruch oder eine Zaubergeste benötigte, um sie zu öffnen. Es gab da allerdings noch eine andere Möglichkeit – und die stand nur einem Feuermagier offen. Er konnte das Mondsilber zum Schmelzen bringen.

Kai sammelte sich, fokussierte alle ihm verbliebenen Kräfte und berührte die beiden Verschlüsse mit Finger und Zauberstab. Dann beschwor er elementares Feuer herauf. Die magische Energie pulste in einem kurzen, aber gewaltigen Stoß durch seinen Körper und die Mondsilberverschlüsse glühten hell auf. Laut zischte es und es roch nach verbranntem Fleisch.

Die beiden Trolle brüllten vor Schmerz, stießen Kai grob zurück und zerrten an den heißen Mondsilberreifen. Klirrend fielen sie zu Boden.

Kai bekam all das nur noch am Rande mit. Er zitterte und lag völlig erschöpft am Boden.

»Meine Güte, Kai! Alles in Ordnung?« Hinter dem Bottich stürmte Amabilia heran.

Schwer atmend wandte ihr Kai seinen Kopf zu, als er die beiden Schatten bemerkte, die sich drohend über ihm aufbauten.

»Wagt es nicht, ihn anzurühren, oder ihr bekommt es mit mir zu tun!«, keifte die Däumlingshexe mit ihrer Piepsstimme.

Doch das hatten die beiden Trolle auch nicht vor. In ihren groben Gesichtern spiegelten sich Unglauben, Erleichterung und Wut, in die sich beim Anblick Amabilias auch noch Verblüffung mischte.

Ragosch packte Kai sanft an den Schultern, stellte ihn auf und beäugte ihn. »Du uns wirklich machen frei.«

»Natürlich, habt ihr daran gezweifelt?« Kai musste sich am Arm des Trolls festhalten, um nicht wieder hinzufallen. »Niemand hat ein derart unwürdiges Dasein verdient. Ich weiß, wovon ich spreche. Nehmt die Artefakte an euch und legt sie euch wieder um. Sie können euch jetzt nichts mehr tun. Und dann nutzt die Dunkelheit und verschwindet aus dem Gebäude. Wenn euch jemand fragt, sagt einfach, ihr folgt einem Befehl des Erzmagus.«

Ragosch und Hrundar warfen sich einen knappen Blick zu. »Wir euch sollen mitnehmen?«

»Nein«, erhob Amabilia wieder das Wort. »Wir nehmen einen anderen Weg. An seinem Ende erwartet uns schon sehnsüchtig ein Drache.«

Die Trolle sahen sie beeindruckt an. »Drache? Dann du wirklich Letzte Flamme?«

Kai winkte ab und nutzte seinen Zauberstab als Stütze. »Unwichtig. Und nun beeilt euch. Ihr seid jetzt frei.«

Die beiden Hünen schnaubten, sammelten die Sklavenkragen mit einem vernichtenden Blick auf und wandten sich zur Tür. Kai nahm endlich das winzige Kürbiskernfläschchen mit dem Verkleinerungstrank entgegen und wollte gerade draufbeißen, als sich Ragosch noch einmal zu ihm umdrehte. »Letzte Flamme. Wenn dein Meister so wie du, dann du ihn retten. Böse Zauberer ihn wollen bringen zu Thraak.«

Kai hielt inne und sah wieder auf.

»Thraak?« Irgendwann hatte er diesen Namen schon einmal gehört. »Wer ist das, dieser Thraak?«

»Ein Riese!«, wisperte Amabilia entsetzt.

Der Gnomenhof

Der Flugwind rüttelte heftig an Kais Kleidung. Gemeinsam mit Amabilia saß er auf dem Rücken von Olitrax und unter dem kräftigen Schlag der Drachenschwingen ließen sie das spärlich beleuchtete Dächermeer Colonas hinter sich. Zügig setzten sie über die glitzernden Fluten des Flusses Rhyn hinweg, maßen die am Vorabend noch so heftig umkämpfte Brücke ein letztes Mal mit Blicken und flogen dann weiter der bewaldeten Hügellandschaft im Osten entgegen.

Amabilia, die hinter Kai saß und sich an seinem Gewand festklammerte, deutete auf die breite Handelsstraße, die jenseits des Brückenkastells begann. Im schwachen Licht der Sterne sah sie wie ein dunkles Band aus, das sich durch Wald und Wiesen schlängelte.

»Wir müssen der Straße eine gute halbe Stunde folgen, dann erreichen wir einen Gasthof«, rief sie ihm zu. »Es handelt sich um den Gnomenhof. Er ist an einer Kreuzung gelegen. Meine Hexenschwestern und ich haben ausgemacht, uns dort zu treffen. Fi erwartet uns ebenfalls am vereinbarten Treffpunkt.«

Kai wurde warm ums Herz, als die Däumlingshexe die Elfe erwähnte. Endlich hatte er wirklich das Gefühl, die Freiheit wiedererlangt zu haben.

»Ich hab mich noch gar nicht für meine Rettung bedankt.«

Amabilia kniff ihn sanft in die Seite und lachte. »Du hast doch wohl nicht geglaubt, dass wir dich zurücklassen, oder?«

Kai wusste, dass ihre Unbekümmertheit aufgesetzt war. Das grausame Schicksal ihrer Hexenschwestern und die Gefahr, in der Eulertin schwebte, mussten Amabilia sehr nahegehen. Doch leider ließ sie ihn noch immer im Ungewissen darüber, was es mit diesem Riesen auf sich hatte. Kai beugte sich daher zu dem geschuppten Hals des kleinen Drachen hinunter und tätschelte ihn.

»Hast du Amabilia gehört, Olitrax? Beeile dich, wir werden erwartet.«

Olitrax verdoppelte seine Anstrengungen und bald erblickte Kai in der Ferne ein mit Laternen hell beleuchtetes Gebäude mit Reetdach und angrenzenden Stallungen. Das Anwesen war von weit über einem Dutzend verschiedener Kutschen umgeben. Männer und Frauen luden Gepäckstücke ab, Pferdeknechte pflockten Kaltblüter an und auf einer nahen Koppel drängte sich eine bunt gemischte Herde Schafe und Rinder.

»Der Gnomenhof ist mit Flüchtlingen überfüllt«, kommentierte Amabilia das Geschehen unter ihnen traurig. »Wer kann, der flieht vor Morgoyas Horden nach Süden. Sag Olitrax, dass er die große Eiche da hinten anfliegen soll. Ich habe mit Fi vereinbart, dass wir uns dort treffen.«

Kai fasste einen großen Baum mit weit ausladenden Ästen ins Auge, der etwas abseits der Herberge auf einem Hügel stand und gab Olitrax das Kommando, zu ihm hinabzugleiten. Schon bald konnte er im Schatten des dicken Stamms eine schlanke Gestalt mit hellen Haaren erkennen, die aufsprang, kaum dass sie den Flügelschlag des jungen Drachen vernahm.

Olitrax setzte auf einer Wurzel direkt neben Fi auf und Kai ließ sich ungestüm zu Boden gleiten. Kurzerhand schüttelte er die Wirkung des Verkleinerungstranks ab und gewann wieder seine normale Größe zurück.

»Kai!« Fi strahlte und stürmte auf ihn zu. Bevor er etwas sagen konnte, umarmte sie ihn heftig. »Wir haben uns solche Sorgen um dich gemacht. Du kannst dir nicht vorstellen, *wie* viele Sorgen wir uns um dich gemacht haben. Ich bin so froh, dass du wieder bei uns bist«, sprudelte es aufgeregt aus ihr heraus. Dann deutete sie auf Kais Rucksack. »Ich habe auch dein Gepäck in Sicherheit gebracht.«

Kai warf einen erleichterten Blick auf seinen Rucksack. Immerhin befand sich darin noch immer jene geheimnisvolle Dschinnenbüste, die ihm noch eine Antwort schuldig war.

»Außerdem hatte ich selbst schon Befreiungspläne für dich geschmiedet, aber Amabilia wollte nicht, dass ich mit ihr und Olitrax mitkomme. Wenn es darauf angekommen wäre, dann hätte ich es natürlich auch alleine versucht. Oder mit Dystariel. Ich …«

»Ist ja gut, Kindchen.« Amabilia deutete mit ihrem Zauberstab zu einem der Äste des Baumes und senkte diesen auf magische Weise zu sich herab. Sie ließ sich darauf nieder und der Ast näherte sich knarrend Kais Schulter.

Fi ließ Kai los und er sah sie verlegen an.

»Du weißt doch, Unkraut vergeht nicht«, murmelte er und war froh, dass die Dunkelheit verbarg, dass er rot geworden war. Fi hätte ihn gern noch etwas länger umarmen dürfen.

Doch jetzt kletterte Amabilia auf seine Schulter und ließ den Ast zurückschnellen.

»Fi, hast du meine Schwestern schon gesehen?«

»Ehrlich gesagt bin ich noch nicht im Gasthaus gewesen«, antwortete Fi beschämt. »Es ist so voll … und ich wollte hier lieber auf euch warten. Hast du die Nachricht für Dystariel hinterlegt?«

»Ja, hab ich.« Amabilia hielt kurz inne. »Aber auch wenn sie Thadäus' Vertrauen genießt, sehe ich es ehrlich gesagt nicht so gerne, wenn sich ausgerechnet eine Gargyle in unserer Nähe aufhält.«

»Du tust ihr Unrecht«, meinte Kai. »Sie mag zwar gewöhnungsbedürftig sein, aber sie war uns in all der Zeit eine treue Verbündete. Denk daran: Sie war einmal ein Mensch, bevor sie von Morgoya zu dem gemacht wurde, was sie heute ist.«

Kai musste wieder daran denken, was ihm Gilraen über Dystariel berichtet hatte. Sie war nicht irgendein Mensch gewesen, vielmehr handelte es sich bei ihr um die Tochter der Nebelkönigin. Welche Tragweite dieses Geheimnis hatte, wagte sich Kai nicht auszumalen.

»Trotzdem, solange ich nicht weiß, wie es ihr gelungen ist, sich dem Willen dieser selbst ernannten Nebelkönigin zu widersetzen, bleibe ich vorsichtig«, meinte Amabilia trocken. »Und nun lasst uns zum Gasthof gehen. Wir haben viele Dinge zu bereden. Denkt dran, dass wir unbedingt unauffällig bleiben müssen. Wer weiß, ob sich Agenten Morgoyas oder der Magierschaft im Gasthof aufhalten. Ich habe mit den Schwestern abgesprochen, dass wir uns tarnen. Also, Fi, verberge dein Haar und deine Ohren. Wenn dich jemand fragt, gib dich als Jäger aus. Und du Kai«, sie musterte skeptisch sein verschmutztes Gewand und den Zauberstab in seiner Hand, »na ja …«

»Es wird schon keiner nachfragen.« Kai winkte ab.

Die Däumlingshexe seufzte. Fi kramte eine Mütze hervor und setzte sie auf.

»Können wir dann?« Kai blickte auf Olitrax herab. »Und du, mein Lieber, bleibst hier und behältst die Umgebung im Auge.«

Der Drache gehorchte schnaubend.

Zügigen Schrittes betraten sie den Gnomenhof. Es zeigte sich, dass die geräumige Wirtsstube trotz der späten Stunde ziemlich überfüllt war. Um die Tische herum saßen Dutzende ausgehungerter Flüchtlinge bei Suppe und Brot. Frauen tuschelten niedergeschlagen miteinander, Kaufleute beratschlagten sich und irgendwoher war das Plärren eines Kindes zu hören. Mitten im Getümmel balancierte eine Schankmaid ein Tablett mit Schüsseln durch den Raum. Wie erwartet kannten all diese Menschen nur ein Thema – den Krieg. Kai vernahm Gesprächsfetzen über Plünderungen und Gräueltaten im Norden, die ihn schaudern ließen.

Endlich entdeckte er einen Tisch in der hintersten Raumecke, an dem vier Frauen über Bierkrügen gebeugt saßen und aufmerksam die Umgebung beobachteten. In ihrer Nähe standen Besen, Rucksäcke, notdürftig als Wanderstecken getarnte Zauberstäbe sowie einige Reisigbündel. Aus einem von ihnen lugte der Kopf einer Kröte hervor.

Hatten die Hexen mit Amabilia nicht vereinbart, unauffällig zu bleiben? Kai warf Fi einen kurzen Blick zu, lächelte dann aber, als er die Älteste in der Runde wiedererkannte. Es war die alte Kräuterhexe Lupura, die ihnen auf dem Hexenberg einst das Leben gerettet hatte. Eilig schoben er und Fi sich auf den Tisch zu und die Alte lächelte, als sie die beiden auf sich zukommen sah.

»Junge, dem Unendlischen Lischt schei dank. Du bischt entkommen!«, nuschelte Lupura erleichtert und entblößte beim Sprechen ihre große Zahnlücke. »Ischt auch Amabilia heil zschurückgekehrt?«

»Natürlich bin ich das!«, antwortete die Däumlingshexe. Kai hielt sie seit dem Betreten der Schankstube in der linken Hand verborgen. »Wir müssen reden. Es gibt viel zu besprechen – aber hatte ich euch nicht gesagt, dass ihr euch tarnen sollt?«

»Was hast du denn?«, maulte eine der Hexen mit einer dicken Warze auf der Nase verständnislos. »Haben wir doch. Wir haben uns jedem gegenüber als Reisigsammlerinnen ausgegeben.«

»Ihr alle?« Amabilia rollte mit ihren winzigen Augen und Kai setzte sie neben einem der Bierkrüge ab. »Wo sind die übrigen Schwestern?«

»Wir haben sie leider nicht gefunden.« Die Hexe mit der dicken Warze seufzte. »Als die Magier kamen, ging alles so schnell. Jede von ihnen hat sich überstürzt aus dem Staub gemacht. Wer mag es ihnen verdenken?«

»Wie dumm.« Amabilia ballte ihre winzigen Fäuste. »Wir müssen die Schwestern unbedingt wieder zusammentrommeln. Wenn Morgoya erscheint, muss jede von ihnen wieder an Ort und Stelle sein!«

Die alte Lupura wollte gerade zu einer Antwort ansetzen, als durch die angelehnte Tür zu einem Hinterzimmer einige saftige Flüche drangen.

»Wieder gewonnen!«, rief eine brüchige Stimme erfreut dazwischen. »Glauben Sie mir, meine Herren, ich kann es mir selbst nicht erklären. Aber wie es bei uns in Fryburg so schön heißt, Spielschulden sind Ehrenschulden.«

Lupura, die Kais Blicke bemerkte, winkte ab. »Da hinten schitzen einige Schöldner beim Glückschschpiel.«

Kai drückte die Tür neugierig auf und sah in einen verqualmten Raum, in dem acht derbe Schwertgesellen um einen wackeligen Tisch herum saßen, auf dem Knochenwürfel sowie Türme von Gold- und Silbermünzen lagen. Die Männer waren sichtlich schlechter Laune, doch das schien dem hageren Mann im schlichten Gelehrtengewand, der zwischen ihnen eingeklemmt saß, nicht zu stören.

»Magister Äschengrund?! Was macht ihr denn hier?« Kai blickte in die Runde. Sofort richteten sich acht wütende Augenpaare auf ihn. Äschengrund war gerade dabei, alle Münzen auf dem Spieltisch abzuräumen. Erstaunt sah er auf.

»Kai? Nein, das glaube ich ja nicht. So ein Zufall. Sieh nur, wie viel Geld ich heute gewonnen habe. Dabei kannte ich dieses Würfelspiel bis vor wenigen Stunden gar nicht.« Mit einem arglosen Lächeln verstaute er seine Geldkatze. »Es heißt Drachenhatz, da konnte ich natürlich nicht widerstehen. Aber die netten Herren hier waren so freundlich, mir die Regeln zu erklären.«

»Ihr wollt uns doch nicht etwa verlassen, ohne uns die Möglichkeit zu geben, unser Geld wieder zurückzugewinnen?« Der Bulligste unter den acht Söldnern stierte den Drakologen drohend an. Jovial klopfte Äschengrund dem Söldner auf die Schulter. »Tut mir leid, mein Bester, aber ich muss jetzt leider gehen. Geschäfte, versteht Ihr? Aber kommt doch irgendwann mal nach Fryburg. Das Spiel hat mir wirklich Spaß gemacht.«

Der Söldner wollte zornig aufspringen, als ihn einer seiner Kameraden zurückhielt und warnend zur Tür deutete. »Zaubervolk!«

Kai entdeckte, dass sich hinter ihm nun auch Fi und die Hexen aufgebaut hatten. Wie zufällig hielt Fi Pfeil und Bogen in der Hand.

»Fiadora, du auch hier?«, rief Äschengrund überglücklich. »Und die holden Damen ebenfalls. Also *das* ist ja wirklich mehr als erstaunlich.«

Bevor der Drakologe sich in weiteren Begrüßungshymnen ergehen konnte, zog Kai schnell die Tür wieder zu. Sofort setzten im Hinterzimmer wütende Diskussionen ein.

»Magister Äschengrund, was zum Unendlichen Licht macht ihr hier?«, wollte nun auch Amabilia wissen. Sie stand mit in die Hüften gestemmten Armen auf der Hand Lupuras und sah den Gelehrten verwirrt an.

»Äh, hier im Gnomenhof?« Der Drakologe sah irritiert in die Runde. »Ehrlich gesagt weiß ich das selbst nicht so genau. Nivel und Levin haben mich hierhergeführt.«

»Wie bitte, die beiden magischen Droschkenlenker sind ebenfalls hier?«, fragte Fi erstaunt.

»Aber ja, und zwar«, der Drakologe begann zu flüstern, »im Auftrag der Feenkönigin höchstselbst, wie ich anmerken möchte. Ich soll Thadäus etwas persönlich aushändigen. Wo ist denn der alte Bücherwurm?«

»Magister Eulertin ist nicht hier«, sagte Kai. »Schlimme Dinge sind geschehen. Ihr kennt nicht zufällig einen Ort, an dem wir uns ungestört unterhalten können?«

»Äh, doch.« Äschengrund nickte. »Ganz zufällig hatte ich das Glück, oben auf dem Dachboden dieser Herberge noch als Letzter ein Zimmer zu bekommen. Es ist sowieso erstaunlich, wie viel Glück ich in letzter Zeit hatte. Erst die Sache mit diesen Wegelagerern, dann der Zwischenfall mit dem Bären und ganz zu schweigen von diesem Blitz bei dem Unwetter vorgestern, der ...«

»Magister, darüber können wir später reden.« Fi warf Kai einen knappen Blick zu. Ohne Zweifel dachte sie das Gleiche wie er. Auf dem Drakologen lag offenbar der Segen der Feenkönigin Berchtis. Sein überraschendes Auftauchen hatte also einen wichtigen Grund.

»Na gut«, antwortete der Drakologe. »Dann folgt mir mal.«

Kai bedeutete den Hexen, ihre Sachen aufzunehmen und Äschengrund zu folgen. Wenig später gelangten sie über eine knarrende Holztreppe zu einer vom restlichen Dachstuhl abgetrennten Kammer, die früher als Trockenboden gedient haben musste. Eine Strohmatratze, eine Kiste und eine hölzerne Waschschüssel deuteten darauf hin, dass die Wirtsleute hier ein Notquartier eingerichtet hatten.

Hastig zwängten sich Äschengrund und die Hexen ins Innere des niedrigen Raums. Sie suchten sich Sitzplätze am Boden, während Kai und Fi direkt neben der Tür Aufstellung nahmen.

»Wollt ihr mir nicht endlich berichten, warum *ihr* hier seid?« Der Drakologe sah Kai und Fi gespannt an, während er eine Pferdetasche öffnete. Etwas Mondsilbernes blitzte darin. Außerdem konnte Kai eine eingewickelte, blau-weiße Stoffbahn und einen hölzernen Kasten mit goldenen Schwanenapplikationen erkennen. Kai hob interessiert eine Augenbraue. Doch Äschengrund verstaute lediglich seinen Spielgewinn und packte Stoffbahn und Kasten wieder ein.

»Rischtig«, murmelte die alte Lupura und stellte Amabilia auf einer Kiste ab. »Wir würden ebenfallsch gern auf den neueschten Schtand gebracht werden.«

Ausführlich berichteten Kai und Amabilia, was sich in Colona zugetragen hatte.

»Aber das ist ja fürchterlich«, sagte der Drakologe, als sie endeten. »Das heißt, ich bin der einzige Magier vom *Hermetischen Orden von den vier Elementen*, der noch übrig ist? Ich meine, zaubern kann ich ja nicht mehr, aber ...« Laut stampfte der Drakologe mit dem Fuß auf den Boden auf. »Seine Magnifizenz ist nicht besser als Morgoya selbst! Die Schatten müssen seinen Verstand verdüstert haben. Ich habe ihn schon immer für einen blasierten Wichtigtuer gehalten, aber dass er noch immer Hexen verfolgt und nicht einmal davor zurückschreckt, einen Sklavenkragen gegen die Letzte Flamme einzusetzen ... Der Mann gehört abgesetzt! Man sollte ihn gefesselt vor einer Drachenhöhle absetzen und darauf warten, wie er genüsslich von Sturmdrachen gegrillt wird!«

»Beruhige dich, Haragius.« Amabilia seufzte.

»Was ist das für ein Geheimnis, das die Kobolde Colonas hüten?«, wollte Fi wissen. Kai zuckte mit den Achseln.

»Das ist jetzt auch erst mal zweitrangig«, erklärte Amabilia. »Wir müssen uns jetzt um Thadäus kümmern. Er befindet sich in Gefahr. Sogar in sehr großer Gefahr. Die Magier wollen ihn Thraak ausliefern.«

»Was!? Dem Riesen?«, riefen Fi, Äschengrund und die Hexen fast gleichzeitig. Fassungslos sah sich Kai in der Dachkammer um. War er hier der Einzige, der diesen Thraak nicht kannte?

»Wasch bezschwecken die Magier damit?«, nuschelte die alte Lupura.

»Ich weiß es nicht.« Die Däumlingshexe sah nun wirklich niedergeschlagen aus. »Ich weiß nur, dass Thraak Thadäus mehr hasst als irgendjemanden sonst auf der Welt.«

»Würde mir endlich mal jemand erklären, was es mit diesem Thraak auf sich hat?«, rief Kai ungehalten dazwischen.

»Thraak ist einer der mächtigsten Riesen zwischen hier und dem Riesengebirge«, erklärte Fi. »Er gilt als herrschsüchtig, unbeugsam und gewalttätig. Er soll sich irgendwo im Osten des Schiefen Gebirges aufhalten.«

»Ja, im Kerkerwald«, pflichtete ihr Haragius Äschengrund bei. »Er treibt dort sein Unwesen, seit er vor sechshundert Jahren den Bergdrachen Gunlagon erschlagen hat. Es heißt, dass er sich seitdem im Hort des alten Drachen einquartiert hat.«

»Kai, du musst wissen, dass Thadäus vor vielen Jahren die Sturmkrone Thraaks zerstört hat«, erklärte Amabilia. »Riesen fressen wahllos alles, was sich auf zwei, vier oder noch mehr Beinen bewegt. Thraak war besonders gefürchtet, da er mit seiner Sturmkrone Macht über den grimmen Nordwind besaß und mit ihr viel Unglück auch über die benachbarten Regionen brachte. Ich dachte, du weißt das. Hast du dem Nordwind nicht schon einmal gegenübergestanden?«

Endlich erinnerte sich Kai wieder, wann er den Namen des Riesen zum ersten Mal gehört hatte. Magister Eulertin hatte sich damals in der Kaverne der Winde als Träger des Splitters von Thraaks Sturmkrone ausgegeben. Und jetzt verstand er auch, warum der Däumlingszauberer damals so davon überzeugt gewesen war, dass ihm der Nordwind verpflichtet sei.

»Der Sieg über Thraak hat Thadäus großen Ruhm in der Zaubererwelt eingebracht.« Äschengrund wischte sich fahrig über seine große Nase. »Ich schätze, das hat Seiner Magnifizenz damals gar nicht geschmeckt. Bis dahin galt nämlich der Erzmagus als größter lebender Windmagier. Ob er sich so an Thadäus rächen will?«

»Das kann ich mir ehrlich gesagt nicht vorstellen.« Fi biss sich nachdenklich auf die Lippen. »Dieser Aureus von Falkenhain muss sich davon etwas ganz Besonderes versprechen, es muss noch etwas anderes dahinterstecken.«

»Erzmagus hin oder her«, ereiferte sich Kai, »wir müssen so schnell wie möglich in den Kerkerwald aufbrechen und Magister Eulertin befreien.«

»Ja, das müssen wir.« Amabilia nickte. »Nur weiß ich nicht, wo genau der Riese lebt.«

»Leider wahr«, stimmte ihr der Drakologe zu. »Thadäus hat Thraak damals verschont. Dafür musste der Riese ihm versprechen, dass er die Gebiete der Menschen und Zwerge in Ruhe lässt. Seitdem ist es ruhig um Thraak geworden. Er jagt nur noch nachts.«

»Riesen hinterlassen doch gut sichtbare Spuren«, überlegte Fi. »Wenn wir das Waldgebiet aus der Luft erkunden, müsste sich doch in ein oder zwei Tagen herausfinden lassen, wo sich Thraak aufhält.«

»Das dauert mir zu lange, Fi. Bis dahin ist es mit Magister Eulertin vielleicht schon aus.« Kai wandte sich wieder dem Drakologen zu. »Magister Äschengrund, habt Ihr uns nicht gerade erzählt, dass sich Thraak im Hort dieses Walddrachen eingenistet hat?«

»Äh, ja. Angeblich handelte es sich dabei um die Ruine der alten Kerkerburg. Ein Gefängnis aus den Tagen der Kaiserzeit. Aber ich habe keine Ahnung, wo ...«

»Aber ich! Darf ich mal?«, unterbrach ihn Kai. Er schritt ungestüm zum Lager des Drakologen und klappte dessen Satteltaschen auf. Er schob die blau-weiße Stoffbahn und den seltsamen Kasten mit den goldenen Schwanenapplikationen beiseite und fand schließlich, was er suchte – den arkanen Droschkenlenker.

Die Mondsilberscheibe ruhte schwer in seinen Händen. Wenn ihnen jemand den Weg zu Thraaks Versteck weisen konnte, dann Nivel und Levin. Augenblicklich wölbte sich der vornehme Gesichtszug eines der beiden Zwillinge aus dem Zauberartefakt hervor.

»Magister Äschengrund«, näselte die blecherne Stimme gereizt. »Ich kann mich nur wiederholen: Dass wir Euch zum Gnomenhof geführt haben, geschah auf ausdrückliche Anweisung Ihrer feenköniglichen Majes... Oh! Der junge Adeptus! Welche Freude. Wie können wir Euch zu Diensten sein?«

»Nivel?«

»Nein, ich bin Levin, hochverehrter Adeptus.« Das Gesicht rollte mit den Augen. »Meinen ungehobelten Bruder findet Ihr wie immer auf der Rückseite.«

Kai drehte die Mondsilberscheibe um und sah, dass sich auch dort ein Gesicht aus dem magischen Metall geschält hatte.

»Ah, der Held der Schlacht im Albtraumgebirge!«, begrüßte ihn der Postillion aufgeregt. Nivel zwinkerte ihm begeistert zu. »Ich bin ja leider noch nicht dazu gekommen, Euch zu gratulieren. Aber …«

»Nivel«, unterbrach ihn Kai. »Dafür ist jetzt keine Zeit. Wir benötigen ein weiteres Mal deine geografischen Kenntnisse aus der Kaiserzeit.«

»Nur zu«, quäkte der arkane Droschkenlenker. »Nur hoffe ich, dass es nicht wieder etwas mit dem finsteren Murgurak zu tun hat.«

»Feigling«, dröhnte es von der Rückseite.

»Weißt du, wo im Schiefen Gebirge die Kerkerburg liegt?«

»Die alte Zwingfeste, in die Seine Kaiserliche Majestät einst die Staatsfeinde des Reiches einsperren ließ? Ja, ich kann Euch dorthin führen.«

»Wunderbar!« Kai drehte sich mit triumphierendem Blick zu seinen Gefährten um. »Jetzt brauchen wir nur noch eine schnelle Reisemöglichkeit! Amabilia, verfügst du noch über weitere Verkleinerungselixiere?«

»Ich habe nur noch einen einzigen Zaubertrank übrig.« Amabilia wirkte nachdenklich. »Und ein Hexenbesen trägt leider nur genau eine Person. Hinzu kommt«, sie wandte sich zu ihren Hexenschwestern um, »dass wir unbedingt die übrigen Schwestern finden müssen. Wir wissen nicht, wie viel Zeit uns noch bleibt, bis Morgoya selbst in die Kämpfe eingreift. Andererseits könnten wir gegen Thraak gut eure Hilfe gebrauchen.«

»Äh, ich könnte Kristallfell beisteuern«, schlug Haragius Äschengrund vor. »Aber schneller als ein gewöhnliches Pferd ist der Gaul auch nicht.«

»Euer unsichtbares Zauberross?«, wandte Fi erstaunt ein.

»Ja, Kristallfell ist eines Tages wieder bei mir aufgetaucht. Einfach so. Ich bin auf ihm hierhergelangt.«

»Nein, wir machen es anders.« Kai hob die Hand, bis wieder Ruhe eingekehrt war. »Eine kleine, aber schlagkräftige Truppe sollte genügen, um Magister Eulertin zu befreien. Sucht ihr Hexen also ruhig nach euren Schwestern. Fi, du nimmst den Verkleinerungstrank und fliegst zusammen mit Amabilia auf Olitrax zu dieser Kerkerburg.« Kai wog kurz ab, ob er den Hexen von Dystariel berichten sollte, entschied sich dann aber dagegen. »Ich selbst werde eine Freundin bitten, mich mitzunehmen.«

»Na gut.« Amabilia nickte verstehend und klatschte in ihre winzigen Hände. »Ihr habt es gehört, Schwestern. Auf, beeilt euch! Und gebt euch Mühe!«

»Kannscht disch auf unsch verlaschen, Amabilia!« Die Hexen erhoben sich und verließen unter Führung der alten Lupura die Kammer.

»Gut, dann werde ich euch auf Kristallfell folgen«, sagte Haragius Äschengrund. Herrje, Kai hatte den Drakologen ganz vergessen. Er konnte sich eigentlich nicht vorstellen, wie ihnen der lebensferne Magister behilflich sein sollte.

»Vielleicht wäre es besser, äh, wenn Ihr hierbleibt und auf uns wartet? Das wird sicher nicht ungefährlich.«

Der Magister trat auf Kai zu und schüttelte energisch seinen Kopf. »Nein, mein Junge, ich *muss* Eulertin sehen.« Er klopfte auf eine Ausbuchtung unter seinem Gewand. »Die Feenkönigin hat mich nicht ohne Grund losgeschickt.«

Kai blickte ihn neugierig an. Dann nickte er. »Gut, wie Ihr wollt.«

Fi half Magister Äschengrund dabei, seine Sachen zusammenzupacken, während sich Kai und Amabilia von Nivel detailliert erklären ließen, wo die alte Kerkerburg lag.

Wenig später betraten auch sie wieder den Vorplatz des Gasthauses. Noch immer befanden sich dort eine Menge Menschen, doch glücklicherweise zollte ihnen niemand große Beachtung. Äschengrund führte sie mit ausholenden Schritten hinter den Stall der Herberge. Sie kamen an einer Vielzahl weiterer Kutschen und Karren vorbei und gingen dann auf eine im Schatten liegende Baumgruppe zu.

»Hier irgendwo habe ich den unsichtbaren Gaul angebunden«, klagte der Drakologe leise. »Nur sieht bei Nacht ein Baum aus wie der andere. Kristallfell? Kristaaallfeeell?«

»Seht an, ganz so, wie ich es mir gedacht habe! Dieser vertrottelte Alte versucht, sich mit unserem Geld aus dem Staub zu machen.«

Kai, Fi und Äschengrund wirbelten herum und Kai verfluchte seine Unbesonnenheit. Hinter ihnen, zwischen den Kutschen, traten acht dunkel gekleidete Gestalten hervor, in deren Händen gespannte Bögen und Armbrüste lagen. Offenbar hatten die Söldner die Dachkammer Äschengrunds im

Auge behalten und waren ihnen dann heimlich gefolgt. Sogar Fi hatte ihr Kommen nicht bemerkt.

»Vielleicht bekommen wir in Colona sogar eine Belohnung für Euch?« Der bullige Söldner, der Kai schon im Hinterzimmer aufgefallen war, trat mit gespannter Armbrust vor.

»He, du«, er deutete mit dem Kinn auf Fi, die bereits nach ihrem Pfeilköcher griff. »Denk nicht mal dran! Und jetzt her mit euren Wertsachen!«

Kai biss sich vor Wut auf die Lippe. Mit drei oder vier der elenden Halunken wären er und Amabilia vielleicht fertig geworden, doch gegen einen Hagel Bolzen und Pfeile vermochte höchstens Magister Eulertin mit seinen Luftelementaren etwas auszurichten.

In diesem Augenblick bemerkte Kai eine flatternde Bewegung auf dem Stallgiebel. Olitrax! Doch wie sollte ihnen der kleine Drache schon helfen können?

»Das ist empörend!« Äschengrund stemmte wütend seine Arme in die Hüften. Hinter ihnen in den Bäumen rauschte es. »Ich warne die Herrschaften. Ich stehe unter dem direkten Schutz des Markgrafen von Fryburg!«

Die Söldner wichen erschrocken vor ihnen zurück. Ihre Gesichter verzogen sich in namenlosem Grauen, dann machte der Erste von ihnen kehrt und rannte davon. Die anderen Söldner schlossen sich ihm schreiend an.

»Ha!«, rief Äschengrund zufrieden und rannte den Flüchtenden einige Schritte nach. »Lauft nur, ihr Halunken. Ich werde dem Markgrafen eine genaue Beschreibung von euch geben! Und wenn mein drakologisches Museum erst eröffnet ist, dann glaubt mal ja nicht, dass ihr Eintritt bekommt!«

»Probleme?«, röhrte hinter ihnen eine vertraute Reibeisenstimme.

Kai und Fi wandten sich erleichtert zu Dystariel um. Die Gargyle stand mit ausgebreiteten Schwingen gut sichtbar zwischen den Bäumen und pulte mit einer ihrer Krallen beiläufig einige Fleischreste zwischen den langen Reißzähnen hervor.

»Ja«, antwortete Kai und atmete tief ein. »Sogar Riesenprobleme!«

Thraak

Irgendwo im Wald waren die leisen Rufe einer Nachteule zu vernehmen. Die Luft roch nach Tannennadeln und feuchter Erde.

Kai tastete sich vorsichtig von Baum zu Baum und spitzte die Ohren, jederzeit mit einer unbekannten Gefahr rechnend. Doch zu seinem Ärger konnte er nicht einmal verhindern, dass ihm ständig tief hängende Äste ins Gesicht schlugen. Irgendwann gab er seine gebückte Haltung auf und folgte dem Beispiel Fis, die sich flach auf den Waldboden presste. Wie erwartet verhedderte sich sein Umhang sogleich in einigen spitzen Nadelzweigen und er hatte Mühe, ihn ohne größere Geräusche freizubekommen.

»Pst!«, mahnte Fi ihn leise. Ihr schlanker Körper war in der Dunkelheit nur schemenhaft zu erkennen. Dennoch konnte Kai mitverfolgen, wie sich seine Begleiterin gewandt zu einer breiten Bodensenke zwischen zwei umgeknickten Baumstämmen vorarbeitete, sich in die Grube hineinrollen ließ und auf einen Erdaufwurf am nahen Waldrand zurobbte, der einen guten Blick auf die vor ihnen liegende Talsenke versprach.

Kai seufzte. Eigentlich war vereinbart gewesen, dass sie auf der Lichtung zurückbleiben, auf der sie gelandet waren. Zumindest so lange, bis Dystariel, Amabilia und Olitrax die nähere Umgebung ausgekundschaftet hatten. Doch hier ging es immerhin um das Leben von Magister Eulertin. Fi und er hatten es daher nicht länger ausgehalten. So hatten sie sich schließlich auf eigene Faust aufgemacht und sich etwas näher an Thraaks mutmaßliches Versteck herangeschlichen.

Als Kai Fi endlich einholte, lugte diese bereits zwischen einigen Farnen hindurch.

»Da ist sie, die Ruine der Kerkerburg!«, murmelte sie.

Kai folgte ihrem Blick. Inmitten der Talsenke thronte ein schwarzes Felsmassiv, auf dem sich schroff und unheilvoll die Silhouette einer düsteren Ruine im fahlen Mondschein abzeichnete. Bei dem Bauwerk handelte es sich um eine alte Zwingfeste mit hohen Türmen und Mauern, die sich von dem erhöhten Standpunkt aus gut verteidigen ließ. Doch heute war von der einstigen Pracht nicht mehr viel übrig. Die Burg lag verfallen vor ihnen. Der mächtige Bergfried war halb in sich zusammengestürzt, im verwitterten Mauerwerk prangten große Risse und das ehemalige Tor war mit Bäumen und Ranken überwuchert. Sogar von ihrem Versteck aus konnten sie das leise Heulen des Nachtwindes hören, der unentwegt durch die Mauern der Ruine blies. Und da war noch etwas: seltsame Schnarrlaute, die sich in regelmäßigen Abständen in die Säuselgeräusche des Windes mischten.

»Können wir uns denn sicher sein, dass Thraak hier wirklich haust?«, wisperte Kai. »Ich meine, wenn er wirklich so groß ist, müsste man ihn doch eigentlich sehen können, oder?«

»Aber Kai«, antwortete Fi fast belustigt. »Wir sind längst über seine Spuren gestolpert. Schau mal hinter dich.«

Irritiert wandte sich Kai wieder dem Weg zu, über den sie auf den Hügel gelangt waren – und ihm stockte der Atem. Die eigentümliche Bodensenke, die sie eben durchquert hatten, erwies sich im Mondlicht nicht als normale Vertiefung. Bei ihr handelte es sich um eine gewaltige Fußspur!

»Bei allen Moorgeistern!«, wisperte Kai entsetzt. »Ich wusste nicht, dass dieser Thraak *so* groß ist.«

In diesem Moment war über der Ruine eine flatternde Bewegung auszumachen, die sich zügig dem Waldrand näherte. Es war Olitrax. Zielstrebig flog er auf ihr Versteck zu, kaum dass Kai ihn in Gedanken herbeigerufen hatte. Seine Schuppen glänzten im Mondlicht wie rotes Kupfer, und einen Moment lang machte sich Kai Sorgen, dass der kleine Drache auch von dem Riesen gesehen werden konnte. Augenblicke später hatte Olitrax sie erreicht und ließ sich auf einigen dünnen Zweigen nieder, die unter seinem Gewicht knackten.

»Leise, Olitrax!«, ermahnte ihn Kai. Der kleine Drache schnaubte aufgeregt und spie ihm zur Begrüßung einen seiner Rauchkringel ins Gesicht.

»Thraak schläft«, machte Amabilia auf sich aufmerksam. Sie erhob sich auf Olitrax' Rücken und deutete mit ihrem winzigen Zauberstab in Richtung Ruine. »Wir haben ihn durch das offene Dach des alten Rittersaals entdeckt. Er schnarcht so laut wie ein Mühlwerk. Und ihr könnt euch nicht vorstellen, wie groß er ist. Wie ein Berg.«

»Das ist die Gelegenheit!«, flüsterte Fi. »Habt Ihr auch Magister Eulertin gefunden?«

»Nein.« Die Stimme der Däumlingshexe zitterte. »Wir sind wirklich sehr dicht über die Ruine hinweggeflogen. Da drinnen liegt alles Mögliche. Knochen. Felle … aber kein …« Amabilia brach plötzlich in leises Schluchzen aus und konnte nur mühsam weitersprechen. »Ich meine … wir müssen damit rechnen, dass Thraak ihn bereits gefressen hat.«

»Amabilia«, flüsterte Kai erschrocken. Mitfühlend streckte er seine Hand nach ihr aus. »Magister Eulertin ist winzig klein. Wo immer er ist, selbst für dich sollte es unmöglich sein, ihn bei dieser Dunkelheit und aus einer solchen Höhe zu erkennen.«

»Das ist richtig«, pflichtete ihm Fi bei. »Wenn Magister Eulertin in der Ruine ist, werden wir ihn finden, bevor der Riese auch nur merkt, dass wir da waren.«

Amabilia schniefte und gewann langsam ihre Fassung zurück. »Sicher habt ihr recht, Kinder. Mich so gehen zu lassen, ist unverzeihlich.«

Mit leisem Rauschen glitt ein Schatten über die Baumwipfel hinweg. Dystariel setzte mit ausgebreiteten Schwingen auf dem Waldboden auf und bohrte ihre Krallen knirschend in das Wurzelwerk. Ihr pfeilförmiger Schwanz peitschte wütend hin und her.

»Verflucht, warum seid ihr nicht beim vereinbarten Treffpunkt geblieben?«, grollte sie mit gefletschten Reißzähnen. »Wir bekommen unerwarteten Besuch. Magier!«

»Was?!« Kai sah sich entgeistert zu Fi und Amabilia um. Endlich begriff er. »Das kann nur eines bedeuten, die Übergabe ist noch gar nicht erfolgt!«

Vom Himmel her zerriss nun ein lauter Raubvogelschrei die Nacht, und über dem Waldrand jenseits der Ruine schälten sich drei Riesenhabichte aus dem Dunkeln. Auf den Rücken der imposanten Vögel saßen Magier mit strahlend weißen Gewändern, die keinen Hehl aus ihrer Ankunft machten. Die Enden ihrer Zauberstäbe entflammten in gleißendem Silberlicht, als die gewaltigen Raubvögel zur Ruine hinabstießen und in einiger Entfernung vor dem verfallenen Burgtor zur Landung ansetzten.

Die Schnarchlaute setzten schlagartig aus und ein bedrohliches Ächzen rollte über die Talsenke. Innerhalb der Ruine polterte es, und mit einem Geräusch, das Kai an das Brechen und Knacken von Baumstämmen erinnerte, erhob sich zwischen den Mauerresten ein riesiger Schatten.

Kai war fassungslos.

Thraak war so groß wie ein Turm. Er war eine Naturgewalt. Alles an ihm war einfach nur gigantisch. Nicht nur, dass sein massiger Oberkörper auf Beinen ruhte, die so gewaltig wie die Steinsäulen des Beinhauses von Hammaburg waren, seine Arme glichen den Stämmen hundertjähriger Eichen und unter seiner Haut zeichneten sich Muskelstränge ab, so dick wie die Wurzeln der Jahrhunderteschen. Bekleidet war der Riese nur mit einem Schurz aus grob zusammengenähten Bärenfellen, die ihm in Fetzen von der Hüfte hingen.

Thraak schnaubte übellaunig und senkte sein mächtiges Haupt den Neuankömmlingen entgegen. Kai hatte noch nie ein derart vernarbtes Gesicht gesehen. Wind und Regen hatten tiefe Furchen in das Riesenantlitz gegraben, und die wirr herabhängenden Haarsträhnen konnten nicht verbergen, dass Thraaks Schädel fast kahl war. Der Riese blinzelte. Ständig blähte er seine Nasenflügel, als wollte er erschnuppern, wer es gewagt hatte, seinen Schlaf zu stören.

»Menschen«, rollte seine tiefe Bassstimme über den Wald. »Schlimmer noch ... Zauberer!«

Mit berstendem Geräusch schloss sich eine seiner gewaltigen Pranken um das Mauerwerk des Torbogens. Es rumpelte und mit Donnerhall stürzte das alte Torhaus in sich zusammen. Steine polterten zu Boden und eine Geröllawine krachte mit einer großen Staubwolke den Felshang hinab. Die Riesenhabichte schlugen panisch mit den Flügeln, doch die Magier auf ihren Rücken blieben bemerkenswert gelassen.

Thraaks Finger hielten jetzt einen schweren Felsquader umschlossen, den er drohend anhob. »Werde euch Kleinvolk schon zeigen, dass man Thraak nicht ungestraft stört!«, donnerte er.

»Warte!«, rief der vorderste der Magier. »Wir haben nicht umsonst so lange nach deinem Versteck Ausschau gehalten. Wir sind gekommen, weil wir dir ein Angebot unterbreiten wollen.«

Thraak, der den gewaltigen Felsen bereits zum Wurf erhoben hatte, schnüffelte misstrauisch und verharrte dann. »Was für ein Angebot könnt ihr mir schon machen, ihr Weichknochen?«

»Es herrscht Krieg«, rief der Zauberer zu Thraak empor, während er versuchte, sein Flugtier wieder unter Kontrolle zu bekommen. »Morgoya von Albion hat mit einem gewaltigen Heer über das Nordmeer übergesetzt und droht den Kontinent zu erobern. Wir wollen dich im Namen Seiner Magnifizenz zu Halla um ein Bündnis bitten! So, wie in jenen alten Zeiten, als du dich Sigur Drachenherz angeschlossen hast.«

Der Riese brummte unheilvoll, als er diesen Namen hörte.

»Das war einmal«, brauste seine Stimme wie Sturmwind von der Ruine. »Sigur Drachenherz hat mich im ehrlichen Zweikampf besiegt. Das ist nach ihm nie wieder jemandem gelungen. Ich war ihm verpflichtet. Diesmal geht mich euer Krieg nichts an.«

»Das ist so nicht richtig, Thraak Sturmriese!« Kai glaubte, eine gewisse Genugtuung in der Stimme des unbekannten Magiers mitschwingen zu hören. »Es gibt da noch jemanden, der sich brüstet, dich bezwungen zu haben.«

Durch Thraaks kolossale Gestalt ging ein Ruck und seine Nasenflügel bebten voller Zorn. Knirschend zerbröselte er den gewaltigen Quader in seiner Hand zu kleineren Felsen, die krachend auf die Ruine niederprasselten.

»Der Winzlingsmagier«, röhrte der Riese wütend. »Er hat mich nicht besiegt, er hat mich überlistet. Überlistet! Und er war einer von euch, ihr Maden!«

Thraak setzte mit einem großen Schritt über die Mauern der Ruine hinweg und die Erde zitterte derart, dass über den Baumwipfeln einige schlaftrunkene Vögel zum Nachthimmel aufstiegen. Mit einem Ruck packte er eine stattliche Tanne, riss diese samt dem Wurzelwerk aus dem Boden und wuchtete sie empor. »Und dafür gibt's jetzt Dresche, ihr kleinen Quälgeister!«

»Hör zu!«, schrie der Magier hastig und hob einen Käfig in die Höhe. »Was, wenn wir dir diesen Däumling ausliefern? Was, wenn wir dir zu deiner Rache verhelfen? Wirst du dich dann unserer Sache anschließen?«

Thraak hielt mitten im Schlag inne. Geräuschvoll blähte er die Nüstern. Seine Augen wirkten im Mondlicht trübe und von einem Narbengeflecht überzogen. Herrje, Thraak war blind!

»Ihr habt ihn dabei?«, röhrte Thraak ungläubig. »Den Winzling? Ihr habt ihn dabei?«

»Ihn, sein verräterisches Zaubertier und auch seinen Zauberstab. Auf ihm befindet sich ein Splitter deiner Sturmkrone, mit dem er sich als Zeichen des Triumphs über dich geschmückt hat. All das liefern wir dir aus. Doch nur, wenn du dich unserer Sache anschließt und einen magischen Eid ablegst.«

Thraak schnaubte. Doch dann verzog sich sein riesiger Mund zu einem hässlichen Grinsen.

»Gut«, grollte er vom Himmel herab. »Einverstanden.«

»Dann hebe deine Hand!«

Zögernd kam Thraak der Aufforderung nach. Der fremde Zauberer nickte seinen Kollegen zu. Zugleich hoben die Magier ihre Zauberstäbe. Grelle Lichtlanzen bahnten sich ihren Weg durch die Nacht und bündelten sich in der offenen Handfläche des Riesen.

»Ich hau euch eure Feinde tot«, brüllte Thraak wenig feierlich, »dafür bekomme ich den Winzling und alles was ihm lieb ist.«

Das blendende Licht erlosch. Der Käfig mit Magister Eulertin schwebte auf Geheiß des Magiers in die Luft. Kaum hatte er die Höhe des eingestürzten Torhauses erreicht, schnellte Thraaks Schwurhand nach vorn und er packte ihn mit zwei Fingern. Genüsslich zog er den Fang zu seiner Nase empor und schnüffelte voller Vorfreude daran. »Ja, er ist es. Kann ihn riechen, den Elenden.«

»Gut, wir erwarten dich in drei Tagen vor den Toren Colonas. Du weißt doch, wo Colona liegt, oder?«

»Ja, ich weiß das«, zürnte der Riese. »Ist dort, wo wir den bösen Zauberer Murgurak totgehauen haben. Ist ja noch nicht so lange her …«

Kai runzelte die Stirn. Murgurak war auf dem Gebiet des heutigen Colona besiegt worden? Egal, darum konnte er sich später Gedanken machen.

Die Magier grüßten den Riesen ein letztes Mal mit ihren Zauberstäben, dann gaben sie den Riesenhabichten das Zeichen zum Aufstieg. Mit schweren Flügelschlägen schraubten sich die Flugtiere wieder in die Höhe und flogen in Richtung Osten davon.

Thraak brummte zufrieden und schnüffelte ein weiteres Mal an dem Käfig.

»Wach auf, Winzling«, höhnte er. »Wir beide werden jetzt viel Spaß zusammen haben, ho, ho, ho!«

Mit schweren Schritten wandte sich Thraak zu der Ruine um und bückte sich. Anschließend stampfte er zum jenseitigen Waldrand hinüber und riss einige Bäume aus, die er mit geringem Kraftaufwand zerbrach.

»Verflucht, was tut er da?«, wollte Kai wissen.

»Ich weiß es nicht«, ertönte aus dem Dunkeln Amabilias feine Stimme. »Doch was auch immer es ist, wir sollten uns besser einen neuen Plan zurechtlegen. Und das schnell!«

»Also gut. Solange er beschäftigt ist, könnten wir versuchen, heimlich in die Ruine vorzudringen«, schlug Fi vor. »Ich glaube, Thraak hat den Käfig dort irgendwo abgestellt. Und wenn mich meine Augen nicht täuschen, schimmerten zwischen den Käfigstäben auch die Federn einer Königsmöwe. Kriwa ist also ebenfalls darin eingesperrt.«

»Angriff ist immer noch die beste Verteidigung!«, röhrte dicht über ihren Köpfen Dystariels Reibeisenstimme.

Kais Kopf ruckte hoch, und er sah, dass die Gargyle kopfüber und mit dicht an den Körper gepressten Schwingen von einer Tanne hing. Auf dem ersten Blick wirkte sie wie eine übergroße Fledermaus.

»Nein, unmöglich Dystariel!«, widersprach Kai. »Ein direkter Angriff wäre zu gefährlich. Wir machen es so, wie Fi vorgeschlagen hat. Sollte tatsächlich etwas schieflaufen, kannst du versuchen ihn abzulenken.«

Die Gargyle knirschte mit den Zähnen und nickte dann.

»Amabilia? Olitrax? Ihr führt uns!«

Während sich die Hexe und der Drache in die Lüfte erhoben, gab Fi Kai ein Zeichen. Sie sprangen aus ihrem Versteck und hasteten geduckt den Abhang hinunter, um von dort aus auf das Felsmassiv mit der alten Ruine zuzulaufen.

Erleichtert sah Kai, dass die Mauern der Ruine größer und größer wurden. Noch immer war jenseits der Burg ein lautes Krachen und Splittern zu hören. Amabilia und Olitrax hatten längst das eingestürzte Burgtor erreicht und blickten Fi entgegen, die nun behände zu der Ruine emporstürmte.

Kai keuchte schwer, als er endlich beim Burgtor ankam. »Bis jetzt läuft alles nach Plan«, flüsterte er.

»Ja, und das bedeutet erfahrungsgemäß, dass uns das dicke Ende noch bevorsteht.« Amabilia stieg mit Olitrax wieder auf. Kai und Fi kletterten über die herumliegenden Felsquader hinweg und erreichten einen Burghof, der von moosbewachsenen Mauern und halb verfallenen Gebäuden umgeben war. Die vielen Jahrhunderte, die über das Mauerwerk hinweggestrichen waren, hatten hier besonders deutliche Spuren hinterlassen. Der Wind pfiff durch tiefe Risse im Gestein, an den halb verfallenen Fassaden der Gebäude gähnten ihnen dunkle Fensteröffnungen entgegen und der Boden war übersät mit Schutt, Steinen und … Knochen.

Es waren Hunderte. Sie waren zum Teil bis auf das Mark aufgebrochen und noch immer stieg ein leicht süßlicher Geruch von ihnen auf. Ohne Zweifel handelte es sich hierbei um die Essensreste zahlloser Riesenmahlzeiten. Die von Wind, Wetter und Sonne gebleichten Gebeine erstreckten sich fast kniehoch bis hin zu dem Mauerwerk des einstigen Wehrturms. Kai erkannte die Überreste von Bären, Hirschen, Rehen und Wildschweinen. Doch vereinzelt entdeckte er auch ein Schulterblatt oder einen Schädelknochen, der zweifelsohne von einem Menschen stammte.

Ihn schüttelte es vor Grauen.

»Weiter!«, spornte sie Amabilia an. Olitrax sauste über den schrecklichen Burghof hinweg und flatterte auf den ehemals hohen Palas zu, der im Schatten des Bergfrieds lag. Kai und Fi staksten, so schnell es ging, durch den gewaltigen Knochenhaufen hindurch, bis auch sie das alte Gebäude erreicht hatten. Immer wieder knackte und knirschte es unter ihren Schritten, und sie waren froh, als sie endlich jene alte Treppe erreichten, die hinauf zu dem verrotteten Hauptportal des Gebäudes führte.

Vor ihnen lag der einstige Rittersaal der Kerkerburg. Der Boden war übersät mit Steinen und Gebälk. Weit über ihnen klaffte ein gewaltiges Loch in der Decke, durch das fahlsilbern das Mondlicht sickerte.

Kai blickte sich um und verzog das Gesicht, so sehr stank es nach altem Schweiß.

Er beschwor über seiner Hand eine kleine Flamme herauf und die Lichtverhältnisse um sie herum wurden etwas besser. Ein Großteil dessen, was er für Steinhaufen gehalten hatte, bestand in Wahrheit aus einem Meer aus Fellen. Amabilia hatte sie direkt zum Schlafplatz des Riesen geführt.

Von außerhalb der Burg war jetzt das dumpfe Schlagen von Fels auf Fels zu hören. Amabilia und Olitrax jagten zu dem Loch in der Decke hinauf und kamen kurz darauf wieder zu ihnen zurück.

»Thraak macht ein Feuer«, flüsterte die Däumlingshexe aufgeregt. »Er hat draußen einen riesigen Scheiterhaufen aufgeschichtet.«

»Dann schnell jetzt!«, sprach Fi. »Hier irgendwo muss der verdammte Käfig doch stehen.«

Sie schwärmten aus, und eine scheinbar endlos währende Zeit suchten sie den alten Rittersaal ab. Kai fand inmitten des Schutts schartige Waffen, verrostete Gürtelschnallen und altertümliche Brustharnische. Hin und wieder blinkte ihm auch ein goldener Pokal oder ein angelaufener Silberteller entgegen, der ihn daran erinnerte, dass sich hier einst der Hort eines Drachen befunden hatte. Draußen vor der Burg waren bereits die prasselnden Laute eines Feuers zu hören.

»Kommt her, ich hab Thadäus gefunden!«, rief Amabilia aufgeregt aus einer der hinteren Saalecken. Sofort stürmten Kai und Fi über die Felle zu ihr und sahen, dass der Käfig mit

Magister Eulertin und Kriwa auf dem zerbrochenen Sockel einer alten Statue stand. Hastig nahm Kai ihn an sich und blickte durch das feinmaschige Gittergeflecht. Magister Eulertin lag angebunden auf einem Gewitteregel, dessen feuchtglänzender Leib unentwegt flackerte. Der Däumling wirkte unversehrt, schien aber bewusstlos. Der Möwenleib Kriwas lag erschlafft neben dem winzigen Magier.

»Dem Unendlichen Licht sei Dank!«, flüsterte Kai. »Und jetzt weg von hier!«

Hastig stolperten sie wieder zum Hauptportal zurück, überquerten den mit Knochen übersäten Innenhof und erreichten das eingestürzte Portal, als Fi erschrocken innehielt. »Oh nein. Der Wind hat gedreht!«

Noch immer war in der Ferne das Prasseln des großen Scheiterhaufens zu hören, doch darin mischten sich jetzt geräuschvolle Schnüffellaute.

»Elfen ... Menschen ... Winzlinge und ... Drachen!«, grollte es über die Ebene. Ein mächtiges Stampfen brachte den Boden zum Zittern und irgendwo in der Ruine kollerten Steine herab. Fi presste Kai dicht gegen die Reste des alten Torbogens und zog einen Pfeil aus ihrem Köcher.

»Jetzt helfen uns nur Kampf und Glück«, flüsterte sie. »Macht euch auf was gefasst!«

Kai beschwor elementares Feuer herauf und sprengte das kunstvolle Schloss der Käfigtür. Hastig griff er hinein, tastete nach dem zerbrechlichen Leib Magister Eulertins und übergab ihn Amabilia, die ohne auf ihre eigene Sicherheit zu achten mit Olitrax herangeflogen kam.

»Bring ihn in Sicherheit, Amabilia!«

Kai wollte auch Kriwa befreien. Doch kaum hielt er die Möwe in den Händen, als ein Hagel aus Steinen und Felsen auf das Tor niederprasselte. Fi schrie auf, sprang in Deckung und feuerte noch aus der Bewegung einen ihrer Pfeile ab. Kai wurde von einem Brocken an der Schulter getroffen und ging unter Schmerzen zu Boden.

Zähneknirschend beschwor er einen großen Feuerball herauf und jagte ihn dem Nachthimmel entgegen, dorthin, wo in diesem Augenblick ein gewaltiger Körper das Mondlicht verdunkelte. Das elementare Geschoss explodierte in einem Meer aus Flammen. Thraak schrie wutentbrannt auf.

Kai sah, wie sich Olitrax auf Kriwa stürzte, seine Krallen in ihren Federleib bohrte, und sich mit schweren Flügelschlägen zum Waldrand aufschwang, als eine von Thraaks Pranken auf ihr Versteck herabsauste.

Kai schrie in Todesangst auf. Er gab sich einen Ruck, rollte zur Seite und stürzte den Abhang hinab. Dort, wo er eben noch gelegen hatte, erbebte der Boden. Weitere Mauerstücke zerbarsten unter der Wucht des Schlages und Kai wurde unter einer Lawine aus Steinen, Erdreich und abgerissenem Rankenwerk begraben.

Thraak beugte sich herab und sog geräuschvoll die Luft durch seine Nasenflügel.

»Einen von euch hab ich!« Unter unheilvollem Gelächter hob er einen seiner Fußballen, um Kai wie ein lästiges Insekt zu zertreten.

Da zerriss ein gellendes Kreischen die Nacht. Dystariel stieß wie ein düsterer Meteor vom Himmel herab, drehte sich im Flug und riss Thraak mit ihren Krallen die Wangen auf. Der

Riese brüllte. Thraak kam ins Taumeln, vergaß sein Vorhaben und fuhr wild mit seinen Pranken durch die Luft.

Kai fühlte plötzlich Fis Hände, die ihn unter dem Schuttberg hervorzogen. Mit Mühe kam er wieder auf die Beine und setzte zusammen mit Fi seine überstürzte Flucht fort. Hinter ihnen ertönte ein lautes Prasseln. Kai fuhr alarmiert herum. Der Riese hielt inzwischen einen der brennenden Bäume in der Hand und schlug mit ihm wild durch die Luft. Ein Donnerschlag dröhnte durch die Nacht und ein gewaltiger Funkenschauer rieselte zur Erde. Kai konnte mit ansehen, wie Dystariels Gargylenkörper in hohem Bogen durch die Luft geschleudert wurde und wie ein Katapultgeschoss in einer Mauer der Ruine einschlug. Thraak lachte und der Hall seiner Stimme wurde weit über die Bäume des Kerkerwaldes hinweggetragen.

Kai blieb sofort stehen und hob seinen Zauberstab. Gargylen waren zäh. Doch ob Dystariel diesen Schlag verkraftet hatte, vermochte er nicht zu sagen.

»Kai, wir müssen …«

»Nein«, brüllte er zornig. »Verschwinde im Wald, Fi. Das ist jetzt mein Kampf. Ich lasse Dystariel nicht allein mit Thraak zurück!«

Bevor Fi es verhindern konnte, entfachte er zwischen ihr und der Ruine eine Flammenwand, die verhinderte, dass Fi ihm nacheilen konnte. Dann stürmte er wieder zur Ruine zurück und beschwor im Laufen einen weiteren seiner gewaltigen Feuerbälle herauf. Zischend raste das Glutgeschoss zum Himmel. Thraak wirbelte herum und schlug jäh mit seinem Baumstamm zu. Das elementare Geschoss explodierte und riss den kompletten Baum entzwei. Doch Thraak ließ sich nicht beirren. Wütend schleuderte er Kai einen Hagel aus brennenden Ästen und Holzstücken entgegen. Stolpernd warf sich Kai hinter einer Anhöhe in Deckung, während sich um ihn herum Aberdutzende schmauchender Geschosse in den Waldboden bohrten.

»Sulphur!«, schrie Kai und konzentrierte sich auf das machtvollste Elementarwesen des Feuers, dass er kannte. Fauchend brach vor ihm eine monströse Flammenschlange aus dem Boden, die ihn kampfeslüstern anzüngelte.

Herr?, wisperte die Stimme des Sulphurs lauernd in seinem Kopf.

»Greif den Riesen an!«, keuchte Kai.

Der Sulphur jagte herum und glitt, eine feurige Spur hinter sich herziehend, auf Thraak zu. Der kam bereits mit riesigen Schritten auf Kais Versteck zugeeilt. Wie eine Viper schnellte die Glutschlange empor und verbiss sich im Bein des Riesen. Es zischte und die Talksenke wurde von dem Geruch verbrannten Horns und Fleisches erfüllt. Thraak brüllte. Doch Kais Erleichterung verging, als sich der Riese kurzerhand bückte, die große Feuerschlange trotz der Schmerzen, die sie ihm zufügte, packte und mit einem Ruck entzweiriss.

Es krachte. Flammenzungen leckten zu Boden und in einer schwarz-gelben Schwefelwolke, die Richtung Ruine trieb, löste sich der Sulphur auf.

Kai erblasste. Noch immer lag er auf dem Rücken und wich auf allen vieren vor dem Riesen zurück. Wenn nicht einmal ein Sulphur den Riesen aufhalten konnte, was, zum Unendlichen Licht, dann?

Der Riese spuckte in die Hände. Wo sein Speichel auf die Brandwunden traf, zischte es. Abermals schnüffelte er, dann humpelte er drohend zu der Stelle, an der Kai lag.

»War das alles, Glühwurm? Weißt du nicht, wie mächtig Thraak ist?«

Bevor Kai reagieren konnte, schnellte die Hand des Riesen vor, packte ihn und riss ihn empor. Kai verlor seinen Zauberstab und schrie verzweifelt auf. Die Finger des Riesen waren wie lebende Wände, die ihn stärker zusammendrückten, als der magische Klammergriff, mit dem ihn von Falkenhain traktiert hatte.

»Wer bist du, törichter Zauberer? Will deinen Namen wissen, bevor ich dich zerquetsche.«

»Kaa...rrrgh«, würgte Kai hervor.

Der Klammergriff des Riesen ließ etwas nach. Kai keuchte und füllte seine Lungen wieder mit Luft. Zu seinem Entsetzen hing er schwindelerregend hoch über dem Boden. Doch das war nicht das Schlimmste. Direkt vor ihm ragte das zerfurchte Gesicht des Riesen auf. Thraak blinzelte ihn aus trüben Augen an. Stinkender Atem schlug ihm entgegen. Bei allen Moorgeistern, die schiefen Zähne des Riesen waren fast so groß wie Wagenräder! Kai wurde schlagartig übel.

»Bin der ... Lehrling des Magisters ... Kai ... mein Name!« Kai japste und stand kurz davor, die Besinnung zu verlieren.

»Ho, ho, ho«, der Riese lachte genugtuend. »Tapfer. Aber dumm. Dein Meister füllt nicht mal meinen hohlen Zahn, aber du ... Werde dich fressen!«

Der Riese schnüffelte und runzelte die Stirn. »Seltsam ... etwas an deinem Geruch ... Kenne ihn von früher.«

Kai wusste nicht, was der Riese meinte, aber ihm kam eine verzweifelte Idee. Unmerklich schob er seine freie Hand in die Tasche.

»Ja, bin mir sicher …« Thraak hielt Kai nun dicht vor seiner Nase und sog geräuschvoll die Luft ein. Sturmwind rüttelte an Kais Haaren. Schnell ließ er die Blüten der Schlafranken los, die er mühsam hervorgekramt hatte.

Thraak schüttelte überrascht sein gewaltiges Haupt und grunzte. »Ja, du riechst wie Drach…!« Die Stimme des Riesen brach ab. Er blinzelte. Seine Stimme war jetzt nicht mehr als ein Flüstern. »Du heimtückischer, kleiner …«

Kai spürte, wie der Klammergriff nachließ und Thraak ins Schwanken kam. Kai versuchte noch, sich irgendwo festzuklammern, doch er entglitt den Riesenfingern und stürzte laut schreiend in die Tiefe. Den tödlichen Aufprall bereits vor Augen, hörte er überraschend das vertraute Schlagen von Schwingen. Ein Schatten glitt jäh an ihn heran und fing ihn auf. Dystariel!

Trudelnd glitt die Gargyle mit ihm zum Erdboden hinab, dann schlugen sie hart auf. Kai krachte gegen einen Felsen und sah überall um sich herum bunte Sterne. Als er wieder zu sich kam, wurde die Talsenke von lautem Donnern, Brechen und Bersten erfüllt. Zersplittertes Holz prasselte überall um sie herum zu Boden und die Erde erbebte.

Thraak war einfach umgefallen.

Kai stöhnte. Ihm schmerzte jeder Zoll seines Körpers. Er sah sich zu Dystariel um, die neben ihm lag und schwer schnaufte. Die Gargyle sah übel mitgenommen aus. Ihr steinerner Körper blutete aus Dutzenden von Wunden, einer ihrer Reißzähne war herausgebrochen und auch ihre Schwingen wiesen tiefe Einrisse auf.

»Mach dir keine Sorgen, Flamme«, röhrte sie. »Das sieht schlimmer aus, als es ist. Morgen Nacht sind die meisten meiner Wunden bereits wieder verheilt.«

Unweit von ihnen entfernt näherten sich hastige Schritte.

»Kai? Dystariel? Alles in Ordnung?« Fi tauchte neben ihnen auf und blickte sie erleichtert an.

»Ja, geht schon.« Kai betastete benommen seine Stirn und blickte sich suchend auf der verschatteten Ebene um. Dann streckte er die Hand aus. Kurz darauf wirbelte sein Zauberstab heran.

Im Wald, dort wo Thraaks gewaltiger Körper lag, entwickelten die Bäume und Pflanzen plötzlich ein gespenstisches Eigenleben. Im Mondlicht konnten sie sehen, wie sich Ranken und Wurzeln um die Beine des Riesen schlossen. Äste und ganze Baumstämme bogen sich knarrend herab und legten sich wie Klammern um Hals und Oberkörper Thraaks. Ganz ohne Zweifel war dies das Werk Amabilias.

»Hey, wir haben einen Riesen bezwungen!« Kai grinste trotz seiner Schmerzen.

»Ja, haben wir das?«, fuhr ihn Fi an und ihre grünen Katzenaugen blitzten zornig. »Damit du es weißt, mir ist völlig egal, wie du das angestellt hast. Aber wenn du mich noch einmal daran hinderst, dir zu helfen, dann … dann …«

Wütend machte sie auf dem Absatz kehrt.

»Ich wollte sie mit der kleinen Flammenwand doch bloß vor einer Dummheit bewahren«, meinte Kai kleinlaut und sah Fi bekümmert nach.

»Ach, und du hingegen warst bloß tapfer?« Ächzend kam Dystariel wieder auf die Beine und entfaltete müde ihre Schwingen. Dann schaute sie besorgt zum westlichen Firmament, an dem bereits die Röte der aufgehenden Sonne zu erahnen war. »Zwischen Dummheit und Tapferkeit liegt nur ein schmaler Grat, Flamme. Maße dir nicht an, Entscheidungen für andere zu fällen. Eine Situation mag noch so aussichtslos erscheinen, doch wenn man liebt, wirklich liebt, dann ist man auch bereit, den Preis dafür zu zahlen. Ich weiß, wovon ich spreche … Und jetzt entschuldige dich bei der Elfe, aber sag ihr nicht, dass ich dir das geraten habe. Ich suche mir jetzt ein Versteck.«

Die Gargyle schnaubte und stapfte, ohne dem Riesen einen weiteren Blick zu schenken, in Richtung Ruine davon. Kai sah ihr ebenso ungläubig wie beschämt nach. War das eben Dystariel gewesen, die zu ihm gesprochen hatte?

Er dachte, er kannte sie und ihre Geheimnisse.

Er kannte sie offenbar nicht.

Der Stein der Elemente

Kai nahm einen Ast vom Buchenholzstapel, zerbrach ihn und legte ihn zu den anderen Scheiten ihrer Feuerstelle. Umgehend stoben Funken zu der Höhlendecke empor.

»Bitte sei etwas vorsichtiger, Kai«, ermahnte ihn Amabilia. Sie stand nicht weit von ihm entfernt auf einem Bündel aus Kleidungsstücken, auf das sie auch Magister Eulertin und Kriwa gebettet hatten. »Wir dürfen nicht riskieren, dass das Gebräu zu sehr aufkocht. Das Feuer muss gleichmäßig brennen. Fi, es ist wohl besser, wenn du das übernimmst.«

Kai machte Fi schuldbewusst Platz und fächerte den aufsteigenden Dunst über dem alten Helm beiseite. Sie hatten ihn aus der Ruine mitgenommen. Nun diente er ihnen als Kochtopf für die Zutaten, die sie auf Anweisung der Däumlingshexe hin gesammelt hatten. Elfenwedel, Bitterwurz, zerstampfte Fliegenpilze und das Mark der Holunderranken blubberten darin und erfüllten die Höhle mit erdigem Geruch. Ob das Gebräu wirklich zu stark aufkochte, vermochte Kai nicht zu sagen. Allerdings war er auch nicht der beste Alchemist. Leider, denn wenn dieser Trank Kriwa und Eulertin nicht aus ihrem Zauberschlaf erwachen ließ, dann war selbst Amabilias Weisheit erschöpft. Über die Folgen wagte Kai sich keine Gedanken zu machen.

Fi warf Kai einen funkelnden Blick zu, rührte den Sud mit einem Stock um und griff zu einigen Blättern, die sie zwischen ihren Händen zerrieb und in das Gebräu streute.

Kai kam sich jetzt mehr als nutzlos vor. Und dass ihm Fi noch nicht verziehen hatte, machte die Situation nicht besser. Allerdings war er auch noch nicht dazu gekommen, Dystariels Ratschlag zu befolgen. Bis zum späten Vormittag waren sie damit beschäftigt gewesen, ihre Verletzungen zu behandeln, die Ruine zu durchsuchen und Magister Eulertin und Kriwa – leider erfolglos – mittels Zauberei zum Erwachen zu bringen.

Auch Haragius Äschengrund, der irgendwann überraschend bei der alten Kerkerburg aufgetaucht war, hatte keinen Rat gewusst, wie man Eulertin helfen konnte. Er war die ganze Nacht auf seinem unsichtbaren Wunderross ohne Pause durchgeritten und beim Anblick des gefesselten Riesen wie erwartet in Verzückungslaute ausgebrochen.

Doch dummerweise erholte sich Thraak recht schnell von der Wirkung der Schlafranken. Stunde um Stunde musste Amabilia mittels erschöpfender Zauberrituale immer mehr Ranken und Wurzeln heraufbeschwören, um den wütenden Riesen am Boden zu halten. So lange, bis sie schließlich entschieden hatten, die Flucht anzutreten – und zwar bevor es Thraak noch gelang, sich an ihnen zu rächen.

Schließlich war es ausgerechnet Haragius Äschengrund geglückt, eine verlassene Bärenhöhle zu finden, die sie seitdem als Versteck und Ruhelager nutzten. Er war auch der Einzige, der sich noch immer äußerst zuversichtlich gab und jeden Augenblick fest damit rechnete, dass der Däumlingszauberer und die Möwe erwachten.

Kai gestand sich ein, dass es im Moment wohl besser war, das Schicksal Eulertins und Kriwas den beiden Frauen zu überlassen. Er erhob sich und sogleich kam Olitrax herangesaust, um sich auf seiner Schulter niederzulassen. Kai streichelte das Schuppenkleid des kleinen Drachen und schritt auf einen Felstunnel am hinteren Höhlenende zu, aus dem flackerndes Licht drang. Dort entdeckte er Magister Äschengrund, der im Schein einer Fackel in einer der Nachbarhöhlen stand und neugierig die archaischen Bilder einstiger Höhlenbewohner beäugte.

»Ah, Kai? Und, ist Amabilias Trank fertig?«

»Nein. Es ist auch nicht sicher, ob er wirkt«, antwortete Kai missmutig. »Vielleicht wäre es gut, wenn Ihr noch einmal Euer Wissen durchgeht, ob Ihr nicht doch eine Möglichkeit seht, dem Magister und Kriwa zu helfen.«

Erstaunt sah ihn der Drakologe an. »Hab doch etwas Vertrauen, Junge. Amabilia wird dem guten Thadäus schon helfen. Sie ist die beste Heilkundige weit und breit.«

»Und was, wenn das diesmal nicht reicht?« Hastig senkte Kai seine Stimme und deutete zur Eingangshöhle. »Das da hinten ist unser letzter Versuch!«

Haragius Äschengrund seufzte und hob einen seiner dürren Finger. »Thadäus hat schon weitaus Schlimmeres überstanden. Du wirst schon sehen, der alte Bücherwurm wird in Kürze wieder putzmunter vor uns stehen und uns einen seiner Vorträge halten. Alles eine Sache der Logik, mein lieber Herr Adeptus!«

»Logik?« Kai hatte eher das Gefühl, als würde Äschengrund seinen Verstand verlieren.

»Aber ja«, dozierte der Drakologe. »Eine Verkettung von Ursache und Wirkung. Denkst du denn wirklich, es ist Zufall, dass mich die Feenkönigin zum Gnomenhof und nicht nach Colona geschickt hat? Nein, ist es natürlich nicht. In Colona wäre ich ganz sicher in die Fänge Seiner Magnifizenz geraten. So aber bin ich euch über den Weg gelaufen, ihr konntet wiederum mit Nivels und Levins Hilfe den Aufenthalt Thraaks herausfinden, Eulertin konnte so aus seiner misslichen Lage befreit werden und ich kann auf diese Weise meine Mission erfüllen. Das heißt, ich kann sie nur dann erfüllen, wenn Thadäus wieder erwacht. Also *wird* er erwachen. Ihr müsst euch also überhaupt keine Sorgen machen.«

Kai schüttelte ungläubig den Kopf. Was war daran logisch?

»Müssten wir uns wirklich Sorgen um ihn machen, würde ich dir das schon sagen. Versprochen.«

Äschengrund zwinkerte Kai zu, der noch immer nicht so recht wusste, was er von dem Gelehrten halten sollte. Der Drakologe streichelte derweilen vorsichtig den Schuppenkopf des kleinen Drachen und lächelte. »Ich besaß auch mal einen Vertrauten. Einen Hamster namens Draco, ähem. War etwas langsam, der Gute. Leider hat es ihn bei einer meiner Exkursionen erwischt. Dass sich Drachen einem Magier anschließen, geschieht äußerst selten.« Olitrax schnurrte und blähte die Nüstern. Äschengrund fuhr unbeirrt fort. »Was ich dir übrigens schon im Feenreich sagen wollte: Mit deinem Drachen scheint es eine seltsame Bewandtnis zu haben.«

»Ich weiß, Olitrax ist etwas klein geraten«, meinte Kai. »Magister Eulertin bezweifelt, dass er noch viel größer wird. Hängt wohl mit den Umständen seiner Geburt zusammen.«

»Nein«, widersprach der Drakologe. »Das meine ich nicht. Irgendwie scheint er mir seit der Schlacht im Albtraumgebirge verändert. Ich sage dir, in diesem Exemplar schlummert ein seltenes Feuer. Hast du mir nicht erzählt, dass er der letzte Spross des Drachenkönigs Pelagor sei? Spricht er bereits mit dir?«

Kai musterte den Drachen aufmerksam. Olitrax schwellte doch allen Ernstes stolz die Brust. »Nicht richtig. Aber ich sehe, was er sieht. Und er versteht, was ich ihm sage, jedenfalls, wenn diesem eitlen kleinen Kerl danach ist.«

»Ebenfalls sehr erstaunlich. Üblicherweise dauert es bei einem Drachen Jahrzehnte, bis er sich anderen Lebewesen mitzuteilen vermag.«

Olitrax spie Äschengrund einen Rauchkringel entgegen. Kaum hatte er sich der Aufmerksamkeit des Drakologen versichert, stieg der kleine Drache zu einem Felsvorsprung auf, wo er nun seine Schwingen ausbreitete.

Das konnte doch wohl nicht wahr sein? Olitrax posierte wie ein eitler Pfau.

Kai lag bereits ein deftiger Spruch auf den Lippen, als er schräg hinter dem Drachen ein Bildnis an der Höhlenwand entdeckte, auf dem ein Einhorn dargestellt war. Es führte eine Gruppe Menschen zu einer Höhle.

Diese Höhle? Kai musste unwillkürlich wieder an den seltsamen Traum in Colona zurückdenken.

»Oha, ein Einhorn.« Äschengrund, der dem Blick Kais gefolgt war, trat im Schein seiner Fackel vor. Olitrax faltete beleidigt seine Schwingen zusammen, als er bemerkte, dass nun etwas anderes die Aufmerksamkeit des Gelehrten fesselte.

»Einhörner gehören zu den rätselhaftesten und erhabensten Geschöpfen dieser Welt«, dozierte der Drakologe. »Es heißt, sie seien die Vertrauten von Feen und Elfen. Ganz so wie Drachen zeigen sie ein außerordentliches Interesse an Jungfrauen und Jungmännern.«

»Seid ihr schon einmal einem Einhorn begegnet?«

»Nein, leider nicht«, meinte Äschengrund. »Dabei erfülle ich sozusagen, ähem, die Voraussetzungen. Sehr gern wüsste ich, ob es stimmt, dass es nur männliche Einhörner gibt.«

»Es gibt Einhornhengste und Einhornstuten«, hallte hinter ihnen die Stimme Fis auf. Kai und der Drakologe drehten sich überrascht zu der Elfe um, die mit ihrem Bogen auf die Abbildung deutete. »Sie leben dort, wo die Welt rein und ursprünglich ist. Wo ihre Hufe den Boden berühren, wird die Erde fruchtbar. Mit ihrem Horn können sie das feine Gespinst zwischen Traum und Realität durchstoßen und so Wege beschreiten, die anderen Wesen verborgen bleiben. Stets dienen sie dem geheimnisvollen Wirken des Unendlichen Lichts.«

Sprachlos starrte Kai seine Begleiterin an.

»Sehr interessant«, murmelte der Drakologe. »Bist du denn selbst schon einmal einem Einhorn begegnet?«

»Ja, in Albion. Am Lunamon, unserem einstigen Siedlungsgebiet im Einhornwald. Aber deswegen bin ich nicht hier. Ich soll euch von Amabilia ausrichten, dass der Zaubertrank fertig ist.«

»Oh, dann sollten wir wohl besser keine weitere Zeit verlieren.« Äschengrund strahlte sie begeistert an. »Potz Blitz, was wird Thadäus für Augen machen, wenn ich ihm nachher diese alten Felszeichnungen zeige.«

Kurzerhand verschwand der Drakologe im Tunnel zur Eingangshöhle. Als sich auch Fi abwenden wollte, hielt Kai sie zurück.

»Fi, wegen der Sache mit Thraak ... es tut mir leid.« Zerknirscht sah er sie an. »Ich wollte nicht, dass du dich in Gefahr begibst. Das war dumm von mir.«

»Ja, das war es.« Fi funkelte ihn an, doch dann glätteten sich ihre Züge. »Hauptsache, du siehst das endlich ein.«

Kai sah sich kurz zum Tunnel um und senkte seine Stimme. »Fi, ich hatte vor Kurzem einen ziemlich mysteriösen Traum. Darin tauchte eines dieser Einhörner auf.«

»Sieh an.« Fi wirkte nicht sonderlich überrascht.

»Ja. Und das Ganze war so wirklich. Es sprach zu mir und sagte, es sei erschienen, um mich etwas zu lehren.« Kai zuckte mit den Schultern. »Nur weiß ich ehrlich gesagt immer noch nicht, was.«

»Dann solltest du ihm genau zuhören.« Fi zog den Glyndlamir hervor. Das geheimnisvolle Elfenartefakt funkelte im Licht von Kais magischem Feuer. »Denke daran, dass wir beide seine Hüter sind. Das Unendliche Licht des Glyndlamir ist erloschen, doch noch immer wirken in ihm die Kräfte des Traums. Dein Traum hat also eine wichtige Bedeutung.«

»Träumst du denn ebenfalls Seltsames?«, wollte er wissen.

»Ich träume doch die ganze Zeit, Kai.« Fi lächelte rätselhaft und verbarg den Glyndlamir wieder in ihrem Ausschnitt.

»Da ist noch etwas, Fi. In Colona hat mich dieser Erzmagus auf eine Stelle der Prophezeiung aufmerksam gemacht, über die ich mir nie Gedanken gemacht habe. Sag, hältst du es für möglich, dass ich den Keim des Schattens in mir trage?«

Fi legte ihren Kopf schräg und sah ihn prüfend an. »Nein, Kai. Wäre dem so, dann hätte dich der Glyndlamir nicht zu seinem Hüter bestimmt. Denk an Gilraen.«

»Was kann das dann bedeuten?«

»Ich weiß es nicht. Vielleicht wird dies erst die Zukunft zeigen.« Sie nahm ihn an die Hand und zog ihn mit sich. »Und jetzt kommt.«

Als sie gemeinsam mit Olitrax die Feuerstelle erreichten, flößte die Däumlingshexe Magister Eulertin und Kriwa gerade etwas von ihrem Hexentrank ein. Doch keiner der beiden rührte sich.

»Meine Güte, die beiden machen es aber wirklich spannend«, murmelte Haragius Äschengrund. Der alte Drakologe klatschte laut in die Hände.

»Aufwachen, ihr beiden!«

»Jetzt reicht es, Haragius!«, brauste Amabilia auf. »Wenn du nicht sofort …«

Kriwa war die Erste, die erwachte. Schwach schlug die Möwe mit ihren Flügeln und stellte sich auf ihre Füße.

»Wo sind wir hier?«, krächzte sie matt.

»Kriwa!«, riefen Kai und Fi begeistert.

Äschengrund lächelte breit.

Bevor die Möwe antworten konnte, bewegte sich auch Eulertin. Der winzige Magier nieste, öffnete ebenfalls die Augen – und setzte sich mit einem Ruck auf.

»Haragius? Amabilia? Wer … wo?« Erstaunt blickte er zu den übrigen Gefährten auf.

»Thadäus! Dem Unendlichen Licht sei Dank!« Amabilia umarmte den verwirrten Magier, drückte ihn, besann sich dann aber eines Besseren und schimpfte lauthals los. »Diesmal hast du verdammtes Glück gehabt, du alter Zausel. Wenn wir nicht gewesen wären, dann wäre von dir jetzt nicht viel mehr übrig, als von einem verkohlten Regenwurm.«

»Gemach, Amabilia«, stöhnte Eulertin und fuhr sich umständlich durch den Backenbart. »Du meine Güte … Ich befand mich doch eben noch mit Seiner Magnifizenz zu einem Umtrunk in seinen Privatgemächern …«

»Aureus von Falkenhain hat dich hereingelegt.« Amabilia ballte zornig ihre Fäuste. »Dich und alle anderen Magier vom Orden. Sie wurden versteinert. Du bist der Einzige, dessen Todesurteil deine ach so geschätzten Stadtmagister noch nicht vollstreckt haben.«

»Wie bitte?« Eulertin wirkte überaus erschrocken.

Kai trat nun ebenfalls vor und berichtete seinem Lehrmeister mit knappen Worten, was in den Wochen seit ihrer Trennung geschehen war. Eulertin presste die Lippen aufeinander.

»Ausgerechnet Thraak!« Der Däumlingsmagier fluchte, als Kai geendet hatte. Dann richtete er sich mit Amabilias Hilfe auf. »Ich habe euch wirklich zu danken. Und wie du mit diesem Riesen fertig geworden bist, Kai … das war wirklich eine Glanzleistung! Dafür haben wir anderen uns wie Käferlarven zur Schlachtbank rollen lassen. Aureus von Falkenhain hat zu keinem Zeitpunkt durchblicken lassen, dass er unsere Ordensbeschlüsse verurteilt. Im Gegenteil. Ich war sogar so dumm, ihn über manches Detail in Kenntnis zu setzen, das ich wohl besser verschwiegen hätte.«

»Die Schwesternschaft wird schon in wenigen Tagen wieder versammelt sein, das verspreche ich dir!«, erklärte Amabilia.

»Und dann werden wir nach Colona zurückkehren. Unter deiner Führung werden wir es diesem von Falkenhain heimzahlen!«

»Nein, Amabilia.« Magister Eulertin schüttelte energisch den Kopf und sah sich suchend um. »Meinen Zauberstab haben sie mir nicht gelassen, oder?«

»Doch, er lag ebenfalls im Käfig.« Kai kramte in seiner Tasche, bis er den kaum zahnstochergroßen Stab des Magisters gefunden hatte. Dankbar nahm ihn der Däumlingszauberer entgegen.

»Was heißt hier ›nein‹?«, meinte Amabilia entrüstet.

»Um Seine Magnifizenz kümmern wir uns später. Zuvor warten andere Dinge auf uns. Wichtigere Dinge.« Eulertin sah zu Haragius auf. »Dazu zählt, dass wir unsere Ordenskollegen retten.«

Der Drakologe wirkte zum ersten Mal verblüfft. »Wie das? Versteinert ist versteinert.«

»Nein, Haragius, das ist ein Trugschluss, dem glücklicherweise auch Seine Magnifizenz aufsitzt. Es existiert ein Zaubertonikum, das die Verwandlung aufzuheben vermag.«

»Wie bitte?« Voller Hoffnung riss Äschengrund die Augen auf. »Seit wann? Davon habe ich noch nie gehört.«

»Morbus Finsterkrähe hat es entwickelt, offenbar als Rückversicherung, falls ihm die Stadtmagister Hallas doch eines Tages auf die Schliche kämen. Ich fand dieses erstaunliche Tonikum nach meinem Sieg über ihn in seinem Labor. Das war auch der Grund, warum ich seinen versteinerten Leib den Winden des Nordmeers zur Obhut übergeben habe. Ich konnte doch nicht riskieren, dass ihn einer seiner Gefolgsleute damit wieder zurückverwandelt. Leider ist es Mort Eisenhand dann doch fast geglückt …«

»Selbst wenn«, wandte Amabilia ein. »Mit nur einem Tonikum allein kannst du unmöglich ein gutes Dutzend Männer und Frauen zurückverwandeln.«

»Ja, aber ich besitze in Hammaburg drei sehr sachkundige Vertraute, denen ich die Zauberflüssigkeit zur Analyse übergeben habe.«

»Die drei Wettermagier, richtig?«, wollte Kai wissen. »Doktorius Gischterweh, Magistra Wogendamm und Magister Chrysopras?«

Eulertin nickte. »Ich kann nur hoffen, dass die werten Kollegen den Machtumsturz in der Stadt wohlbehalten überstanden haben.«

»Das heißt, wir müssen zurück nach Hammaburg?« Fi sah sich zu Kai um. »Das trifft sich gut. Solange ich nicht weiß, was mit Koggs passiert ist, habe ich keine ruhige Minute.«

»Ja, das müssen wir. Allerdings auch noch aus einem anderen Grund. Und der betrifft dich, Kai.« Eulertin sah entschlossen zu ihm auf. »Du bist die Letzte Flamme. Egal, was uns anderen bestimmt ist, von dir allein wird der Ausgang unseres Kampfes gegen Morgoya abhängen.«

Kai wurde blass. Er wusste nur zu gut, wovon Magister Eulertin sprach.

»Doch obwohl du mittlerweile über große Kräfte verfügst, fehlt es dir immer noch an Erfahrung und Ausbildung. Ich habe mir daher in den letzten Wochen einen Plan zurechtgelegt. Wir werden die Nebelkönigin mit ihren eigenen Mitteln schlagen!«

Eulertin nickte dem Drakologen zu. »Du hast doch mitgebracht, worum ich die Feenkönigin gebeten habe?«

Alle sahen gespannt den Fryburger Gelehrten an.

»Äh, ja natürlich!« Haragius Äschengrund nestelte an den Verschlüssen seines Gepäcks, schob die eigentümliche, blauweiße Stoffbahn beiseite und zog den Kasten mit den mondsilbernen Schwanenapplikationen hervor. Er öffnete ihn und stellte einen glitzernden Gegenstand neben dem Lagerfeuer ab. Kai atmete scharf ein, als er das Objekt erkannte. Vor ihnen stand der Schattenkelch!

Im Feuerschein glitzerte der unheimliche Pokal bunt wie ein Feenkristall, nur dass sein Gleißen irgendwie schmutzig wirkte.

Kai sah, dass der Drakologe das Gefäß mit einem bitteren Blick maß. Kein Wunder, immerhin hatte der Gelehrte durch das verfluchte Zauberobjekt seinen Schatten und damit auch seine Zauberkräfte verloren. Auch Magister Eulertin war fast ein Opfer des Schattenkelchs geworden.

Kai runzelte die Stirn. Das unheimliche Artefakt hatte bei ihrem Kampf vor einigen Wochen Schaden genommen. Gut sichtbar zog sich knapp unterhalb des abnehmbaren Deckels ein Riss durch die Kelchwand.

»Magister Eulertin«, sagte Kai. »Euer Plan hat einen Schönheitsfehler. Der Schattenkelch ist beschädigt. Seine heimtückischen Kräfte wirken nicht mehr.«

Eulertin lächelte listig und tätschelte Kriwa das Federkleid. »Ich weiß. Aber mit etwas Glück können wir den Kelch reparieren. Bevor uns der Erzmagus überrumpelt hat, habe ich die Zauberbibliothek zu Halla tagelang nach einer alten Zauberlegende abgesucht. Nach dem *Lapis elementarum*, dem Stein der Elemente!«

»Was soll das sein?«, wollte Kai wissen.

»Ein Artefakt, das angeblich auf Murgurak den Raben zurückgeht«, brummte Äschengrund. »Der Traum aller Zauberer. Dieser Wunderstein vereint angeblich die Kräfte aller vier Elemente in sich. Mit seiner Hilfe wäre es wohl tatsächlich möglich, den Riss im Pokal ungeschehen zu machen. Es heißt sogar, das Leben selbst ließe sich mit seiner Hilfe hervorbringen – weshalb der *Lapis elementarum* auch als Schattenwerk gilt. Es ist verboten, nach ihm zu forschen.«

»Leben schaffen? Solch ein Unsinn!«, zischte Fi.

»Unsinn, oder nicht.« Amabilia tippte sich gegen die winzige Nase. »An den *Lapis elementarum* haben sogar einige von uns Hexen geglaubt. Thadäus, soll das etwa heißen, dass dieser Stein der Elemente mehr als nur eine Legende ist?«

Magister Eulertin blickte in die Runde und nickte. »Es sieht so aus. Ich fand Hinweise, dass vor zweihundertachtundsiebzig Jahren drei Zauberern und einer Hexe gelang, was bis dahin für unmöglich gehalten wurde: die Erschaffung des *Lapis elementarum*. Die Angelegenheit war so pikant, dass bis auf einen Prozessbericht alle Unterlagen darüber vernichtet wurden. Darin war von einer Hexe namens Gloja Feuerkopf die Rede, die zum Tode verurteilt wurde. Ihr wurde vorgeworfen, an der Erschaffung des Steins der Elemente mitgewirkt und die drei Zauberer anschließend umgebracht zu haben.«

»Wie bitte?« Amabilia runzelte die Stirn. »Seit wann arbeiten Magier und Hexen zusammen? Ich meine, jetzt ja, aber doch nicht vor dreihundert Jahren.«

»Vergessen wir nicht«, fuhr Eulertin fort, »dass es sich um verbotene Forschungen handelte. Finde mal vier unterschiedliche Elementarmagier, die das Wagnis eingehen, sich gegen das eiserne Gesetz Hallas zu stellen. Warum also nicht eine Hexe in den erlauchten Zirkel aufnehmen, wenn diese über die gebotenen Fähigkeiten verfügt? Es entstand eine Zweckgemeinschaft, bei der jeder danach trachtete, die anderen zu hintergehen, sobald das Forschungsziel erreicht war. Diese Gloja Feuerkopf war einfach nur etwas gewitzter als ihre Kollegen.«

»Und der Stein der Elemente?« Kai sah den Magister fragend an.

»Wurde nie gefunden. Einer der drei Zauberer soll ihn versteckt haben, bevor ihn diese Hexe mit einem Todesfluch zur Strecke brachte. Und jetzt wird es interessant. Bei diesem Mann soll es sich um den einstigen Zunftmeister der Windmacher Hammaburgs gehandelt haben. Ein Zauberer namens Magister Timotheus Quitsberg. Ein zwielichtiger Kerl, der dafür berüchtigt war, seine Hammaburger Kollegenschaft auszuspionieren und seine Lehrlinge wie bessere Leibsklaven zu behandeln.«

Kai kam ein unglaublicher Verdacht. »Magister Eulertin, dieser Magister Quitsberg hat vor knapp dreihundert Jahren bei uns in der Windmachergasse Nummer 7 gelebt? Und er kam durch den Fluch einer Hexe zu Tode? Ihr meint doch nicht etwa …?«

»Doch, den meine ich, Junge.« Ein feines Lächeln kräuselte Eulertins Lippen. »Der Gute treibt noch heute bei uns im Zunfthaus sein Unwesen. Ich spreche von Quiiiitsss!«

Schatten über Hammaburg

Der Himmel über der Elbe war tiefschwarz verhangen. Ein nasskalter Wind blies durch die Waldschonung, und in der Wolkendecke grummelte es, als seien dort Hunderte Wettergeister aufmarschiert, um grimmig dem Licht der Nachmittagssonne zu trotzen.

Kai zog seinen Umhang fester und spähte an den knorrigen Stämmen der Schwarzpappeln vorbei in Richtung Hammaburg. Der vertraute Stadtwall mit seinen Palisaden und Wehrtürmen war in tiefe Schatten getaucht, auf den Wehren patrouillierten fremde Gardisten und von den höchsten Zinnen der Stadt wehten unheilvoll die schwarz-roten Drachenbanner Morgoyas. Dennoch wahrte die Hafenstadt nach außen hin den Anschein von Normalität. Hin und wieder sah man die Karren von Bauern und Händlern durch die Stadttore ruckeln und auf dem nahen Elbstrom waren vereinzelt die Umrisse schwarzer Segler zu erkennen. Man hätte sie auf den ersten Blick für Fischerboote halten können, wären da nicht die Schilde in den Farben Albions gewesen, die die Bordwände zierten. Kai schmerzte es, die Stadt so fest im Griff des Feindes zu wissen.

»Wenn Eulertin, Amabilia und Kriwa nicht bald zurückkehren«, sorgte er sich, »dann müssen wir etwas unternehmen.«

»Sie sind doch erst vor einer knappen Stunde aufgebrochen«, sagte Fi. Sie stand dicht neben ihm und betrachtete Hammaburg ebenfalls misstrauisch. »Geben wir ihnen noch etwas Zeit.«

»Uns läuft die Zeit aber davon«, murrte Kai.

Tatsächlich hatte es zweieinhalb lange Tage gedauert, bis sie ihr Ziel endlich erreicht hatten. Da sie keine Verkleinerungstränke mehr besaßen und Dystariel noch immer angeschlagen war, lag ein erschöpfender Gewaltmarsch hinter ihnen. Dank Kristallfell hatten sie die vorgelagerten Stellungen des Feindes zwar unsichtbar umgehen können, dennoch waren sie immer wieder unerwartet auf Kolonnen albionscher Kriegsknechte gestoßen, die in Richtung Westen zogen.

In diesem Augenblick jagte ein helles Schemen vom Himmel herab und sauste über ihren Köpfen hinweg zu der schmalen Waldlichtung, die ihnen als Versteck diente. Kriwa war mit Eulertin und Amabilia zurück!

Auch Magister Äschengrund bemerkte die Rückkehr der Gefährten. Er saß inmitten ihres Gepäcks und Kai bemerkte, dass aus Äschengrunds Satteltasche der zusammengewickelte, blau-weiße Stoff ragte, der ihm nun schon mehrfach aufgefallen war. Erstmals entdeckte er goldene Fransen an ihm. Was war das? Eine Fahne?

Kriwa ließ sich auf dem Arm des Drakologen nieder.

»Und?«, rief Kai neugierig.

»Die Zustände in Hammaburg sind schlimm«, sagte Amabilia ohne Umschweife. »Kriegsknechte, Hammaburger Söldner und Axtschwinger aus den Frostreichen, wo auch immer man hinblickt.«

»Und es war nicht gerade einfach, die Stadtgrenze zu passieren«, fügte Magister Eulertin hinzu. »Da oben in den Wolken schwirren ziemlich angriffslustige Luftelementare herum, die alles attackieren, was ihnen suspekt erscheint. Selbst Kriwa musste auf der Hut sein.«

»Habt ihr denn eine Nachricht der drei Wettermagier gefunden?«, wollte Fi aufgeregt wissen. »Überhaupt, wie steht es mit Koggs?«

»Leider nichts Neues von dem Klabauter.« Eulertin hob bedauernd die winzigen Schultern. »Aber was meine Kollegen betrifft, waren wir erfolgreich. Doktorius Gischterweh hat ganz so, wie wir es damals für den Notfall vereinbart hatten, auf der Spitze der arkanen Wetterwarte eine Nachricht für uns hinterlassen. Demnach halten er und die anderen sich irgendwo in der Stadt versteckt. Wo, das stand in der Botschaft natürlich nicht. Aber er scheint regelmäßig ein Elementar auszuschicken, das kontrolliert, ob die Nachricht abgeholt wurde. Wir haben ihm daher unsererseits eine Botschaft hinterlassen. Wenn alles klappt, erreicht sie die drei rechtzeitig und wir können uns bei Sonnenuntergang in einem verlassenen Bootsschuppen am Hafen treffen.«

Mit knappen Worten erklärte er ihnen, wo dieser zu finden war.

»Und wie steht es mit Quiiiitsss?«, wollte Kai wissen. »Habt ihr denn wenigstens mit ihm schon gesprochen?«

Eulertin tauschte einen knappen Blick mit Amabilia. »Nein. Die Windmachergasse wird bewacht. Dort patrouillieren Gardisten, auch wenn die meisten Gebäude verwaist wirken. Doch nicht alle. Interessanterweise sind die Häuser jener

Kollegen, die ich schon immer in Verdacht hatte, mit Schinnerkroog unter einer Decke zu stecken, noch immer bewohnt. Unser Zunfthaus, Kai, wurde verrammelt. Nicht, dass uns all das vor große Probleme gestellt hätte, allerdings haben sich auf Zinnen und Erkern ein gutes Dutzend ziemlich heimtückischer Schattenwesen eingenistet: Strigen!«

»Strigen?«

»Dämonische Eulen«, erklärte Amabilia. »Räudige Biester mit nachtschwarzem Gefieder, die gefährlich und überaus tückisch sein sollen.«

»In der Tat«, murmelte Äschengrund besorgt. »Ihr habt wohl daran getan, ihnen aus dem Weg zu gehen. Eigentlich sind diese Kreaturen taub und blind. Doch die Hexenmeister opfern ihnen Menschen. Ihnen hacken die Strigen die Augen aus, mit denen sie dann sehen. Die Toteneulen lassen sich anschließend als Wächter einsetzen, denen selbst bei Nacht kaum eine Bewegung entgeht.«

»Glücklicherweise hatten wir Kriwa an unserer Seite.« Eulertin tätschelte den Hals der Königsmöwe. »Ihr entgeht nämlich auch nichts. Sie hat diese Scheusale gerade noch rechtzeitig bemerkt.«

»Ich wüsste da schon eine Möglichkeit, diese Schatteneulen auszutricksen.« Der Drakologe deutete mit listigem Lächeln hinüber zu jenem Baum, an dem er Kristallfell angebunden hatte. Das wundersame Pferd war natürlich nicht zu sehen, doch es reagierte mit einem Schnauben.

»Ja, an dein nützliches Pferd habe ich ebenfalls schon gedacht«, sagte Eulertin. »Doch bevor wir uns dem Problem in der Windmachergasse widmen, sollten wir mit Doktorius

Gischterweh, Magistra Wogendamm und Magister Chrysopras sprechen. Bald geht die Sonne unter. Dann schließen nicht nur die Stadttore, sondern dann erwachen vermutlich auch Geschöpfe, mit denen wir uns lieber nicht anlegen wollen.«

»Sollten wir denn nicht auf Dystariel warten?«, wollte Kai wissen. »Die wird sich doch sicher frei im Stadtgebiet bewegen können.«

»Dystariel weiß, was wir vorhaben«, sagte der Däumling. »Sie wird in der Zwischenzeit die Stärke des Feindes ausspionieren. Wir vermuten schon länger, dass sich hier ein Heer sammelt, das bald gegen Halla marschiert. Sollten wir tatsächlich vor Problemen stehen, mit denen wir nicht fertig werden, habe ich mit ihr ein Zeichen vereinbart. Du wirst dann einen Feuerball zum Himmel schicken!«

»Ist das nicht ein bisschen auffällig?«

»Ach Junge, sollten wir Dystariels Hilfe wirklich benötigen, darfst du getrost davon ausgehen, dass unsere Mission grandios gescheitert ist.«

»Also gut«, sagte Fi, »ich habe bereits eine Idee, wie wir in die Stadt gelangen.« Schnell erläuterte Fi ihren Plan. Magister Eulertin und Amabilia stiegen wieder zum Himmel auf und Kai schnallte sich seinen Rucksack auf den Rücken. Abgesehen von der schweren Dschinnenbüste befand sich darin nun auch der Schattenkelch. Dann nahm er Olitrax auf den Arm.

Wie schon häufiger in den letzten Tagen saß er nun gemeinsam mit Fi und dem Drakologen auf dem Zauberpferd auf. Nachdem ihm die Elfe gut zugesprochen hatte, trabte Kristallfell los.

Fi lenkte das Pferd zu einem aufgewühlten Karrenpfad, der aus dem Wäldchen hinausführte, direkt auf eines der Stadttore Hammaburgs zu. Ihr Plan war recht einfach: Er sah vor, unsichtbar durch das Stadttor zu reiten.

Kai konnte nur hoffen, dass Fi Kristallfell gut genug unter Kontrolle hatte, denn je näher sie dem Tor kamen desto offenkundiger wurde, dass jeder Passant und jeder Karren streng von den Gardisten kontrolliert wurde. Dort versahen fast ein Dutzend Soldaten ihren Dienst. Fast alle Männer stammten aus Albion, wie Kai anhand ihrer Rüstungen erkannte.

Fi ließ Kristallfell innehalten, wartete, bis ein Wagen mit großen Weinfässern vorüberrumpelte und schloss sich ihm an. Auf diese Weise erreichten sie das Stadttor. Die Gardisten stachen immer wieder mit langen Piken in die hoch aufgeschichteten Strohballen eines Fuhrwerks, das ebenfalls in die Stadt hineinwollte. Nur unweit von dem Heuwagen entfernt drückten zwei der Soldaten einen jungen Mann gegen die Tormauer und durchsuchten ihn.

»He, Bursche! Ladung und Passierschein!«, verlangte ein bärtiger Soldat nun von dem Fuhrknecht vor ihnen.

»Wein für die Offiziere Ihrer Königlichen Majestät, Kriegsherren«, antwortete der Kutscher in unterwürfigem Tonfall und drückte dem Bärtigen ein versiegeltes Schreiben in die Hand. »Ich stehe im Dienst von Stadtprotektor Schinnerkroog.«

Stadtprotektor schimpfte sich der verräterische oberste Stadtrat jetzt also. Kai hätte bei der Erwähnung Schinnerkroogs am liebsten ausgespuckt.

»Gut, weiter!«

Der Kutscher ließ die Zügel schnalzen und fuhr an. Umgehend setzte sich auch Kristallfell in Bewegung. Kai hielt sich zum Zaubern bereit, doch Fi meisterte ihre Aufgabe gewandt wie immer. Bevor die Gardisten die Reihen wieder schließen konnten, galoppierten sie ungesehen an ihnen vorbei in Richtung Innenstadt.

Trotz der Besatzung herrschte geschäftiges Treiben auf den Straßen. Nur die Stimmung war sichtlich gedrückt. Kai sah an den Fassaden der vertrauten Bürgerhäuser entlang und bemerkte, dass die meisten Fenster verhängt oder verschlossen waren. Wann immer Fi Kristallfell an Händlern, Wasserträgern und Bauern vorbeilenkte, sahen sie hoffnungslose Gesichter. Mägde huschten gesenkten Blickes über die Straße und drei Bierbrauer luden auffallend schweigend eine Karre mit Gerstensäcken ab. Niemand wollte mehr als nötig auffallen.

Unvermittelt bog Kristallfell in eine Nebengasse ein.

»Sind wir hier noch richtig?«, wisperte Äschengrund.

»Entschuldigt«, antwortet Fi leise. »Auf der Hauptstraße wäre irgendwann noch jemand in uns hineingelaufen. Ich versuche es lieber an einem der Kanäle entlang.«

Fi führte Kristallfell an Bergen stinkenden Unrats vorbei, hin zu einer schmalen Uferstraße, die der Länge nach von schief stehenden Holzbauten gesäumt wurde. In diesem Moment schmetterten stählerne Posaunen eine weithin hörbare Fanfare.

»Fi, ich glaube, das kommt vom Rathausmarkt«, sagte Kai. »Denkst du, wir finden eine Möglichkeit, herauszubekommen, was da los ist?«

»Ja, von der Nixenbrücke aus.«

Kristallfell galoppierte los und kurz darauf machten sie vor einer steinernen Brücke halt, die sich in schwungvollem Bogen über das Fleet spannte. Sie wurde von zahlreichen Nixenstatuen und Irrlichtlaternen geziert. Ein gutes Dutzend neugieriger Bürger drängte sich gegen die Brüstung, da die Brücke einen guten Blick hinüber auf den großen Platz vor dem Rathaus gewährte.

Dort waren einige Hundert Hammaburger Gardisten in Reih und Glied zur Truppenschau angetreten. Noch immer trugen sie die vertrauten Halskrausen und Hellebarden, doch allesamt waren sie jetzt in düstere Wappenröcke gehüllt. Die Blicke der Männer galten einem Balkon an der mit Statuen verzierten Fassade des Rathauses. Kai musste nicht lange raten, wer sich dort im Schutz zweier Zauberer aufgebaut hatte: Schinnerkroog, der verräterische oberste Ratsherr!

Der selbst ernannte Stadtprotektor trug ein tiefschwarzes Gewand und hob die Hand. Die Soldaten grüßten, indem jede Einheit ihre Drachenstandarten anhob und wie ein Mann auf den Boden krachen ließ.

»Söhne der Stadt!«, gellte die schrille Stimme Schinnerkroogs über den Platz. »Ihre Drachenkönigliche Majestät Morgoya von Albion entrichtet euch ihren Gruß! Die Zeit der Befreiung liegt hinter uns. Das Joch der Zauderer und Zögerer wurde abgeworfen und das gestrenge Albion blickt nun mit Stolz auf das altehrwürdige Hammaburg, das sich einmal mehr als Tor zur Welt erwiesen hat. Es ist nun die Zeit gekommen, da Hammaburg Albion und seinen tapferen Verbündeten jenseits des Nordmeers seinen Dank erweist und das Seine dazu beiträgt, die vor uns liegende Schicksalsschlacht siegreich zu bestreiten. Aus diesem Grund ist es mir eine Ehre, heute das erste Drachenbanner-Bataillon Hammaburgs offiziell dem Regiment Albions zu übergeben. Hauptleute, tretet vor und nehmt die Marschbefehle entgegen!«

Aus den Reihen der Soldaten lösten sich mehrere Offiziere, die sich zackigen Schrittes unter dem Balkon einfanden.

»Ich muss mir das nicht weiter ansehen«, murmelte Kai. »Los, lasst uns endlich zum Treffpunkt reiten.«

Fi gab Kristallfell ein Zeichen und vorbei an weiteren Schaulustigen ritten sie unbemerkt hinunter zum Hafen, der sich ihnen schon von Ferne durch seinen strengen Geruch nach feuchtem Holz, Fisch und Teer ankündigte. Die Zustände dort waren nicht weniger bedrückend. Eingerahmt von hohen Speichern, Ankerschmieden und Handelskontoren, lagen im Hafenbecken unzählige Schiffe vor Anker. Darunter etliche Drachengaleeren, auf denen gefährlich aussehende Nordmänner Kampfübungen durchführten, sowie albionsche Segelschiffe, von deren Masten unheilvoll die Banner der Nebelkönigin wehten. Die Schauerleute, Schlepper und Träger, die hier ihrem Tagwerk nachgingen, taten dies schnell und unauffällig, denn allerorten waren Gruppen von Soldaten postiert, die jeden mit strengem Blick maßen, der den Anlegestellen zu nahe kam.

Kai wandte seinen Blick an den vielen Schiffen vorbei der gegenüberliegenden Elbseite zu. Dort, wo sich noch vor wenigen Wochen das Schmugglerviertel befunden hatte, erhob sich jetzt eine verkohlte Ruinenlandschaft. Kais Hass auf Morgoya und Schinnerkroog wuchs mit jedem Atemzug.

Fi schwenkte nun in das nahe Viertel der Hammaburger Elbfischer ein, das weitestgehend verlassen vor ihnen lag.

Ihr Ziel war ein kleiner Bootsschuppen, durch dessen löchriges Dach der Wind pfiff. Das altersschwache Gebäude lag im Schatten der umliegenden Häuser und ragte ein Stück weit in das Hafenbecken hinein.

Kai hörte, wie Fi vom Pferd sprang, Kristallfell zu dem Seiteneingang des Schuppens führte und dann offenbar eine Weile an der wurmstichigen Tür der Bruchbude lauschte. Unvermittelt schwang diese auf und einen Moment lang wurde Fi sichtbar. Den Bogen im Anschlag schlüpfte sie ins Innere. Kurz darauf kam sie wieder heraus und winkte ihnen zu. »Ihr könnt reinkommen.«

Auch Kai und Magister Äschengrund glitten vom Zauberross und eilten durch die Tür. Argwöhnisch schaute sich Kai in dem düsteren Innenraum um. Es roch nach Tang und Brackwasser und als einziger Zierrat hingen zwei Taurollen von den Wänden. Der Schuppen war so gebaut, dass er ein großes Becken mit Hafenwasser überdachte. Öffnete man die Flügel der großen Tür zur Wasserseite, konnte dort ein Boot hinein- und hinausfahren. Doch der Schuppen schien schon lange leer zu stehen.

Da krächzte es, und von einer der Dachsparren über ihnen glitt Kriwa zu ihnen herab und setzte sich auf Fis Arm. Olitrax schnaubte.

»Da seid ihr ja endlich«, begrüßte sie Eulertin.

»Und, wo sind die drei Wettermagier?«, fragte Kai.

»Noch nicht da«, meinte Amabilia. »Allerdings ist es auch noch eine gute halbe Stunde hin, bis die Sonne unter...«

Jäh schäumte das Wasser im Becken auf. Zugleich beschworen Kai und der Däumlingsmagier einen Feuerwusel und eine Windsbraut herauf, ließen die Elementare aber wieder fahren, als sie sahen, wie ein dürrer Mann mit Spitzbart und eine große, hagere Frau an Land kletterten: Magister Chrysopras und Magistra Wogendamm!

Beide waren tropfnass.

»Horatio! Alura!« Magister Eulertin ließ ein welkes Blatt vom Boden aufsteigen, stellte sich darauf und flog den beiden Zauberern entgegen. »Ich hatte schon befürchtet, meine Nachricht hätte euch nicht erreicht.«

»Unsinn!« Magister Chrysopras nieste, wrang seinen Zauberhut aus und setzte ihn wieder auf, während seine Begleiterin mit spitzen Fingern Tang von ihren Bannamuletten zupfte. »Hammaburg mag gefallen sein, aber wir leisten Widerstand. Alura und Erasmus wollten mir ja nie glauben. Dachten, ich litte unter Verfolgungswahn. Aber meine Sicherungsvorkehrungen haben uns das Leben gerettet.« Er deutete aufs Becken und grinste. »Immerhin macht Schinnerkroogs Schreckensregiment erfinderisch: zwei Luftelementare für die Atemluft, zwei Nereiden für die schnelle Fortbewegung unter Wasser. Wir liegen hier schon eine ganze Weile auf Lauer. Schließlich kann man nicht vorsichtig genug sein.«

»Nur dass ich mich wohl nie an diese elende Kälte gewöhnen werde.« Magistra Wogendamm zitterte inzwischen derart stark, dass ihre Ketten klirrten. Kai beschwor ein Feuerelementar herauf, in dessen Licht sich die Zauberin wärmen konnte. »Danke, mein Junge. Meine Güte, ist das etwa ein richtiger Drache?«

Erstaunt sah sie Olitrax an.

Kai nickte, als Eulertin bereits wieder das Wort erhob. »Was ist mit Erasmus?«

»Und wo ist Koggs?«, rief Fi aufgeregt dazwischen.

»Wir sind hier.«

Die Seitentür öffnete sich. Eine Schwalbe kam im Zickzack hereingeflogen und ein beleibter Mann in schäbiger Fischerkleidung schob sich in den Schuppen, dem eine ihnen wohlbekannte Gestalt mit Holzbein und Dreispitz folgte.

»Koggs!« Fi stürmte nach vorn und drückte den kleinen Kapitän.

»Meine Güte. Der Klammergriff eines Kraken ist ja nichts dagegen.« Der Klabauter lächelte gerührt und klopfte Fi hilflos auf den Rücken. »So, und jetzt ist man gut, meen Deern.«

»Sagt mal, spinnt ihr?«, brauste Magister Chrysopras auf. »Wir hatten doch verabredet, dass ihr zurückbleibt, bis wir die Lage geklärt haben. Eure Sorglosigkeit wird uns eines Tages noch den Kopf kosten!«

»Ist ja gut, Horatio«, brummte Doktorius Gischterweh. »Kapitän Windjammers Leute liegen draußen auf der Lauer. Ich hab euch auch was zum Abtrocknen mitgebracht.«

Der dicke Magier hielt seinen beiden Kollegen ein Bündel mit Tüchern hin. Wütend griff Magister Chrysopras danach und reichte auch Magistra Wogendamm einen der Lappen. Die betrachtete noch immer mit großen Augen Olitrax.

Magister Eulertin stellte die Runde einander vor und wurde ernst. »Und nun berichtet. Was hat sich hier seit der Machtübernahme zugetragen. Wisst ihr Näheres über das Schicksal des Ratsherrn Hansen?«

Unglücklich schauten sich Koggs und die drei Wettermagier an.

»Ratsherr Hansen ist tot.« Der Klabauter seufzte. »Schinnerkroog hat ihn gleich nach der Machtübernahme verhaften und auf dem Rathausmarkt öffentlich hängen lassen.«

In Kai vereiste etwas. Es war noch nicht lange her, seit er dem freundlichen Ratsherrn mit der Nickelbrille zum letzten Mal begegnet war. Er hatte den Mann gemocht. Auch Fi war blass geworden.

»Als die Nachricht eintraf, dass die Leuchtfeuer der Feenkönigin überall an den Küsten erloschen, schlug Schinnerkroog zu«, fuhr der Klabauter wütend fort. »Seine Söldner lagen über das ganze Stadtgebiet verteilt auf der Lauer. Den Stadtrat hat Schinnerkroog bereits in der ersten Nacht entmachtet, zum gleichen Zeitpunkt kam es von der Seeseite aus zu einem Angriff der Nordmänner. Dennoch ist es wenigstens Hansen gelungen, zu entkommen und Teile der Garde zu alarmieren. Drei Tage lang tobten die Kämpfe auf den Straßen Hammaburgs und wir konnten immer mehr beherzte Bürger um uns sammeln. Das Seltsame war nämlich, dass der Leuchtturm in der Elbmündung noch immer hell brannte. Warum das hier bei uns anders war, als überall sonst, weiß ich nicht. Aber so blieb Schinnerkroog die Hilfe Morgoyas versagt und wir hätten den Mistkerl und seine Verbündeten fast niedergerungen. Doch unser Glück endete, als die Nordmänner Eis und Kälte heraufbeschworen und ihre Frostriesen aussandten. Sie haben den Leuchtturm zum Einsturz gebracht.«

»Noch mehr Riesen?« Amabilia griff sich an die Brust. »Wo sind die jetzt?«

»Irgendwo drüben auf der anderen Elbseite«, antwortete Magistra Wogendamm.

»Und dann kam es zum Angriff der Gargylen. Ein gewaltiger Schwarm!« In Koggs Augen loderte ein Zorn, wie ihn Kai noch nie bei ihm gesehen hatte. »Gegen diese geballte Macht vermochte niemand von uns etwas auszurichten. Es hat Tote gegeben. Sehr viele Tote. Man könnte sagen, die Gargylen haben unter uns gewütet wie Haie unter einem Schwarm Makrelen. Wären Magistra Wogendamm, Magister Chrysopras und Doktorius Gischterweh nicht gewesen, würde wohl auch ich heute nicht mehr vor euch stehen.«

»Ach«, die Zauberin winkte ab. »Viel wichtiger ist, dass sich seit Tagen in der Stadt das Gerücht hält, dass Morgoya selbst schon bald nach Hammaburg kommt.«

»Morgoya?« Fis Augen verengten sich. »Kennt ihr den Grund?«

»Leider nein.« Magister Chrysopras schnaubte grimmig. »Vielleicht will sie den Angriff auf Halla selbst führen. Auf jeden Fall bedeutet das nichts Gutes.«

Im Schuppen herrschte betroffenes Schweigen, das erst Magister Eulertin durchbrach. »Lasst uns jetzt unbedingt einen klaren Kopf bewahren. Zunächst, wo ist dieser Gargylenschwarm jetzt?«

»Verschwunden.« Doktorius Gischterweh zuckte mit den Achseln. »Direkt nach der fürchterlichen Schlacht zogen sie ab. Zwar sieht man hin und wieder ein Exemplar über dem Stadtgebiet, aber wir haben bis heute nicht herausgefunden, wo diese Monster abgeblieben sind.«

»Und wo haltet ihr euch versteckt?«, fragte Kai.

»Im Flussdelta der Elbmündung«, brummte der Dicke und streichelte unglücklich seine Schwalbe.

»Wir haben in den Seitenarmen der Elbe eine Kogge, zwei Schaluppen und ein halbes Dutzend Elbkähne versteckt«, krächzte der Klabauter. »Sie dienen als Quartier für fast dreihundert Schmuggler und Flüchtlinge. Sie sind der Grund, warum wir bisher noch keinen Fluchtversuch gewagt haben.«

»Natürlich haben wir mit unseren Kräften das Unsere dazu beigetragen, die Verstecke zu sichern«, ergänzte Magister Chrysopras. »Die übrigen Windmacher sind entweder umgekommen, geflohen oder sie haben sich Schinnerkroog angeschlossen.«

»Nur zu eurer Information: Alpme Somnia verdingt sich heute als Leibmagierin Schinnerkroogs«, zischte Magistra Wogendamm und es klang, als würde sie ausspucken. Kai erinnerte sich nur vage an die dickliche Traumhändlerin, die ihr seltsames Geschäft in der Windmachergasse direkt gegenüber von Magister Eulertins Zunfthaus betrieben hatte. Sie war ihm stets unheimlich gewesen.

»Ja, das hatte ich bereits befürchtet«, seufzte Magister Eulertin. »Beginnen wir mit den Flüchtlingen. Ich kenne weiter im Osten einige verschwiegene Grotten, wo wir die Frauen und Männer weitaus sicherer unterbringen können. Es gibt da einen alten Knüppeldamm durch das Delta, der heute kaum noch bekannt ist. Ihn werden wir für den Marsch nutzen. Anschließend, geschätzte Freunde, benötige ich eure Hilfe in Halla.«

»In Halla?« Die drei Magier sahen Magister Eulertin überrascht an.

Mit knappen Worten erklärte Eulertin, was sich in der Zwischenzeit zugetragen hatte. Sofort bestürmten ihn die drei Wettermagier mit Fragen.

»Eins nach dem anderen«, gebot Eulertin seinen Kollegen Einhalt. »Ich werde eure Fragen später beantworten. Vertraut alle auf das Unendliche Licht. Zunächst einmal ist es wichtig, dass ihr zu eurem Versteck im Elbdelta zurückkehrt und die Flüchtlinge auf den Abmarsch vorbereitet.«

»Kraken und Polypen, Thadäus«, knurrte Koggs. »Du, Fi und Kai, ihr kommt doch mit uns, oder?«

»Ich bedaure.« Magister Eulertin baute seinen Zauberstab vor sich auf dem schwebenden Blatt auf. »Wir müssen dem Zunfthaus noch einen Besuch abstatten. Die Angelegenheit duldet leider keinen Aufschub. Aber ich wäre froh, wenn du hierbleiben und Vorkehrungen treffen könntest, um uns gegebenenfalls den Rücken freizuhalten.«

»Verlass dich drauf.« Der Klabauter umschloss den Griff seines Säbels. »Wenn es hart auf hart kommt, werden meine Jungs und ich da sein.«

Quiiiitsss

Kristallfell schnaubte, als er von Fi geführt die Kapitänsstraße entlang auf die Windmachergasse zutrabte. Die Straße der Zauberer ähnelte einem holprigen Pfad, der gerade so breit war, dass ein Pferdekarren hindurchpasste. Über ihnen waren trotz der nächtlichen Finsternis Dachgiebel zu sehen, die wie Drachenköpfe, Einhörner und andere Zauberwesen geformt waren. Auf den ersten Blick erschien alles wie früher, doch bei genauerem Hinsehen schälten sich Details aus dem Dunkeln, die Kai wütend die Zähne zusammenbeißen ließen. Einige der kunstvoll bemalten Ladenschilder, die sonst über den Türeingängen baumelten, waren abgerissen und lagen im Straßendreck. Die Schaufenster der Läden waren leer geräumt, und immer wieder gähnten ihnen dunkle Löcher entgegen, dort wo sich eigentlich Fensterfronten hätten befinden müssen.

Als sie sich dem Gebäude mit Hausnummer 7, ihrem alten Zunfthaus, näherten, musste sich Kai bitter eingestehen, dass es schon das zweite Zuhause war, das er innerhalb von nur einem Jahr verloren hatte. Vor der Eingangstür kreuzten sich zwei dicke Balken. Die hohen Sprossenfenster waren ebenso wie die Fensterläden in den oberen Stockwerken mit Brettern vernagelt. Die Frage, ob jemand nach ihrer Abreise in ihrem

Haus eingezogen war, hatte sich damit beantwortet. Doch wo waren diese Schatteneulen, von denen Magister Eulertin und Amabilia gesprochen hatten? Kai versuchte die Dunkelheit zu durchdringen und gewahrte im schalen Licht eine schemenhafte Bewegung.

Auf einem Steinsims knapp unterhalb des weit überhängenden Daches hockte eine Kreatur, bei deren Anblick Kai schauderte. Das Wesen ähnelte entfernt einem Nachtkauz. Auf seinem Hals thronte ein bleicher Eulenschädel: eine Strige! Der unheimliche Vogel plusterte sein struppiges Federkleid auf und ruckte unvermittelt zu ihnen herum.

Kai durchrieselte es kalt und Olitrax knurrte. Bei allen Moorgeistern! In den Höhlungen des Vogelkopfes steckten tatsächlich menschliche Augen. Doch die schrecklicher Toteneule wandte ihren Blick wieder von ihnen ab und beäugte nun angestrengt das Ende der Windmachergasse. Erleichtert atmete Kai auf. Offenbar waren diese fürchterlichen Wesen tatsächlich taub.

Er entdeckte, dass auf Erkern und Giebeln drei weitere Strigen saßen. Wie sollten sie nur unentdeckt in das Haus hineingelangen?

»Vertraut mir«, flüsterte Fi. Ein dumpfes Geräusch folgte. Dort, wo die erste Strige eben noch gesessen hatte, ragte jetzt ein Pfeilschaft aus der Hauswand. Die dämonische Eule erschlaffte und klatschte mit zertrümmertem Schädel auf die Stufen vor der Eingangstür.

Herrje, was tat Fi da?

Unruhig sah sich Kai zu den übrigen Strigen um und bemerkte, dass der Sitzplatz der toten Schatteneule von den anderen Vögeln nicht einsehbar war. Mehr noch, die ausgeschaltete Strige war auch die einzige, die einen direkten Blick auf den Eingangsbereich besessen hatte. Ein Umstand, den Amabilia umgehend ausnutzte. Aus den Balken vor der Tür wuchsen unvermittelt junge Triebe und Zweige. Rasend schnell schwollen sie zu dicken Ästen an, die sich dem Untergrund entgegenreckten. Es knarrte, quietschte und ächzte, als sich Holz verformte und sich Nägel verbogen. Die geisterhaft beseelten Balken stemmten sich nun von selbst aus ihren Verankerungen, richteten sich auf und verharrten links und rechts neben dem Eingang.

Abermals sah Kai zu den Toteneulen auf. Keine von ihnen schien etwas bemerkt zu haben.

Vor ihm knarrte es und wie von Zauberhand bewegt, schwang die Eingangstür auf. Äschengrund suchte mit einer Hand Kais Kopf und bedeutete ihm, sich zu ducken, während Kristallfell direkt durch das Türportal hindurch in die dunkle Eingangshalle des Zunfthauses trabte. Hinter ihnen schloss sich die Tür wieder.

»Sieht ganz so aus, als ob wir diese Strigen ausgetrickst hätten«, hallte leise die Stimme des Däumlingszauberers auf. »Trotzdem, bleibt vorsichtig.«

Der magische Splitter auf Magister Eulertins Zauberstab erstrahlte in fahlblauem Licht. Kai sah sich bestürzt um. In der Empfangshalle ihres Heims herrschte ein heilloses Durcheinander. Überall lagen Glassplitter und herausgerissene Buchseiten herum. Die unheimliche Standuhr an der Stirnseite der hohen Diele war fortgeschafft worden, die drei ausgestopften Tierköpfe, die Schutzgeister des Hauses, hingen zerfetzt an der Wand und das Modell der Kogge, das noch bis vor wenigen Wochen die Halle geziert hatte, lag zerbrochen vor ihnen. Einzig die Kette, an der das Schiffsmodell gehangen hatte, baumelte noch von der Decke herab. Die unbekannten Eindringlinge hatten nicht einmal vor den mit Wolken und Windgeistern bemalten Bodenfliesen haltgemacht. Manche der Kacheln waren aufgestemmt worden, durch andere zogen sich tiefe Sprünge.

»Die haben ganze Arbeit geleistet«, wisperte Amabilia betroffen.

»Ja, das kann man so sagen.« Magister Eulertin blickte sich betrübt um.

Kriwa wurde wieder sichtbar und segelte zusammen mit den beiden Däumlingen hinüber in das benachbarte Studierzimmer.

Mit dem kleinen Magier entschwand das blaue Licht, und so entzündete Kai nun seinerseits eine kleine Flamme am Ende seines Stabes und half dem Drakologen abzusitzen. Mehr Licht zu machen, traute er sich nicht. Denn trotz der vernagelten Fenster befürchtete er noch immer, dass die Strigen jeden Augenblick auf sie aufmerksam wurden. Als hege Olitrax ähnliche Befürchtungen, stieg der kleine Drache zur Hallendecke auf und krallte sich an die herabhängende Kette. Von dort aus behielt er leicht schaukelnd Türen und Sprossenfenster im Auge.

Fi kontrollierte längst die Treppe zum Obergeschoss.

»Oh nein«, war Eulertins gedämpfte Stimme aus dem Nachbarraum zu hören. »Sie haben die Tür zum Dachboden aufgebrochen.«

Kai eilte nun ebenfalls hinüber zum Studierzimmer und blieb schockiert stehen. Der Raum war völlig verwüstet. Die Buchregale lagen umgestürzt zwischen Glas- und Tonscherben am Boden, jemand hatte das schwere Lesepult auf der Suche nach Geheimfächern zerhackt und es stank nach ausgekippten Zaubertinkturen. Alles, was wertvoll gewesen war, war abtransportiert worden: teure Laborgeräte, alte Folianten und seltene Zauberhilfsmittel.

In diesem Moment ertönte ein Flattern aus der Stiege zum Dachboden und Kriwa schoss wieder in den Raum. Die Möwe landete auf den zerschlagenen Resten des Lesepults.

»Oben das gleiche trostlose Bild«, hub Eulertin wütend an. »Alles, was uns noch hätte nützen können, ist fort.«

»Etwa auch die Kristallkugel von Morbus Finsterkrähe?«, wollte Kai wissen.

Der Däumlingsmagier nickte.

»Dann sollten wir uns jetzt dringend nach Quiiiitsss umsehen«, schlug Fi vor.

»Ich bin bereits hier, meine junge Dame«, drang es hohl und seufzend aus dem Kamin. Kais Nackenhaare stellten sich auf, als ein Nebelstreif aus dem Rauchschacht sickerte und sich über einem Haufen zerrissener Pergamente zu einer grauenhaften Geistergestalt mit überlangen Nebelarmen und einem Schädel manifestierte, der einem aufgedunsenen Kürbis ähnelte.

»Beim Unendlichen Licht!« Amabilia klammerte sich an Eulertins Schulter fest. »*Das* ist euer Hausgeist?«

»Kein gewöhnlicher Hausgeist, Verehrteste. Ich bin ein Poltergeist!« Quiiiitsss enthüllte einen Mund, der beim Sprechen Fäden wie Spinnenweben zog. Er stierte die Däumlingshexe aus beklemmend schwarzen, weit aufgerissenen Augen an und lächelte schadenfroh. »Für gewöhnlich nennt man mich Quiiiitsss.«

Irgendwo beim Kamin rumpelte es. Als sich Kai Magister Äschengrund zuwandte, sah er, dass auch der Fryburger Gelehrte mit offenem Mund dastand und den Geist anglotzte.

»Genug, Quiiiitsss«, sprach Magister Eulertin und löste sanft den Griff Amabilias. »Zunächst will ich wissen, wer für all das hier die Verantwortung trägt.«

»Eure Kollegin Alpme Somnia«, raunte der Poltergeist und nahm die Farbe einer Gewitterwolke an. »Sie drang hier mit einem Haufen Getreuer ein, hat die Tierwächter mit einem machtvollen Zauber ausgeschaltet und hätte ganz sicher das komplette Zunfthaus in Besitz genommen, wenn ich ihr das nicht auf meine gewohnt liebenswürdige Weise vermiest hätte.« Quiiiitsss kicherte hämisch. »Einen der Eindringlinge habe ich in die Wandelnde Kammer gelockt. Und bis jetzt ist er nicht wieder aufgetaucht. Leider konnte ich nicht verhindern, dass Magistra Somnia an sich nahm, was sie für wertvoll erachtete.«

»Mir scheint, ich hätte diese Dame etwas besser im Auge behalten sollen.« Magister Eulertin erhob sich. »Aber deswegen sind wir nicht hier. Quiiiitsss, was weißt du über den *Lapis elementarum*?«

Die Scheiben im Raum begannen zu klirren. Der Poltergeist stieß ein erbärmliches Winseln aus und schwebte wie ein in die Ecke gedrängtes Tier zurück zum Kamin. »Was … was meint Ihr?«

»Den Stein der Elemente. Du solltest ihn kennen, Quiiiitsss. Oder sollte ich besser sagen Magister Timotheus Quitsberg?«

»Das ist nicht ehrenhaft«, heulte der Poltergeist. »Verbotene Forschungen … schon lange her … Ich büße dafür bis heute.«

Kai trat beschwichtigend vor. »Quiiiitsss, die Angelegenheit ist wirklich wichtig. Da draußen herrscht Krieg. Wir benötigen diesen Stein der Elemente, um gegen Morgoya bestehen zu können. Und wir wissen, dass du ihn einst versteckt hast.«

»Aha, das also ist der Grund, warum ihr zurückgekommen seid.« Der rauchförmige Körper des Poltergeists wallte bis unter die Decke auf und näherte sich Kai mit großen Schlieraugen. »Und ich dachte, der Meister und der junge Herr seien ein klein wenig besorgt um den alten Quiiiitsss gewesen? Welch ein Irrtum. Warum sollte ich euch helfen?«

Kai blickte Hilfe suchend zwischen Fi und Magister Eulertin hin und her. »Weil, äh, weil du jedem gehorchen musst, der in diesem Haus lebt?«

»Großer Irrtum«, wisperte Quiiiitsss und wandte sich mit höhnischem Blick Magister Eulertin zu. »Vielleicht wisst Ihr es noch nicht, aber Ihr seid vor einigen Wochen als Zunftmeister abgesetzt worden. In diesem Haus lebt nun niemand mehr. Ich bin jetzt frei!«

»Mag sein«, antwortete Eulertin mit ruhiger Stimme. »Aber echte Freiheit sieht anders aus, Quiiiitsss. Im Übrigen habe ich dich nie gezwungen, mir zu gehorchen. Du hast mir stets freiwillig gedient – oder willst du das etwa abstreiten?«

»Gedient? Ich habe euch geholfen!« Quiiiitsss grollte und sein aufgeblähter Nebelkörper zog sich wieder zusammen.

»Völlig egal, wie du das nennst«, antwortete der winzige Magier. »Aber du solltest dir dessen bewusst sein, dass wir die Einzigen waren, die dich in all der Zeit, die du hier mutterseelenallein vor dich hin gespukt hast, wie ein vollwertiges Mitglied dieses Haushaltes behandelt haben. Aus diesem Grund bitte ich dich, uns zu sagen, wo du damals den *Lapis elementarum* versteckt hast.«

»Und was soll mir das bringen?«, raunte der Poltergeist. »Wenn ich Euch sage, was Ihr wissen wollt, verlasst Ihr das Haus wieder. Ihr sprecht selbst davon, dass da draußen Krieg herrscht. Vielleicht kommt Ihr nie wieder zurück. Oh nein«, Quiiiitsss verzog seinen Geisterschädel zu einem hässlichen Grinsen, »wenn ich Euch helfen soll, dann hat das seinen Preis!«

»Gut, dann sag uns, was du willst.«

Quiiiitsss schwebte dicht an den Däumlingszauberer heran und musterte ihn mit seinen Schlieraugen. »Ich will, dass Ihr Euer Versprechen einlöst, Magister Thadäus Eulertin. Erlöst mich von meinem Geisterdasein. Weist mir einen Weg, wie ich endlich in das Unendliche Licht eintreten kann!«

Eine Weile herrschte Schweigen in der Studierstube, und Kai glaubte, irgendwo vor dem Haus aufgeregten Flügelschlag zu vernehmen. Auch Kriwa legte ihren Kopf schräg, doch das Geräusch wiederholte sich nicht.

»Dazu stehe ich auch heute noch, Quiiiitsss.« Der Däumlingsmagier atmete tief ein. »Aber wie du weißt, habe ich bislang kein Mittel gefunden, um dich zu erlösen. Ich habe mich an unzähligen Bann- und Befreiungsformeln versucht. All das hat nicht geholfen.«

»Du bist durch einen Hexenfluch zu dem geworden, der du heute bist, richtig?« Amabilia machte wieder auf sich aufmerksam und blickte Quiiiitsss gefasst in die Schlieraugen.

»Sieh an, sieh an. Mich dünkt, Ihr kennt euch bestens im Hexengeschäft aus. Am Ende seid Ihr gar selbst eine Hexe.« Der Poltergeist gab ein spöttisches Zischen von sich und blickte wieder zu Eulertin. »Weiß man in Halla, mit wem Ihr Euch abgebt, hochverehrter Magister?«

»Quiiiitsss, ich warne dich. Treibe es nicht zu weit!« Magister Eulertin hob erzürnt seinen Zauberstab.

»Du musst zu Lebzeiten ein böser und hartherziger Mensch gewesen sein«, fuhr Amabilia unbeirrt fort. »In diesem Fall kann dir kein Zauber dieser Welt helfen. Dich kann nur ehrliche Reue erlösen, Poltergeist. Nur Selbstlosigkeit, Opferbereitschaft und Anstand können dich von den Fesseln deines Fluchs befreien. Leider ist davon bei dir nichts zu merken.«

»Ich muss mir dieses Hexengeschwätz nicht anhören«, wisperte Quiiiitsss eingeschnappt. »Ich habe seit meinem Tod lange genug gelitten. Das wird ja wohl reichen. Erlöst mich und ich werde Euch sagen, wo ich den Stein der Elemente versteckt habe.«

»Betrachten wir das Problem doch rein akademisch, Magister Quitsberg«, mischte sich Magister Äschengrund in den Disput ein. Auch er hatte seine Überraschung überwunden. Stattdessen funkelte in seinen Augen der Eifer des Gelehrten. »Eine Hexe hat für Eure heutige Erscheinungsform gesorgt und eine Hexe weist Euch einen Ausweg. Da könnt Ihr Euch winden wie ein Drache bei der Balz, nach meinem Empfinden solltet Ihr besser auf ihren Rat hören. Wenn es also einer guten Tat Eurerseits bedarf, um Euch zu erlösen, benötigt Ihr dazu bloß eine entsprechende Gelegenheit. Wie steht es nun um Thadäus' Bitte, wenn wir Euch eine Möglichkeit zur Bewährung verschaffen? Beispielsweise, indem wir euch mitnehmen?«

»Mitnehmen?« Quiiiitsss schrecklicher Geisterleib zerlief vor Überraschung wie ein Stück Butter in der Sonne. »Wovon sprecht Ihr? Ich bin ein Poltergeist. Ich bin an dieses Haus gebunden.«

»Das ist so nicht ganz richtig«, korrigierte ihn der Drakologe und musterte intensiv seine Fingernägel. Verwundert starrten ihn auch die anderen an. »Also, sagt Ihr uns, wo sich das Versteck befindet, wenn wir Euch mitnehmen?«

Quiiiitsss wölkte zu Äschengrund herüber, beäugte ihn misstrauisch und schenkte ihm dann sein herzlichstes Spinnweblächeln. »Gut, solltet Ihr tatsächlich eine Möglichkeit kennen, dann sage ich Euch, was Ihr wissen wollt. Kann ja wohl nicht so schwer sein, meine Selbstlosigkeit unter Beweis zu stellen.«

»Haragius, erkläre mir bitte einmal, wie du das anstellen willst?« Magister Eulertin winkte seine alte Schreibfeder vom Boden heran und setzte sich wie in alten Zeiten auf sie, um näher an den Drakologen heranzuschweben.

»Ganz einfach, mein lieber Thadäus! Mich dünkt, der Schlüssel bei dieser Angelegenheit ist der Grundstein. Jedes Haus besitzt einen. Nicht umsonst wird um die Grundsteinlegung eines Bauwerks ein solcher Aufwand betrieben.«

»Aber natürlich.« Eulertin fasste sich an die Stirn. »Warum habe ich nicht eher daran gedacht? Im arkanen Sinn stellt der

Grundstein das Herz eines Gebäudes dar. Ohne Zweifel ist Quiiiitsss an ihn gebunden. Wenn wir ihn aus dem Fundament lösen …«

»… können wir Magister Quitsberg mit uns auf Reisen nehmen«, schloss Äschengrund den Satz.

»Nur, wo befindet sich dieser Grundstein?«, fragte Fi.

»Nun, üblicherweise unter der Hausschwelle«, dozierte der Drakologe, »oder irgendwo beim Kamin eines Gebäudes. Ich schätze, er ist entsprechend markiert.«

»Dann spürt ihn auf!«, wisperte Quiiiitsss ungeduldig.

Fi und Magister Äschengrund schritten zu dem mächtigen Kamin, während die Däumlinge zurück in die Empfangshalle flogen. Kai runzelte die Stirn. Eine innere Stimme sagte ihm, dass seine Gefährten an diesen Stellen nichts finden würden. Quiiiitsss trieb sich vornehmlich an einem anderen Ort herum und auch dort befand sich ein Kamin. Zügigen Schrittes suchte er die Küche auf. Auch das dortige Mobiliar lag zerschlagen am Boden. Kai ignorierte das Durcheinander, wischte den Ruß von den Steinen des großen Backofens und fand im Mauerwerk am Boden einen auffallenden Ziegel, der mit einem fünfzackigen Stern gekennzeichnet war. Ein Drudenfuß! Das musste der ominöse Grundstein sein, von dem die Zauberer gesprochen hatten.

Eilig lief er zur Eingangshalle zurück. »Ich habe ihn«, rief er den anderen entgegen.

Kriwa sauste an ihm vorbei und wenig später drängten sich auch Fi und der Drakologe in den Raum. Quiiiitsss streckte einfach seinen geisterhaften Kürbisschädel durch die Wand und beäugte das Treiben in der Küche neugierig.

»Na, dann wollen wir mal«, sprach Amabilia. Sie hob ihren Zauberstab und beschwor ein erzenes Elementar mit diamantenen Zähnen und Krallen herauf.

Die sonderbare Kreatur baute sich vor dem Ofen auf, bohrte seine Krallen in den Untergrund und brach den Ziegel heraus. Interessiert nahm Kai den Grundstein an sich. Das Elementar zerbröselte zu feinem Sand.

»Und, fühlst du dich jetzt anders?«, wollte Magister Eulertin von dem Poltergeist wissen. Der stierte weiter auf den Ziegel in Kais Händen und nickte.

»Ja, irgendwie … nicht mehr so schwer.«

»Gut, dann zeig uns jetzt, wo sich das Versteck des *Lapis elementarum* befindet«, sagte Kai und verstaute den Ziegel neben der Dschinnenbüste und dem Schattenpokal in seinem Rucksack.

»Ihr steht darauf«, geisterte Quiiiitsss Stimme durch den Raum. Überrascht traten Fi, Kai und Äschengrund einen Schritt zurück, während der Poltergeist all die Bruch- und Trümmerstücke kraft seines Willens zur Wand fliegen ließ. Ihr Blick fiel auf steinerne Bodenplatten, von denen eine breitere Fugen besaß, als die anderen.

»Eine Geheimtür«, rief Eulertin aus. »Und ich dachte, ich hätte dem Zunfthaus all seine Geheimnisse entrissen.«

Kurzerhand beschwor er zwei Windelementare herauf, die die Platte anhoben. Mit einem schabenden Geräusch klappte die schwere Luke auf und enthüllte steinerne Stufen, die in die Tiefe führten. Modrige Luft schlug ihnen entgegen.

»Unser altes Labor«, raunte Quiiiitsss. »Es ist schon eine Weile her, dass ich meine sterbliche Hülle verlassen habe, und meine Erinnerungen sind nicht mehr so frisch wie damals. Aber ich weiß noch, wie wir vier dort unten geforscht haben. Ich wollte Blei in Gold verwandeln, die anderen versprachen sich die Unsterblichkeit und Gloja Feuerkopf, diese elende Hexe, war von dem Wunsch beseelt, Leben zu schaffen.«

»Wie kann man einen solchen Unsinn nur ernsthaft in Erwägung ziehen«, zischte Fi erbost. Sie sammelte einen herumliegenden Kerzenstummel auf, entzündete ihn an der Flamme auf Kais Zauberstab und kletterte durch das Loch in den verborgenen Keller hinab. Rasch folgten ihr Kai und die anderen.

Sie erreichten ein großes Tonnengewölbe, das mit Regalen und Arbeitstischen zugestellt war. Auf ihnen standen bauchige Kolben, die mit verschlungenen Glasröhren verbunden waren. Über allem lag eine dicke Staubschicht, und immer wieder mussten sie auf ihrem Weg lange Spinnfäden beiseiteziehen, die wie Schleier von Decke und Wänden hingen.

Entgeistert blieb Kai neben Fi und dem Drakologen stehen, die einige Käfige betrachteten. Sie ruhten auf einem durchgebogenen Tisch in einer Gewölbenische und enthielten die Gebeine seltsamer Kreaturen. Es handelte sich bei ihnen auf den ersten Blick um die Skelette von Hunden, Ratten und Mäusen, doch mit den Knochen stimmte etwas nicht. Einige der Tierleichen wiesen Flügel auf und der Schwanz einer Ratte lief in einem Skorpionstachel aus.

»Bei allen Moorgeistern, was ist das hier?«

»Chimären! Hier wurden Mischwesen gezüchtet«, erklärte der Drakologe empört und deutete auf eines der deformierten Tiergerippe. »Das da war wohl eine Kreuzung aus Katze und Fledermaus.«

Fi verzog angewidert ihr Gesicht. »Diese Funde sind mindestens ebenso verabscheuungswürdig, wie jene, die wir in Murguraks Nachtschattenturm gemacht haben.«

»Ihr blickt auf die ehemalige Versuchsreihe von Gloja Feuerkopf, junge Elfendame«, raunte Quiiiitsss entschuldigend. Ohne es zu bemerken, war der Poltergeist durch die Gewölbedecke hindurch zu ihnen in den Kellerraum geglitten. »Damit hatte ich kaum etwas zu tun.«

»Ja, rede dich ruhig heraus, Quiiiitsss. Es wird dir nicht helfen«, rief von der anderen Gewölbeseite aus Magister Eulertin. Er und Amabilia flatterten auf Kriwa vor einem Gestell mit unzähligen Zaubersalzgefäßen und suchten es im Licht von Eulertins Zauberstab ab. »Also, wo befindet sich der *Lapis elementarum*?«

»Äh … dort!« Der Poltergeist deutete mit einem seiner Geisterarme zu einer bronzenen Kette, die inmitten des Gewölbes von der Decke hing. An ihrem Ende befand sich eine kugelförmige Tragevorrichtung, die allerdings leer war. Kai trat an die Kette heran und sah, dass auf dem Boden direkt darunter ein fünfzackiges Pentagramm aus Mondsilber in das Gestein eingelassen war. In seinem Zentrum erhob sich ein kegelförmiger Aschehaufen.

»Wo denn?«, rief Kai. Auch die anderen traten heran und musterten Kette und Pentagramm neugierig.

»Nun, mein junger Herr, Ihr steht vor dem, was von dem Stein der Elemente übrig geblieben ist …« Quiiiitsss Kürbisgesicht verzog sich zu einem gehässigen Spinnweblächeln. »Der *Lapis elementarum*, den wir geschaffen haben, war leider nicht stabil. Ich schätze, die vier Elemente in ihm befanden sich nicht ganz im Gleichgewicht. Bei unserem sechsten Versuch mit ihm schlugen aus dem Kristall Flammen und er zerbröselte vor unseren Augen zu Staub. Tja, und da begann der Streit zwischen uns vieren …«

»Du willst uns sagen, der Stein der Elemente existiert nicht mehr?«, sprach Magister Eulertin mit nur mühsam beherrschter Stimme. »Du hast uns hereingelegt, du elende Kreatur!«

Der Poltergeist wich vor dem Däumlingsmagier zurück. »Na gut, vielleicht ein klein wenig an der Nase herumgeführt. Aber Ihr habt mich immer nur nach dem Versteck befragt«, wisperte er hohl. »Nie nach dem Stein selbst. Was habt Ihr erwartet? Uns standen damals bei Weitem nicht so viele Mittel wie einst Murgurak dem Raben zur Verfügung. Es war vermessen zu glauben, wir könnten das Original übertreffen.«

»Das Original?« Stutzig geworden sah Kai zu Quiiiitsss auf. »Ich dachte, Murgurak hätte damals nur die Idee zu dem Stein der Elemente ausgebrütet?«

»Oh nein, mein junger Herr«, geisterte Quiiiitsss Stimme durch das Gewölbe. »Murgurak hat noch ganze andere Dinge erschaffen. Der erste *Lapis elementarum* soll ein Kristall von der Größe eines Dracheneies gewesen sein. Unzerstörbar und unermesslich wertvoll. Es heißt, Sigur Drachenherz habe ihn nach seinem Sieg über Murgurak an sich genommen und an einen sicheren Ort gebracht.«

»Wohin?«

»Ach, darüber existieren leider nur Gerüchte. Das glaubwürdigste besagt, dass der Stein heute in der Drachenburg Albas liegt. Aber die ist schwer gesichert.«

»Alba? Du sprichst von der Hauptstadt Albions?«

Quiiiitsss grummelte zustimmend.

»Ausgerechnet.« Kai blickte sich müde zu seinen Gefährten um. »Das heißt dann wohl, dass wir dieser Drachenburg einen Besuch abstatten müssen, oder?«

»Wie bedauerlich«, höhnte Quiiiitsss.

»Ja, und zwar auch für dich.« Kai klopfte wütend gegen seinen Rucksack. »Denn du wirst mit uns kommen.«

Eulertin, Amabilia und Magister Äschengrund wechselten vielsagende Blicke, als im Haus über ihnen ein gedämpftes Bersten erklang, dem sich schrilles, mehrstimmiges Fiepen anschloss.

»Verflucht«, rief Magister Eulertin. »Wir wurden entdeckt!«

Ein Luftelementar erschien unter der Gewölbedecke und Kriwa jagte hinauf zur Küche.

»Bleibt hinter mir, Magister!«, rief Kai dem Drakologen zu, während er hinter Fi die steinernen Stufen nach oben hetzte. Ein wildes Durcheinander wirbelnder Federn, herumhuschender Schemen und lautes Vogelgekreische kam ihnen entgegen. Fi schoss sofort zwei ihrer Pfeile ab, und irgendwo in der benachbarten Halle loderte ein greller Flammenstrahl auf. Eine der Strigen trudelte brennend zu Boden.

Olitrax! Der kleine Drache setzte sich offenbar erfolgreich zur Wehr.

Auch Kai hatte längst zwei Kugelblitze heraufbeschworen und feuerte diese auf die Toteneulen ab.

Endlich hatten sie sich den Weg in die Eingangshalle freigekämpft, doch der Anblick, der sich ihnen dort bot, war alles andere als ermutigend. Tür und Fenster waren aufgebrochen worden und immerzu schwirrten weitere Strigen wild flatternd in das Haus hinein. Olitrax wehrte sich gegen die Übermacht nach Leibeskräften mit seinem Drachenfeuer und konnte doch nicht verhindern, dass sich eine der widerwärtigen Toteneulen an ihm festbiss. Schnell kam ihm Kai mit einem neuerlichen Kugelblitz zu Hilfe. Der Rest der Toteneulen kämpfte mit Eulertins Luftelementaren oder jagte in Schwärmen hinter Kriwa her, die laut krächzend und im wilden Zickzackflug durch die Halle sauste.

Draußen in der Gasse waren jetzt Stiefelschritte zu hören. Lampenschein stach durch die zerbrochenen Fenster und eine tiefe Stimme brüllte laut Befehle. Ketten klirrten und ein wütendes Schnauben erfüllte die Straße.

Die elenden Strigen hatten ihnen eine Falle gestellt.

Kai räumte mit elementarem Feuer weiter unter den gefiederten Schattenbestien auf. Auch Magister Eulertin und Amabilia schickten ein halbes Dutzend der Toteneulen mit blauen Blitzen und gelben Lichtbällen zu Boden. Doch die kreischenden Biester waren schnell und lernten dazu. Immer wieder schafften sie es, Geschossen und Pfeilen auszuweichen und erneut zum Angriff überzugehen. Ihre Krallen und scharfen Schnäbel rissen tiefe Furchen in die Haut. Kai blutete bereits an mehreren Stellen.

Endlich entschloss sich Kai dazu, sich nicht weiter um das Haus zu sorgen. Er wirbelte seinen Zauberstab über den Kopf und lange Feuerzungen leckten über Türen und Fenster. Gleich drei Strigen auf einmal entflammten, als sie den Feuerschauer passierten. Jammervoll kreischend gingen sie zu Boden, doch draußen in der Gasse zerriss bereits ein kampfeslustiges Heulen die Nacht.

Brüllend drängten zwei Kreaturen mit auffallend kleinen, rot schimmernden Augen in die Halle. Aus ihren weit hervorstehenden Kiefern ragten lange Reißzähne hervor und ihre überlangen Arme liefen in scharfen Krallen aus.

»Felsschrate!«, schrie Fi alarmiert und feuerte gleich zwei ihrer Pfeile zugleich ab. Die beiden Geschosse schlugen mit großer Wucht in der Brust eines der Wesen ein. Der Schrat geriet ins Wanken, grunzte zornig und brach die Schäfte ab.

Bei allen Moorgeistern!

Brüllend stürmten die beiden Ungeheuer auf sie zu. Kai wich zurück und beschwor elementares Feuer herauf, als er über sich lautes Kreischen vernahm. Gleich drei Strigen griffen ihn an. Schmerzhaft krachte er gegen die Wandvertäfelung. Ihm blieb nichts anderes übrig, als sich zunächst gegen die Toteneulen zu wehren. Grelle Flammen züngelten aus seinen Händen und die Strigen fielen brennend zu Boden.

Kai wollte soeben einen neuen Feuerball heraufbeschwören, als sich ein drohender Schatten vor ihm aufbaute, der schnaufend mit seinen Krallenhänden nach ihm schlug. Eulertins blaue Blitze zuckten quer durch den Raum und der Felsschrat verharrte heftig zitternd in der Bewegung. Rasch kippte Kai nach links weg und rollte über den Boden. Das Blitzlichtgewitter verging, und dort wo er eben noch gestanden hatte, krachte es laut. Eine Lawine von Steinen und Ziegeln polterte zu Boden. Kai stöhnte, als er sah, dass die Krallen des Ungeheuers ein Loch von der Größe eines Fassdeckels ins Mauerwerk geschlagen hatten. Der Felsschrat grunzte und wandte sich wieder zu Kai um, als ihn ein zweites Blitzlichtgewitter durchschüttelte. Ächzend ging der Schrat in die Knie.

Hektisch sah sich Kai in der Halle um. Amabilia und Olitrax schienen den Strigenschwarm nun unter Kontrolle zu haben. Doch der zweite Felsschrat schlug mit seinen langen Krallenarmen laut brüllend auf Fi ein, die es nur ihren elfischen Reflexen verdankte, dass sie noch auf den Beinen stand. Kai beschwor eilends einen neuen Feuerball herauf, als von der Küche her ein lauter Pfiff ertönte. Etwas galoppierte an Kai vorbei und ein lautes Wiehern war zu hören, dem ein hämmerndes Knirschen wie von Hufen auf brüchigem Stein folgte. Der Kopf von Fis Gegner flog herum und der Felsschrat ging zu Boden.

Kristallfell war Fi zu Hilfe gekommen!

Das Zauberross stürmte jetzt dicht an Kai vorbei zur Eingangstür, wo gerade zwei albionsche Soldaten von einem komplett aus Wurzelsträngen bestehenden Erdelementar zurückgeworfen wurden. Hoffentlich gelang ihrem treuen Ross die Flucht.

Doch die Gefahr war noch nicht abgewendet. Der Felsschrat vor Fi schüttelte das massige Haupt und richtete sich wieder auf. Abermals schoss die Elfe einen Pfeil auf ihn ab. Doch der Schrat schien den Treffer kaum zu spüren.

»Duck dich, Fi!« Kai zögerte nicht länger und schickte seinen Flammenball auf die Reise. Eine Explosion erschütterte die Halle und der Felsschrat ging abermals zu Boden. Die Haut des Schrats dampfte und endlich blieb er liegen.

Jenseits der Fenster gellte ein Befehl. »Schießt!«

Kai warf sich in Deckung, als knapp über ihm ein Hagel aus Armbrustbolzen durch die Halle fegte. Irgendwo ging ein Bilderrahmen zu Bruch und einer der ausgestopften Tierköpfe wurde von der Wand gerissen. Rücksicht auf ihre Verbündeten nahmen die Schützen nicht. Der Felsschrat, der das Loch in die Wand geschlagen hatte, wurde an zwei Stellen zugleich getroffen. Er quittierte die Einschläge mit lautem Wutgebrüll.

»Macht die Gasse für die Zauberer frei!«, bellte vor dem Zunfthaus ein Offizier. Kai wurde blass.

»Schnell, nach oben!«, rief Magister Eulertin. Kai ahnte, was sein Lehrmeister beabsichtigte. Im Stockwerk über ihnen lag die Wandelnde Kammer! Das ebenso geheimnisvolle wie tückische Schuhzimmer konnte sie auf magische Weise an weit entfernte Orte bringen. Auch wenn sie seine Geheimnisse noch nicht endgültig erforscht hatten, würden sie ihren Feinden so entkommen können.

Der Däumlingsmagier zwang den verbliebenen Felsschrat mit einem neuerlichen Blitzlichtgewitter in die Knie, während Fi Magister Äschengrund packte und ihn zur Wendeltreppe des nahen Erkerturms zerrte. Sie blutete am Bein und humpelte leicht. Abermals verschloss Kai Fenster- und Türfront mit einem Vorhang aus herableckenden Flammen, dann winkte er Olitrax heran, der die letzte Strige im Raum soeben in einen flatternden Glutball verwandelte. Gemeinsam mit dem Drachen stürmte er nun ebenfalls zur Wendeltreppe.

»Schneller, Kai!«, rief Amabilia besorgt.

Kai warf seinem alten Zimmer einen letzten Blick zu und hetzte schwer atmend in die nach Fett und altem Leder riechende Wandelnde Kammer. Es handelte sich um das einzige Zimmer des Zunfthauses, das unberührt von allen Verwüstungen geblieben war. Nach wie vor wurden die Wände von unzähligen Sockeln gesäumt, auf denen Schuhe aller Art standen. Doch für all die Reitstiefel, Wanderschuhe, Gamaschen und sonstigen Fußbekleidungen, die hier versammelt waren, hatte er diesmal keinen Blick. Hastig warf Kai die Zimmertür hinter sich zu und stellte zu seiner Erleichterung fest, dass alle beisammen waren. Sogar Quiiiitsss schob sich durch eine der Wände in den Raum. Eulertin stieg zur Raumdecke auf, um sich einen Überblick zu verschaffen. »Kai, ich schlage vor, wir nehmen jenes Paar dort«, er wies mit seinem Zauberstab zielstrebig auf ein paar alte Treter, die sich rechts des Fensters befanden. »Die sollten uns zu einer alten Bauernkate zwei Meilen vor der Stadt bring…«

Jäh schlugen die Fensterläden zu. Von überallher war ein lautes Trappeln, Laufen und Rennen zu hören. Ein geisterhafter Windzug zerzauste Kais Haar und der Boden der Kammer erbebte. In den Wänden quietschte und ächzte es.

Dann wurde es wieder still.

»Verflucht! Wer von euch Narren, hat verdammt noch einmal die Schuhe berührt?«, zürnte der Däumlingsmagier.

»Äh, ich. Wieso?« Magister Äschengrund sah sie verlegen an. Er hielt ein Paar metallener Rittersporen in den Händen. »Hätte ich das nicht tun sollen?«

Magister Eulertin schüttelte unglücklich den Kopf. »Nein, Haragius. Hättest du nicht. Denn ich habe keine Ahnung, wohin uns die Kammer jetzt bringt.«

Das Nest

Fi spannte ihren Bogen, während Kai gespannt die knarrende Zimmertür öffnete. Modrige Luft schlug ihm entgegen. Es war dunkel und irgendwo gluckste es.

Auf ein Zeichen Eulertins hin entzündete Kai am Ende seines Zauberstabes ein magisches Feuer. Wie erwartet war der Hausflur verschwunden, dafür erstreckte sich nun jenseits der Wandelnden Kammer ein großes, lang gezogenes Kreuzrippengewölbe, dessen Mauerwerk feucht schimmerte. Die Halle war leer, doch aus einem Riss an der Decke tropfte es, und Kai entdeckte am Boden eine große Pfütze.

»Hat jemand eine Ahnung, wo wir hier sind?« Kais Flüsterstimme erzeugte einen leichten Hall in dem unbekannten Raum.

»Nein«, krächzte Kriwa. »Also lasst es uns herausfinden.«

Die Möwe flatterte mit Eulertin und Amabilia auf dem Rücken an ihm vorbei. Sogleich stieg auch Olitrax auf und folgte ihr. Der Lichtschein des winzigen Kristallsplitters auf Eulertins Stab vermischte sich mit Kais Fackellicht zu einem beunruhigenden blauen Flackern, das über Wände und Decke des unbekannten Gewölbes huschte.

Vorsichtig folgten Kai, Fi und Magister Äschengrund ihren Gefährten. Kriwa flog eine Runde durch den Raum und ließ sich dann auf Äschengrunds Schulter nieder. Der Drakologe sah nun verwirrt von der Tür auf, die sich nach ihrem Durchschreiten wieder zu einem fugenlosen Teil der Raumwand verwandelt hatte.

»Faszinierend«, murmelte er.

Unter der Gewölbedecke schwebte derweil die durchschimmernde Schauergestalt von Quiiiitsss. Ungläubig hielt er seine Geisterarme von sich gestreckt und bewegte seinen nebulösen Körper ähnlich wie eine Raupe prüfend hin und her.

»Es … funktioniert«, raunte der Poltergeist begeistert. »Ich bin noch immer bei euch.«

»Hast du daran gezweifelt?«, platzte es aus Kai heraus. »Besser du gewöhnst dich daran, dass du jetzt Teil einer Gemeinschaft bist. Wir hätten deine Hilfe vorhin gut gebrauchen können.«

»Aber nicht doch, mein junger Herr.« Quiiiitsss ließ sich zu Kai herabsinken und schenkte ihm ein öliges Spinnweblächeln. »Ich musste doch sichergehen, dass Ihr den guten Quiiiitsss am Ende nicht noch hintergeht. Von nun an bin ich Euer getreuer Schutzgeist. Oder um mit Euren Worten zu sprechen: Ich *brenne* darauf, Euch zu beweisen, dass man meine guten Absichten stets verkannt hat.«

»Halt den Mund, Quiiiitsss!« Eulertin löste sich von Kriwa und schwebte zu dem Riss an der Decke, von dem es unentwegt tropfte. »Auf jeden Fall befinden wir uns unterhalb der Erde.«

»Das schmeckt wie Brackwasser«, meinte Fi, die einen Tropfen auf ihrem Finger kostete. »Ich würde darauf wetten, dass wir uns nahe dem Elbstrom befinden.«

Kai hob seine Fackel und sah sich zur gegenüberliegenden Seite des Gewölbes um. Dort befand sich ein Tunnel. »Da hinten geht es weiter. Kommt!«

Sie durchmaßen das Gewölbe mit großen Schritten und gelangten in einen niedrigen Gang, dessen Decke mit dicken Verkrustungen aus Salz und Schimmel überzogen war.

»Wohin jetzt?«, fragte Amabilia, als sie an eine Kreuzung gelangten. Eulertin, der zusammen mit Kai die Führung übernommen hatte, ließ das blaue Licht seines Stabes heller aufstrahlen. Doch auch zusammen mit Kais Fackel reichte es nicht aus, die beiden weiterführenden Gänge vollends auszuleuchten.

»Ich schlage vor«, sprach der Däumling, »du machst dich jetzt mal etwas nützlich, Quiiiitsss. Für dich sollte es doch ein Leichtes sein, diese Anlage auszukundschaften.«

»Meint Ihr, das reicht bereits aus, um mich zu bewähren?«, raunte der Poltergeist und seine grässliche Fratze nahm einen geschäftstüchtigen Ausdruck an.

»Nein«, brauste Kai auf. »Aber es könnte mich davon abhalten, den Grundstein des Zunfthauses hier einfach irgendwo liegen zu lassen.«

»Hab ja schon verstanden, junger Herr«, raunte Quiiiitsss beleidigt. Der Poltergeist glitt den Gang rechts von ihnen hinunter und machte sich nur wenige Schritte von ihnen entfernt unsichtbar.

Fi nutzte die Zeit, um mit Amabilias Hilfe ihre Beinwunde zu verbinden, während die anderen ins Unbekannte lauschten. Immer wieder glaubte Kai von irgendwoher seltsame Laute zu hören, die wie gedämpfte Raubvogelschreie von den

Wänden hallten. Kai fragte sich bereits, wie lange Quiiiitsss Erkundung noch dauern würde, als sich seine Nackenhaare aufstellten, ein sicheres Zeichen, dass der Poltergeist in der Nähe war. In diesem Moment schälte sich Quiiiitsss' Geisterkörper aus der Luft. Amabilia stieß vor Schreck einen spitzen Schrei aus und riss ihren Zauberstab empor. Wütend ließ sie ihn wieder sinken.

»Ich warne dich«, zürnte Eulertin. »Lass deine dummen Scherze.«

»Entschuldigt«, geisterte Quiiiitsss' Stimme von den Wänden. Der Versuch, mit seinen schwarzen Schlieraugen möglichst unschuldig zu blicken, misslang. »Vertraute Gewohnheiten legt man nicht so leicht ab. Der Gang zu Eurer Rechten führt zu mehreren alten Lagerräumen. Dort stehen nur faulige Kisten herum. Doch der Gang links von Euch endet in einer großen Halle, die einige Seltsamkeiten aufweist.«

»Was für Seltsamkeiten?«, hub Äschengrund verlegen an. Es war ihm anzusehen, dass es ihm noch immer überaus peinlich war, sie in diese Situation gebracht zu haben.

»Große Holzgerüste mit dicken Querbalken in etwa drei Schritten Höhe«, raunte Quiiiitsss. »Sie sind ohne Zweifel neueren Ursprungs. Dort gibt es mehrere Ausgänge, die tiefer in die Anlage hineinführen.«

»Und, das ist alles?«, fragte Amabilia. »Ich meine, warum suchst du nicht gleich alles ab?«

»Das geht leider nicht«, ächzte der Poltergeist verärgert. »Ich vermag mich leider nicht allzu weit von unserem jungen Herrn zu entfernen. Dieser Grundstein hält mich bei ihm wie eine Fußkette.«

»Na gut, machen wir uns selbst ein Bild!« Fi schlüpfte mit gespanntem Bogen an ihnen vorbei und eilte lautlos voraus. Kai und die anderen Zauberer folgten ihr.

Kurz darauf erreichten sie eine geziegelte Halle mit hoch aufragenden Wänden, in der weit über ein Dutzend große Holzgerüste standen. Kai erinnerten die Gebilde an übergroße Kleiderständer, nur dass die Querhölzer die Dicke von Dachbalken besaßen und zur Mitte hin helle Kratzspuren aufwiesen. Und da war noch etwas. Kai verzog das Gesicht. Ein beißender Raubtiergeruch erfüllte die Luft, der ihm irgendwie bekannt vorkam.

»Beim Traumlicht«, flüsterte Fi, die ebenfalls prüfend die Luft einsog. »Das riecht nach Gargylen! Diese verdammte Halle muss so etwas wie ein Ruheraum sein. Mit Sicherheit hängen die Ungeheuer hier tagsüber wie Fledermäuse von den Gestellen.«

Magister Eulertin schwebte sogleich an einer der Hallenwände in die Höhe und sah sich zu den beiden gegenüberliegenden Zugängen um. »Schlimmer hätte es nicht kommen können. Wir müssen hier so schnell wie möglich raus!«

Kai schmolz das Licht auf seinem Zauberstab zu einem unmerklichen Flämmchen ein, schlich an den hohen Gerüsten vorbei und trat mit der Flamme erst vor den einen, dann vor den anderen der weiterführenden Gänge. Vor dem zweiten Gang flackerte die Flamme ein wenig.

»Hier«, raunte er und deutete auf den Torbogen. »Aus diesem Gang streicht ein leiser Luftzug. Quiiiitsss, du schwebst uns voraus und warnst uns, falls du etwas Verdächtiges bemerkst.«

Mit einem unwilligen Grummeln glitt der Poltergeist voran in die Finsternis. In gebührendem Abstand folgten ihm die anderen. Doch unvermittelt kehrte Quiiiitsss wieder zu ihnen zurück. »Der Gang führt in eine Höhle, in der ein hoher Felspfeiler steht«, wisperte er. »Daran ist eine wirklich gewaltige Felskette befestigt. Sie führt zu einem Loch in einer der Wände – und was man dort sieht, wird euch ganz und gar nicht gefallen.«

Kai warf Fi und Magister Eulertin einen erschrockenen Blick zu. Alle ahnten, wohin es sie verschlagen hatte.

Ohne Zögern übernahm Fi wieder die Führung und kurz darauf erreichten sie eine natürliche Höhle, von der aus Treppenstufen hinauf zu zwei schweren Holzportalen führten. Doch für diese hatte Kai keinen Blick, seine Aufmerksamkeit galt allein einem granitenen Pfeiler, der sich in der Mitte der Grotte erhob. Er ragte bis knapp unter die Felsdecke auf und war an den Außenseiten bis nach oben zur Spitze hin mit geheimnisvollen Petroglyphen und Zauberrunen übersät. Ganz so wie Quiiiitsss berichtet hatte, spannten sich am Fuße des Pfeilers baumdicke Kettenglieder mit funkelnden Einsprengseln hin zu einem großen Felsspalt, der schräg rechts von ihnen in der Höhlenwand klaffte. Olitrax schwang sich von seiner Schulter auf und umflog das wuchtige Gebilde schnaubend, während Kai seinen Zauberstab mit der magischen Flamme anhob. Er fand was er suchte. An der Spitze des Pfeilers prangte die Abbildung eines Auges mit fünf dicken, wimpernförmigen Strängen.

»Der Hammar!«, stöhnte er. »Wir befinden uns dicht bei seinem Kerker unter der Hammaburg!«

Mit Entsetzen erinnerte er sich wieder an das von Murgurak dem Raben in den Schattenkriegen heraufbeschworene Urmonster, das bis heute unter der Hammaburg gefangen war. Von den Bürgern der Hafenstadt ahnte natürlich niemand, dass dicht unter der Stadtoberfläche ein grauenvolles Ungeheuer lauerte, dessen quallenartiger Leib gut und gern die Ausmaße eines ganzen Hauses einnahm. Die Gefährten waren diesem Geheimnis selbst erst vor einem Jahr auf die Spur gekommen. Morbus Finsterkrähe hatte versucht, den Hammar zu befreien, was ihm fast gelungen wäre. Der Hammar wurde zwar von fünf Ketten aus Titanenerz gehalten, doch drei von ihnen waren bereits zerbrochen.

»Hört ihr das auch?«, wollte Fi leise wissen.

Erst allmählich wurde Kai bewusst, dass das raubvogelartige Kreischen, das er vorhin schon vernommen hatte, an diesem Ort sehr viel lauter geworden war. Es drang fast ununterbrochen aus dem Felsspalt zu ihnen, in dem die monströse Kette verschwand.

Besorgt eilten sie zur Höhlenwand und blickten an der Kette entlang in eine große Gesteinsröhre. Weit unter ihnen war die kolossale Kerkerhöhle des Hammars von einem violetten Leuchten erfüllt, das von zahlreichen Lichtkugeln ausging, die in der Luft schwebten. Es dröhnte in der Tiefe und noch immer zerschnitten laute, raubvogelartige Schreie die Luft. Hin und wieder schwangen sich Gargylen auf, um von einem Plateau Werkzeuge aufzunehmen, die aus der Entfernung wie Vorschlaghämmer mit mondsilbernen Hammerköpfen aussahen. Gleich riesigen Fledermäusen glitten sie anschließend wieder in den Kerker hinab.

Kai wusste sofort, was Morgoyas Kreaturen an diesem Ort trieben. Die Gargylen wollten auch die letzten beiden Ketten sprengen, um den Hammar endgültig zu befreien. Hastig wichen die Freunde von der Felswand zurück.

»Bei allen Moorgeistern, habt ihr das gesehen?«, keuchte Kai verstört.

Fi nickte nur, und Eulertin erklärte ihren Gefährten mit knappen Worten, was sie entdeckt hatten.

Amabilia schlug bestürzt die Hände vor das Gesicht. »Was tun wir jetzt? Wenn es Morgoya gelingt, den Hammar zu befreien, sind wir endgültig verloren.«

»Der *Hermetische Orden von den vier Elementen* hat schon einmal eines der Urmonster erfolgreich bekämpft«, versuchte ihr der Drakologe Mut zu machen. »Aus diesem Grund wurde der Orden damals gegründet. Wenn es uns gelingt, unsere Kollegen in Halla zu befreien, können wir vielleicht auch den Hammar aufhalten.«

»Ja, vielleicht«, antwortete Eulertin mit gepresster Stimme. »Doch im Moment können wir nur versuchen, hier heil wieder herauszukommen.«

»Dann solltet ihr euch beeilen, denn euch bleibt nicht mehr viel Zeit«, raunte Quiiiitsss. Der Poltergeist materialisierte sich knapp über ihren Köpfen und deutete mit seinen Nebelarmen zu einem der beiden Portale jenseits der Treppenaufgänge. »Ihr erhaltet gleich Besuch.«

Tatsächlich, hinter der Tür stampften Schritte heran, die schnell näher kamen.

»Dorthin?« Kai deutete fragend auf die andere Tür. Magister Eulertin und Amabilia stiegen kurzerhand in die Luft auf und ein Luftelementar erschien, das vergeblich am Knauf zerrte.

»Verschlossen!«, fluchte der Däumlingsmagier. »Schnell, versteckt euch.«

Kai packte Magister Äschengrund am Arm, und gemeinsam mit Fi lief er zu jenem Gang zurück, aus dem sie in die Höhle gelangt waren. Gerade noch rechtzeitig, denn in diesem Moment war ein Schlüssel zu hören, der sich knirschend in ein Schloss schob. Mit einem schrammenden Geräusch öffnete sich die Tür.

Kai, Fi und der Drakologe pressten sich gegen die Felswand des Tunnels und Kai hoffte, dass sich auch Olitrax ruhig verhielt. Wo die Däumlinge abgeblieben waren, wusste er nicht.

Vorsichtig schob er seinen Kopf vor und sah entsetzt mit an, wie sich eine Gargyle mit eckigen Bewegungen in den Raum schob. Die Kreatur war mindestens zwei Köpfe größer als Dystariel. Sie besaß fast unterarmlange Hörner und ihr missgestalteter Körper schimmerte schwarz wie ein schroffer Felsen in einer Neumondnacht. Mit gebieterischem Blick maß das Ungeheuer die Höhle, dann sprang es vor den Pfeiler und entfaltete majestätisch seine riesigen Fledermausschwingen.

»Kai, keinen Mucks«, hauchte Fi dicht neben seinem Ohr. Er konnte spüren, wie Fi vor Anspannung zitterte. »Das ist Kruul, der Gargylenfürst.«

Kai umklammerte angespannt seinen Stab. Von den Grausamkeiten, die man dem Gargylenfürsten zuschrieb, hatte er bereits mehrfach gehört. Kruul war der rechte Arm der Nebelkönigin und galt als ihr direkter Untergebener. Damals, bei der Schlacht um Berchtis' Leuchtfeuer in der Elbmündung, war es ihm geglückt, Kruul und seinen Gargylenschwarm wieder zurück über das Nordmeer zu treiben. Und soweit er wusste, hatte der Gargylenfürst auch bei dem Machtumsturz im fernen Frostreich seine Klauen im Spiel gehabt. Doch noch nie hatte Kai ihm direkt gegenübergestanden.

Kruul schnaubte und wandte sich wieder dem geöffneten Portal zu, durch das jetzt eine Zauberin trat, die in ein dunkles Gewand mit dem schwarz-roten Drachenemblem Morgoyas gehüllt war. Kai erkannte die Frau. Es handelte sich bei ihr um Magistra Alpme Somnia, die verräterische Traumhändlerin. Die Zauberin eilte die Stufen nach unten und maß den Monolithen mit verächtlichem Blick.

»Uns bleibt nicht mehr viel Zeit, dann müssen auch diese Ketten fallen«, hallte ihre herrische Stimme durch die Höhle. »Ich hoffe, du enttäuschst Ihre Nebelkönigliche Majestät nicht!«

»Besser du konzentrierst dich auf deinen Teil des Paktes«, röhrte Kruul. »Wir brauchen mehr von den Hämmern. Sieh zu, dass du uns diese beschaffst. Das Titanenerz ist hart. Der Verschleiß an Mondsilber ist groß.«

»Ihr müsst mit dem auskommen, was da ist. Mehr konnten die Felsschrate nicht aus den Zwergenminen herausschaffen. Glaube ja nicht, dass ich die Verantwortung übernehme, wenn du scheiterst. Ich befehle dir daher, dass du …«

In diesem Moment packte Kruul die Zauberin an der Kehle und hob sie ohne Mühe empor. Der Zauberstab der Magierin fiel klappernd zu Boden. Magistra Somnia gab erstickte Laute von sich, ihre Augen traten hervor und sie strampelte hilflos mit den Beinen.

»Du gibst mir keine Befehle, Menschenzauberin. Ich unterstehe allein Morgoya!« Kruul legte seinen kantigen Gargylenschädel schräg und öffnete sein Maul, ganz so, als wollte er ihr den Kopf abbeißen. Widerwillig sah er davon ab. »Haben wir beide uns verstanden?«

Die ehemalige Traumhändlerin würgte und gab ihre erfolglosen Versuche auf, die Klauen des Gargylenfürsten auseinanderzubiegen. Kruul ließ die Frau wie eine lästige Gliederpuppe fallen. Keuchend rang Alpme Somnia nach Luft. Sie packte ihren Zauberstab und stemmte sich mühsam wieder hoch. »Mach … das nie wieder!«

»Und was, wenn doch?« Kruul fletschte die Reißzähne und stieß einen rasselnden Laut aus, der wie Gelächter klang.

Aus dem geöffneten Portal jenseits der Treppe schob sich eine weitere Gargyle. Sie besaß in etwa die Größe Dystariels. Unterwürfig spreizte sie ihre Schwingen und senkte vor Kruul ihr Haupt.

»Nachrichten aus der Stadt, Fürst«, zischte sie. »Im Zunfthaus wurde eingebrochen. Stadtprotektor Schinnerkroog befürchtet, dass dieser Däumlingsmagier zurückgekehrt ist.«

»Eulertin? Hier?« Magistra Somnia rieb sich noch immer ihren Hals. »Das wagt diese kleine Made nicht.«

»Wenn der Zunftmacher zurück ist, ist auch sein Schüler nicht weit.« Kruul stieß ein fürchterliches Rasseln aus. »Ich werde mich der Sache persönlich annehmen.«

Dann stampfte er zur Treppe. Kai atmete schon erleichtert aus, als der Gargylenfürst innehielt. Er schnüffelte. Sein spitz zulaufender Schwanz pendelte hin und her und die großen Fledermausschwingen erhoben sich drohend.

»Hier stimmt etwas nicht!« Er wirbelte herum und sah sich mit seinen rotgelben Augen suchend in der Höhle um.

Auch die andere Gargyle stieß ein lauerndes Rasseln aus und sah sich suchend nach allen Seiten um. Mit einem großen Satz sprang sie neben ihren Herrn und fletschte die Zähne. »Ich rieche … Elfen!«

Kruul fuhr die Krallen seiner Klauen wie lange Sichelmesser aus und hielt zielstrebig auf den Tunnel zu, in dem sich Kai, Fi und Magister Äschengrund verborgen hielten.

Bei allen Moorgeistern, nur das nicht!

Bevor Kai handeln konnte, stieß sich Fi von der Wand ab und schickte einen ihrer Pfeile auf die Reise. Sie hatte auf ein Auge des Gargylenfürsten gezielt, doch Kruuls Kopf ruckte geistesgegenwärtig herum. Die Pfeilspitze schrammte an ihm ab wie an solidem Fels. Brüllend und mit aufgerichteten Schwingen jagte Kruul Fi entgegen.

Kai warf die Hände nach vorn und schleuderte dem Ungeheuer einen Feuerball entgegen. Das Geschoss explodierte und der Gargylenfürst wurde in hohem Bogen nach hinten gegen seine Untergebene geworfen. Krachend schlugen die missgestalteten Körper aufeinander. Die kleinere Gargyle wurde unter dem massigen Leib Kruuls begraben, über den noch immer Flammen züngelten. Doch der Gargylenfürst schüttelte das gehörnte Haupt. Schwingenschlagend kamen die beiden Gargylen wieder auf die Beine.

»Die Letzte Flamme!«, röhrte Kruul. »Welch zweifelhafte Ehre. Herzukommen war ein großer Fehler!«

»Lass ihn mir«, zischte Magistra Somnia. Sie hob ihre Hände, um einen Zauberfluch zu weben, doch sie kam nicht dazu. Von mehreren Seiten jagten Luftgeister auf sie zu und rissen sie von den Beinen.

»Du weißt, wie die Magierschaft mit Verräterinnen verfährt?«, zürnte Eulertin irgendwo unterhalb der Raumdecke.

Fluchend schützte sich die Magierin mit einem Schild aus flirrender Luft, doch sie entdeckte den winzigen Däumlingsmagier erst, als dieser sie mit einem blauen Blitzlichtgewitter angriff. Unfähig, der magischen Attacke zu trotzen, zuckte und wand sich Alpme Somnia am Boden.

Kai beschwor einen zweiten Feuerball herauf und wirbelte diesen abermals auf den Gargylenfürsten zu. Doch Kruul wich mit einem gewaltigen Schlag seiner Schwingen zur Höhlendecke aus und warf sich stattdessen in den Angriff Eulertins hinein. Auch die kleinere Gargyle sprang zur Seite. Kais feuriges Geschoss sprengte ein großes Loch in die brüchige Höhlenwand. Eine Lawine aus Steinen brach heraus und polterte zu Boden.

Kruul wurde von den Blitzen Eulertins durchgeschüttelt und seine rissige Haut warf Blasen. Er schrie auf und zwang den Däumling mit einem schnellen Schwanzhieb dazu, den Angriff abzubrechen und hinter dem Pfeiler in Deckung zu schweben.

»Komm, Däumlingszauberer! Man hat mich vor dir gewarnt. Zeig mir, wie gefährlich du wirklich bist.« Kruuls Krallen gruben sich in die Höhlenwand, rissen einige Felsen heraus und schleuderten sie dem Winzling entgegen. Eulertin schützte sich mit einem Luftschild.

Die andere Gargyle jagte in Zickzacksprüngen auf Kai und Fi zu. Fi schoss einen zweiten Pfeil ab, doch wieder prallte dieser an dem steinernen Gargylenleib ab. Kai beschwor abermals arkanes Feuer herauf, doch mit einem schnellen Satz wich die Gargyle aus, sprang in die Höhe und hing plötzlich schräg über ihnen an der Höhlenwand. Bevor Kai und Fi reagieren konnten, wirbelte ihnen ihr langer Gargylenschwanz entgegen. Mit einer Wucht, die Kai die Luft aus den Lungen trieb, wurden er und Fi gegen die Felswand geschleudert. Fi krachte mit ihrem Kopf unglücklich gegen einen steinernen Vorsprung und erschlaffte. Die Gargyle fauchte triumphierend, als ein Schatten von der Höhlendecke glitt: Olitrax! Der kleine Drache jagte der Gargyle seinen Drachenodem entgegen. Zornig schlug Morgoyas Geschöpf nach ihm, doch Olitrax wich gewandt aus.

»Nimm das!« Kai hob wütend den Zauberstab und eine glühende Lanze raste auf die abgelenkte Gargyle zu. Grelle Flammen schlugen aus der Brust der Kreatur und sie stürzte schreiend zu Boden. Ihr Gargylenkörper rauchte, und einen Moment lang glaubte Kai, er hätte sie besiegt. Doch schon erhob sie sich wieder.

Beim Unendlichen Licht! Diese Gargylen waren widerstandsfähiger als Felsschrate. Kai mühte sich hoch, doch bei dem Versuch knickten seine Beine ein. Sein Körper schmerzte, als wäre er in ein Mühlwerk geraten. Blinzelnd sah er mit an, wie Kruul Magister Eulertin mit wuchtigen Klauen- und Schwanzhieben bis zur hinteren Höhlenwand zurückdrängte. Wieder und wieder setzte der Däumling dem Gargylenfürst mit seinen blauen Lichtblitzen zu. Kruul brüllte und seine Bewegungen erlahmten immer mehr, doch noch immer hielt er den Lichtbögen stand.

Auch vor dem Pfeiler wurde gekämpft. Die ehemalige Traumhändlerin lieferte sich mit Amabilia ein wütendes Zauberduell. Soeben schleuderte sie der Däumlingshexe einen Hagel grün leuchtender Geschosse entgegen, denen Kriwa im letzten Moment auswich. Amabilia konterte mit zwei gelben Lichtkugeln, die jedoch wirkungslos am Schutzschild der Traumhändlerin abprallten. Kai biss die Zähne zusammen, ignorierte seine eigene Gegnerin und kam der Hexe mit einem Strom magischen Feuers zu Hilfe. Die heiße Glut prasselte gegen den Schutzschild der Verräterin, der mit einem singenden Laut zerbarst. Olitrax setzte aus dem Dunkeln nach und spie ebenfalls sein Feuer. Mit einem puffenden Geräusch entzündete sich das Gewand der überraschten Traumhändlerin. Alpme Somnia schrie panisch auf und riss sich den brennenden Stoff vom Leib, als sie von einer weiteren gelben Kugel Amabilias getroffen wurde. Schinnerkroogs Leibmagierin kippte gegen den Pfeiler und sank endgültig zu Boden.

Über ihnen beschwor Eulertin mehrere Luftelementare herauf, die Kruul schwer gegen die Felsdecke krachen ließen. Geröll prasselte zu Boden. Der Gargylenfürst fauchte und dunkles Blut troff ihm aus dem Maul. Dennoch bohrte er seine Krallen abermals in das Gestein und hangelte sich an der Höhlendecke wie eine gewaltige Eidechse entlang. Knirschend brach er einen an der Decke hängenden Tropfstein ab und hieb mit ihm nach dem Däumlingsmagier.

Ein lautes Kreischen ließ Kai herumfahren. Entsetzt sah er mit an, wie sich die Wunden der kleineren Gargyle langsam wieder schlossen. Drohend wankte sie auf ihn zu, als die zweite Tür jenseits der Treppe aus den Angeln gerissen wurde.

Polternd krachte sie vor ihnen zu Boden und eine dritte Gargyle stapfte herein.

»Lass den Jungen!«, röhrte Dystariels Reibeisenstimme durch die Höhle. Mit ausgebreiteten Schwingen jagte sie auf Kais Gegnerin zu. Die angeschlagene Gargyle wirbelte überrascht herum, wurde aber von dem ungestümen Aufprall zu Boden gerissen. Dystariel kannte keine Gnade. Schwingenschlagend fuhr sie ihre Krallen aus und schlug wieder und wieder auf den harten Leib ihrer Kontrahentin ein. Schwarzes Blut spritzte gegen die Höhlenwand und mit einem knurrenden Geräusch versenkte Dystariel ihre Fänge im Hals der Widersacherin. Es knirschte, als würde sie durch einen steinernen Panzer beißen. Endlich erschlaffte ihre Gegnerin. Da wurde Magister Eulertin von einem harten Schlag Kruuls getroffen, der ihn gefährlich ins Trudeln brachte. Olitrax jagte heran und schnappte den Däumling, bevor er auf dem Boden aufschlagen konnte. Kruul ließ jäh von ihm ab und segelte auf seinen Schwingen vor den Monolithen. Der Gargylenfürst wirkte sichtlich angeschlagen, eines seiner Hörner war verschmort und sein Leib war über und über mit Brandblasen übersät. Doch noch immer glomm ein bösartiges Feuer in seinen Raubtieraugen.

»Dystariel!«, knurrte er. »Ich wusste, dass wir uns eines Tages wieder begegnen würden … Es ist lange her.«

Dystariel sprang auf und baute sich schützend vor Kai auf. Dennoch wirkte sie angesichts ihres Gegenübers klein und zerbrechlich.

»Ja, es ist lange her«, fauchte sie. »Wir müssen nicht kämpfen. Lass uns ziehen, um der alten Zeiten willen.«

»Du weißt, dass ich das nicht kann«, rasselte der Gargylenfürst. Sein Blick wanderte unruhig an Dystariel auf und ab und seine Klauen öffneten und schlossen sich zwanghaft. »Ich sehe dich, doch in mir ist nur Leere. Unmöglich ... mich der Nebelkönigin zu widersetzen.«

Ein Knistern und Knacken erfüllte plötzlich die Höhle und die Schwingen der getöteten Gargyle begannen zu schrumpfen. Ihre Gliedmaßen verformten sich und die rissige Steinhaut nahm weiche Züge an. Auch Dystariel und Kruul blickten auf sie herab. Stück für Stück verwandelte sich die leblose Bestie in eine unbekleidete Frau mit blonden Haaren zurück. Kai schluckte und wurde wieder daran erinnert, was die Gargylen in Wahrheit waren: unschuldige Opfer.

Kruul schnaubte und bleckte die Reißzähne. »Da siehst du es. Der Tod ist der einzige Weg, wie du deine alte Gestalt wieder zurückerlangst. Lass mich dir also einen letzten Dienst erweisen ...«

In diesem Moment griff er an.

Dystariel stemmte sich dem Ansturm wütend entgegen und die Höhle erbebte unter ihrem Zusammenprall. Unerbittlich schlugen sie aufeinander ein und rollten über den Höhlenboden. Dystariel focht mit dem Mut der Verzweiflung, doch immer wieder wurde sie von den Hieben und Bissen ihres stärkeren Gegners getroffen.

»Wir müssen ihr helfen!«, schrie Kai.

Längst hatte er einen gewaltigen Feuerball heraufbeschworen, doch Dystariel und der Gargylenfürst waren derart ineinander verkeilt, dass Kai Angst davor hatte, auch seine Beschützerin zu verletzen.

Sogar Quiiiitsss materialisierte sich jetzt knapp unterhalb der Decke, um dem Kampf zuzusehen.

»Mach was, du elendes Schreckgespenst«, brüllte ihn Kai zornig an, »oder ich schwöre, dass ich dafür sorge, dass der Hammar deinen Grundstein verschlingt.«

Quiiiitsss Nebelgestalt lief schwarz an. Unvermittelt erhoben sich die losen Stein- und Geröllmassen überall um sie herum. Wie ein riesiger Schwarm jagten sie einmal rund um den Pfeiler und prasselten dann mit großer Wucht auf die beiden Gargylen ein. Der Aufprall der Felsgeschosse war so gewaltig, dass die beiden Kontrahenten einen Moment lang auseinandergetrieben wurden. Kai jagte Kruul sofort seinen Feuerball entgegen. Das Geschoss explodierte dicht neben dem Kopf des Gargylenfürsten, der schwer gegen die Felswand krachte. Benommen sackte er zu Boden und schüttelte sich. Kai kam eine verzweifelte Idee. Hastig feuerte er einen Glutball gegen die Höhlendecke. Das magische Geschoss explodierte und eine gewaltige Schuttlawine ging auf den Gargylenfürsten nieder. Kruul schnaubte und befreite sich mit unwirschen Schwingenschlägen von dem Gestein.

»Amabilia!«, rief Magister Äschengrund laut durch die Höhle. Der hagere Drakologe trat aus seinem Tunnelversteck und deutete hektisch auf Kruul. »Eine elementare Fessel, schnell!«

Bevor der Gargylenfürst reagieren konnte, ging ein Ruck durch das Geröll am Boden. All die Felsen und Steine sprangen und rollten jäh auf Kruul zu, als würden sie von ihm angezogen. Zornig wollte er wieder aufsteigen, doch das Gestein reichte ihm bereits wie ein Schuttkegel bis zur Brust. Ein lautes Knacken hallte durch die Höhle, und die Brocken verfestigten sich. Wütend hieb Kruul mit einer seiner Schwingen auf den schweren Felsblock ein, der ihn am Boden hielt.

Dystariel richtete sich schwankend auf und sah ihn an. Sie blutete aus unzähligen Wunden, dennoch hätte sie ihn jetzt töten können. Doch aus irgendeinem Grund zögerte sie.

Durch die Tunnel hindurch hallte bereits ein lautes Kreischen.

»Jetzt ist es zu spät dafür«, höhnte Kruul. »Deine menschliche Seite hat dich weich gemacht. Der Gargylenschwarm wird jeden Moment hier sein und euch zerfetzen.«

»Nein, Kruul«, rasselte Dystariel schwach. »Die Menschlichkeit, die mir geblieben ist, ist meine Stärke. Ich gebe die Hoffnung nicht auf. Für uns beide nicht.«

»Raus hier, schnell!«, rief Magister Eulertin. Er hockte erschöpft auf dem Rücken Kriwas und Amabilia hielt ihn fest.

»Dort entlang!«, krächzte Dystariel und deutete auf den Gang, durch den sie in die Höhle eingedrungen war. Kai winkte dem Drakologen zu und gemeinsam hoben sie Fi auf. Gehetzt verließen sie die Höhle.

»Wir sehen uns wieder, Dystariel!«, brüllte ihnen der Gargylenfürst zornig hinterher. »Und ich werde keine Gnade kennen, hörst du mich? Ich werde dich ...«

Eine Explosion erschütterte den Tunnel. Ein Stück der Felsendecke brach heraus. Kai hatte den Gang mit einem großen Feuerball zum Einsturz gebracht. Schnell nutzte Amabilia ihre Erdkräfte dazu, um aus dem Geröll eine Wand zu formen, die den Fluchtweg hinter ihnen versperrte. Dystariel übernahm die Führung und hetzte sie durch Tunnel und an leeren Gewölben vorbei. Zu Kais Erstaunen passierten sie ein Tonnengewölbe, in dem zwei mannshohe Öfen mit langen Gussnasen standen.

»Ich erkenne den Raum wieder«, keuchte er. »Das hier ist doch die verborgene Glasbläserwerkstatt Mort Eisenhands, habe ich recht? Das heißt, wir befinden uns nahe des Geheimgangs, über den wir damals in sein Piratenversteck eingedrungen sind.«

Kai winkte Olitrax heran und ließ die Erinnerungen an das Gängegewirr vor seinem geistigen Auge auferstehen. »Bring Koggs zu uns. Er ist der Einzige, der uns hier sicher herausholen kann.«

Olitrax schnaubte. Dann sauste der kleine Drache den düsteren Gang hinunter. Kai ächzte und schleppte die bewusstlose Fi weiter. Hoffentlich herrschte draußen Ebbe und hoffentlich lag der überflutete Geheimgang frei. Denn schon bald würden ihre Feinde die Jagd auf sie eröffnen.

Getrennte Wege

Koggs Schiff ähnelte einem aufgeregten Bienenstock. Nackte Füße eilten über das Deck, Männer turnten flink die Wanten hinauf und immer wieder waren von weiter hinten die leisen Kommandos des Klabauterkapitäns zu vernehmen.

»Anker lichten! Vier Mann an die Schoten. Brasst die Segel! Beeilt euch, ihr Seepocken. Ich will jeden Fetzen, den ihr auftreiben könnt, am Wind sehen!«

Kai stellte seinen Rucksack müde auf den Planken ab und lehnte sich zerschlagen gegen die Reling. Unter ihm rauschte das Flusswasser an der Bordwand entlang. Die kühle Seeluft strich über sein erhitztes Gesicht. Zeit zum Ausruhen blieb dennoch nicht, denn alles hing jetzt davon ab, ob sie schnell genug das Flussdelta erreichten.

Besorgt sah Kai zum Hauptmast des schnittigen Seglers auf. Er spürte, dass sich irgendwo in der Nähe des Ausgucks Olitrax niedergelassen hatte. Zu sehen war der kleine Drache allerdings nicht.

Kai war nur froh, dass der tapfere Klabauterkapitän sie so schnell gefunden hatte. Er und seine Männer hatten auf der Elbe bereits auf sie gewartet. Wie es Koggs gelungen war, ein ganzes Schiff vor den Augen des Feindes so nah an die Stadt heranzubringen, gehörte ohne Zweifel zu seinen Klabautergeheimnissen. Mittels Magister Eulertins Windelementaren war dann auch die letzte Etappe ihrer Flucht kein Problem mehr gewesen. Kai selbst war als Letzter an Bord geschafft worden, da er sich um Dystariel gekümmert hatte. Die Gargyle blutete noch immer aus zahlreichen Wunden. Kai machte sich ernsthafte Sorgen um sie. Hinzu kam, dass auch Fi noch immer bewusstlos war, als die Windgeister sie über das Wasser forttrugen.

Den Ersten, den er fand, war Magister Äschengrund. Der Fryburger Drakologe stand nicht weit von ihm entfernt über eine Taurolle gebeugt und war dabei, Fis Kopf zu verbinden. Erst auf den zweiten Blick bemerkte Kai, dass die kleine Amabilia auf einer Kette um den Hals des Gelehrten saß. Zu seiner Erleichterung hob Fi einen Arm und winkte ihm zu.

Kai trat an sie heran und drückte ihre Hand. »Alles in Ordnung, Fi?«

»Unkraut vergeht nicht, wie du es wohl ausdrücken würdest.« Sie lächelte verzagt. »Mein Kopf schmerzt leider noch ein wenig. Aber das geht vorbei.«

»Wo ist Dystariel?«, wollte Kai wissen.

»Sie ist da vorn.« Der Drakologe deutete zu einem Lastbalken hinter dem Kajüthäuschen, dort wo sich auch das Gatter zum Stauraum befand. Kai drängte sich im Zwielicht an dem Gerüst mit der Schiffsglocke vorbei und sah, dass Dystariel am Boden hockte und schwach ihre Schwingen bewegte. In ihrer unmittelbaren Nähe waren vier Seeleute damit beschäftigt, das Gatter zum Laderaum wegzuhieven, um Platz für sie zu schaffen. Auf ihren Gesichtern hielten sich Furcht und Abscheu die Waage. Mehr noch, den Männern war anzumerken, dass sie die angeschlagene Gargyle am liebsten in der Elbe versenkt hätten.

Kai ignorierte die Blicke der Schmuggler und kniete besorgt neben der Gargyle nieder. Unwillkürlich dachte er wieder an jene seltsame Szene unter der Hammaburg zurück, die sich zwischen ihr und Kruul zugetragen hatte.

»Hast du viele Wunden?«

»Nichts, was nicht in ein paar Nächten wieder verheilt ist«, rasselte die Gargyle abfällig. »Statt hier wie ein aufgeschrecktes Huhn herumzulaufen, schaff mir lieber Thadäus her. Ich habe ihm einiges zu berichten.«

Am Heckkastell wirbelten jetzt mehrere Windsbräute mit langen, wehenden Haaren in die Höhe, die sich mit Macht in die Segel warfen und die Tuche stolz blähten. Ein leises Knarren zog sich durch den Schiffsrumpf, und jeder an Bord konnte spüren, wie der Schmuggler an Fahrt gewann. Schon trug der Wind Alarmrufe aus Hammaburg heran.

»Warte einen Augenblick!« Kai lief zurück zum Heck des Schiffes, wo er wie erwartet Koggs Windjammer und Magister Eulertin antraf. Der Däumlingsmagier stand auf der Hand des Klabauters und beide blickten auf die düstere Silhouette Hammaburgs. Auf den Stadtwehren brannten unzählige Signalfeuer. Ganz sicher war bereits eine halbe Kompanie Soldaten damit beschäftigt, die Straßenzüge auf der Suche nach ihnen zu durchkämmen.

»Hoffentlich schwärmen die Gargylen nicht aus«, hub Magister Eulertin leise an. »Wir gehen gerade ein ungeheures Wagnis ein. Sollten sie uns entdecken, ist das unser Ende. Und nicht nur unseres, vielleicht auch das der Flüchtlinge. Denn gewiss werden diese Ungeheuer dann auch das Flussdelta absuchen.«

Koggs spuckte über die Reling und griff böse lächelnd zu seinem Säbel. »Mach dir mal keine Gedanken, Thadäus. Ich besitze da etwas, mit dem diese Bestien nicht rechnen. Sollten sie kommen, dann werden sie ihr blaues Wunder erleben.«

Der Däumling schaute überrascht zu dem alten Kapitän auf. »Was soll das sein?«

Koggs kam nicht dazu zu antworten, da in diesem Augenblick ein Schmuggler mit Augenklappe an ihn herantrat. »Käpt'n, die Männers werden unruhig. Wegen düsse Gargyle, dor hinnen. Sie glauben, es bringt Unglück, dat Mistvieh hier an Bord zu lassen. Der Smutje behauptet allen Ernstes schon, dass er inne Kombüse einen Geist gesehen hat.«

Ein Geist? Wenigstens war sich Kai nun sicher, dass auch Quiiiitsss auf dem Schiff war.

»Ihr abergläubigen Prielkrabben!« Koggs Gesicht lief vor Zorn puterrot an. »Hab ich euch jemals leichtfertig in Gefahr gebracht?«

»Äh, nein Käpt'n.«

»Also, dann reißt euch gefälligst zusammen. Diese Gargyle steht auf unserer Seite. Wenn sich einer beschweren will, soll er sich an mich persönlich wenden. Verstanden?«

»Jawoll, Käpt'n. Äh, nichts für ungut.« Der Schmuggler zog kleinlaut wieder ab.

»Dystariel will Euch sprechen, Magister«, sagte Kai nun.

Magister Eulertin sah zu ihm hin und nickte. »Koggs, lass uns besser mal rübergehen, bevor deine Männer auf dumme Gedanken kommen. Ich hatte Dystariel nicht ohne Grund zu einer Erkundungsmission ausgesandt. Sie sollte den Feind in Hammaburg auskundschaften. Es war reines Glück, dass wir ihr unter der Ruine begegnet sind. Und du, Kai, sei bitte so gut, und trommle die anderen zusammen.«

Kai befolgte Magister Eulertins Anweisung und gemeinsam mit Fi, Amabilia und dem Drakologen fand er sich bei Dystariel ein. Auch Koggs und Magister Eulertin stießen zu ihnen.

»Thadäus, der Aufmarsch in Hammaburg ist nur eine Finte«, röhrte die Gargyle gegen das Knattern der Segel an. »Die Hauptstreitmacht Morgoyas ist heimlich abgezogen. Es heißt, nach Colona.«

»Wie bitte?« Magister Eulertin schwebte verblüfft in die Höhe.

Irritiert sah sich Kai zu Fi und Amabilia um, die ebenfalls verständnislos dreinschauten.

»Wovon sprichst du? Was für eine Finte?«, wollte Kai nun wissen.

»Das werde ich euch gern erklären«, sagte Magister Eulertin und schwebte nachdenklich in die Höhe. »Wir haben stets geglaubt, Morgoya sei deswegen an Hammaburg interessiert, weil sie von hier aus zügig in Richtung Halla vorstoßen wollte.«

»Tut sie das denn nicht?«, fragte Amabilia.

»Nun, ohne Zweifel fürchtet Morgoya die Macht der Zauberuniversität«, führte der Däumling weiter aus. »Doch wie ihr alle nur zu gut wisst, zielte ihr Vorstoß nicht allein auf Hammaburg, sondern entlang des Flusses Rhyn auch auf Colona. Der Plan der Magierschaft Hallas sah deshalb vor, unsere

Kräfte aufzuteilen. Ein Teil sollte in Halla zurückbleiben, der andere Teil sollte unter Führung von Aureus von Falkenhain nach Colona aufbrechen. Das jedenfalls war der Stand, bevor uns Seine Magnifizenz überwältigen ließ. Und nach allem, was ihr aus Colona berichtet habt, hat er daran festgehalten. Wenn es aber stimmt, was Dystariel sagt, dann ist Colona für Morgoya als Kriegsziel weitaus wichtiger, als wir dachten. Sehr viel wichtiger jedenfalls als Halla.«

»Ihr wollt damit sagen«, meinte Fi, »dass Morgoya uns alle bewusst in die Irre geführt hat?«

»Richtig gedacht, Elfenmädchen«, schnaubte Dystariel. »Hammaburg ist gefallen, doch die Stadt dient lediglich als Kulisse für einen Scheinangriff. Sie will erreichen, dass wir unsere Kräfte aufspalten und uns damit schwächen. Sie hingegen zieht fast ihr gesamtes Heer zusammen, um Colona in die Knie zu zwingen.«

»Das ist ja schrecklich«, klagte Haragius Äschengrund und rieb sich aufgeregt über die lange Nase. »In Halla muss es doch wenigstens einen geben, der seinen Verstand bewahrt hat und den wir warnen können.«

»Zur Not müssen wir dort eben die Macht an uns reißen!«, sagte Eulertin. »Es wird immer dringlicher, dass wir nach Halla aufbrechen. All unsere Pläne werden scheitern, wenn es uns nicht gelingt, unsere Ordenskollegen aus ihrer Versteinerung zu erlösen. Mit ihrer Unterstützung werden wir schon dafür sorgen, dass die in Halla verbliebenen arkanen und militärischen Kräfte Colona zu Hilfe eilen.«

»Der Schlüssel zu alledem muss unter diesem Irrgarten im Colonaer Koboldviertel verborgen liegen«, meinte Kai nachdenklich. »Aureus von Falkenhain war davon überzeugt, dass das dortige Geheimnis kriegsentscheidend sei.«

»Das habe ich nicht vergessen, Kai.« Eulertin schwebte mit ernster Miene vor das Gesicht seines Lehrlings. »Daraus schließe ich, dass Seine Magnifizenz über all das mehr weiß, als er mir oder den anderen gegenüber zuzugeben bereit war. Auch deswegen muss ich dringend nach Halla. Ich muss herausfinden, worum es sich bei diesem Geheimnis unter Colona handelt.«

»Und was ist mit dem *Lapis elementarum*?«, fragte Kai. »Ohne ihn werde ich die Macht des Schattenkelchs nicht erneuern können.«

»Ich weiß.« Magister Eulertin seufzte. »Aus diesem Grund werden sich unsere Wege nun trennen. Ich werde gemeinsam mit Amabilia, Haragius, Erasmus, Alura und Horatio nach Halla aufbrechen. Du hingegen musst versuchen, nach Alba zu gelangen, um in diese Drachenburg einzusteigen. Ich habe bereits mit Koggs gesprochen. Er ist der fähigste Seefahrer weit und breit. Er wird dich rüber nach Albion bringen.«

Kai riss entgeistert seine Augen auf. »Aber Magister, das kann doch nicht Euer Ernst sein? Ich meine, ich stehe doch erst ein knappes Jahr in Euren Diensten. Es gibt so vieles, was ich noch nicht weiß. Ich …«

»Beruhige dich, mein Junge«, beschwichtigte ihn Eulertin mit sanfter Stimme. »Ich kann verstehen, dass dir nicht wohl dabei ist, eine Mission im Herzen des Feindes auszuführen. Doch es gibt keine Alternative. Ich habe dir alles beigebracht, was mir in der kurzen Zeit möglich war. Und du hast dich als gelehriger Schüler erwiesen. Mehr noch: Allen Widrigkeiten zum Trotz hast du es geschafft, ein richtiger Feuermagier zu werden.« Er sah ihn ernst an.

»Und du glaubst doch wohl nicht, dass wir dich alleine gehen lassen«, wandte Amabilia ein. »Du wirst den stärksten Schutz an deiner Seite haben, den wir kennen, nämlich ...«

»... mich, du Fackelgarnele.« Koggs schlug sich auf die Brust. »Sollte jemand unserer Letzten Flamme zu nahe kommen, dann kriegt er es mit dem hier zu tun.«

Der Klabauter zog feierlich seinen Säbel.

»Und ich werde dich ebenfalls begleiten.« Fi trat vor und berührte Kai liebevoll am Arm. »Ich wusste immer, dass mich mein Weg eines Tages wieder zurück nach Albion führt. Außerdem würde ich es nicht ertragen, wenn dir etwas zustieße.«

»Hört auf!« Kai fuhr sich verlegen durch sein schwarzes Haar.

»Und du, alte Freundin?« Eulertin schwebte zu Dystariel. »Wir hatten vor allem an dich gedacht.«

»Natürlich werde ich ihn begleiten.« Die Gargyle richtete sich mithilfe ihrer Schwingen auf. »Ich kann den Jungen ja schlecht mit einem Klabauter und einer Elfe allein lassen. Schließlich habe ich ihn damals nicht zu dir gebracht, damit er in ihrer Begleitung vor die Hunde geht.«

»Ich würde mein Maul nicht so aufreißen, du flügellahmer Schwarzrochen«, knurrte Koggs.

»Gut, dann werden wir jetzt aufbrechen«, sprach Magister Eulertin und schwebte auf Dystariels Brust herab. »Ich gebe zu, du wirst mir fehlen.«

Dystariel schnaubte. »Du bist in den letzten Jahren rührselig geworden, alter Däumling. Es wird wirklich Zeit, dass du mal eine Weile ohne mich auskommst. Hab keine Angst, ich sorge schon dafür, dass unserer Flamme nichts passiert.«

Mit knackenden Gliedern erhob sich die Gargyle. Prüfend breitete sie ihre Schwingen aus und der Seewind fing sich in ihnen. Dystariel kam ins Schwanken.

»Besser, du gehst nach unten in den Laderaum und erholst dich ein wenig.« Magister Eulertin winkte nun Kriwa herbei, die aus der Takelage zu ihnen herabsegelte. Fast zärtlich packte sie erst Amabilia und dann den Däumlingsmagier, um beide auf ihrem Federkleid abzusetzen. Eulertin beschwor indessen zwei pausbäckige Luftikusse herauf, die Magister Äschengrund anhoben.

»Ans Fliegen könnte ich mich gewöhnen«, jauchzte der Drakologe.

»Magister Eulertin«, hub Kai schnell an. »Ich verspreche Euch, dass ich mein Bestes geben werde.«

»Ich weiß, mein Junge.« Über Eulertins Gesicht huschte ein feines Lächeln. »Daran hatte ich nie einen Zweifel.«

Amabilia wollte ebenfalls etwas sagen, als Olitrax plötzlich zwischen sie stob und aufgeregt mit den Schwingen schlug. Vor Kais innerem Auge erschienen düstere Wolken, vor denen sich schwach die Silhouetten fürchterlicher Kreaturen mit großen Schwingen abzeichneten.

»Bei allen Moorgeistern! Gargylen!«, japste er. »Mindestens ein halbes Dutzend. Sie suchen den Elbstrom ab.«

Die Köpfe der Gefährten ruckten zum Heck des Schiffes herum, wo nun auch zwei der Seeleute zum Himmel deuteten. »Käpt'n! Zwei Strich Backbord unter den Wolken, da kommt was auf uns zu!«

Dystariel entblößte unter dumpfem Röhren ihre Krallen, Fi zückte ihren Bogen und Eulertin erhob sich bereits wieder von Kriwa, als ihnen Koggs Windjammer mit lauter Stimme Einhalt gebot.

»Nein, Thadäus«, bellte er. »Verschwindet. Seht zu, dass ihr die Flüchtlinge in Sicherheit bringt und eure Kollegen in Halla befreit. Mit diesen Bestien werde ich schon fertig.«

»Verdammt, Koggs! Wie willst du ...?«, brauste der Däumlingsmagier auf, doch der Klabauter schnitt ihm mit einer brüsken Handbewegung das Wort ab. »Vertraut mir. Und jetzt haut ab! Beeilt euch, bevor sie auch auf euch aufmerksam werden!«

Der kleine Magister rang mit sich, schließlich gab er Kriwa das Zeichen zum Aufstieg. »Na gut, Koggs! Viel Glück.«

Die Königsmöwe flatterte auf sein Zeichen hin zum Nachthimmel empor. Ebenso wie der von den Windgeistern getragene Drakologe war sie in der Dunkelheit schon bald nicht mehr zu sehen.

»Männer, holt alle Lampen, die ihr finden könnt!«, brüllte Koggs über das Deck. »Kai, Fi, helft ihnen, sie zu entzünden. Ich will, dass unser Schiff alle Aufmerksamkeit auf sich zieht. Und du, Dystariel, runter in den Laderaum mit dir! Versteck dich, wenn du an deinem Leben hängst. Und zwar so gut du kannst. Hast du mich verstanden?«

Die Gargyle sah Koggs verblüfft an, schnaubte und kam widerwillig seinem Befehl nach.

Kai und Fi sahen sich ebenfalls verwirrt an. Was auch immer Koggs vorhatte, Kai konnte nur hoffen, dass der kleine Kapitän nicht den Verstand verloren hatte. Er entzündete am

Ende seines Zauberstabes eine Fackel und rannte mit Fi zum Heckkastell. Auch in die übrigen Seeleute kam Bewegung. Überall wurden Laternen aufgestellt. Kurz darauf ähnelte der alte Schmuggelsegler dem festlich erleuchteten Ahornbaum in Lychtermoor zum Zeitpunkt des Sternschnuppenfests. Vom zugezogenen Himmel hallte lautes Raubtiergebrüll und mit mächtigen Schwingenschlägen stieß der Gargylenschwarm auf sie herab. Die Seeleute zückten hoffnungslos ihre Entermesser und sahen der Gefahr bang entgegen.

Koggs trat zwischen Kai und Fi und zog gelassen ein kleines Schmuckkästchen unter der Uniform hervor. »Fi, deine Augen sind besser. Wie weit sind sie heran?«

»Etwa siebzig Schritte, beständig näher kommend.« Knarrend spannte sie ihren Bogen. Kai beschwor nun einen Feuerball herauf.

»Ich denke, das reicht.« Koggs kicherte hämisch. »Sicher glauben sie, wir wären wehrlos. Belehren wir sie eines Besseren.«

Mit einem Schnappen öffnete der Klabauter das Kästchen und ein helles Schimmern flutete über das Heckkastell. Es war ein angenehmes Licht. Friedlich, ruhig und mit einem Stich ins Goldene. Nicht nur Kai gab einen Laut des Staunens von sich, auch unter den Seeleuten erhob sich ein lautes Raunen.

Koggs fischte einen leuchtenden Stein aus der Schatulle und hob ihn weit über seinem Kopf empor. Sanft und in ringförmigen Wellen breitete sich sein Lichtschein über Fluss und Küsten hinweg aus.

Herrje, Kai erkannte in dem Stein jenen seltsamen Bergkristall aus dem Leuchtturm der Feenkönigin, den er damals zum Strahlen gebracht hatte. Die Gargylen am Himmel über ihnen kreischten schmerzerfüllt auf, kamen ins Taumeln und versuchten, vor dem Licht Reißaus zu nehmen. Doch sie waren bereits zu nahe an sie herangeflogen. Das Unendliche Licht des Kristalls riss die Körper ihrer Feinde aus der Finsternis und die Bewegungen der Ungeheuer erstarrten mitten im Flug zu Stein. Gleich Basaltstatuen, die ein Riese an den Himmel geworfen hatte, stürzten die Kreaturen hinab in die Fluten. Eine nach der anderen. Dort, wo die erstarrten Körper auf dem Elbwasser aufschlugen, spritzten gewaltige Fontänen empor. Schließlich wurde es ruhig über der Elbe.

An Deck hallte lautes Siegesgebrüll auf.

»Die Feenkönigin allein weiß, wie lange ich schon darauf gewartet habe, den Tod meiner Kameraden zu rächen.« Koggs lachte böse und reckte eine Faust zum Himmel. »Niemand legt sich ungestraft mit Koggs Windjammer an.«

Er legte den Bergkristall zurück, ließ das Kästchen zuschnappen und versteckte es wieder unter seiner Kleidung. Schlagartig senkte sich Dunkelheit wieder über den Fluss. Nur das Schiff wurde noch immer von den vielen Laternen beleuchtet.

»Wie kann das sein?«, flüsterte die Elfe und steckte erstaunt den Pfeil ihres Bogens zurück in den Köcher.

»Ich verstehe das ebenfalls nicht«, meinte Kai, der noch immer ungläubig blinzelte. »Ich dachte, die Lichter der Feenkönigin sind überall an den Küsten erloschen?«

»Sind sie auch.« Koggs zuckte mit den Schultern. »Aber wie ich euch schon sagte. Mit dem Leuchtturm hier vor Hammaburg verhielt es sich anders. Sein Licht beschützte die Stadt selbst zu jenem Zeitpunkt, als alle anderen Leuchttürme an den Küsten bereits ihren Dienst aufgegeben hatten. Es hat vielen Kameraden das Leben gekostet, den Leuchtstein zu bergen, nachdem diese Frostriesen den Turm zum Einsturz gebracht hatten. Wir konnten ja nicht zulassen, dass dein Werk damals umsonst war, oder, du Feuerqualle?«

Kai nickte schwach.

»Leider hilft uns das Unendliche Licht nicht gegen Piratenjäger. Wir sollten unsere Kräfte sparen und nicht noch mehr Aufmerksamkeit auf uns ziehen.«

Koggs zückte eine Phiole aus Feenkristall, in der es trübe wallte und zerschlug sie an der Ruderpinne. Von einem Augenblick zum anderen umfing dichter Nebel das Schiff.

»Lichter löschen!«, brüllte Koggs. Obwohl er dicht neben Kai stand, war sein Leib inmitten der grauen Schleier kaum noch zu sehen. »Und du, Junge, lässt dich jetzt von Fi unter Deck einweisen und machst es dir dort gemütlich. Haben wir Albion erst erreicht, wirst du kaum noch Ruhe finden.«

Der Schrecken des Nordmeers

Leise glucksend schlängelte sich ein Bächlein durch die morgenfrische Waldwiese. Die Sonne spiegelte sich auf den Gräsern tausendfach in kleinen Tautropfen, über den Farnen zwischen den Bäumen summten kleine Fliegen und dort wo die Spinnen ihre Netze gewoben hatten, glitzerte und glänzte es in vielen bunten Farben.

Kai sah verwundert an den Stämmen der Buchen und Fichten empor, die ihre Kronen weit über seinen Kopf in den blauen Himmel streckten und wusste sofort, wo er sich befand: auf der seltsamen Einhornwiese!

Abermals war er nackt. Kaum wurde er sich dessen bewusst, wickelte sich wieder jener prächtige, silberweiße Stoff um seinen Körper.

Ein leises Wiehern begrüßte ihn. Kai drehte sich um und blickte zu jenem Einhorn auf, das sich ihm schon einmal gezeigt hatte. Der edle Hengst mit dem strahlend weißen Fell senkte zur Begrüßung sein Haupt. Kai sah, dass das armlange, in sich verdrehte Horn des Wesens aus sich selbst heraus leuchtete.

»Ich träume, richtig?«, fragte Kai.

Wer weiß, Kind des Unendlichen Lichts, antwortete das Einhorn geheimnisvoll.

»Willst du mir nicht endlich verraten, wer du bist?«

Das Einhorn schnaubte fast belustigt. *Du wirst es erkennen, wenn ich dich gelehrt habe, was du wissen musst.*

Kai erinnerte sich an all die beeindruckenden Szenen, die ihm das Einhorn bei ihrem letzten Treffen gezeigt hatte. »Du hast mich gelehrt, dass es einen verborgenen Ort gibt, an dem das Unendliche Licht so rein und ursprünglich ist, wie in jenen Tagen, als es die Welt erschaffen hat«, sagte Kai.

Ja, man nennt diesen Ort die Quelle des Unendlichen Lichts*!*

»Und Morgoya will sie verderben?«

Allein darum geht es den Schatten. Morgoya ist nur ihr Werkzeug, um Zwist und Hader in die Welt zu tragen. Die Schattenmächte haben sie verführt und ihren verderbten Keim in sie gelegt, so wie die dunklen Kräfte es schon immer gehalten haben. Denn nur auf diese Weise können die Schattenmächte EinXuss auf die Welt ausüben.

»Das heißt«, rätselte Kai, »dass ich dafür sorgen muss, dass die Quelle des Unendlichen Lichts unberührt bleibt?«

Richtig, antwortete der Hengst ernst. *Doch du stehst bei alledem nicht alleine. Erinnerst du dich, was ich dir über die jüngeren Völker sagte, damals als die älteren Wesen um die Vorherrschaft in der Welt rangen?*

»Ja, ich erinnere mich. Diese Epoche muss fürchterlich gewesen sein. Die Drachen eroberten die Welt und jagten die jüngeren Völker, wo sie sie finden konnten. Die Trolle haben sich angeblich in die Berge geflüchtet, die Zwerge errichteten ihre Städte unter der Erde und all den anderen blieb nichts anderes übrig, als sich zu verstecken oder sich der Macht der

Drachen zu beugen.« Kai dachte daran, was Fi ihm erzählt hatte. »Von den Elfen habe ich gehört, dass sie lernten mit ihren Gesängen das Mondlicht zu weben, um sich so vor den Drachen zu verbergen.«

Das Einhorn nickte. *Von jenen Tagen möchte ich dir nun berichten, Kind des Unendlichen Lichts.*

Der stattliche Hengst deutete mit seinem Horn auf den Wald. Wie schon bei ihrer ersten Begegnung glitten die Bäume jenseits der Lichtung wie ein Vorhang auseinander, um Kai den Blick auf weit zurückliegende Geschehnisse zu ermöglichen.

Kai atmete scharf ein. Vor ihm erschien eine verwüstete Waldsiedlung, die aus kunstvoll errichteten Pfahlbauten und lichten Baumhäusern bestanden hatte. Über ihr zogen majestätische Drachen ihre Kreise. Die Siedlung brannte. Dichte Rauchschwaden verfinsterten die Luft und überall waren die verkohlten Leichen von Elfen zu sehen. Männer, Frauen und Kinder.

So wie all die anderen jüngeren Völker, erklärte das Einhorn, *waren auch die Elfen nahezu schutzlos der Drachenmacht ausgeliefert. Damals lebten die Elfen noch an Flüssen und auf Auen weit über den Kontinent verteilt. Und noch heute erinnert manch ein Ortsname an ihre einstigen Bewohner.*

»Ich glaube, ich kenne einen dieser Namen«, sagte Kai niedergeschlagen. »Die Elbe! Elb ist doch ein alter Name für Elf, richtig? Das heißt, früher lebten Elfen an diesem Flusslauf?«

Das Einhorn nickte und scharrte unruhig mit den Hufen. Die schreckliche Szenerie zerlief vor Kais Augen und machte einer sternenklaren Nacht Platz. Vor ihm tat sich eine große Waldlichtung auf, auf der zahlreiche Elfen zusammenströmten. Die meisten von ihnen waren wie Jäger gekleidet, doch geführt wurden sie von Elfen in festlichen Gewändern, die ihrerseits golden strahlenden Lichtpunkten folgten, die so erhaben wirkten, wie die Sterne am Himmelszelt! Herrje, Kai entdeckte, dass es sich bei diesen Lichtern um winzig kleine Geschöpfe handelte, die den Gruppen voranschwebten. Feen!

Von den jüngeren Völkern, fuhr das Einhorn fort, *waren die Elfen die ältesten. So riefen sie jene Wesen zu Hilfe, die heute wie damals so ursprünglich sind, wie in jenen Tagen, als das Unendliche Licht sie erschuf: die Feen. Denn die Feen leben und wirken dort, wo der Traum noch nicht Wirklichkeit, die Wirklichkeit aber kein Traum mehr ist. Ihnen vertraute sich das Volk der Auen und Wälder als Lehrmeister an und von ihnen lernten die Elfen, das Mondlicht zu weben. Doch die Drachen verfügten ebenfalls über die Gabe der Magie und so begann ihre Jagd aufs Neue, nur dauerte sie jetzt länger.*

»Befand sich unter diesen Feen auch die Feenkönigin Berchtis?«, wollte Kai wissen.

Ja, antwortete das Einhorn. *Die Feenkönigin, wie du sie nennst, ist die Wundersamste und Rätselhafteste unter ihnen. Den Titel Königin haben ihr die anderen Völker verliehen. Sie selbst würde sich nie so bezeichnen. Berchtis war es, die den Elfen erstmals von der Quelle des Unendlichen Lichts erzählte. Auf ihr Geheiß hin versammelte der weiseste unter den Elfen sein Volk um sich.*

Kai sah mit an, wie ein besonders stattlicher Elf einen Baumstumpf bestieg und seine Arme ausbreitete, um zu seinem Volk zu sprechen. Er trug ein schlichtes, helles Gewand und sein lockiges, sonnenhelles Haar umspielte ein kühnes Profil.

»Das muss der Elfenkönig sein!«, rief Kai aufgeregt. »Ich habe bereits von ihm gehört. Sein Name ist Avalaion. Angeblich war er der erste der Elfen, der aus dem Unendlichen Licht trat. Wenn ich mich recht entsinne, war er es, der einst das *Herz der nachtblauen Stille* geschaffen hat, jene Zauberperle, die mich damals vor dem Tier in mir bewahrt hat.«

Das Einhorn maß Kai mit einem rätselhaften Blick und nickte. *Avalaion begriff als Erster seines Volkes, welche Absichten die Schatten in Wahrheit verfolgten. Denn der beginnende Drachenkrieg war den finsteren Mächten nur Mittel zum Zweck, um die Schöpfung zu zerstören. Sie würden nicht ruhen, bis es ihnen gelänge, die Quelle des Unendlichen Lichts zu finden und zu verderben. Jemand musste sich ihnen entgegenstellen! Avalaion traf daher eine folgenschwere Entscheidung. Er sammelte sein Volk um sich, um die Quelle des Unendlichen Lichts zu finden und vor der Finsternis zu beschützen.*

»Heißt das, dass die geheimnisvolle Quelle dort liegt, wo die Elfen heute leben? In den Elfenwäldern westlich des Flusses Rhyn?« Kai sah das Einhorn gespannt an.

Ja, dies ist der Ort, der ihr in der Wirklichkeit am nächsten kommt.

Das Bild der Elfen auf der Waldlichtung verging und ein majestätischer Sternenhimmel tat sich vor ihnen auf, der sich immer schneller um den Nordstern drehte. Jäh blitzte das ferne Himmelslicht auf und das Leuchten gebar die Vision einer strahlend hellen Quelle. Auf Kai wirkte sie wie ein majestätischer Brunnen mit gleißenden, silbergoldenen Lichtfontänen, dessen Wasser von einem Becken wie aus funkelndem Feenkristall aufgefangen wurde. Erst auf den zweiten Blick entpuppte sich das Becken als strahlendes Gespinst aus weißer Gischt, in dessen wallenden Nebeln sich das Leben in all seinen unterschiedlichsten Formen und Ausprägungen widerspiegelte. War das denn überhaupt Wasser? Die Lichtfontänen wogten weit zum Himmel hinauf, wo sie sich kaskadengleich mit den Strahlen der Sonne vereinten. Alles an dieser Quelle glitzerte und glänzte in einer überirdischen Pracht. Kai liefen Schauer der Ehrfurcht über den Körper, und er musste einen Moment lang die Augen schließen, um von all dem Leuchten und Funkeln nicht geblendet zu werden.

Ja, die Elfen haben die Quelle des Unendlichen Lichts gefunden, sprach das Einhorn mit seiner ruhigen Stimme weiter. *Doch ihre Suche war lang und entbehrungsreich. Du musst wissen, dass nur jene die Quelle zu finden vermögen, die die Wirklichkeit mit ihren Träumen tauschen. Avalaion ließ daher jene, die sich ihm anschlossen, wissen, dass der Weg kein Zurück duldete. Die Elfen wandten sich somit von der Wirklichkeit ab, um ihr Leben und ihre Träume ganz der Quelle des Unendlichen Lichts zu weihen. Dadurch konnten sie die Wirklichkeit um die Quelle herum nach ihren Wünschen formen. Und das taten sie. Die Elfen erschufen dichte Wälder, labyrinthene Berge, verschlungene Traumpfade und unüberbrückbare Barrieren, um die Schattenmächte in die Irre zu führen. All ihre Anstrengungen zielten darauf ab, es der Finsternis unmöglich zu machen, die Quelle des Unendlichen Lichts jemals zu finden – und doch ist Avalaion gescheitert.*

»Was soll das heißen?« Kai sah den Hengst an. »Die Macht die den Elfen an der Quelle allen Seins gegeben ist, muss doch unermesslich sein?«

Das ist sie auch. Das Einhorn hob sein Horn. *Doch der Weg, den Elfenkönig Avalaion seinem Volk einst wies, blieb nicht unwidersprochen. Er rechnete nicht damit, dass manche seines Volkes den Verlockungen der Wirklichkeit längst erlegen waren. Diesen Elfen schwebte für ihr Volk ein anderes Schicksal vor. Statt sich in den Traum zu flüchten und sich der Wirklichkeit zu versagen, wie sie es nannten, fühlten sie ihr Volk ebenfalls dazu berufen, den Weg der Herrschaft einzuschlagen und sich die Welt untertan zu machen. Ihre Chance sahen sie am Ende des Drachenkrieges gekommen. Eine Schar rebellischer Elfen probte den Aufstand. Und ihr Anführer war niemand Geringeres als der jüngere Bruder von Avalaion!*

Vor ihnen stiegen schreckliche Bilder auf, in denen Elfen übereinander herfielen und sich mit Schwert, Bogen und Zaubermacht bekämpften.

»Die Elfen haben untereinander Krieg geführt?« Kai trat erschrocken einen Schritt zurück. »Davon habe ich noch nie gehört. Ich dachte immer die Elfen seien irgendwie, na ja, unfehlbar.«

Nein, Kind des Unendlichen Lichts! Das Einhorn schüttelte seine Mähne. *Kein sterbliches Wesen ist unfehlbar. Der Elfenkönig hatte die Macht der Schatten unterschätzt. Indem er sein Volk zu der Quelle des Unendlichen Lichts führte, wies er auch jenen den Weg zu ihr, die sich später von ihm abwandten. Avalaion konnte den aufrührerischen Teil seines Volkes zwar niederringen, doch sein verräterischer Bruder entkam und floh aus den Traumwäldern zurück in die diesseitige Welt. Damit hatte sich der Verräter endgültig für die Wirklichkeit entschieden. Der Rückweg zu seinem Volk blieb ihm von nun an verwehrt. Doch Avalaions Bruder erholte sich von seiner Niederlage – und er schwor Rache.*

Ein schwarzhaariger Elf mit scharfer Hakennase erschien, der sich hasserfüllt arkanen Studien zuwandte. Wie ein Getriebener verschlang er dicke Zauberfolianten. Immer wieder war zu sehen, wie er sich mit einem Obsidiandolch die Unterarme aufschlitzte, um etwas von seinem Blut schattenhaften Kreaturen zu opfern.

Das Einhorn schnaubte angewidert und die Flut an Bildern riss ab.

Von einem Moment zum anderen fand sich Kai auf der einsamen Waldlichtung wieder. Seltsam, irgendwie kamen ihm die Gesichtszüge dieses Elfen vertraut vor. *Jahrhundertelang,* fuhr das Einhorn fort, *studierte der Abtrünnige die menschliche Zauberei. Er ließ sich tiefer und tiefer mit den Kräften des Schattens ein und stieg letzten Endes zu dem mächtigsten Magier auf, den die Welt bis dahin gesehen hatte. Avalaions Bruder verfolgte nur einen Plan: Er wollte die Traumbarriere, die ihn von seinem Volk und der Quelle des Unendlichen Lichts trennte, einreißen. Er war es, der Kaiser Kirion vor eintausend Jahren zu dem verhängnisvollen Feldzug gegen die Trolle aufwiegelte, ein Konflikt, der außer Kontrolle geriet, den Zerfall des Menschenkaiserreichs zur Folge hatte und letztlich im Schattenkrieg mündete. All das hatte Avalaions Bruder geplant, um den Kräften des Schattens neue Wege in die Welt zu ebnen. Er wollte nicht nur die Herrschaft über den Kontinent an sich reißen, seine Rachsucht und Vermessenheit ging so weit, sein eigenes Volk auszulöschen, um künftig allein nach der Quelle des Unendlichen Lichts zu greifen.*

»Bei allen Moorgeistern!« Kai keuchte auf. »Du sprichst von Murgurak dem Raben! Ich habe sein Porträt im Nachtschattenturm gesehen. Murgurak war ein Elf?«

Ich sehe, Kind des Unendlichen Lichts, du hast auch deine zweite Lektion gelernt.

Das Einhorn neigte das Haupt und berührte Kai mit seinem Horn. Die Waldlichtung rund um Kai verblasste, und auch die Konturen des weißen Hengstes verschwammen immer mehr.

»Nein, bitte schick mich nicht zurück«, rief Kai. »*Wie* wollte Murgurak das anstellen? Bitte, sag mir *wie*?«

Ein Wirbel erfasste Kais Bewusstsein …

… und er erwachte.

Kai richtete sich in seiner Hängematte auf und blinzelte verwirrt. Um ihn herum knarrte es und nur eine kleine Tranlampe am Stützbalken hinter seinem Kopf spendete etwas Licht. Die Luft roch nach Pech und altem Seilwerk und er konnte hören, wie beständig Wellen gegen die Beplankung schlugen. Schlagartig wusste er wieder, wo er sich befand: an Bord von Koggs altem Schmuggelsegler. Es war nun schon der dritte Tag, den sie auf dem unruhigen Meer zubrachten.

Noch immer standen ihm die Traumgespinste seltsam klar vor Augen. Er musste verrückt sein, jetzt noch an einen Zufall zu glauben.

Kai erhob sich, griff nach seinem Zauberstab und stolperte an dicken Ballen mit Segeltuch und mehreren Kisten vorbei zur Mitte des Stauraums. Sein Ziel war eine Leiter, die hinauf zu der breiten Öffnung mit dem Staugatter führte, das sich in der Decke als neblig graues Quadrat abzeichnete. Unweit der Leiter verdeckte ein großer Vorhang aus Segeltuch den kompletten hinteren Laderaum. Kai wusste, wer sich dort verbarg: Dystariel.

Er überlegte einen Moment lang, ob es sinnvoll wäre, die Gargyle zu wecken, entschied sich dann aber dagegen. Stattdessen kraxelte er nach oben. Kaum hatte Kai die Luke zum Hauptdeck aufgeklappt, als es ihm nasskalt entgegenschlug. Ein kühler Wind rüttelte an den Wanten und beständig knarrte es. Koggs Schiff durchkreuzte eine der vielen Nebelbänke auf dem Nordmeer. Doch der ewige Dunst war ihre geringste Sorge.

In den letzten Tagen hatten sie mithilfe von Windgeistern einen gewaltigen Kraken ausgekreuzt und waren dann in ein Seegebiet mit dämonischem Tang geraten, der sich wie lebender Kleister an ihren Schiffsrumpf zu heften versuchte, um das Holz des Schiffes zu zersetzen. Nur mit Quiiiitsss Hilfe, der seitdem vorausschwebte und die unheimlichen Seepflanzen mit seinen Geisterkräften vom Schiff fernhielt, war es ihnen gelungen, das tückische Gebiet sicher zu passieren.

Kai klappte die Luke zu, als aus der Takelage ein Schatten zu ihm herabglitt. Olitrax krallte sich auf seinem Arm fest und begrüßte ihn mit einem seiner warmen Rauchkringel.

»Wo sind Fi und Koggs?«, flüsterte Kai.

Der kleine Drache sauste durch den Nebel zum Bug des Schiffes und Kai folgte ihm. Immer wieder musste er aufpassen, dass er im Nebeltreiben nicht gegen ein Hindernis stolperte. Plötzlich tauchte einer der Schmuggler auf und hielt ihn am Arm fest. »Immer schön vorsichtig, Junge. Wir kreuzen inzwischen dicht vor der Küste Albions.«

Mit dem Kopf deutete er zur Steuerbordseite. Kai hielt vor Grauen den Atem an. Dort hatte sich der Nebel etwas gelichtet, sodass Kai auf große Kreidefelsen blicken konnte. Morgoya hatte auf ihnen einen weithin sichtbaren Wald aus Pfählen errichten lassen, an denen zur Abschreckung Hunderte von Toten aufgespießt waren. Viele der Skelette waren längst zerfallen. Ihre von Wind und Wetter geschliffenen Knochen waren auseinandergebrochen und bis hinunter an den Strand gerollt.

»Flüchtlinge, Schmuggler und Landesverräter«, wisperte der Matrose ernst. »Wir dürfen es uns im Moment nicht erlauben, auch nur das kleinste Geräusch zu verursachen.«

Kai nickte bestürzt und endlich erreichte er die Treppe hinauf zum Bugkastell, auf dessen Geländer sich Olitrax niedergelassen hatte. Eine kleine Gruppe Seeleute hatte sich dort eingefunden und diskutierte leise miteinander. Unter ihnen erkannte Kai die schlanke Silhouette Fis, die direkt neben Koggs Windjammer stand. Der kleine Klabauterkapitän hielt eine zersplitterte Planke in den Händen und musterte diese argwöhnisch.

»Mehr Wrackteile habt ihr nicht gefunden?«, fragte der Klabauter.

»Nein.« Der angesprochene Seemann schüttelte den Kopf. »Gut möglich, dass da draußen noch mehr herumtreibt, aber bei den Sichtverhältnissen ist das schlecht zu sagen.«

»Was ist geschehen?«, wollte Kai leise von Fi wissen.

»Nichts Gutes«, antwortete die Elfe und strich sich ihre Haare hinter die spitzen Ohrmuscheln. »Die Männer haben auf der See die Überreste eines Schiffes gefunden.«

»Nicht irgendeines Schiffes!«, knurrte der Klabauter. Unwirsch blickte er zu Kai auf und drückte ihm das Fundstück in die Hand. Die Planke fühlte sich feucht und glitschig an. In schwarzen Buchstaben prangte ein Name darauf: *Seefalke*!

»Das sind die Überreste des Schiffes von Bilger Seestrand«, sagte Koggs mit ernster Stimme und rückte sich unglücklich seinen Dreispitz zurecht. »Bilger ist Klabauter wie ich. Er stammt aus Friesingen und ist der fähigste Kapitän zwischen hier und dem Dschinnenreich – natürlich nach mir.« Der kleine Kapitän räusperte sich. »Bilger und ich haben schon seit Jahren eine kleine Wette am Laufen, wer von uns beiden Morgoya öfter in ihren Nebelhintern tritt. Kraken und Polypen – und jetzt das! Ich kann einfach nicht glauben, dass es ihn erwischt hat.«

»Vielleicht eine Seeschlange?« Fi sah Koggs voller Mitgefühl an.

»Unsinn!« Der Klabauter stampfte unwirsch mit seinem Holzbein auf. »Diese dummen Urviecher beißen sich an unsereins die Zähne aus. Nein, Freunde, wir müssen … Moment, was ist das?«

Koggs eilte zur Backbordreling und starrte angestrengt auf das Wasser. Kai und Fi folgten seinem Blick und machten dort einen dunklen Gegenstand aus: eine Flasche. Sie wurde von einer schäumenden Nereide auf das Schiff zugeschoben. Das war unmöglich Zufall.

»Kai, hol mir das Ding aus dem Wasser!«, befahl Koggs.

Bevor Kai seine magischen Kräfte anrufen konnte, schälte sich Quiiiitsss über den Fluten aus dem Dunst, ergriff das Gefäß und schwebte mit maliziösem Lächeln zu ihnen empor. Die Nereide verschwand wieder in der See und Koggs Männer wichen mit versteinerten Mienen vor dem Geist zurück.

»Bitte sehr, werter Kapitän«, raunte der Poltergeist in schleimigem Tonfall.

Koggs beachtete Quiiiitsss nicht weiter, entkorkte die Flasche und zog einen Zettel hervor. »Wusste ich es doch!«, knirschte er und hielt ihnen den Fund hin, auf dem sich krakelige Schriftzeichen befanden, die Kai noch nie gesehen hatte.

»Eine Nachricht von Bilger«, zürnte Koggs. »Das sind Klabauterzinken, mit denen wir uns untereinander geheime Nachrichten schicken. Er wurde von Morgoyas Soldaten verschleppt.«

»Dann lebt er noch?« Kai atmete tief ein.

»Ja, noch.«

»Und was ist jetzt mit meiner Erlösung, junger Herr?«, greinte Quiiiitsss. Er schwebte mit zerlaufenen Schlieraugen vor dem Hauptmast, sah in die Höhe und hielt die Nebelarme weit von sich gestreckt. »Drei Tage lang gute Taten. Ohne mich wären hier ganz sicher alle umgekommen. Ich habe es verdient, endlich in das Unendliche Licht einzugehen ...«

»Verdammt, schafft mir doch einer diesen Quälgeist vom Hals! So viel Selbstmitleid ertrage ich nicht.« Koggs drehte dem Poltergeist seinen Rücken zu und wandte sich an einen seiner Männer. »Rob, hol die Flagge. Wir dürfen jetzt keine Zeit mehr verlieren.«

Der Matrose nickte, rannte unter Deck und kam mit einer schwarz-roten Fahne wieder, auf der ein skelettierter Drache zu sehen war.

»Beim Traumlicht, das ist doch eine Freibeuterflagge Morgoyas.« Fi riss die Augen auf. »Was hast du vor, Koggs?«

»Ganz einfach«, knurrte der Klabauter und bleckte die Zähne. »Mit diesem Fetzen werden wir uns als albionsche Piraten ausgeben, die Mündung der Teus hinauffahren und dann direkt den Hafen Albas ansteuern.«

»Was, du willst Alba direkt anlaufen?«, fragte Kai ungläubig.

»Aber sicher. Man sollte immer das tun, was der Feind nicht erwartet.« Koggs sah Kai ernst an. »Uns läuft die Zeit davon, du Zitteraal. Und es gibt jetzt noch einen zweiten Grund dieser Drachenburg einen Besuch abzustatten.«

»Aber das ist viel zu gefährlich, Koggs. Du musst uns den Rücken freihalten, damit wir wieder von Albion wegkommen. Es ist besser, wenn wir allein in diese Burg einsteigen.«

»Das ist keine einfache Burg, Junge.« Koggs schüttelte ungehalten den Kopf. »Bei dieser Drachenburg handelt es sich um eine riesige Anlage aus finsteren Bauwerken und hohen Türmen. Dort lagerten vor der Machtübernahme Morgoyas nicht nur die Krönungsinsignien der Drachenherz'schen Königsfamilie, ihre Mauern beherbergen auch zahlreiche Verliese. Und ich verwette mein gesundes Bein darauf, dass dort Bilger Seestrand eingekerkert ist. Er ist ein Klabauter, Junge. Und du solltest mittlerweile wissen, wie es uns Klabautern ergeht, wenn wir allzu lange vom Wasser getrennt werden. Wenn wir ihn nicht befreien, wird er sterben.«

Nebel über Alba

»Bei diesem ewig grauen Licht wird man noch trübsinnig«, klagte Kai. Er stand gemeinsam mit Fi auf dem Vorderkastell des Schiffes und sah zum Himmel auf, an dem düstere Wolken entlangtrieben. Man brauchte nur wenig Fantasie, um sich vorzustellen, wie die schroff wirkenden Wolkengebilde über ihnen plötzlich zur Erde stürzten, um Tiere und Menschen unter sich zu begraben.

»So wie hier ist es in ganz Albion«, erklärte Fi bedrückt. »Überall nur Wolken, Regen und Nebel. Albion erstickt an dem ewigen Dämmerlicht. Die Ernten werden von Jahr zu Jahr schlechter, und nur die Alten erinnern sich noch an jene Tage, als das Wetter besser war. Hier ist inzwischen eine ganze Generation herangewachsen, die die Sonne und ihr warmes Licht nicht mehr kennt.«

Kai atmete tief ein und blickte auf die Fluten der Teus herab, die wie schwarze Tinte am Bug des Schiffes entlangströmten. Überhaupt machte der breite Flusslauf einen durch und durch unheimlichen Eindruck auf ihn. Unentwegt durchstießen sie geisterhafte Nebelschwaden, die dicht über dem Wasser trieben. Und wann immer er zu den Uferböschungen hinüberblickte, entdeckte er dort nichts anderes, als kümmerliche Sträucher und verkrüppelte Bäume, deren Zweige gespenstisch in die Luft ragten. Mehrere Stunden waren inzwischen verstrichen, seit sie von Bilgers Schicksal erfahren hatten, und auch wenn die Sonne nicht zu sehen war, spürte Kai deutlich, dass sich der Tag dem Ende entgegenneigte.

»Seltsam, dass ich auf diese Weise nach Albion zurückkehre.«

Kai sah Fi fragend an. »Was meinst du?«

»Ich wollte erst wiederkommen, wenn ich ein Mittel gefunden hätte, um mein Volk aus Morgoyas Mondsilberminen zu befreien. Und was habe ich erreicht? Gilraen ist tot, der Glyndlamir hat sein Unendliches Licht verloren und ich bin noch immer kein bisschen klüger als zuvor.«

»Na ja, immerhin haben wir beide uns kennengelernt.« Kai legte mitfühlend seine Hand auf Fis Arm. »Und ich verspreche dir, ich werde alles in meiner Macht stehende tun, um dir zu helfen.«

Fi sah zu ihm auf und lächelte zum ersten Mal seit Tagen.

»Ihr solltet euch langsam bereit machen, ihr Prielkrabben. Wir haben unser Ziel fast erreicht.« Koggs trat mit klackendem Holzbein neben sie und Kai zog verlegen seine Hand fort. Übellaunig blickte der Klabauter zum Krähennest des Schiffes auf, über dem gut sichtbar die Freibeuterflagge der Nebelkönigin im Wind wehte. Er klappte ein langes Fernrohr auf, das er Kai in die Hand drückte. »Das, was sich da vorne aus dem Dunst schält, ist die Königsstadt Alba.«

Vor dem kreisrunden Ausschnitt des Fernrohrs konnte Kai die grauschwarze Silhouette einer großen Stadt mit dicht gedrängten Häusern und seltsam schief stehenden Bauwerken ausmachen, denen schon von Ferne der Eindruck von Moder und Verfall anhaftete. Der graue Schleier, der über der albionschen Königsmetropole lag, war nicht ganz so undurchdringlich wie auf dem offenen Meer. Dennoch wirkte Alba auf ihn, als sei die Stadt von einem giftigen Dunst eingehüllt, der unentwegt aus dem Untergrund aufstieg. Manche der Gebäude stachen aus dem Dächermeer wie abscheuliche Pilze hervor. Wer hier lebte, der hatte ohne Zweifel alle Hoffnung aufgegeben. Doch eine Flucht schien unmöglich, denn die albtraumhafte Metropole wurde von einer turmbewehrten Stadtmauer umschlossen, die sich wie der Kiefer eines gewaltigen Hais weit ins Landesinnere erstreckte.

»Du meine Güte, welch ein finsterer Ort«, stöhnte Kai.

»Na, dann warte nur ab, bis Morgoya ihr schreckliches Werk beendet hat«, meinte Fi mit bitterer Stimme. »Denn dann wird es auch überall auf dem Kontinent so aussehen. Vor zwanzig Jahren noch war Alba eine blühende Stadt. Der Hafen war ihre Lebensader. Doch Morgoya hat Alba ausgepresst bis auf die Knochen.«

»Mal nicht so verzagt, ihr beiden Seesterne«, krächzte Koggs. »Immerhin sind wir hier, um das zu ändern. Fi, du gehst jetzt am besten unter Deck und verkleidest dich wieder. Und du, Junge, du bindest am besten eine Laterne an die Spitze deines Zauberstabs, damit du nicht sofort als Zauberer erkannt wirst.«

»Eine Laterne? Ich dachte, wir wollten möglichst unauffällig bleiben?«

»Hier in Alba ist es sogar tagsüber üblich, Lampen mit sich herumzutragen«, belehrte ihn der Klabauter. »Nicht etwa um zu sehen, sondern um gesehen zu werden. Wer ohne Laterne erwischt wird, der gilt als Feind der Stadt und wird von Morgoyas Greiftrupps ohne viel Federlesens um die Ecke gebracht.«

Kai nickte verwirrt und schaute abermals durch das Fernrohr.

»Verflucht, Koggs, da tut sich was.« Aufgeregt deutete er zu zwei großen Basalttürmen, die den Hafeneingang flankierten. Zwischen den Türmen kamen nach und nach ein halbes Dutzend Drachenschiffe aus Hraudungs Frostreich zum Vorschein, die unter rhythmischen Ruderschlägen auf den Fluss zusteuerten. An Bord befanden sich Hunderte von albionschen Soldaten.

Fi griff umgehend zu ihrem Bogen, doch Koggs hielt sie zurück. »Ruhig, du Stachelrochen. Keine unnötige Aufregung. Das ist ein Konvoi, der weitere Truppen zum Festland bringt.«

»Auf Drachenbooten?« Kai schüttelte verwundert seinen Kopf. »Was ist mit diesen schwarzen Seglern? Auf denen haben doch viel mehr Soldaten Platz.«

Koggs nahm Kai das Fernrohr ab und warf nun selbst einen Blick hindurch. »So langsam ahne ich, wofür Morgoya die Nordmänner braucht. Die Drachenboote haben im Gegensatz zu den Hochschiffseglern keinen großen Tiefgang und können auch die Flüsse des Kontinents befahren. Mit ihrer Hilfe kann Morgoya ihre Streitmacht zügig viele Hundert Meilen hinein aufs Festland führen. Und wenn es stimmt, was mir Thadäus berichtet hat, dann ist nicht die Elbe ihr Ziel, sondern der Rhyn. Diese Kämpfer sind für die Schlacht um Colona bestimmt.« Koggs klappte das Fernrohr grimmig zusammen und steckte es weg. »Und jetzt tut, was ich euch gesagt habe. Und ihr, Männer«, der Klabauter wandte sich zum Hauptdeck um, wo ihm seine Schmuggler bereits gespannt entgegenblickten, »macht euch bereit zu unserem größten Schurkenstreich! Von nun an benehmt ihr euch so, wie man es von blutrünstigen Freibeutern dieser elenden Nebelhexe erwartet! Hauptsache, ihr lasst niemanden an Bord. Das Schiff muss jederzeit zum Auslaufen bereit sein. Habe ich mich verständlich ausgedrückt?«

»Ho!«, ertönte es gehorsam aus Dutzenden Kehlen.

»Gut, dann macht das Schiff jetzt zum Einlaufen klar!«

In die Männer kam Bewegung. Noch während Fi hinunter in den Schiffsbauch kletterte, wurde das Hauptsegel eingeholt und der Segler verlor an Fahrt. Kai band eine der Schiffslaternen an seinen Zauberstab und entzündete diese, da die Lichtverhältnisse über dem Fluss zunehmend schlechter wurden. Koggs hingegen stand mit auf dem Rücken verschränkten Armen an der Reling und starrte selbstbewusst zu den Drachenschiffen hinüber, die unter kraftvollen Riemenschlägen an ihnen vorbei dem offenen Meer entgegenruderten.

Kai konnte die Anspannung, die sich unter den Schmugglern breitmachte, fast körperlich fühlen. Doch ganz so, wie Koggs es vorhergesagt hatte, nahmen die Soldaten keine weitere Notiz von ihnen.

Als sie die breite Hafeneinfahrt erreichten, musste sich Kai anstrengen, um in dem alles beherrschenden Zwielicht überhaupt noch etwas zu erkennen. Auf dem Stadtgebiet jenseits der Flutmauern waren nun ebenfalls Lichter entzündet worden. Die Laternen, Tranlampen und Ölschalen flackerten und erschufen im aufsteigenden Abendnebel trübe Lichtinseln, die

die Hafenkulisse nur unzureichend erleuchteten. Wächter mit langen Hellebarden spähten wachsam von den Zinnen der Türme auf sie herab, und auch hinter den Schießscharten der Wehren waren Bewegungen auszumachen. Koggs stand längst wieder hinter der Ruderpinne und lenkte sein Schiff zwischen den beiden hohen Hafentürmen Albas hindurch, so als wäre dies die selbstverständlichste Sache der Welt.

Kai bewunderte den Klabauter für seine Kaltblütigkeit und blickte sich argwöhnisch um. Zu seiner Überraschung waren hier nur vergleichsweise wenige Schiffe vertäut. Die Nebelhexe schien alles, was zur Beförderung von Truppen taugte, über das Nordmeer geschickt zu haben. Stattdessen bestimmten verrottende Kräne, schiefwinklige Speicher, Häuser mit eingefallenen Schindeldächern und leere Docks das Hafenbild. Die beiden Türme lagen kaum hinter ihnen, als wütendes Gebrüll Kais Aufmerksamkeit fesselte. Auf der Backbordseite, nur drei Mastlängen von ihnen entfernt, ragte der obere Teil eines hausgroßen Eisenkäfigs aus den Fluten. Innerhalb des Käfigs schäumte und gurgelte das Wasser, und einen Moment lang glaubte Kai eine gewaltige Schwanzflosse zu erkennen, die gegen die Gitterstäbe schlug.

Kai stolperte hinüber zu Koggs und deutete fassungslos auf das Untier, das zwischen den Eisenstreben gefangen war. »Bei allen Moorgeistern, Koggs, was ist das da hinten?«

»Eine gefangene Seeschlange«, knurrte der Klabauter. Hastig sorgte er dafür, dass Kai seinen Arm wieder senkte. »Morgoyas Kreaturenfänger richten diese Bestien für den unwahrscheinlichen Fall ab, dass der Hafen angegriffen wird. Und glaube ja nicht, dass das die einzigen Kreaturen sind, die hier im Stadtgebiet ihr Unwesen treiben. Besser, du gewöhnst es dir schnell ab, deine Unwissenheit so öffentlich zu zeigen. Sonst haben wir bald ein Problem.«

Kai wurde rot und hoffte, dass ihm der Klabauter dies in der Dunkelheit nicht ansah. Der lenkte sein Schiff inzwischen an einer Uferzeile mit hohen Speichern vorbei. Ein mit Tranlampen und Laternen auffallend ausgeleuchtetes Hafenbecken kam in Sicht, in dem eine große, pechschwarze Galeere mit drei Masten vor Anker lag. Ihr Bug lief in einem gewaltigen Rammdorn aus.

Sofort war die Seeschlange vergessen. Selbst Koggs verengte die Augen. Offenbar hatte auch er noch nie ein solch imposantes Kriegsschiff gesehen. Im allgegenwärtigen Dunst war zu erkennen, dass die Galeere an Bug und Heck turmhohe Aufbauten besaß, auf denen riesige Wurfmaschinen montiert waren. Auf beiden Seiten des Schiffes stachen die Riemen gleich zweier übereinanderliegender Ruderreihen aus dem Schiffsrumpf. Die mit Eisenschilden verstärkte Reling besaß in regelmäßigen Abständen Aussparungen, hinter denen die Lafetten schwerer Torsionsgeschütze zu erahnen waren. Immer wieder drangen aus dem Nebel Peitschenhiebe zu ihnen herüber. Während unzählige Arbeiter das Schiff aufmunitionierten, wurde eine große Kolonne angeketteter Rudersklaven auf das Kriegsschiff zugetrieben.

»Hol mich doch der Seeteufel«, fauchte Koggs. »Das muss die geheimnisvolle *Seekrake* sein.«

»Die *Seekrake*?«, wisperte Kai beeindruckt.

»Ja«, zischte der Klabauter. »Seit Jahren hört man Gerüchte über eine im Bau befindliche Geheimwaffe der Nebelhexe, mit der sie endgültig das Nordmeer kontrollieren will. Ein Schiff mit einer Feuerkraft, die selbst eine mehrköpfige Hydra in die Flucht schlagen würde. Das Schiff gibt es also wirklich.«

Das Hafenbecken mit der schwarzen Galeere geriet nun wieder außer Sicht, doch Kai bemerkte, dass Koggs immer wieder zurückblickte und zornig mit den Zähnen knirschte. Endlich erreichten sie einen Liegeplatz, auf dem trotz des Nebels dicke, gusseiserne Poller zu erkennen waren.

»Segel bergen und klarmachen zum Ankern!«, brüllte der Klabauter.

Die Ankerkette rasselte. Drei der Seeleute sprangen an Land und vertäuten das Schiff an den Pollern. Zwei weitere schoben eine Planke ans Ufer. Kai schloss die Augen und atmete tief ein. Jetzt hatten sie Albion wirklich erreicht. Ein Zurück gab es nicht mehr.

Der Nebel war in diesem Bereich des Hafens so dicht, dass von den umliegenden Häusern nur Umrisse zu erkennen waren. Bleiche, ausgezehrte Gestalten ließen sich in den nahen Gassen blicken, die neugierig zu ihnen herüberstarrten. Doch wann immer sie sich ihrerseits beobachtet glaubten, zogen sie sich wieder in die Schatten zurück.

Plötzlich war im Nebel der Marschschritt genagelter Stiefel zu hören.

»Krakendreck!« Koggs kniff wütend seine Augen zusammen. »Das dürfte niemand Geringeres sein als der Hafenmeister und seine Abordnung. Haltet euch bereit!«

Tatsächlich traten jetzt ein Dutzend Soldaten aus den trüben Schwaden, die einen hageren Mann in schwarz-roter Uniform begleiteten. Der Hafenmeister trug sein rotes Haar zu einem strengen Mittelscheitel gekämmt und maß Koggs Schiff mit misstrauischen Blicken. Mit einer herrischen Handbewegung brachte er seine Soldaten zum Stehen.

»Wer seid Ihr und was ist das hier für ein Schiff?«, hub der Rothaarige mit heiserer Fistelstimme an.

»Wollt Ihr mir weismachen, dass Ihr einen Freibeuter Ihrer Nebelköniglichen Majestät nicht mehr erkennt, wenn Ihr vor ihm steht?«, polterte der Klabauter unbeeindruckt zurück. Die Schmuggler an Bord lachten rau.

»Vorsicht, Kapitän!«, zischte der Hafenmeister wütend. »Ein Schiffstyp dieser Art ist nicht in den Listen vermerkt. Und ich wüsste auch nicht, dass sich ein Klabauter im Dienst der drachenköniglichen Seestreitkräfte befindet.«

»Das könnte daran liegen, dass Krieg herrscht und man Euch nicht über jede Einzelheit unterrichtet«, bellte Koggs. »Ich bin Dragar der Schreckliche. Und wir haben Fracht an Bord, die nicht für Eure Augen bestimmt ist.«

»So, habt Ihr das?« Der Rothaarige schnaubte abfällig und nickte seinen Soldaten zu. »Durchsucht das Schiff!«

Umgehend bauten sich Koggs' Männer mit gezückten Entermessern hinter der Reling auf und versperrten den Soldaten den Zutritt. Auch die Albioner zogen jetzt ihre Schwerter. Einen Moment lang standen sich die Kämpfer Auge in Auge gegenüber.

»Ich will gern deutlicher werden, Hafenmeister!« Koggs trat dicht an die Reling heran und spielte seinen größten Bluff aus. »Ich unterstehe Kruul, dem Gargylenfürst, höchstpersönlich. Betretet das Schiff, und Ihr werdet Eure Neugier mit dem Leben bezahlen. Und glaubt mir, ich werde persönlich dafür sorgen, dass Ihr der Erste seid, der in die Schatten fährt. Überlegt Euch also gut, ob es Euch das wert ist.«

Die Albioner warfen sich verunsicherte Blicke zu und der Hafenmeister leckte sich fahrig über die schmalen Lippen. »Kruul, also …«

Ohne Zweifel war der Mann Zurechtweisungen nicht gewöhnt. Kai spürte, wie der Hafenmeister sein Hirn zermarterte, wie er die Demütigung vor seinen Männern wieder wettmachen konnte.

»Nun gut.« Der Mann lächelte boshaft. »Dann werde ich es dabei bewenden lassen, dass Ihr mir Euren Kaperbrief zeigt. Den werdet Ihr ja sicherlich haben, oder?«

Einen Moment lang herrschte Stille. Kai machte sich schon zum Zaubern bereit, als hinter ihnen stampfende Schritte über das Deck dröhnten.

»Bereitet Euch diese Made Probleme, Kapitän Dragar?«, röhrte Dystariels Reibeisenstimme. Die Gargyle baute sich gut sichtbar neben der Gangspill auf und breitete drohend ihre Schwingen aus. Entsetzt wichen die Albioner vor dem Schiff zurück und der Hafenmeister zuckte wie ein geprügelter Hund zusammen.

»Nein, nein, Herrin«, versicherte dieser und verneigte sich kriecherisch. »Ich, äh, die Hafengesetze sehen vor, dass …«

Dystariel fletschte die Zähne und fuhr knurrend ihre Krallen aus.

»In diesem Fall machen wir natürlich eine Ausnahme. In diesem Sinne …« Der Hafenmeister ballte seine Rechte zur Faust und schlug sich mit dieser vor die Brust. »Sieg, Ihrer Drachenköniglichen Majestät Morgoya! Mögen die Schatten mit Euch sein. Worauf wartet Ihr, Männer, ab in die Baracken mit euch!«

Der Trupp machte hastig kehrt und marschierte fluchtartig wieder zurück in den Nebel.

Dystariel beugte sich unbeeindruckt zu dem Klabauter vor. »Mir scheint, Euer ach so tollkühner Plan war nicht sonderlich gut durchdacht. Oder, Kapitän Dragar?«

»Pah, ich weiß gar nicht, was du hast.« Koggs tat die Bemerkung mit einer unwirschen Geste ab. »Du warst natürlich die ganze Zeit über fester Bestandteil meines Plans. Ich konnte ja nicht ahnen, dass du Schattenhummer dir so lange Zeit mit deinem Auftritt lassen würdest.«

»Statt hier rumzustehen, sollten wir uns besser überlegen, wie wir vorgehen.« Auch Fi trat aus dem Dunkeln. Sie trug jetzt eine derbe Leinenhose und eine lederne Weste. Ihre spitzen Ohrmuscheln hielt sie unter einem Kopftuch verborgen.

»Dazu müssten wir wissen, wo diese Drachenburg überhaupt steht«, mischte sich Kai ein.

»Weiter flussaufwärts«, rasselte Dystariel. Die Gargyle hob ihren pfeilförmigen Schwanz und deutete gen Westen. »Die alte Burg ist kaum zu übersehen. Nur sollten wir nicht vergessen, dass sie bestens bewacht wird. Um unerkannt hineinzugelangen, bedarf es eines guten Plans.«

»Da verlasst euch ruhig wieder auf mich«, verschaffte sich Koggs Gehör. »Hier in Alba gibt es noch immer Männer und Frauen, die tapfer Widerstand gegen die Nebelhexe leisten. Mit einem von ihnen werde ich euch heute Nacht bekannt machen. Packt also eure Sachen zusammen, wir brechen in wenigen Augenblicken auf.«

Fi lächelte Kai auffordernd zu, und während Koggs seinen Männern letzte Anweisungen gab, holte Kai sein Gepäck aus dem Schiffsbauch. Als er wieder an Deck trat, entdeckte er Olitrax auf einer der Rahen. Der kleine Drache blickte seltsam starr in Richtung Land, und einen Moment lang glaubte Kai, dass seine Augen in einem rötlichen Licht schimmerten. Kai blinzelte, doch da sauste Olitrax bereits zu ihm herab und setzte sich auf seine Schulter. Kai musste an Äschengrunds Worte damals in der Höhle zurückdenken. Der kauzige Magister war davon überzeugt, dass in Olitrax ein seltenes Feuer schlummere. Doch Olitrax wirkte nun wie immer. Erwartungsvoll schlug der Drache mit den Schwingen.

»Tut mir leid, mein Kleiner«, murmelte Kai bedauernd. »Aber ich fürchte, du musst hier auf dem Schiff bleiben. In Alba dürfte ein Drache zu viel Aufmerksamkeit erregen.«

Empört schnaubte ihm Olitrax einen Rauchkringel entgegen. »Mir wäre es auch lieber, wenn du in meiner Nähe bleiben würdest. Aber wir brauchen jemanden, der mich findet, falls es zu Komplikationen kommt. Verstehst du mich?«

Olitrax peitschte verstimmt mit seinem Schwanz und stieg beleidigt zu einer der Rahen auf. Kai sah dem Drachen unglücklich nach. Doch solange er nicht wusste, was sie hier in Alba erwartete, wollte er Olitrax keinen unnötigen Gefahren aussetzen.

Mit schlechtem Gewissen schloss er zu seinen Gefährten auf, die sich bereits am Landungssteg versammelt hatten. Dystariel war nicht mehr zu sehen, doch Kai war sich sicher, dass sie irgendwo in der Düsternis um sie herum ein wachsames Auge auf sie hielt.

»Gut, lasst uns aufbrechen«, kommandierte Koggs, der sich aufmerksam umsah. Dann stapfte er zielstrebig los.

»Quiiitsss?«, flüsterte Kai und sah sich um. Eine der Nebelschwaden stieg vor ihm auf und manifestierte sich zu einem grässlichen Kürbisschädel.

»Mein junger Herr hat gerufen?«, säuselte der Poltergeist unwillig.

»Du könntest dich nützlich machen und etwas voranschweben, damit wir gewarnt werden, falls sich eine Gefahr nähert.«

»Ah, wieder eine dieser Aufgaben, die meinen Intellekt bis zur Neige strapaziert«, spottete der Geist. »Ich hatte mich schon gefragt, wann es wieder so weit ist.«

»Verdammt, Quiiiitsss!«, fluchte Kai.

»Schon gut, schon gut«, maulte der Geist und verschwand im Nebel. Kai hob die Laterne am Ende seines Zauberstabes und hastete hinter seinen Freunden her. Sie durchquerten ein dunkles Viertel, in dem dicht an dicht rußgeschwärzte Häuser die Straßenzüge säumten. Der neblig kalte Wind säuselte an den Mauern entlang, klapperte an Fensterläden und ließ Kais Laterne schaukeln, sodass bizarre Schattenspiele zwischen den Häuserfronten tanzten.

Kai schauderte. Die Straßen, die sie nun passierten, waren bis zu den Knöcheln mit schlammigem Unrat übersät. Überall hing der Gestank von ranzigem Tran und verrottenden Fäkalien in der Luft. Dort wo alte Pflastersteine aus dem Untergrund ragten, hallten ihre Schritte gespenstisch durch den Nebel, doch niemand zollte ihnen Beachtung. Die Gassen lagen menschenleer vor ihnen. Dennoch beschlich Kai zunehmend das Gefühl, dass sie beobachtet wurden.

»Niemand, der es unbedingt muss, verlässt in Alba nachts sein Haus«, sagte Fi, die bemerkte, wie Kai argwöhnisch einen ebenso düsteren wie verwahrlosten Hinterhof musterte, an dem sie vorbeimarschierten. »Denn die Nacht gehört den Kreaturen Morgoyas.«

»Du meinst sicher nicht nur die Gargylen?«

»Nein, es gibt noch viele andere. Und am gefährlichsten sind jene, die auf den ersten Blick harmlos wirken.« Fi deutete mit ihrem Bogen zu einem Abfallhaufen. Als sie an dem Müllberg vorbeikamen, entdeckte er drei fette Ratten mit räudigem, schwarzem Fell, deren Augen im Licht der Laterne rot aufblitzten. Ohne Scheu blieben die Nager auf dem Unrat hocken und starrten sie lauernd an.

»Es heißt, die Ratten Albas dienen Morgoya«, wisperte Fi, als sie an den Tieren vorbeigeschlüpft waren. »Sie sind ihre Augen und Ohren in der Stadt und berichten der Elenden angeblich alles, was sie sehen.«

Kai schluckte und unterdrückte den Zwang, sich noch einmal zu den Tieren umzudrehen. Unter Koggs Führung erreichten sie einen großen Platz, der von zwei auffallend großen Patrizierhäusern mit breiten Säulen flankiert wurde. Von Quiiiitsss war weit und breit nichts zu sehen, allerdings war der dunkle Nebel hier auch besonders dicht. Die Nebelschwaden stiegen durch Ritzen und Fugen im Pflastergestein. Mit ihnen drang ein ekliger Fäulnisgestank in Kais Nase.

»Herrje, woher kommt das?«, fragte er Fi.

»Unter uns befindet sich die Kanalisation der Stadt«, flüsterte die Elfe. »Sie erstreckt sich unter Alba als düsteres Netz aus Tunneln und Kavernen. Zwerge haben sie einst im Auftrag der Drachenherz'schen Könige gebaut. Doch ich will nicht wissen, wozu sie heute dient.«

Koggs ermahnte sie weiterzugehen, und so passierten sie die kolossale Basaltstatue einer gebieterisch wirkenden Frau, die ein schwarzes Zepter in den Händen hielt. Kai ahnte, wen das Standbild darstellte: Morgoya!

Die Statue der Nebelkönigin erhob sich als Frau mit wallenden Haaren. Ihr strenger Blick war dem Horizont zugewandt und auf dem Haupt trug sie eine stattliche Krone. Um ihre Schultern lag eine gefiederte Schlange mit schwarzen Fledermausschwingen, aus deren Maul lange Giftzähne ragten.

Plötzlich stellten sich Kais Nackenhaare auf und schon tauchte Quiiiitsss neben ihm auf. »Ich schätze, das ist die Nebelkönigin«, raunte der Poltergeist. »Schaut sie Euch nur gut an, junger Herr.«

»Ich bin Morgoya bereits in den Schattenklüften des Albtraumgebirges begegnet«, antwortete Kai ihm schroff. »Ich kenne sie bereits.«

»Nein«, widersprach Fi. »Glaube nicht, dass Morgoya in Wirklichkeit so aussieht. Das ist lediglich das Bild, das sie der Öffentlichkeit präsentiert.«

»Ich weiß«, sagte Kai nachdenklich. »Morgoya soll durch ihre zahlreichen Schattenpakte inzwischen völlig verunstaltet sei. Aber ehrlich gesagt, ist mir das egal. Mich interessiert viel mehr, was das für eine Kreatur ist, die sie da bei sich trägt.«

»Eine schwarze Amphitere!«, klärte ihn Fi auf. »Eine dämonische Kreuzung aus Schlange und gefiedertem Dämon. Ihr Biss vermag das Opfer zu lähmen. Angeblich hält sich Morgoya eine von ihnen als Vertraute.«

Koggs, der nun ebenfalls an ihre Seite trat, spuckte aufs Pflaster. »Von diesen Statuen stehen sieben in Alba, mit denen sie sich vor ihren Untertanen jeweils für eine angeblich begangene Heldentat brüstet.«

Kai fand am Sockel eine Inschrift und übersetzte sie.

Heil der Gebieterin Morgoya Drachenherz,
Befreierin Albions und Bezwingerin Tornadors.
Möge ihr Schatten nie vergehen!

»Wer soll das sein, dieser Tornador?«, wollte er wissen.

»Ein finsterer Sturmgeist, den die Winde des Nordmeers vor vielen Jahrhunderten nach Albion verbannt haben«, krächzte der Klabauter. »Es heißt, seine Macht sei nun an die Schratzacken im Norden Albions gebunden. Er vermag das Gebirge nicht mehr zu verlassen. Zum Leidwesen der dortigen Bewohner. Glaub mir, nach allem was man hört, war seine Gesinnung nicht viel besser als die von Morgoya selbst. Und wahrscheinlich stand er ihr bloß im Wege.« Koggs schnaubte verächtlich. »Also, wenn du Morgoya begegnest, dann fackele sie ab. Und ihr widerliches Schoßtierchen gleich mit. Und jetzt weiter. Wir haben unser Ziel bald erreicht.«

Der Klabauter führte sie zügigen Schrittes an einem der düsteren Patrizierhäuser vorbei in ein ehemals besseres Stadtviertel. Obwohl Fenster, Fassaden und Treppenaufgänge der dortigen Häuser von dem milchigen Nebel tief verschleiert wurden, konnte man den Bauten noch immer die einstige Pracht anmerken. Ein Heer von Ratten wimmelte durch die Dunkelheit. Die Nager hockten auf Treppenaufgängen, baumelten von Dachsimsen herab und durchwühlten den Müll nach Essbarem.

Koggs blieb plötzlich stehen und humpelte auf seinem Holzbein entschlossen zu einem der Hauseingänge. In einem eigentümlichen Rhythmus klopfte er gegen die Tür. Als sich niemand in dem Gebäude rührte, wiederholte er sein Klopfzeichen.

Aus dem Innern des Gebäudes war eine zischende Stimme zu vernehmen. »Wer da?«

»Koggs.«

»Warte.« Nach einiger Zeit öffnete sich eine Seitenpforte, die zu einem Hinterhof führte. Koggs bedeutete Kai, die Laterne zu löschen und gemeinsam schlüpften sie hindurch. Eine übel stinkende Gestalt führte sie hektisch an modernden Regentonnen vorbei zu einem schmalen Hintereingang. Dort roch es schwach nach Suppe und ranzigem Öl.

Hastig schloss der Fremde die Tür hinter ihnen, nahm eine Tranlampe mit winziger Flamme zur Hand und drehte den Docht höher. Endlich wurden die Lichtverhältnisse etwas besser. Wie Kai vermutet hatte, standen sie in einer alten Wohnküche von deren Wänden fleckiges Kochgeschirr hing.

»Koggs Windjammer!«, zischelte der Fremde ungläubig und enthüllte beim Sprechen zwei große abstoßende Schneidezähne. »Wie lange ist das jetzt her? Drei Jahre? Vier Jahre? Ich dachte schon, sie hätten dich erwischt.«

Vor ihnen stand ein magerer Mann mit dünnen Haaren, fliehender Stirn und großen Segelohren, der seinen Körper unter einem mausgrauen Gewand mit zahlreichen Flicken verbarg.

»Zwei Jahre und neun Monate, Matiz.« Koggs beäugte sein Gegenüber aufmerksam. »Du hast dich ziemlich verändert, mein Freund. Nicht gerade zum Vorteil, wenn ich das sagen darf. Geht es dir gut?«

»Den Umständen entsprechend.« Matiz leckte sich unruhig über die langen Schneidezähne, während er Kai und Fi von oben bis unten musterte. »Hunger und Krankheiten haben uns hier in Alba in den letzten Jahren schwer zugesetzt. Man muss sehen, wie man durchkommt.«

Kai und Fi warfen sich betretene Blicke zu.

Koggs griff unter seine Uniform und stellte ein Bündel auf den Tisch. »Hier für dich. Zucker, Dörrfleisch und Tee.«

Matiz' große Ohren zuckten und ein gieriger Ausdruck huschte über sein Gesicht. Hastig riss er das Bündel auf und schnüffelte daran.

»Dörrfleisch, Zucker … Wie lange schon habe ich auf solche Köstlichkeiten verzichten müssen.« Er ließ sich auf einen Hocker fallen, nahm eines der harten Fleischstücke an sich und vergrub seine Zähne darin. Noch im Kauen knüpfte er den Zuckerbeutel auf, schaufelte sich eine Handvoll der weißen Kristalle in den Mund und lutschte sich hechelnd die dürren Finger ab. Dann wurde ihm bewusst, dass er beobachtet wurde. Von einem Moment zum anderen hielt er in seinem eigentümlichen Tun inne.

»Ihr seid doch sicher nicht ohne Grund hier, oder?«, fragte Matiz argwöhnisch. »Ehrlich gesagt ist das Schmuggelgeschäft schwierig geworden. Hin und wieder schaffe ich noch den einen oder anderen über die Kanalisation vor die Stadtmauern. Aber davon abgesehen … Hier ist schon lange keiner mehr vorbeigekommen, der aufs Festland gebracht werden wollte. Ich hätte auch nicht gewusst, wie.«

»Tut mir leid, ich hatte in den letzten Jahren viel zu tun«, sprach Koggs gedehnt und zog sich nun seinerseits einen Hocker heran. »Matiz, wir müssen in die Drachenburg.«

Der Schmuggler stieß ein heiseres Kichern aus, verstummte aber, als er merkte, dass es seinen Besuchern ernst damit war.

»Ihr … ihr wollt in die Drachenburg?«, stammelte er ungläubig. »Das ist unmöglich. Viel zu gut bewacht.«

»Wir vermuten, dass Bilger Seestrand dort eingekerkert ist.«

Bei der Erwähnung des Klabauters zuckte Matiz unmerklich zusammen.

»Du hast doch damals mal erzählt, dass du den einen oder anderen Wächter der Burganlage kennst«, hub Koggs erneut an.

»Ach.« Fahrig winkte Matiz ab. »Die Drachenburg besitzt einen neuen Kommandanten: Barabas Schwarzmantel. Du solltest bereits von ihm gehört haben. Schwarzmantel hat dort über die Jahre eine ganze Menge Leute ausgetauscht.«

»Barabas Schwarzmantel?« Fi trat aufgeregt an den Tisch. »Ist das nicht dieser niederträchtige Hexenmeister, der damals in den nördlichen Seenlanden sein Unwesen getrieben hat? Ich dachte, er sei von König Drachenherz gestellt und wegen seiner Menschenexperimente angeklagt worden.«

»Ja, das ist er.« Matiz musterte die verkleidete Elfe aufmerksam. »Schwarzmantel ist entkommen und hat sich nur wenige Jahre nach Morgoyas Umsturz der Nebelkönigin unterworfen. Vor zwei Jahren wurde er von ihr als neuer Protektor Albas eingesetzt, nachdem der letzte, nun ja, dem Gargylenkönig in die Quere gekommen war.« Matiz blähte unruhig seine Nasenflügel und fuhr sich erneut mit der Zungenspitze über die ungewöhnlich langen Zähne. »Jeder weiß, dass Schwarzmantel die Gefangenen der Drachenburg als Versuchsobjekte für seine finsteren Forschungen missbraucht. Schätze, es ist Morgoya egal, solange der Hexenmeister ihr gegenüber seinen Verpflichtungen nachkommt. Sagt bloß, Ihr wusstet das nicht?«

»Lass das nur unsere Sorge sein«, antwortete Koggs mit gerunzelter Stirn.

»Ich habe gehört, dass in der Drachenburg auch magische Schätze gehütet werden«, mischte sich Kai ein.

»Ja, in der Schatzkammer der Könige. Und die liegt gut bewacht im Sternenturm.« Matiz betrachtete nun auch Kai mit einem prüfenden Blick. »Dort lagen bis vor dem Umsturz die Drachenherz'schen Krönungsinsignien. Sie sind unermesslich wertvoll und heute natürlich im Besitz Morgoyas. Der Sonnenrat bestimmte vor mehreren Hundert Jahren die Schatzkammer im Sternenturm auch dazu, dort mächtige arkane Artefakte einzulagern, derer man nicht Herr wurde oder die man nicht zu zerstören wagte.« Abermals huschte ein merkwürdiger Ausdruck über Matiz' Gesicht. »Dreimal dürft ihr raten, wer heute in diesem Turm lebt?«

»Barabas Schwarzmantel«, antwortete Kai.

Matiz verzog seine dürren Lippen zu einem spöttischen Grinsen und nickte. »Lasst mich raten. Ihr seid nicht allein auf der Suche nach Bilger Seestrand, oder?«

Kai, Koggs und Fi warfen sich knappe Blicke zu.

»Vielleicht. Vielleicht auch nicht«, murrte der Klabauter. »Wichtig ist nur, dass wir in diese krakenverfluchte Burg gelangen. Matiz, du kennst die Schlupfwinkel Albas besser als jeder andere hier. Ich frage dich also noch mal. Kannst oder willst du uns nicht helfen?«

Die großen Ohren ihres Gegenübers zuckten unruhig und Matiz quälte sich ein Lächeln ab. »Nicht doch, Koggs. Der alte Matiz tut was er kann. Nur ist das eben nicht viel. Ich weiß nur, dass auf dem Hof der Drachenburg ein altes Brunnenhaus steht, das heute nicht mehr benutzt wird. Der Brunnenschacht führt hinunter in die Kanalisation der Stadt. Leider wird dieser Schacht oben durch ein Eisengitter versperrt, durch das man von unten nicht hindurchkommt. Einen anderen Weg kenne ich nicht. Aber ich habe Freunde hier in Alba. Wenn ihr wollt, werde ich sie um Rat fragen. Ihr bleibt solange hier und spätestens morgen früh werden wir euch …«

»Nein, dafür bleibt uns keine Zeit«, widersprach Fi energisch. »Ich spüre mit jeder Faser meines Körpers, dass wir noch heute Nacht in die Drachenburg müssen.«

»Noch heute Nacht?«, winselte Matiz.

»Hast du etwa einen anderen Plan?«, wollte Koggs von Fi wissen.

Fi seufzte. »Matiz, wäre es Euch möglich, uns über diese Kanalisation gegebenenfalls wieder aus der Burg hinauszuschaffen?«

»Na ja«, meinte der Schmuggler gedehnt. »Ich kann da unten gern auf euch warten. Im Notfall könnte ich euch dann über die alten Tunnel bis vor die Mauern der Stadt bringen. Aber wie soll euch das bei eurem Problem helfen?«

»Das ist nur ein Gedanke für den Notfall«, sagte Fi. »Falls unsere Flucht aus der Burg anderweitig misslingt. Denn wenn ich es mir recht überlege, ist es sehr viel einfacher, in die Burg hineinzugelangen, als hinaus.«

»Wie bitte?«, fragten Kai und Koggs wie aus einem Munde.

»Denkt doch nach.« Fi zog sich das Tuch vom Kopf und enthüllte unter Matiz' überraschten Blicken ihre spitzen Elfenohren. »Wir besitzen doch eine Verbündete, die mehr als geeignet ist, uns in die Drachenburg zu schaffen. Nur benötigt sie dafür einen Anlass. Was haltet ihr also von einem Gefangenentransport?«

Die Drachenburg

Ich gebe zu, das ist mal ein Plan ganz nach meinem Geschmack«, rasselte Dystariel spöttisch, während sie Kai, Fi und Koggs durch die Nebelschwaden trieb. Sie marschierten an einer schlickigen Uferstraße mit verwahrlosten Häusern entlang und waren wie Strafgefangene mit Stricken aneinandergebunden. Die Fesselung wirkte auf den ersten Blick äußerst fest, doch jeder von ihnen konnte mit nur wenigen Griffen die Knoten lösen und sich schnell wieder befreien. »Von nun an kein störendes Elfengeschwätz mehr und auch kein prahlerisches Seemannsgarn, das einen bloß davon abhält, sich zu konzentrieren.«

»Ich trete dir gleich in deinen Basaltarsch, du Krustenmuräne!«, knurrte Koggs, dem es besonders schwergefallen war, sich anbinden zu lassen. Die Gargyle hatte außerdem darauf bestanden, dass sich Elfe und Klabauter von ihren Waffen und Gepäckstücken trennten. Dafür hatte sie Kai, der am harmlosesten von allen wirkte, zum Packesel der kleinen Truppe bestimmt. Ächzend unter der Last stolperte er hinter seinen Gefährten her. Der eigentliche Grund dafür aber war, dass Dystariel einen Anlass brauchte, ihm seinen Zauberstab zu lassen. Noch immer baumelte die Laterne an dem Stab, die bei jedem Schritt heftig hin und her schwankte. Und spätestens jetzt zweifelte er daran, ob Fis Idee wirklich so gut gewesen war. Aber ein Zurück gab es nicht mehr.

Vor ihnen schälte sich eine gewaltige Burganlage aus dem Dunst, deren granitene Mauern und Wehren schroff und abweisend zum Nachthimmel aufragten. Die Zinnen der Türme lagen so hoch, dass sie von dem Nebel, der auf Stadt und Burg lastete, vollständig verschluckt wurden. Der große Komplex wurde von einem breiten Wassergraben umrahmt. Graue Schwaden trieben über die schwarze Brühe, die die Anlage vom Rest der Stadt trennte. Sicher war ihre Ankunft längst bemerkt worden.

»Schneller, elende Brut«, röhrte die Gargyle mit lauter Reibeisenstimme und peitschte mit ihrem Schwanz bekräftigend auf das Straßenpflaster. Geradewegs stampfte sie auf eine wuchtige Holzbrücke zu, die sich über einen Graben zum Hauptportal der Drachenburg spannte. Schließlich erreichten sie ein mächtiges Tor, das mit einem schweren Fallgatter gesichert war. Dystariel zog einmal kräftig an den Seilen, mit denen Kai, Koggs und Fi gefesselt waren, sodass sie alle der Länge nach hinstürzten. Die Gargyle lachte dröhnend. Kai stemmte sich mit schmerzenden Gliedern wieder auf und spürte, wie ihm Fi dabei half.

»Dystariel gefällt sich in ihrer Rolle offenbar sehr gut«, zischte sie. Kai verbiss sich eine Antwort, denn die Gargyle breitete jetzt ihre Schwingen aus und rüttelte ungehalten am Fallgatter.

»Aufmachen!«, röhrte sie zum Torhaus empor. »Und zwar schnell. Sonst komme ich zu euch hoch und mach euch Beine, ihr lausigen Ratten!«

Hinter den Mauern war das Knarren mächtiger Walzen zu hören. Stück für Stück ruckelte das Fallgatter in die Höhe und enthüllte am unteren Ende lange Eisendornen.

Unter dem Kommando der Gargyle marschierten sie durch das mächtige Tor hindurch und erreichten einen großen, von Fackeln beleuchteten Vorhof, hinter dem sich eine zweite, noch etwas höhere Ringmauer befand. Diese Mauer wurde von mehreren breiten Türmen durchbrochen, die hoch zum verschleierten Himmel aufragten. Jenseits der Zinnen waren schemenhafte Bewegungen auszumachen.

Kai schloss ergeben die Augen, während sie auf ein zweites Tor zumarschierten, dessen Fallgatter bereits hochgezogen war. Auf ihn wirkte es wie der Schlund eines Ungeheuers, dem sie sich freiwillig zum Fraß anboten. Kaum hatten sie auch dieses Hindernis passiert, traten fünf Soldaten mit Drachenhelmen aus dem Dunst. Morgoyas Kriegsknechte waren in schwarze Harnische gehüllt, über denen sie Umhänge mit dem schwarz-roten Drachenwappen der Nebelkönigin trugen. Abgesehen von einem vorausmarschierenden Wachkommandanten, dessen gepanzerte Rechte lässig auf dem Griff eines Schwertes ruhte, waren die Soldaten mit Lanzen bewaffnet.

»Morgoya zum Gruß, Herrin!« Der Anführer der Truppe salutierte vor Dystariel und die Gargyle schnaubte zufrieden. Ihr Gegenüber besaß harte Augen und kantige Gesichtszüge. Kai sah, dass dem Mann ein Stück seines Kiefers fehlte.

»Ihr gehört nicht zu den Festungsgargylen, oder?«, wollte der Wachhabende wissen.

»Nein«, rasselte Dystariel und bleckte die Reißzähne. »Und Ihr werdet mir sicher gleich sagen, wer Ihr seid!«

»Hauptmann Eiron. Mir obliegt diese Nacht die Wachaufsicht. Ihr bringt uns Gefangene?« Der Hauptmann musterte Koggs, Fi und Kai mit scharfem Blick. »Sagt uns, was Ihr ihnen zur Last legt und wir kümmern uns um sie.«

Dystariel legte ihren Kopf schief und hob ihre Schwingen. »Damit ihr den Lohn meiner Mühen kassiert, ihr lausigen Strolche? Nein. Die sind für Schwarzmantel persönlich bestimmt.«

»Für Seine Lordschaft?«, sprach der Hauptmann und hob fragend eine Augenbraue. Es war das erste Mal, dass der Fremde so etwas wie eine Gefühlsregung zeigte. »Er gibt sich mit einfachen Gefangenen für gewöhnlich nicht ab.«

»Sieht die hier aus wie eine einfache Gefangene?« Dystariel trat an Fi heran und hob mit einer ihrer Krallen ihr helles Haar an, sodass ihre spitzen Elfenohren sichtbar wurden. Fi schüttelte wütend ihr Haupt. Die Soldaten warfen sich überraschte Blicke zu.

»Eine Elfe?« Der Hauptmann wirkte ehrlich überrascht und betrachtete nun Koggs genauer. »Und ein Klabauter. Erstaunlich. Was trägt dieser dünne Wurm da hinten bei sich? Gefangenen ist es verboten, Waffen und Gepäck mit sich zu führen.« Er trat an Kai heran und streifte mit seinem Blick die Last, die er auf dem Rücken trug.

»Das sind …«, hub Kai an und sah im nächsten Moment eine gepanzerte Faust auf sich zufliegen. Er wankte, ging zu Boden und hatte das Gefühl, als ob seine linke Gesichtshälfte in Flammen stehen würde.

»Du sprichst nur, wenn du gefragt wirst, du Made. Hast du mich verstanden?« Hauptmann Eiron trat über ihn und durchbohrte ihn förmlich mit seinem Blick. Kai stöhnte und unterdrückte den Wunsch, den Mann in eine lebende Fackel zu verwandeln.

»Der Schiffsjunge. Ich habe ihn zu meinem Lastesel bestimmt.« Dystariel trat ungerührt neben Kai, zog ihn unsanft wieder auf die Beine und öffnete seinen Rucksack. Sie holte den grünen Dschinnenkopf aus Murguraks Nachtschattenturm hervor, den Kai schon seit Wochen mit sich führte.

»Magische Artefakte«, röhrte sie und stopfte das Objekt wieder zurück. »Diese drei sind Schmuggler vom Kontinent. Schwarzmantel soll selbst entscheiden, was von ihren Mitbringseln nützlich ist.«

Der Hauptmann nickte. »Gut, für die Elfe wird sich Seine Eminenz ganz sicher interessieren. Wohl auch für den Klabauter. Was allerdings diesen aufsässigen Wurm betrifft«, er deutete auf Kai, »für den wird er ganz sicher keine Verwendung haben. Den können wir gleich zum Hafen bringen. In Kürze läuft die *Seekrake* aus und es mangelt an Rudersklaven, die noch bei Kräften sind.«

»Nein!« Die Gargyle sah den Hauptmann lauernd an. »Das sind meine Gefangenen. Und mit dem Kleinen habe ich noch etwas Besonderes vor. Ihr bekommt ihn erst, wenn ich mit ihm fertig bin.« Dystariel stieß ein rasselndes Gelächter aus, in das die Soldaten zögernd einstimmten. »Und nun lasst uns diese Farce beenden. Tretet beiseite.«

»Entschuldigt, Herrin.« Hauptmann Eiron rührte sich nicht vom Fleck und blickte ohne eine Miene zu verziehen zu Dystariel auf. »Wir haben unsere Befehle. Vom Burgpersonal abgesehen hat niemand Zutritt zur Drachenburg.«

»Wollt ihr Ratten mir etwa weismachen, dass die Nebelkönigin auch nur einem von euch mehr vertraut als uns Gargylen?« Dystariel fuhr drohend ihre Krallen aus. »Ihr tretet jetzt beiseite oder ich zerreiße euch in kleine Stücke.«

»Was ich damit zum Ausdruck bringen wollte«, antwortete der Hauptmann beherrscht, »ist, dass ich Euch aus diesem Grund zwei meiner Leute mitgeben werde, die Euch offiziell zur Stube von Secretarius Stenzel begleiten. Er ist, nun ja, sagen wir einmal der persönliche Gehilfe Seiner Lordschaft. Ich hoffe, das findet Eure Zustimmung?«

»Ja, das findet sie«, grollte die Gargyle.

Der Hauptmann kommandierte zwei seiner Männer ab, die zackig die Hacken zusammenschlugen. Einer von ihnen ergriff eine Fackel, die unweit im Mauerwerk des Torhauses steckte, während der andere Dystariel das Zeichen gab, ihnen zu folgen. Die Gargyle zerrte grob an dem Strick und Koggs, Fi und Kai liefen wieder los. Der Wachkommandant und seine übrigen Männer starrten ihnen hinterher und wurden irgendwann vom grauen Dunst verschluckt.

Kai atmete erleichtert aus und das, obwohl immer offenkundiger wurde, dass ihr Plan nicht ganz so verlief, wie sie es sich erhofft hatten.

»Seltsam«, murmelte Fi. »Ich hätte nicht gedacht, dass Morgoya Secretarius Stenzel am Leben lassen würde.«

»Wieso, wer ist das?«, wisperte Kai, dem gerade bewusst wurde, wie gewaltig die Drachenburg war. Sie ließen soeben einen verlassenen Paradeplatz hinter sich und kamen nun an Kasernen und Pferdeställen vorbei, vor denen mehrere Soldaten herumlungerten.

»Stenzel war der oberste Reichsberater von König Drachenherz«, antwortete Fi leise. »Er leitete damals das königliche Archiv, und Seine Majestät Drachenherz vertraute ihm alle organisatorischen Obliegenheiten an. Er galt als überaus loyal und anständig.«

»War wohl ein Irrtum.« Kai versuchte, im Nebel etwas zu erkennen. Ihn beunruhigte die Anzahl der Türme, die wie dunkle Riesen in den Nebelschwaden rings um sie herum aufragten. Bislang hatte er bereits sieben zählen können und soeben schälte sich hinter einer Barackenzeile ein achter Turm aus dem Dunst. Wie sollten sie da diesen verdammten Sternenturm mit der Schatzkammer finden, von dem ihnen Matiz berichtet hatte?

Unvermittelt kam ihr Gefangenentransport zum Stehen und Kai stolperte gegen Fi. Koggs, der ganz vorn lief, war gestürzt. Oder hatte er sich bewusst fallen lassen? Bevor ihre beiden Führer reagieren konnten, war Dystariel bei ihm und stellte den Klabauter unsanft wieder auf die Füße. »Na, verlässt dich der Mut, elender Schmuggler? Ich kann dir gern jetzt schon den Wanst aufreißen.«

Koggs flüsterte ihr etwas zu, was Kai nicht verstand, doch Dystariel zeigte mit keiner Regung, ob sie ihn gehört hatte. Dafür knuffte Fi leicht gegen Kais Brust und machte ihn mit dem Kinn auf ein altes Backsteingebäude mit löchrigem Schieferdach aufmerksam.

»Das muss dieses Brunnenhaus sein, von dem Matiz gesprochen hat«, hauchte sie. »Merk dir, wo es steht.«

Kai sah sich verzweifelt um. Wie denn? Er hatte schon jetzt Probleme, sich in dieser Burganlage zurechtzufinden.

»Und jetzt weiter, ihr dreckigen Hunde«, röhrte die Gargyle. Doch kaum hatten sie sich wieder in Bewegung gesetzt, ließ sie die drei abermals anhalten.

»He, ihr beiden«, machte sie die Soldaten auf sich aufmerksam. »Ich habe mich anders entschieden. Wir bringen das Gewürm doch erst in den Kerker.«

»Wie Ihr wünscht, Herrin.«

Die Männer änderten die Richtung und marschierten auf einen Turm zu, vor dem zwei weitere von Morgoyas Soldaten Wache hielten. Als die beiden Dystariel im Nebel auf sich zustapfen sahen, strafften sich ihre Gestalt und sie nahmen Haltung an.

»Neue Gefangene!«, röhrte die Gargyle.

Die Soldaten streiften die vermeintlich Gefesselten mit geringschätzigen Blicken. »Ist einer von ihnen für die Rattengrube bestimmt oder wollt Ihr erst zum Kerkermeister geführt werden?«

»Bringt uns zum Kerkermeister«, antwortete Dystariel.

Die Soldaten führten sie durch einen beklemmend niedrigen Gang. Von irgendwoher waren gedämpfte Schreie zu hören, die vom rhythmischen Klatschen einer Peitsche begleitet wurden. Nachdem sie sich an Wachstuben und vergitterten Türen vorbeigeschoben hatten, erreichten sie eine ausgetretene Steintreppe, die tiefer hinab zu den Verliesen führte. Verbrauchte Luft schlug ihnen entgegen, die nach Schweiß und Blut roch. Sie gelangten in ein großes Tonnengewölbe: die Folterkammer.

In einer Ecke stand eine eiserne Jungfrau, auf Bänken und Schemeln lagen Zangen, Messer und Daumenschrauben, und nur wenige Schritte von der Tür entfernt glühten Kohlen in einer Wanne. Sie wurden von einem Hünen mit einem Blasebalg bearbeitet, dessen Kopf im Gegensatz zum restlichen Körper seltsam klein und deformiert wirkte. Der Mann sah auf und glotzte ihnen schwachsinnig entgegen. Als er die Gargyle sah, stieß er ein debiles Lachen aus.

»Herrrrin … Herrrin …«

»Wo ist Meister Atax?«, sprach ihn einer der Soldaten mit schneidender Stimme an.

»Ataksch kommt gleich«, lallte der Folterknecht und entblößte dabei faulige Zahnstummel. »Holt 'nen Neuen.«

Aus einem der Nachbargänge ertönten Schritte. Im roten Licht der Kohlen tauchte zu Kais Bestürzung ein dickbäuchiger Zwerg mit verfilzten Haaren und Lederschürze auf, der grob einen verschmutzten und ausgehungert wirkenden Mann vor sich her stieß. Die Hände des Mannes waren gefesselt und in seinem Mund steckte ein Knebel, doch als er die Gargyle sah, riss er panisch die Augen auf.

»Sieh an, hoher Besuch?«, schnarrte der Zwerg und stieß den Gefangenen unsanft zu einer Streckbank, vor der er der Länge nach hinschlug. Der Foltermeister musterte Dystariel fragend. »Was verschafft mir die Ehre, Herrin? Es kommt nur selten vor, dass mich hier unten jemand aufsucht.«

Dystariel bleckte die Reißzähne und Kai bemerkte, dass sie die Folterkammer unauffällig musterte. Zusammen mit dem Zwerg und seinem Gehilfen hatten sie es mittlerweile mit sechs Gegnern zu tun. Verflucht, was hatte Dystariel vor?

»Sagt nur, Ihr müsst Euch hier ganz allein um die Gefangenen kümmern?«, röhrte sie in gespieltem Interesse.

»Na ja, früher waren wir mehr, aber es ist eben Krieg. Und jetzt sagt mir, was Ihr wollt. Ich muss diese Made befragen.« Der seltsame Zwerg gab seinem schwachsinnigen Gehilfen ein Zeichen, den Gefangenen vom Boden aufzulesen und auf der Streckbank festzumachen. »Was sind das überhaupt für Gefangene?«

»Sie sind für Schwarzmantel bestimmt«, rasselte Dystariel und blickte sich zu den Ausgängen um. »Ist die Rattengrube weit entfernt?«

»Nein, gleich da hinten.« Der Foltermeister deutete auf einen der weiterführenden Gänge.

»Na, dann werden die Nager heute viel zu tun bekommen.« Dystariel fuhr unerwartet ihre sichelförmigen Krallen aus und rammte sie einem ihrer beiden Führer in die Brust. Bevor seine überraschten Kameraden reagieren konnten, schlug sie einem weiteren der Soldaten die Reißzähne in den Hals. Einem Dritten sichelte sie mit ihrem Schwanz die Beine weg, sodass dieser schwer zu Boden stürzte. Die erschrockenen Gegner schrien auf und zogen ihre Waffen. Kai nestelte verzweifelt an seinem Knoten, während sich Koggs und Fi längst befreit hatten. Die Elfe warf einen Dolch mit einer blitzschnellen Bewegung nach dem Zwerg und sprang anschließend den am Boden liegenden Soldaten an, während Koggs kurzerhand nach dem Schürhaken im Kohlebecken griff und mit heftigen Hieben auf den schwachsinnigen Folterknecht eindrosch. Als Kai endlich einen Feuerball heraufbeschworen hatte, war der Kampf längst entschieden. Dystariel hockte mit gefletschten Zähnen über dem vierten Soldaten und zog ihre Krallen aus seinem Harnisch. Für Kai sah sie in diesem Moment wie ein finsterer Rachegeist aus. Koggs und Fi hatten ihre Gegner inzwischen ebenfalls bewusstlos geschlagen. Einzig der Zwerg hockte verwirrt am Boden und tastete nach dem Dolch in seiner Schulter. Ungläubig starrte er die Gruppe an, die wie eine Urgewalt über ihn und die Soldaten hereingebrochen war.

»Was … was soll das?«, keuchte er.

Dystariel stapfte mit ausgebreiteten Schwingen auf ihn zu. »Wo ist der andere Klabauter, Elender?«

»Deswegen also. Ihr seid gekommen, um diesen Seekobold zu befreien?«

Koggs drängte sich an Dystariel vorbei und packte den Foltermeister grob an seinem Kittel. »Du sagst uns jetzt, wo sich Bilger aufhält, du widerliche Schattenbrasse.«

»Zwecklos.« Der widerliche Zwerg lachte hämisch und verzog schmerzhaft das Gesicht. »Seine Lordschaft kümmert sich persönlich um ihn.«

Dystariel stapfte zum Glutbecken. Sie schaufelte einige glühende Kohlen in ihre Pranken und trat anschließend wieder an den Zwerg heran. »Mal sehen, ob du uns nicht etwas nützlicher bist, wenn sich dir die Haut in Blasen vom Leib schält.«

»Nicht, Dystariel!« Fi hinderte die Gargyle daran, die heißen Brocken einfach auf den Zwerg fallen zu lassen. »Wenn du das tust, dann sind wir nicht viel besser als sie.«

»Besser ihr hört auf das Spitzohr«, höhnte der Zwerg. »Gargyle hin oder her. Ihr glaubt doch wohl nicht, dass das Gemetzel hier unten lange unentdeckt bleibt. Man wird euch alle zur Rechenschaft ziehen. Und glaubt mir, dann ist es besser, mich zum Freund zu haben.«

»Du hast ganz recht.« Dystariel ließ die heißen Brocken provozierend dicht neben dem Foltermeister zu Boden fallen. Der Zwerg zuckte zusammen und beobachtete argwöhnisch, wohin die glühenden Brocken rollten. »Wie gut, dass wir eine Elfe an unserer Seite haben, die einen daran erinnert, auf welcher Seite man steht. Und zu den Guten passt es eben nicht, dir all das Leid, das du den Gefangenen hier unten zufügst, mit gleicher Münze heimzuzahlen.«

Der Zwerg grinste und Dystariel beugte sich mit schief gelegtem Kopf zu ihm herab. »Bedauerlicherweise gehöre ich nicht zu den Guten.«

Ohne Vorwarnung griff sie nach dem Dolch, der aus der Schulter des Kerkermeisters ragte und drehte ihn um. Der Zwerg bäumte sich unter fürchterlichem Geschrei auf.

»Dystariel, nicht!«, rief Fi.

»Nein, mach weiter«, knirschte Koggs hasserfüllt. »Diese Ratte hat es nicht anders verdient.«

»Beim Unendlichen Licht, seid ihr alle wahnsinnig geworden?«, schrie Kai. »Das dürfen wir nicht tun. Wofür kämpfen wir denn?«

Dystariel riss dem Zwerg den Dolch aus der Wunde und stieß ihm die Klinge kurzerhand in die Brust. Die Augen des Kerkermeisters traten hervor, dann erschlaffte er.

»Besser so, Flamme?« Mit einem rasselnden Laut baute sich Dystariel vor ihm und Fi auf. Noch nie war sie Kai so fremd erschienen. »Der Tod ist immer ein schmutziges Geschäft. Ich bin nicht Licht, aber auch nicht Schatten. Ich stehe im Zwielicht und da draußen herrscht Krieg. Tausende Unschuldige fallen ihm zum Opfer. Also versucht nie wieder, mich daran zu hindern, wenn ich mir die Freiheit nehme, für etwas Ausgleich zu sorgen.«

Dystariel rauschte ohne ein weiteres Wort an Kai und Fi vorbei und sammelte fast spielerisch die vier Toten vom Boden auf. »Ich werde jetzt die Ratten in der Grube füttern gehen. Wenn ich zurückkomme, habt ihr eine bessere Lösung für die beiden dort gefunden.« Sie deutete mit dem Kopf auf den Schwachsinnigen und den verbliebenen Soldaten, die bewusstlos am Boden lagen. »Sonst werfe ich sie hinterher.«

Blass starrte Kai der Gargyle nach, die nun in einem der Gänge verschwand. Sie waren erst kurz in Albion. Und doch spürte er, wie die Schatten nach ihnen griffen. Sie mussten auf der Hut sein.

»Kommt schon, ihr Streichelkarpfen!«, schnarrte Koggs und griff nach einem Schlüsselbund an der Wand. »Lasst uns die beiden fesseln und knebeln. Dann bringen wir sie rüber in eine der freien Zellen. Es sollte eine Weile dauern, bis sie jemand dort findet.«

Kai half Koggs dabei, die Männer zu fesseln, dann schleiften sie die Bewusstlosen zu einem leer stehenden Zellentrakt.

Als sie wieder in die Folterkammer zurückkehrten, stand Fi über den Gefangenen gebeugt, den sie in all der Aufregung fast vergessen hatten. Sie hatte den hageren Mann inzwischen von seinen Fesseln befreit, ihm etwas zu Trinken gegeben und versorgte notdürftig seine Wunden. Aus großen Augen starrte er sie an.

»Koggs«, rief Fi den Klabauter zu sich. »Das hier ist Ludgar. Er ist Steuermann. Und jetzt rate mal, auf welchem Schiff er gedient hat?«

»Etwa auf der *Seefalke*?« Koggs stürmte vor. »Seit wann bist du hier?«

»Etwa seit einer Woche«, krächzte der Mann. Er hustete und nahm einen weiteren Schluck aus dem Wasserschlauch.

»Und was wollte dieser Schmutzzwerg von dir?«

»Rauskriegen, mit wem Kapitän Seestrand in Albion Geschäfte macht.«

»Weißt du, wo sich Bilger befindet? Und was ist mit deinen Kameraden?«

»Die meisten unserer Jungs sind noch am Leben«, stöhnte der Steuermann mit schwacher Stimme. »Sie wurden erst vor einigen Stunden als Rudersklaven zu dieser schwarzen Galeere unten im Hafen verschleppt. Der Kapitän ist aber nicht bei ihnen. Dieser Lord Schwarzmantel hat ihn vor drei Tagen zu sich geholt.«

»Verflucht!« Koggs nahm seinen Säbel und steckte ihn entschlossen zurück in den Waffengürtel. »Du weißt nicht zufällig, wie wir dorthin kommen?«

»Schwarzmantel residiert in einer Bastion im Westen der Burganlage«, sagte der Steuermann. »Auf dem Herweg sind wir dort vorbeigeführt worden. Der Turm ist kaum zu übersehen. Auf den Außenmauern prangen Sterne aus Mondsilber, die sogar im Nebel leuchten.«

»Gut.« Koggs warf dem Mann den Schlüsselbund zu. »Bis zu unserer Rückkehr befreist du so viele Gefangene wie möglich. Und nun lasst uns diese Schattenwerft mal ordentlich auskehren.«

Schatzkammer der Könige

Kai, Fi und Koggs stapften schweigend durch den Nebel, der zwischen den Wehren und Bastionen der Drachenburg hing. Nur das Klappern der Laterne am Ende von Kais Zauberstab und die Schritte auf den gepflasterten Steinen waren zu hören. Hin und wieder schälten sich aus dem Dunst die Umrisse patrouillierender Wachen, doch wann immer die Soldaten Dystariel bemerkten, machten sie eilig kehrt.

Die Gargyle hatte Kai, Fi und Koggs vorsichtshalber wieder mit Stricken aneinandergebunden. Inzwischen näherten sie sich einem Turm mit schlanken, hochaufragenden Umrissen, auf dessen Außenseite in regelmäßigen Abständen silbrig schimmernde Lichtinseln zu sehen waren. Was Kai angesichts der grauen Schwaden für beleuchtete Fenster hielt, entpuppte sich beim Näherkommen als kostbarer Turmschmuck. Über die ganze Turmhöhe erstreckten sich leuchtende Scheiben aus Mondsilber. Sie besaßen die Gestalt von achtzackigen Sternen.

Kai hielt sie für arkane Schutzartefakte, die ein magisches Eindringen in den Turm unmöglich machen sollten.

Dystariel zog sie direkt auf eine breite Treppe zu, die mehrere Schritte hinauf zu einem gewaltigen Doppelportal führte. Zu Kais Erstaunen waren auch die Türflügel mit kostbaren Reifen aus Mondsilber gesichert. Sie erinnerten an überlange

Drachenklauen, und die Zauberglyphen, die darin eingelassen waren, bestätigten seinen Verdacht.

Dystariel hatte kaum die erste Treppenstufe betreten, als am Himmel das Rauschen gewaltiger Schwingen zu hören war. Über ihnen erschien eine großen Gargyle, die unmittelbar vor dem Doppelportal landete. Ihre Krallen kratzten über das Gestein, und ihre Raubvogelaugen schimmerten in einem bedrohlichen Gelb. Provozierend langsam faltete sie ihre Schwingen zusammen.

»Willkommen, Schwester«, röhrte die fremde Gargyle und musterte Dystariel unverhohlen. »Ich hab dich hier noch nie gesehen.«

»Kein Wunder«, rasselte Dystariel und hob ihren pfeilförmigen Schwanz. »Ich unterstehe Kruul persönlich. Bis zur Invasion war ich bei den Einhornwäldern stationiert.«

Die Wächtergargyle schnaubte und beäugte Dystariel weiter misstrauisch. Schließlich warf sie einen Blick auf die vermeintlich Gefangenen. »Ich hab es schon vernommen. Du hast eine dieser stinkenden hinterhältigen Elfen geschnappt. Vielleicht ein Flüchtling aus den Mondsilberminen?« Die Gargyle stieß ein bösartiges Zischen aus.

»Nein«, antwortete Dystariel mit ihrer dunklen Reibeisenstimme. »Schätze, das Spitzohr stammt vom Kontinent. Und das dürfte Seine Lordschaft sicher interessieren.«

»Man hat dich und deine Fracht bereits angekündigt«, röhrte Dystariels Gegenüber. »Wo sind die beiden Wachen, die man dir mitgegeben hat?«

»Ich hab diese Wanzen zurückgeschickt«, rasselte Dystariel. »Ich finde mein Ziel für gewöhnlich alleine.«

Eine Weile starrten sich die Gargylen an, dann gab die Fremde den Weg frei. »Geht die Treppe hinauf und rührt nichts an. Secretarius Stenzel erwartet Euch bereits und wird Euch zu Lordprotektor Schwarzmantel führen.«

Unter bedrohlichem Knarren öffnete sich das Portal.

»Mitkommen!« Dystariel zerrte am Strick und stapfte unbeeindruckt an der fremden Gargyle vorbei. Sie erreichten eine Eingangshalle, die mit überkreuzten Waffen und alten Feldzeichen geschmückt war. Die Porträts an den Wänden zeigten prachtvoll gekleidete Frauen und Männer, die allesamt Krone und Zepter in den Händen hielten: die ehemaligen Könige und Königinnen Albions.

Unter den Dargestellten waren auffallend wenige Männer, und Kai erinnerte sich wieder an den Fluch Murguraks, der seit eintausend Jahren auf den männlichen Vertretern der Drachenherz'schen Blutlinie lastete. Und noch etwas fiel Kai auf. In der Halle war beständig ein leises Heulen zu hören. War das der Wind, der sich an der Außenmauer des Turms brach?

Dystariel führte sie jetzt eine breite Wendeltreppe empor. Hin und wieder kamen sie an schmalen Schießscharten vorbei, die mit mondsilbernen Fensterkreuzen ausgestattet waren. Alle zehn Stufen waren eiserne Leuchter an der Wand befestigt, in denen dicke, schwarze Kerzen steckten. An ihren Dochten leckten schwarz-rote Flammen empor, die unruhig flackerten und immer wieder die Gestalt gequälter Fratzen mit lang gezogenen Augen und Mündern annahmen. Das Heulen, das Kai bislang dem Wind zugeschrieben hatte, stammte in Wahrheit von den Flammengesichtern. Kai schauderte.

Endlich verharrte Dystariel vor einer Tür, die pechschwarz lackiert war. Schwer schlug sie dagegen und mit leisem Knarren öffnete sie sich. Die Gargyle zog abermals am Seil, und mit einem Ruck stürzten Koggs, Fi und Kai in ein großes, schattiges Turmzimmer, in dem es muffig nach Staub und altem Papier roch. Der Raum war riesig und verfügte über eine hohe Decke, zu der schmale Regale hinaufreichten. Die Gestelle bogen sich unter der Last von Pergamenten und Büchern. Sie säumten nicht nur komplett die Wände, sondern waren auch mitten im Turmzimmer aufgebaut, sodass der Raum von der Tür aus nur schwer einsehbar war.

Dystariel schnaubte und zerrte die Gefährten bis vor ein schweres Lesepult, auf dem weitere Schattenkerzen ihr unheimliches Licht verbreiteten. Es stand unter einem auffallend breiten Fenster, in dem bunte Butzenscheiben eingelassen waren. Die Fensterstreben jedoch bestanden aus solidem Mondsilber, die auch in dieser Höhe einen Einbruchsversuch aussichtslos machten.

»Secretarius, wo bleibt Ihr?«, röhrte die Gargyle ungeduldig und bemühte sich, mit ihren Schwingen nicht eine der Pergamentrollen herunterzureißen.

»Ich komme«, erklang irgendwo hinter einer der Regalreihen eine brüchige Stimme. Ein eigentümliches Knistern erfüllte das Archiv. Beunruhigt suchte Kai die künstlichen Wände mit den Büchern und Pergamenten ab. Doch das Geräusch schien sich von oben zu nähern.

Fi stieß einen verhaltenen Schrei aus, und Kai musste an sich halten, um sich nicht sofort von seinen Fesseln zu befreien. Kopfüber von der Decke hing eine grauenhafte Gestalt.

Ihr Unterleib war der einer dicken, behaarten Spinne, ihr Oberkörper aber der eines alten Mannes, der mit einer Hand seine Nickelbrille festhielt. Der Secretarius kraxelte auf seinen acht langen Beinen über die Regale hinweg und seilte sich schließlich an einem klebrigen Faden hinter dem Pult ab. Dort zog er seine Spinnenbeine ein und wirkte nun fast wie ein Mensch. Selbst Koggs atmete scharf ein.

Schockiert bemerkte Kai, dass Stenzel einen mondsilbernen Sklavenkragen trug. Mit hoffnungslosem Blick sah der Secretarius die Gefangenen an. Kai ahnte, dass vor ihnen kein Monster stand, sondern ein alter Mann, den ein weit grausameres Schicksal ereilt hatte, als er es sich in seinen finstersten Albträumen hätte ausmalen können.

»Ihr seid also jene Gargyle, die ein paar dieser tapferen Widerständler geschnappt hat?«, fragte Stenzel mit schwacher Stimme. »Bedauerlich. Sehr bedauerlich. Es werden immer weniger.«

Dystariel schnaubte. Offenbar wusste sie selbst nicht so recht, was sie von ihrem Gegenüber halten sollte. »Schwingst du immer solch aufrührerische Reden, Spinnenmann?«

»Aber sicher. Ich hasse die Nebelkönigin. Und ich hasse auch Seine Lordschaft.« Hinter Stenzels Augengläsern blitzte so etwas wie Trotz. »Wollt Ihr mich dafür töten? Nur zu, Ihr tut mir damit einen Gefallen. Denn selbst Hand an mich zu legen, ist mir nicht gestattet. Aber wem sage ich das. Ihr seid ja sogar noch bemitleidenswerter als ich selbst. Ihr habt ja nicht einmal mehr einen eigenen Willen.«

Kai hatte das Gefühl, dass die Gargyle kurz davor stand, ihre Beherrschung zu verlieren.

»Führt uns zu Seiner Lordschaft«, röhrte sie stattdessen.

Stenzel nickte und setzte sich auf seinen acht Spinnenbeinen wieder in Bewegung. Er zog sich mit kratzenden Geräuschen an einem Regal mit Landkarten empor, um sich über ihren Köpfen von Ständer zu Ständer zu tasten. Kai wurde bei dem Anblick flau zumute. Hastig folgten sie Stenzel durch das labyrinthische Archiv bis sie zu einer Treppe kamen, die ein weiteres Stockwerk hinaufführte. Stenzel krallte sich mit seinen Spinnenbeinen kopfüber an der Raumdecke fest und klopfte gegen die Tür am Ende der Stiegen.

»Die Gargyle mit den Gefangenen, Eure Lordschaft!«

»Sie sollen hereinkommen«, war eine gedämpfte Stimme zu hören.

»Möge das Unendliche Licht ein gnädigeres Schicksal für euch bereithalten, als es mir vergönnt war«, wisperte der Secretarius. Anschließend zog er sich mit seinem verunstalteten Spinnenleib wieder ins Zwielicht zurück. Fi blickte Stenzel betroffen nach.

Dystariel scheuchte sie hinauf in ein weiteres Turmzimmer, das über und über mit dem Arbeitsgerät des Hexenmeisters gefüllt war. Um sie herum stank es nach Schwefel und geronnenem Blut. Auf Tischen standen große Glaskolben, die vor sich hin köchelten, und Röhren leiteten schwefelgelbe Dünste zu einem verschlossenen Käfig, aus dem ein panisches Kratzen drang. Auch in diesem Raum ächzten die Regale unter der Last von Flaschen, Phiolen, Papieren und dicken Zauberschwarten. Kais Blick fiel auf einen gusseisernen Ständer, auf dem ein aufgeschlagener Foliant lag. Auf den Seiten war der geöffnete Leib eines Menschen zu erkennen.

Ein Ruck ging durch die Fesseln der Gefährten, und Kai hörte, wie Koggs entsetzt aufkeuchte. Die Augen des Klabauterkapitäns waren auf eine Nische neben einem menschlichen Skelett gerichtet. Dort hockte zusammengekrümmt auf einem Stuhl eine koboldgroße Gestalt in blaugrauer Kapitänsuniform. Bilger Seestrand!

Der Hexenmeister hatte den Unglücklichen mit Lederriemen an den Sitz festgeschnallt und es war nicht klar zu ersehen, ob der Klabauter überhaupt noch lebte. Sein ganzer Körper war zusammengeschrumpelt wie eine Mumie. Die fleckige Haut spannte sich trocken und rissig über die Wangenknochen, ihm waren fast alle Haare ausgefallen, die Zunge hing ihm aus dem Mund und seine Hände ähnelten verschrumpelten Vogelkrallen. Trübe starrte er in ihre Richtung, doch mit keiner Regung verriet er, ob er Koggs erkannte.

Kai fiel ein Wassereimer auf, der an einem Ständer über dem Kopf des Klabauters hing. Offenbar hatte dieser ein kleines Loch am Boden, denn in diesem Moment fiel ein einzelner Wassertropfen in die Tiefe und zerplatzte auf der Stirn des Klabauters. Ein Zucken lief durch die Koboldgestalt und ein rasselnder Atemzug war zu hören. Anschließend erstarrte Bilger Seestrand wieder zu absoluter Reglosigkeit.

Jetzt trat eine hagere Gestalt mit schlohweißen Haaren aus dem Zwielicht und musterte sie aus blutroten Pupillen. Kai duckte sich unwillkürlich unter dem Blick und machte sich bereit, die Fesseln abzustreifen.

»Ah, da seid Ihr ja, Gargyle«, begrüßte sie der Hexenmeister mit heiserer Stimme. Barabas Schwarzmantel war in einen prachtvollen nachtdunklen Umhang gehüllt, der ständig mit den Schatten des Raumes zu verschmelzen schien. Außerdem hielt er einen Zauberstab in den Händen, auf dessen Ende die mondsilberne Applikation einer Spinne mit grünen Saphiraugen befestigt war. »Ich habe gehört, Ihr bringt mir nicht nur einen weiteren Klabauter, sondern auch eine Elfe?«

»Diese Schmuggler trieben sich vor der Küste herum, Eure Lordschaft«, rasselte Dystariel.

»Ah ja, sehr schön.« Ein feines Lächeln umspielte die Lippen des Hexenmeister. »Die Elfen reserviert sich bedauerlicherweise Ihre Nebelkönigliche Majestät. Aber dieser dort«, er fixierte Koggs lauernd, »der gehört von nun an mir. Klabauter sind so selten. Und jetzt besitze ich sogar zwei von ihnen. Endlich komme ich dazu, meine Versuchsreihe abzuschließen.« Er deutete auf Bilger Seestrand, der halb tot in der Nische hockte. »Immer wieder habe ich dieser Kreatur Verletzungen zugefügt und dann mit Flusswasser, Kanalwasser und Brackwasser experimentiert. Doch nichts scheint dieses Volk so widerstandsfähig zu machen wie Meerwasser. Woran mag das nur liegen? Drei Tage ohne Wasser, doch stets reicht ein einziger Tropfen aus, ihm wieder etwas Leben einzuhauchen. Eigentlich müsste er längst vertrocknet sein. Faszinierend.«

»Ich werde Euch umbringen!«, sprach Koggs mit Eiseskälte.

»Ach ja?«, belustigt beugte sich der Hexenmeister zu dem kleinen Kapitän herab. »Und wie willst du das anstellen, kleiner Seekobold?«

Dystariel trat neben den Hexenmeister und schlug ohne Vorwarnung zu. Ihre sichelförmigen Krallen rasten nach unten – und hieben durch die Gestalt des Hexenmeisters hindurch, wie durch schwarzen Rauch. Ein geisterhaftes Gelächter schallte durch das Turmzimmer und die Truggestalt löste sich vor ihren Augen auf.

Dystariel wirbelte alarmiert herum, während Koggs, Fi und Kai sich wie auf ein geheimes Kommando von ihren Fesseln befreiten. In diesem Augenblick raste aus einer Zimmerecke ein großes, ölig glitzerndes Spinnennetz auf sie zu, das Dystariel gegen eine der Wände schleuderte und vollständig einspann. Bevor Kai, Koggs und Fi reagieren konnten, wickelten sich auch um ihre Körper klebrige Fäden, die sie schmerzhaft gegen zwei der Bücherregale warfen. Kai, der in verrenkter Haltung seinen Stab mit der Laterne umklammerte, versuchte sich daraus zu befreien, doch vergebens. Das engmaschige Netz hatte sich fest um seinen Körper gespannt. Aus den Augenwinkeln sah er, dass es Fi, Koggs und Dystariel nicht anders erging. Hilflos mussten sie mit ansehen, wie der Hexenmeister abermals vor sie trat. Diesmal aus einer anderen Raumecke. Noch immer umspielte ein zufriedenes Lächeln seine Lippen. Weiter hinten im Zimmer öffnete sich eine niedrige Tür und mit grimmigem Blick betrat Hauptmann Eiron das Zimmer.

»Hab ich es mir doch gedacht«, sagte der Wachoffizier. »Mit diesem Gefangenentransport hat etwas nicht gestimmt.«

Auch auf der Treppe hinunter zum Archiv waren stampfende Schritte zu hören. Die Wächtergargyle, die sie vor dem Turm in Empfang genommen hatte, streckte ihren Schädel ins Zimmer.

»Braucht Ihr mich, Eure Lordschaft?«, grollte sie mit argwöhnischem Blick auf Dystariel.

»Nein, nein.« Ein überhebliches Lächeln umspielte die dürren Lippen des Hexenmeisters. »Ganz im Gegenteil. Ich habe hier alles unter Kontrolle. Du darfst dich wieder auf deinen Posten zurückziehen.«

Die Gargyle entfernte sich.

»Hauptmann Eiron, Eure Aufmerksamkeit hat eine Belohnung verdient. Denn wenn ich mich nicht irre, dann ist uns heute ein ganz außergewöhnlicher Fang gelungen. Eine aufsässige Gargyle, ein Elfenmädchen und ein weiterer Klabauter«, fuhr Schwarzmantel mit seiner seltsam heiseren Stimme fort. »Offenbar haben uns die drei für dumm oder für nachlässig gehalten. Welch folgenschwerer Irrtum.«

Der Hexenmeister zückte eine Kristallkugel, in der auf magische Weise Fis Antlitz erschien und verglich das Abbild mit dem Gesicht seiner Gefangenen.

»Fiadora. Die lang gesuchte Tochter der Elfenregenten.« Er lächelte triumphierend. »Die dunkle Herrin wird zufrieden mit mir sein. Dann handelt es sich bei diesem Klabauter mit Sicherheit um Koggs Windjammer, dem du dich gerüchteweise angeschlossen hast. Auch er gilt als Staatsfeind ersten Ranges. Hervorragend.«

»Ihr werdet Eurem Schicksal nicht entgehen«, hörte Kai Fis eisige Stimme. »Glaubt nicht, dass die Kräfte des Unendlichen Lichts tatenlos zusehen, wie die Finsternis den Kontinent überrollt.«

»Spar dir deinen Atem, törichtes Elfenmädchen.« Kühl trat Barabas Schwarzmantel an Fi heran, die ihm trotzig entgegenblickte. »Du wirst ihn noch brauchen. Und jetzt zu dir.« Der Hexenmeister verengte seine Augen und musterte Dystariel, die wie eine übergroße Fliege im Netz des Hexenmeisters zappelte. »Wie man hört, gibt es nur eine Gargyle, der es je gelungen ist, sich Ihrer Nebelköniglichen Majestät zu widersetzen. Morgoya wird sich über die kleine Familienzusammenführung sicher freuen. Jetzt muss ich nur noch herausfinden, was ihr drei hier in Alba zu suchen habt. Und nicht zuletzt«, er wandte sich von der Gargyle ab und ging neugierig auf Kai zu, »frage ich mich bei all der Prominenz, die mir heute ins Netz gegangen ist, um wen es sich bei diesem Jungen hier handelt.«

Er betrachtete argwöhnisch den Stecken in Kais Hand und runzelte die Stirn. »Moment, das ist …«

»… ein Zauberstab!«, schloss Kai grimmig. Längst hatte er sich auf die kleine Flamme in der Laterne konzentriert, die von seinem Stab baumelte. Rasend schnell schwoll sie an und explodierte mit einem heftigen Knall. Schwarzmantel versuchte sich noch abzuwenden, als ihm die grelle Flamme direkt ins Gesicht schlug. Es zischte, wo die Glut auf das Fleisch seines Gesichts traf. Schreiend und mit vor dem Gesicht geschlagenen Händen wankte der Hexenmeister nach hinten, kippte über einen Schemel mit Flaschen und krachte mit seinem Kopf hart gegen einen Tisch. Bewusstlos blieb er liegen.

Noch während sich Hauptmann Eiron in Bewegung setzte, lenkte Kai den heißen Strahl der Flammen in einem hohen Bogen auf Dystariel zu. Sie war die Einzige, die seine Flammen nicht sofort verbrennen würden. Die Spinnenfäden zischten, und mit einem lauten Krachen landete die Gargyle wieder auf dem Boden. Der Hauptmann wirbelte entsetzt zu ihr herum, doch schon schlug Dystariel ihn mit voller Wucht zu Boden. Weiteres Glasgerät ging zu Bruch und beißender Gestank breitete sich im Raum aus. Keiner ihrer beiden Gegner rührte sich mehr.

»Das wurde auch Zeit, du Feuerqualle«, krähte Koggs.

»Ich musste doch erst mal herausfinden, ob ich es nicht schon wieder mit einer Truggestalt zu tun hatte«, keuchte Kai. Er wusste noch immer nicht, wie er sich und die anderen befreien sollte.

»Probieren wir es damit«, röhrte Dystariel und griff nach einem Skalpell auf einem der Labortische, dessen Schneide aus purem Mondsilber bestand. Das magische Metall schnitt durch die Stränge wie durch weichen Wachs. Dennoch dauerte es eine Weile, bis die Gargyle sie vollständig von den Fäden befreit hatte.

Koggs griff sofort nach seinem Säbel, der eingewickelt neben Kais Rucksack befestigt war, und stürmte hinüber zu der Ecke, in der Bilger Seestrand hockte. Mit der Waffe schlitzte er den Boden des Eimers auf. Ein großer Schwall Wasser ergoss sich über den gepeinigten Klabauter. Dort, wo das Wasser auf die brüchige Klabauterhaut traf, knisterte es. Bilger Seestrand stieß ein lautes Ächzen aus. Koggs kramte eine weitere Wasserflasche hervor und kippte auch deren Inhalt über den Leib des befreundeten Kapitäns.

Dystariel stapfte an einer Vitrine mit deformierten Menschenschädeln vorbei und schob einen der Arbeitstische vor die Tür, durch die Hauptmann Eiron eingetreten war. Kai reichte Fi ihren Bogen.

»Gut gemacht, Kai. Sehr gut!« Fi nickte ihm anerkennend zu und Kai fühlte ein warmes Gefühl in sich aufsteigen. Mit wenigen Schritten war Fi bei Schwarzmantel und dem Wachoffizier und überprüfte deren Puls. »Die beiden leben noch. Aber Schwarzmantel hast du ganz schön zugesetzt.«

Kai trat neben sie und richtete voller Genugtuung einen Blick auf das verbrannte Gesicht des Hexenmeisters. Große Brandblasen verunstalteten die weiße Haut des Albinos. Mitleid empfand er nicht.

»Quiiiitsss«, rief er und suchte das Labor ab. Seine aufgestellten Härchen verrieten ihm, dass der Poltergeist hier irgendwo war.

»Stets an Eurer Seite, mein junger Herr«, raunte Quiiiitsss mit Grabesstimme. Er glitt wie ein grauer Nebelstreif aus dem Boden zu seinen Füßen. »Ich hätte Euch natürlich geholfen, wenn Ihr mir nicht zuvorgekommen wärt.«

»Feige Rumpelqualle!«, zürnte Koggs, der seinen Kapitänsfreund inzwischen vom Stuhl geschnallt hatte und ihn vorsichtig auf den Boden legte. »Um uns herum ballt sich die Finsternis zusammen und du elende Kreatur zeigst dich erst dann, wenn es fast zu spät ist.« Er spuckte abfällig zu Boden. »Ich warte nur auf den Moment, in dem du uns verrätst.«

Auch Fi erhob sich wieder und funkelte den Poltergeist an.

»Woher all dieser Groll?« Quiiiitsss verzog beleidigt sein Kürbisgesicht.

»Sieh zu, dass du diese Schatzkammer findest. Deswegen sind wir hier.« Kai hatte keine Lust, sich auf einen weiteren Disput mit dem Poltergeist einzulassen.

Eilig glitt Quiiiitsss wieder zurück in den Boden, als Bilger Seestrand die Augen aufschlug. Erleichtert sah Kai, dass der Klabauter wieder eine etwas gesündere Gesichtsfarbe angenommen hatte. Auch die Haut seiner Hände wirkte verjüngt.

»Hagel und Granaten. Koggs Windjammer! Ist das denn die Möglichkeit?« Bilger stöhnte. Kai reichte ihm eine weitere Wasserflasche, aus der der Klabauter gierig trank. Lauernd sah sich der geschundene Kapitän im Raum um und riss entsetzt die Augen auf, als er Dystariel entdeckte. »Koggs!«

»Keine Sorge.« Koggs lächelte großspurig. »Das dunkle Täubchen gehört praktisch zu meiner Mannschaft.«

»Das hättest du wohl gern, du Algenfresser«, schnaubte die Gargyle.

»Und da hinten liegt dieser Schwarzhummer.« Koggs deutete hinüber zu dem Hexenmeister, den Fi mit dem Rücken an Hauptmann Eiron fesselte. »Du siehst also, ich habe alles im Griff.«

»Und meine Männer?« Besorgt richtete sich Bilger Seestrand auf.

»Im Hafen. Aber die bekommen wir ebenfalls noch frei.« Koggs zwinkerte Bilger zu.

»Und jetzt sag schon, wie viel seit unserer letzten Begegnung?«

»Nun«, antwortete Bilger und wirkte wieder eigentümlich munter. »Während du faul vor Hammaburg vor Anker lagst und für deine Flüchtlinge das Kindermädchen gespielt hast, haben wir sechs schwarze Segler aufgebracht! Außerdem haben wir eine von Morgoyas Seeschlangen erledigt und nebenbei zwei von Morgoyas Krakengelegen zerstört. Macht also neun weitere Heldentaten. Damit komme ich insgesamt auf einhundertdreiundneunzig.«

»Pah«, Koggs half Bilger auf. »Ich habe in einer Schlacht vor Hammaburg drei Drachenboote der Nordmänner zerstört, im Kampf gegen Frostriesen einen von Berchtis' Leuchtsteinen geborgen und mindestens fünf Gargylen vom Himmel geholt. Macht auch neun.«

»Das macht insgesamt nur einhundertzweiundneunzig«, spottete Bilger und trank die Flasche leer. »Da musst du dich wohl noch ein bisschen anstrengen.«

»Könnt ihr beiden gefälligst mit euren Prahlereien aufhören«, unterbrach sie Fi, die inzwischen an eines der Fenster getreten war. »Wir haben jetzt wirklich Besseres zu tun.«

»Ist ja schon gut.« Mürrisch blickte Koggs zu ihr auf, nur um sich dann wieder leise an Bilger zu wenden. »Und deine Befreiung, hä? Zählt das etwa nicht? Damit sind wir gleichgezogen!«

In diesem Moment glitt Quiiiitsss aus einer der Seitenwände und baute sich vor Kai auf.

»Ich habe eine gute und eine schlechte Nachricht, mein junger Herr. Welche wollt Ihr zuerst hören?«

»Hör auf mit diesen Spielchen«, erwiderte Kai gereizt. »Hast du die Schatzkammer gefunden, oder nicht?«

»Ja, ich denke schon«, raunte der Geist. »Über uns existiert ein Turmbereich, der vollständig mit Titanenerz ausgekleidet ist. Leider ruht auf der Kammer ein Bann, der verhindert, dass man dort so ohne Weiteres eindringen kann.«

»Natürlich vermögt Ihr das nicht«, ertönte eine brüchige Stimme. »Die Schatzkammer vermag abgesehen von Morgoya nur Seine Lordschaft zu betreten.«

Kai ruckte herum und entdeckte zwei lange, tastende Spinnenbeine im Türrahmen. Secretarius Stenzel schob sich vorsichtig mit seinem mächtigen Spinnenleib in die Kammer.

Dystariel hatte ihn längst bemerkt. Sie stand mit ausgefahrenen Krallen direkt neben dem Eingang und schien nur auf ein Zeichen zum Zuschlagen zu warten. Kai hob mäßigend seine Rechte.

»Secretarius, Ihr tragt einen Sklavenkragen.«

Stenzel sah Kai mit großen Augen an und wischte sich hektisch über die Brille. »Ihr wisst, was das ist?«, krächzte er.

Kai trat näher an ihn heran und seufzte. »Ja, aus eigener Erfahrung. Wurde Euch verboten uns zu sagen, welche Befehle Euch gegeben wurden?«

Stenzel richtete sich erregt auf seinen Spinnenbeinen auf.

»Nein«, seufzte der Mann nach einigem Nachdenken und atmete tief ein. »Ich darf den Turm nicht verlassen, muss jede Anweisung Schwarzmantels befolgen und habe das Archiv nach bestem Wissen zu pflegen. Und ich darf nichts tun, was mein Leben gefährden würde.«

»Gut.« Kai trat direkt neben ihn. Er berührte den Reif und ließ seine elementaren Kräfte wirken. Der Verschluss glühte hell auf und Stenzel schrie überrascht. Im nächsten Moment polterte das mondsilberne Halseisen vor ihnen zu Boden.

»Ihr habt mich befreit?« Ungläubig starrte ihn der Secretarius an. Seine Augen füllten sich mit Tränen. »Wie habt Ihr das gemacht?«

»Elementares Feuer«, antwortete Kai ruhig.

»Meine Güte!« Stenzel tastete aufgeregt mit seinen Spinnenbeinen nach ihm. Kai trat unwillkürlich einen Schritt zurück.

»Entschuldigt. Aber zu so was sind nur Feuermagier imstande! Ich dachte, Morgoya hätte sie alle ausgelöscht?«

»Nein, nicht alle.«

»Beim Unendlichen Licht, dann ist es also wahr? *Ihr* seid die Letzte Flamme?«

Stenzel verneigte sich vor ihm und knickste auf groteske Weise mit seinen acht Beinen. »Euer getreuer Helfer! Ich schwöre, ich werde Euch bis in den Tod dienen. Ihr werdet das Land und seine Menschen befreien und heilen, ja?«

»Ich werde alles in meiner Macht Stehende tun, Secretarius Stenzel.« Kai spürte, welche Hoffnungen der alte Mann wirklich hegte und kämpfte gegen den Kloß in seinem Hals an. Die schauderhafte Abnormalität des Secretarius würde er niemals rückgängig machen können. »Aber jetzt müssen wir in die Schatzkammer.«

»Wie ich schon sagte, das ist nur Morgoya und Schwarzmantel möglich.« Der Secretarius krabbelte auf seinen übergroßen Spinnenbeinen aufgeregt an ihm vorbei und bedeutete Kai, Fi, Dystariel und den beiden Klabautern, ihm zu einem Regal an der Wand zu folgen.

»Ihr müsst es abrücken«, krächzte er. »An der Wand dahinter befindet sich eine Geheimtür, die hinauf in die Schatzkammer führt. Doch der Weg hinein wird euch versperrt bleiben. Morgoya hat die Tür zur Kammer mit einem mondsilbernen Türwächter ausgestattet. Er öffnet nur ihr oder Schwarzmantel persönlich.«

Kai, Koggs und Fi traten an das Regal heran und räumten ungestüm die Bücher und Flaschen heraus. Anschließend stürzten sie das Gestell mit Dystariels Hilfe um.

Vor ihnen im Mauerwerk waren die schwachen Umrisse einer verborgenen Tür zu sehen.

»Gebt mir einen Augenblick Zeit«, flüsterte Fi. Sie tastete das Gestein ab und fand schließlich den verborgenen Mechanismus, mit dem sich die Tür öffnen ließ. Kai trat vor und entzündete ein magisches Feuer, mit dem er den Geheimgang ausleuchtete. Er war breiter, als er gedacht hatte. Steinerne Stufen führten von hier aus nach oben und endeten an einem Portal aus Titanenerz, in das eine gehörnte, mondsilberne Fratze mit geschlossenen Augen eingelassen war. Sie schimmerte rötlich im Licht der Flammen.

»Ist das da oben dieser Türwächter?«

Stenzel nickte bedauernd. »Wie ich Euch schon sagte, er wird nur dem Hexenmeister öffnen.«

»Wie wäre es, wenn wir die Schattenmuräne einfach vor diese Blechfresse stellen«, schlug Koggs vor.

»Ach, und du glaubst, dieser Türwächter ist so blöde und erkennt nicht, dass der Kerl ohne Besinnung ist?«, meinte Bilger. Der Klabauter hatte sich inzwischen wieder einigermaßen erholt und leerte gluckernd eine Flasche Wein, die er inmitten von Schwarzmantels Habseligkeiten entdeckt hatte. Laut rülpste er.

»Es muss eine Lösung geben. Sonst war unser Eindringen in die Drachenburg völlig umsonst«, brauste Fi auf. »Kai, vielleicht kannst du die Mondsilberfratze einfach einschmelzen?«

»Und wer öffnet uns dann das Portal?«, fragte Kai niedergeschlagen. »Das wird nicht mal Dystariel gelingen.«

»Lasst uns warten, bis Schwarzmantel erwacht, dann zwingen wir ihn«, knurrte die Gargyle.

»Um dann Gefahr zu laufen, dass er wieder einen seiner Tricks anwendet?« Kai packte grimmig seinen Zauberstab.

»Er hat mir einige Jahrzehnte Zaubererfahrung voraus. Noch einmal überrasche ich den nicht.«

Nachdenkliches Schweigen breitete sich in dem Turmzimmer aus, als sich Quiiiitsss wieder in Erinnerung rief.

»Na ja, mein junger Herr«, geisterte er, während er von der Decke hinüber zu dem bewusstlosen Hexenmeister schwebte. »Es gäbe da vielleicht doch eine Möglichkeit. Allerdings weiß ich nicht, ob das funktioniert, da ich es noch nie ausprobiert habe.«

Kai blickte überrascht auf. »Was? Sag schon?«

»Vom blutigen Pfeifer habe ich mal vernommen, dass es ihm gelungen sei, in den Körper eines jungen Diebes zu fahren«, raunte der Poltergeist und verzog angewidert seinen gespenstischen Kürbisschädel. »Nur ist das, nach allem was in Geisterkreisen geraunt wird, eine ziemlich unangenehme Sache. Etwa so, als würde man Euch durch den Fleischwolf drehen und dann in eine Pelle pressen.«

»Ha«, meinte Koggs tatendurstig. »Endlich mal ein vernünftiger Vorschlag.«

Kai und Fi blickten sich skeptisch an.

»Aber«, Quiiiitsss sah Kai an, »ich will, dass Ihr ehrlich zu mir seid. Glaubt Ihr, dass die Schicksalsmächte dies als selbstlose Tat anerkennen werden? Ich meine, wenn es mir gelingt, wird mir das große Schmerzen verursachen.«

»Ich weiß es nicht«, meinte Kai und sah sich zu Fi um. »Selbstlos ist eine Tat nur dann, wenn man nicht ständig seinen Vorteil im Auge behält. Außerdem kommt es mir so vor, als würden wir mit deinem Vorschlag Wege beschreiten, auf die wir uns besser nicht einlassen sollten.«

»Du hast dich bereits auf sie eingelassen, seit wir beide uns kennen, Flamme«, röhrte Dystariel. Kai blickte sich gequält zu ihr, Stenzel und Quiiiitsss um. Inzwischen bestand die Hälfte ihrer Gruppe aus Gefährten, vor denen jeder normale Mensch schreiend davonlaufen würde. War bei alledem bereits der dunkle Keim der Prophezeiung wirksam, den ihm Aureus von Falkenhain in Colona vorgehalten hatte?

»Versuche es, Quiiiitsss«, seufzte er schließlich. »Ich sehe keine Alternative.«

Der Poltergeist gab ein sphärisches Zischen von sich, stieg über dem Körper des Hexenmeisters auf und verdichtete seinen Geisterleib zu einem Wirbel, der sich mit einem saugenden Geräusch in den Brustkorb des Bewusstlosen bohrte. Es dauerte eine Weile, dann ruckte der Kopf des Hexenmeisters hoch. Die Augäpfel waren verdreht, sodass nur noch das Weiße zu sehen war.

»Es ist schwieriger, als ich dachte«, lallte Schwarzmantel mit seltsam veränderter Stimme. Fi löste auf einen Wink von Kai hin die Fesseln des Hexenmeisters und band Hauptmann Eiron an einem Tischbein fest. Kai hingegen hielt sich zum Zaubern bereit. Mit einem Ruck setzte sich der Hexenmeister auf, verdrehte die Augen und glotzte mit schief gelegtem Kopf seine ausgestreckten Arme an. Prüfend bewegte Quiiiitsss die Finger. »Ich … ich fühle wieder etwas. Fast so wie zu Lebzeiten. Aber es ist … schwierig. Wenn jemand so freundlich wäre, mir aufzuhelfen.«

Koggs und Bilger traten heran und richteten den Körper des Zauberers auf. Zitternd blieb dieser im Raum stehen.

»Kannst du gehen?«, fragte Kai.

Staksend machte Quiiiitsss einen Schritt vorwärts. Und dann noch einen und noch einen. Einmal knickte Schwarzmantel fast ein, doch der Poltergeist brachte den bewusstlosen Körper schnell wieder unter Kontrolle. Der gefürchtete Hexenmeister wirkte jetzt wie eine übergroße Marionette, die an verdrehten Fäden hing. Die beiden Klabauter traten zurück, während Quiiiitsss unter triumphierendem Lachen auf die Geheimtür zuwankte.

»Ich kann gehen!«, krächzte er begeistert. Sogleich krachte er gegen den Türrahmen und stürzte schwer zwischen die am Boden liegenden Regalteile. Hastig eilten Secretarius Stenzel und Dystariel heran, um den Gestürzten wieder aufzurichten.

»Wie soll das erst bei den Treppenstufen werden«, knurrte die Gargyle.

Im zweiten Anlauf schaffte es Quiiiitsss endlich, sich durch die Öffnung in der Wand zu schieben und mithilfe von Kai und Fi Schritt für Schritt die Treppe emporzusteigen.

»Ich weiß nicht, wie lange ich noch die Kontrolle behalte«, stöhnte Quiiiitsss. »Die Glieder des Hexenmeisters werden plötzlich so merkwürdig taub.«

»Halte durch«, antwortete Kai mit gepresster Stimme. Es war völlig absurd, was sie hier taten. Kurz darauf standen sie vor der steinernen Tür zur Schatzkammer. Mit einer ungelenken Bewegung wuchtete Quiiiitsss den rechten Arm empor, sodass die Hand schwer gegen die mondsilberne Fratze klatschte.

»Aufmachen!«, würgte der Poltergeist hervor.

Der magische Türwächter öffnete seine Metallaugen und starrte den Hexenmeister prüfend an.

»Passwort«, murrte die Fratze. »Und nehmt gefälligst Eure Finger aus meinem Gesicht. Hässlich genug, wie Ihr zugerichtet seid.«

»Roastbeef, Plumpudding und Schwarzbier«, leierte der Poltergeist mit schwerer Zunge. Der Arm rutschte wieder nach unten und blieb schlaff neben Schwarzmantels Körper hängen.

»Wie bitte?«, flüsterte Kai. Auch Fi blickte irritiert.

»Ich kann nichts dafür«, lallte Quiiiitsss leise, der sichtlich Mühe hatte, weiterhin aufrecht zu stehen.

Die Mondsilberfratze schloss zufrieden die Augen und mit einem kratzenden Geräusch glitt die Steintür beiseite. Im Zwielicht jenseits der Türöffnung konnten sie Vitrinen und einige aufgestapelte Kisten erkennen.

Schnell schoben Kai und Fi den Hexenmeister in die offene Kammer und konnten doch nicht verhindern, dass Quiiiitsss abermals stolperte. Der Länge nach stürzte Schwarzmantel über eine Truhe und blieb seltsam verrenkt am Boden liegen.

Hastig drängten hinter ihnen nun die beiden Klabauter in den Raum, denen Dystariel und dann auch Secretarius Stenzel folgten. Der Hexenmeister röchelte und über seinem Brustkorb manifestierte sich Quiiiitsss. Selbst für einen Poltergeist wirkte er jetzt elend und transparent.

»Passt auf!«, klagte er mit hohler Stimme. »Er kommt zu sich …«

Tatsächlich zuckten bereits Schwarzmantels Augenlider.

»Nein, kommt er nicht.« Koggs trat kurzerhand neben ihn und schlug ihm den Knauf seines Säbels über den Schädel. »Und wenn, dann nur mit starken Kopfschmerzen.«

Während der Klabauter den Hexenmeister erneut fesselte und knebelte, flackerten an den Wänden goldene Lampen in der Gestalt majestätischer Drachen auf. Ganz im Gegensatz zu den Leuchten unten im Turmaufgang verbreiteten sie ein warmes, angenehmes Licht. Offenbar ein Relikt aus besseren Tagen.

Aufmerksam schauten sie sich um.

Ganz so, wie Quiiiitsss es bereits angedeutet hatte, waren die Wände der Schatzkammer mit undurchdringlichen Platten aus Titanenerz ausgekleidet. Zwischen den Leuchtern hingen herrliche Wandteppiche mit heroischen Motiven. Der Anblick, den der Rest der Kammer bot, war eher ernüchternd. In der Raummitte waren eine Vielzahl von Kisten und Truhen aufgestapelt und an den Wänden standen glitzernde Kristallvitrinen, die jedoch allesamt leer waren.

»Die Kammer ist so gut wie leer«, murmelte Kai enttäuscht.

»Ich weiß ja nicht, wonach Ihr genau sucht, junger Feuermagus«, antwortete Secretarius Stenzel mit brüchiger Stimme und trippelte unruhig auf seinen Spinnenbeinen. »Aber, ich hoffe, Ihr wart nicht so kühn zu glauben, dass Ihr hier noch viel finden würdet. Morgoya ist es bereits vor ihrer Machtübernahme auf unbekannte Weise gelungen, in den Sternenturm einzudringen. Das war kurz nachdem ihr der Sonnenrat die Aufnahme in den erlauchten Kreis verweigert hat.«

Der Sonnenrat. Kai wusste von dieser geheimnisvollen, albionschen Institution nur, dass es sich bei ihm um einen Kreis an königlichen Beratern gehandelt hatte, der seit Sigur Drachenherz' Zeiten aus Feuermagiern und Elfen bestand. Und er erinnerte sich noch gut an Fis Worte, nach denen das

Amulett Glyndlamir Morgoya bei der Aufnahmezeremonie verbrannt hatte. Dass die Nebelkönigin es damals überhaupt gewagt hatte, um die Aufnahme im Sonnenrat zu ersuchen, erschien ihm noch immer rätselhaft.

»Sie hatte damals schon einige gefährliche Gegenstände aus dieser Kammer entwendet«, fuhr Stenzel fort. »Es bleibt zu mutmaßen, dass es ihr erst mit ihrer Hilfe möglich war, König und Sonnenrat zu stürzen. Und auch nach ihrer Machtergreifung war sie mehrmals hier und hat mitgenommen, was ihr nützlich schien.«

Kai ließ sich mutlos auf eine der Kisten sinken. Natürlich. Wie hatte er nur so naiv sein können. Fi trat neben ihn und legte ihm mitfühlend einen Arm auf die Schulter.

»Das heißt, der *Lapis elementarum* ist fort?«, fragte er mit schwacher Stimme und wusste sogleich, wie Stenzels Antwort ausfallen würde.

»Das also habt ihr hier gesucht.« Der Secretarius rückte sich verlegen die Nickelbrille zurecht. »Dieses Artefakt gehörte sogar zu jenen Objekten, die Morgoya als Erstes aus der Kammer entwendet hat. Zusammen mit Murguraks Rabenkralle und Parlokeias Geisterschädel.«

Murgurak und seine Rabenkralle kannte Kai, doch von diesem Geisterschädel hatte er noch nie gehört.

»Wer war diese Parlokeia?«

»Ach«, Stenzel winkte ab. »Eine schreckliche Geisterbeschwörerin, die vor langer Zeit in den Schratzacken ihr Unwesen trieb. Mit dem verfluchten Schädel lassen sich die Geschöpfe des Schattens in großer Zahl an einen Ort binden. Ich dachte bislang, Ihr wärt gekommen, um nach etwas zu suchen, was Euch von Morgoyas Truppen gestohlen wurde. Die Kisten, auf denen Ihr sitzt, sind voll mit Plündergut vom Kontinent. Es oblag dem Hexenmeister, sie zu sichten und zu katalogisieren.«

»Plündergut?« Erstmals fasste Kai die Kisten näher ins Auge. Sie wirkten relativ schlicht, aber ihr Inhalt konnte vielleicht wertvoll sein. »Ihr meint, darin befinden sich magische Gegenstände?«

Auch Dystariel und die beiden Klabauter näherten sich dem Stapel.

»Ja«, antwortete der Secretarius. »Es dürften wohl einige Dutzend sein. Allerdings ist der Verwendungszweck der meisten Objekte unbekannt.«

Fi trat an eine besonders lange Kiste heran. Auf einen Wink von ihr brach Dystariel den vernagelten Deckel auf. Die Elfe schob einen Haufen Holzwolle beiseite, unter dem eine eigentümliche Standuhr zum Vorschein kam. Sie wies sieben Zeiger auf, und auf ihrem vergoldeten Ziffernblatt waren sämtliche bekannten Sternbilder sowie die Zahlen von eins bis dreizehn eingelassen.

»Bei allen Moorgeistern, das ist die Standuhr aus der Vorhalle des Zunfthauses«, rief Kai. »Dann sind die anderen gestohlenen Gegenstände aus Magister Eulertins Besitz vielleicht ebenfalls hier.«

Hastig brachen sie eine Kiste nach der anderen auf und zerrten goldene Krüge, Bücher mit verschnörkelten Einbänden, eigentümlich schimmernden Schmuck, bauchige Flaschen mit seltsamen Flüssigkeiten und manch anderen Gegenstand mehr ans Licht.

Bilger Seestrand hielt grinsend eine runenbedeckte Wurfaxt mit Mondsilberschneide in den Händen. »Hervorragend. Die wird mir noch gute Dienste leisten. Und du, Koggs, auch schon was Nützliches gefunden?«

Koggs klappte ein schmales Zedernholzkästchen auf und fischte einen Zahnstocher aus Zwergengold hervor. Wütend warf er ihn hinter sich und wühlte sich mit neuem Elan durch die Holzwolle.

Kai wandte sich einer kniehohen Truhe zu. Darin ruhte auf einer Fassung aus Gold, die wie eine Flammenkrone beschaffen war, eine kopfgroße Kugel aus herrlich schimmerndem Bergkristall. Träge Schlieren wallten darin.

»Ich fasse es nicht«, rief Kai. »Seht nur, Morbus Finsterkrähes magisches Bergauge. Ich habe keine Ahnung, wie Morgoyas Schattenzauberer es geschafft haben, den Bann von ihm zu nehmen, der es ans Zunfthaus gefesselt hat. Aber ich bin mir sicher, das ist es.«

Neugierig traten seine Gefährten an die Kiste heran.

Kai nahm ein Tuch, hob die schwere Kristallkugel damit an und stellte sie vorsichtig auf dem Deckel der Truhe ab.

»Damit könnten wir herausfinden, wo sich der Stein der Elemente jetzt befindet«, sagte er.

»Das kann ich Euch auch so sagen«, erwiderte Secretarius Stenzel und richtete sich auf seinen Spinnenbeinen auf. »In Morgoyas Wolkenfestung.«

»Und wo ist die?«

»Das weiß leider niemand so genau. Es heißt, sie befinde sich irgendwo im Norden Albions. Nur wenige Male hat sich die dunkle Königin mit ihr über Alba blicken lassen.«

»Quiiiitsss, hast du irgendwas darüber in der Erinnerung des Hexenmeisters gefunden?«

Der Poltergeist, der noch immer als kränklicher Nebelstreif unter der Raumdecke trieb, ächzte. »Nein, junger Herr. Danach habe ich nicht geforscht. Aber wenn ich die Nebelkönigin wäre, würde ich mit einer solchen Festung ganz sicher zum Kontinent aufbrechen.«

Kai blickte den Poltergeist nachdenklich an. Quiiiitsss hatte recht. Dennoch legte er die Fingerspitzen entschlossen auf die Kugel. Ein greller Schmerz jagte durch seine Arme und Flammen schlugen aus seinen Handrücken. Schließlich sanken die Flammen wieder in sich zusammen und die Kugel erstrahlte in goldenem Licht. Er konzentrierte sich auf Morgoya, doch die Schlieren in der Kugel färbten sich schwarz.

»Hätte ich mir gleich denken können«, knirschte Kai. »Morgoya lässt sich auf diese Weise nicht so einfach ausspähen. Mal sehen, wie es mit dieser verdammten Wolkenfestung bestellt ist.«

Diesmal flammte ein gleißender Blitz auf, der die schwarzen Schlieren durch die Kugel wirbeln ließ.

»Verflucht!«, zischte Kai. »Auch hier hat Morgoya Vorkehrungen getroffen.«

»Vielleicht könntest du herausfinden, wie es Magister Eulertin, Amabilia und den anderen Zauberern geht«, schlug Fi vor.

Leicht beklommen konzentrierte sich Kai nun auf den Däumlingsmagier. Was, wenn sein geschätzter Lehrmeister gescheitert war? Der Nebel in der Kugel riss auf und machte einer Gelehrtenhalle mit zahlreichen Säulen Platz, in der ein heftiger Kampf tobte. Magister Eulertin und Amabilia saßen gemeinsam auf dem Rücken Kriwas und führten ein gutes Dutzend Magier an, die mit grünen Blitzen, hellen Lichtkugeln und elementaren Entladungen gegen eine Gruppe weiß gekleideter Zauberer vorgingen, die sich hinter den Säulen zu verstecken suchten.

»Kai, schau nur!«, rief Fi aufgeregt. »Sie kämpfen gegen die Gefolgsleute dieses elenden Stadtmagisters.«

»Ja, und so wie es aussieht«, murmelte Kai, »haben sie die Ordensmagier tatsächlich befreien können.«

Magister Eulertin warf in diesem Moment einen der gegnerischen Zauberer mit seinem magischen Blitzlichtgewitter zu Boden.

»Ja, alter Freund, zeig es ihnen!«, knirschte Koggs.

Sie verfolgten das magische Duell eine Weile und konnten erleichtert mit ansehen, dass die Verteidiger aufgaben. Magister Eulertin rief seinen Mitstreitern etwas zu, und die Magier vom *Hermetischen Orden von den vier Elementen* schwärmten weiter aus.

»Dem Unendlichen Licht sei Dank. Auf Magister Eulertin ist Verlass. Wenigstens in Halla scheint unser Plan aufzugehen«, seufzte Kai erleichtert.

»Sieh nach, wo Kruul steckt«, röhrte Dystariel.

Kai atmete scharf ein und beschwor in der Kugel das schemenhafte Bild des Gargylenfürsten herauf, der mit zwei weiteren Gargylen dicht über die Fluten eines nebelbedeckten Gewässers hinwegflog.

»Wenn das das Nordmeer ist, kann das nur eines bedeuten: Kruul kehrt nach Albion zurück«, sagte Fi.

»Natürlich, damit war zu rechnen«, rasselte Dystariel. »Kruul sinnt auf Rache. Allerdings frage ich mich, warum er erst jetzt kommt.«

Kai musste unwillkürlich an Hammaburg denken und schon flackerte das Bild in der Kugel. Die Silhouette einer fackelbeleuchteten Stadt erschien, deren komplettes Hafenviertel in Trümmern lag. Menschen liefen schreiend durch die Gassen. Koggs und Bilger stießen Laute des Entsetzens aus. Dort, wo sich einst die Ruine der Hammaburg erhoben hatte, klaffte jetzt ein tiefer Krater im Erdreich.

Der Hammar!

Panisch suchte Kai das Stadtgebiet nach dem Ungeheuer ab. Er fand das Urmonster am jenseitigen Ufer der Elbe. Wie eine gigantische Qualle zog es seinen schlammigen Körper dort an Land, wo einst das Schmugglerviertel gelegen hatte. Unentwegt bildete das Ungeheuer weitere Greifarme aus und walzte sich langsam gen Westen. Kai ahnte, welches Ziel der Hammar anstrebte. Colona.

»Ich muss wissen, was in Colona vor sich geht«, wisperte er. Diesmal beschwor er in der Kugel das Bild der großen Rhynmetropole herauf. Die Mauern der Stadt waren erleuchtet. Zwei Riesenhabichte kreisten unter den Wolken und im Hintergrund war auch ein Fryburger Greifenreiter zu erkennen. Die Mauern waren mit zahlreichen Soldaten besetzt. Auch auf den Türmen, Hausdächern und freien Plätzen der Stadt herrschte emsiges Treiben. Zwerge montierten dort gewaltige Katapulte und Speerschleudern zusammen und auf Karren wurden lange Geschosse mit mondsilbernen Spitzen herangeschleppt.

»Wenigstens ist dort inzwischen Bergkönig Thalgrim mit seinem Heer eingetroffen!«, sagte Kai erleichtert, der nun einen Blick auf das Aufmarschgebiet des Feindes warf. Die Anzahl der Lagerfeuer rund um Colona herum hatte sich in beängstigender Weise vervielfacht.

»Nur noch wenige Tage, dann bricht der Sturm los«, schnarrte Koggs. »Allerdings wüsste ich zu gern, warum der Feind so verbissen diese Stadt einnehmen will.«

»Es geht dabei um die Quelle des Unendlichen Lichts«, erklärte Kai mit gepresster Stimme und spürte, wie ihn seine Gefährten fragend ansahen. »Die Finsternis will sie vernichten und ihren Sieg damit vollständig machen. Irgendwie hat Colona mit ihr zu tun.«

»Die Quelle des Unendlichen Lichts? Ich habe von ihr bereits gelesen. In der Chronik des Sonnenrats. Dann gibt es sie also tatsächlich?« Secretarius Stenzel wippte aufgeregt auf seinen Spinnenbeinen.

»Diese Quelle ist der Nabel der Welt.« Fi griff zu jener Stelle, an der sie den Glyndlamir verbarg und musterte Kai und Stenzel mit sonderbarem Blick. »Mein Volk bewacht sie seit Urzeiten. Aber dies ist unser am strengsten gehütetes Geheimnis. Kai, woher weißt *du* von der Quelle?«

»Später, Fi!« Kai presste die Zähne zusammen und spürte, wie ihm langsam die Kontrolle über das Bergauge entglitt. Doch da gab es noch eine Sache, die er herausfinden musste. Angestrengt beschwor er in der Zauberkugel die Gestalt von Aureus von Falkenhain herauf. Das Bild flackerte, schließlich fand er den bärtigen Zauberer zusammen mit vier anderen Stadtmagistern im Irrgarten des Koboldviertels, das von silbernen Lichtern erhellt wurde. Die gefährlichen Hecken waren abgebrannt und nicht weit von ihnen entfernt stand der alte Kobold. Um seinen Hals lag ein silberner Reif, und sein Blick war furchterfüllt auf ein seltsames Portal im Zentrum des Platzes gerichtet. Das Material, aus dem die Pforte bestand, zerfloss immerzu und änderte ein klein wenig seine Form.

Herrje, das war … Wasser. Die Magier waren in eine Art Zaubergesang vertieft, während blaue Funken über das Tor tanzten. Dann wallten wieder träge Schlieren in der Kristallkugel auf und versperrten die Sicht auf das Geschehen.

Kai löste sich stöhnend von der Kugel und strich sich erschöpft eine schwarze Haarsträhne aus der Stirn. Sie war schweißnass.

»War das eben nicht dieser Stadtmagister, der dich gefangen gehalten hat?«, wollte Fi wissen. Kai nickte und hob die schwere Kugel an.

»Verdammt. Es muss doch eine Möglichkeit geben, dieses Mistding mitzunehmen. Wir dürfen nicht riskieren, dass es einem von Morgoyas Zauberern noch gelingt, uns selbst damit auszukundschaften.« Leider war sein Rucksack schon jetzt bis zum Platzen gefüllt. Der klobige Dschinnenkopf aus Murguraks Nachtschattenturm befand sich darin, der Schattenkelch, auf den er seine ganzen Hoffnungen richtete, und nicht zuletzt jener magische Grundstein, an den Quiiiitsss gebunden war.

Unmöglich konnte er auch noch die Kristallkugel tragen.

»Gib mir diesen Dschinnenkopf«, seufzte Fi und öffnete die Verschnürungen ihres Gepäcks. »Du kannst dich ja eh nicht von ihm trennen.«

Dankbar überreichte Kai ihr die Zauberbüste und verstaute stattdessen Murguraks Bergauge in seinem Rucksack. »Und jetzt lasst uns hier verschwinden. Wenn wir diese Drachenburg erst verlassen haben, sehen wir weiter.«

Mit leisem Bedauern ließen sie all die herumliegenden Zauberartefakte hinter sich und wandten sich dem Ausgang der Schatzkammer zu. Dystariel und Secretarius Stenzel schoben sich bereits die Treppenstufen nach unten, während Kai, Fi und die beiden Klabauter bei dem bewusstlosen Hexenmeister zurückblieben.

»Was machen wir mit ihm?«, fragte Kai zögernd.

»Wenn du Skrupel hast, kümmere ich mich um diese Bestie in Menschengestalt«, sagte Koggs mit eisiger Stimme und zog seinen Säbel.

»Kommt her, schnell!«, dröhnte plötzlich Dystariel von unten. »Hauptmann Eiron ist verschwunden. Er hat sich befreit!«

Aufgeschreckt stürmten sie hinunter ins Labor.

»Er wird die Drachengarde alarmieren«, murmelte Stenzel erschrocken und richtete angespannt seine beiden Vorderbeine auf.

Schon ertönte außerhalb des Turms der Ruf von Alarmhörnern.

»Hier kommen sie nicht durch, aber sie werden bereits auf der Treppe sein«, rasselte die Gargyle. »Los, ihr Klabauter. Bewegt Eure Koboldärsche. Wir müssen die Tür zum Archiv versperren!«

Dystariel, Koggs und Bilger schlüpften hinunter ins Archiv und drängten sich an den Regalen zum Treppeneingang vorbei. Kai, Fi und Stenzel folgten ihnen. Tatsächlich konnten sie bereits Kommandorufe hören.

Dystariel wuchtete ein ganzes Regal vor den Eingang, als ein lautes Splittern zu hören war. Eine Gargylenpranke brach durch das Holz und riss ein Loch in die Tür. Schnell sprang Koggs vor und verkeilte seinen Säbel so in dem Loch, dass die feindliche Gargyle Schwierigkeiten hatte, ihren Krallenarm zurückzuziehen. »Bilger!«

Längst hielt der andere Klabauter seine neue Mondsilberaxt in den Händen und hieb damit zu. Mit einem knirschenden Laut hackte er der fremden Gargyle die Pranke ab. Dunkles Blut sprudelte in den Raum und die überraschte Bestie stieß ein schmerzerfülltes Heulen aus.

Kai schickte zusätzlich einen Feuerball durch den Türspalt. Ein dumpfer Donnerknall folgte, in das sich laute Schmerzensschreie und das Rumpeln stürzender Körper mischten. Roter Feuerschein leckte nach oben.

»Hervorragend, Junge«, spottete Koggs, »jetzt hast du den Turm in Brand gesteckt. Wenn uns diese Schwarzhaie nicht vorher kriegen, dann rösten wir gleich wie Fische im Lagerfeuer.«

»Da unten sind überall Fackeln zu sehen!«, rief Fi, die einen Blick durch das große Butzenglasfenster hinter dem Pult warf. Noch immer waren draußen die Klänge der Alarmhörner zu hören. »Stenzel, gibt es hier noch einen anderen Weg hinaus?«

»Ich bedaure, nein.« Ängstlich griff der Secretarius nach einem kostbaren Buch und drückte es an sich. »Das hier ist immerhin der Sternenturm.«

»Es nützt nichts, auf ein Wunder zu warten«, rasselte Dystariel. »Wir müssen jetzt handeln. Junge, schaffst du es, die mondsilbernen Gitterstreben einzuschmelzen?« Die Gargyle deutete auf die Fensterfront, vor der Fi stand.

»Ich kann es versuchen. Und was dann? Der Turm ist viel zu hoch.«

»Drei von uns kann ich mitnehmen«, röhrte Dystariel. »Wird zwar 'ne ziemlich unsanfte Landung, aber vielleicht schaffe ich es runter bis zu diesem Brunnenhaus.«

»Ich kann einen Weiteren von uns tragen«, krächzte der Secretarius. »Ich könnte mich, äh, an einem Spinnenfaden abseilen. Aber unten angelangt, bräuchte ich etwas Hilfe.« Flehend sah er Kai an.

»Gut, so machen wir es«, entschied Kai. »Fi, Koggs, Bilger, rüber zu Dystariel mit euch. Macht euch bereit. Ich werde zusammen mit Stenzel nachkommen.«

»Nix, da. Mit dem Krabbler lasse ich dich nicht allein!«, röhrte die Gargyle.

»Schon vergessen, dass uns am Fuß des Turms ein ganzer Trupp Soldaten erwartet?«, meinte Kai aufgebracht. »Von dir abgesehen, werde nur ich mit ihnen fertig. Wir machen es so und nicht anders!«

Er hob seinen Zauberstab, besann sich auf die Schutzrunen, die er außen am Bauwerk gesehen hatte, und flehte alle Schicksalsmächte an, dass der Turm nicht auch gegen einen Ausbruch gesichert war.

Das mondsilberne Fenstergitter glühte an den Verankerungen auf. Die Glasscheiben knackten in der Hitze und prasselten kurz darauf als Scherbenregen nieder. Dystariel ergriff das heiße Mondsilbergitter und riss es aus der Fensterfront. Feuchte Luft schlug ihnen entgegen.

»Wehe, du bringst unsere Flamme nicht sicher nach unten«, schnaubte Dystariel den Secretarius an, während hinter ihnen im Treppenhaus Stiefelschritte zu hören waren. »Wenn du versagst, reiße ich dir jedes deiner acht Beine einzeln aus. Hast du mich verstanden?«

»Ihr könnt Euch auf mich verlassen«, versprach Stenzel erschrocken.

»Pass auf dich auf, Kai!« Fi berührte ihn besorgt an der Wange und warf auch Stenzel einen unglücklichen Blick zu. »Wir treffen uns beim Brunnen.«

Dystariel packte Koggs, Bilger und Fi und warf sich mit ihnen aus dem Fenster. Kai und Stenzel sahen dabei zu, wie die Gargyle im Sturz ihre Flügel ausbreitete und dann unter ihnen im Nebel verschwand. Wie Fi gesagt hatte, waren zu Füßen des Turms die trüben Lichter unzähliger Fackeln zu erkennen. Die ganze Burg schien auf den Beinen zu sein und noch immer gellte von irgendwoher Alarm.

»Los, Stenzel.«

Der Secretarius nickte beklommen, richtete sein Hinterteil auf und schoss einen klebrigen Spinnenfaden an die Raumdecke. Immer noch sein Buch an den Leib pressend, griff er nach Kai, der sich, so gut es ging, an dem Spinnenmann festklammerte. Kurz darauf hingen sie unterhalb der Fensteröffnung und Stenzel seilte sich mit Kai zusammen an der Außenfront des Turms ab.

Kai hoffte nur, dass sie der Nebel so lange wie möglich davor schützte, entdeckt zu werden. Vor allem durfte jetzt keine Gargyle auftauchen. Während es beständig weiter turmabwärts ging, wurden auch die Rufe der Soldaten unter ihnen lauter.

»Stenzel, wir dürfen nicht vor dem Turmeingang herunterkommen.«

»Ich weiß, junger Feuermagus. Ich werde uns weiter auf die rückwärtige Seite des Turms bringen.«

Die Spinnenbeine des Secretarius kratzten am Mauerwerk entlang, als er den Turm umrundete. Den Fehler, den Stenzel dabei beging, bemerkte Kai erst, als es zu spät war. Keine vier Schritte über dem Erdboden verdunkelte er mit seinem Spinnenleib ausgerechnet eine der leuchtenden Mondsilberscheiben. Sofort wurden Alarmrufe laut.

Ein mehrfaches Schnappen drang aus dem Dunst. Rund um sie herum schlugen Armbrustbolzen in der Turmwand ein. Es folgte ein harter Aufprall und Kai krachte auf das feuchte Pflaster. Ein halbes Dutzend Soldaten rannten im Nebel auf sie zu.

Kai hob seinen Zauberstab und ließ vor ihnen eine große Feuerwand entstehen. Zur Sicherheit schickte er zwei wirbelnde Glutbälle hinterher, die laut explodierten.

»Kommt, Stenzel, schnell weg von hier«, rief er und drehte sich zu dem Secretarius um, der reglos an seinem glitzernden Faden hing. Jetzt erkannte Kai, dass drei Bolzen tief im entstellten Körper des Mannes steckten. Der Alte hob röchelnd seine Arme und drückte Kai das Buch in die Hand.

»Die Chronik des Sonnenrats. Bitte nehmt sie.«

»Beim Unendlichen Licht, Stenzel. Ich lass Euch hier nicht zurück.«

»Es ist gut so. So hatte meine elende Existenz am Ende doch noch einen Sinn.« Blutiger Schaum troff aus Stenzels Mund, sein Oberkörper krümmte sich und die Nickelbrille fiel zu Boden. »Es war mir eine Ehre … Euch zu begegnen. Versprecht mir … mein geliebtes Albion zu befreien. Versprecht es mir …«

Stenzels Blick trübte sich und er sank zurück gegen die Turmwand.

In diesem Moment brachen die ersten Soldaten durch die Flammenmauer. Kai wirbelte herum und ließ all seinem Hass freien Lauf. Immer und immer wieder jagte er Feuerbälle in die Reihen seiner Gegner und richtete ein entsetzliches Gemetzel unter den Männern an. Er hörte mit seinem schrecklichen Werk erst auf, als es auf seiner Seite des Turms ruhig wurde und zahlreiche Gebäude brannten. Ohne die Toten eines weiteren Blickes zu würdigen, las er die zerbrochene Brille des Sekretarius auf und setzte sie dem alten Mann wieder auf.

»Ich verspreche es Euch, Stenzel.«

Dann rannte er in den Nebel.

Die Wasser der Teus

Kais Stiefel hämmerten über die Steine des Pflasters, während im Nebel die Befehle von Hauptmann Eiron ertönten, der seine Männer neu formierte. Es gelang Kai, unerkannt an einem Wachgebäude vorbeizuschlüpfen und im Schutz des Nebels eine breite Treppe zu erreichen, als auf Höhe der Zinnen plötzlich eine Gargyle aus dem Dunst glitt. Kai presste sich gegen eine Wand und hielt den Atem an, bis das Ungeheuer außer Sicht war. Doch wo befand sich dieses elende Brunnenhaus?

In seiner Verzweiflung dachte Kai an Fi. Sie beide waren durch die magischen Kräfte des Glyndlamirs miteinander verbunden. Vielleicht gelang es ihm auf diese Weise, sie aufzuspüren. Er konzentrierte sich, atmete tief ein und ließ sich allein von seinen Gefühlen leiten. Leise huschte er an einem großen Gebäude mit hoch aufstrebender Fassade vorbei, ging einem Trupp Soldaten aus dem Weg und überquerte schließlich einen trübe von Fackeln beleuchteten Exerzierplatz. Zu seinem Erstaunen sah er, wie sich vor ihm jenes Backsteingebäude mit dem löchrigen Schieferdach aus dem Dunst schälte, auf das ihn Fi vorhin aufmerksam gemacht hatte.

Kaum hatte er es erreicht, als Dystariel aus dem Schatten trat. »Wo warst du, verdammt noch mal?«

Kai winkte schwer atmend ab und huschte hinein. Im Innern erwarteten ihn bereits Fi, Koggs und Bilger. Die drei standen um einen solide gemauerten Ziehbrunnen herum, der am oben Schachtrand durch ein Eisengitter versperrt war.

»Kai, dem Traumlicht sei Dank!«, flüsterte Fi erleichtert. »Wo ist Secretarius Stenzel?«

»Er hat es nicht geschafft.« Müde trat er neben sie. »Und?«

»Weiter unten im Schacht sind Eisensprossen zu erkennen«, grummelte Koggs.

»Aber ohne deine Hilfe, kommen wir hier nicht weiter«, ergänzte Bilger.

»Beiseite!« Kai trat an das Gitter heran und beschwor seine elementaren Kräfte herauf. Er konnte Mondsilber zum Schmelzen bringen, Eisen sollte daher kein Problem sein. Das Metall glühte hell in den Verankerungen auf. Jetzt konnte Dystariel das Gitter quietschend in die Höhe schieben.

»Beeilt euch, bevor sie uns noch finden«, röhrte sie.

»Und du?« Kai musterte die Gargyle, denn ihm war klar, dass sie unmöglich durch den Schacht passen würde.

»Ich finde euch schon, Junge. Verlass dich drauf. Und jetzt runter mit euch. Ich werde hier noch für etwas Verwirrung sorgen.«

Nach und nach kletterten die Gefährten in den Schacht. Kai zurrte Stenzels Buch mit raschen Griffen an seinem Rucksack fest und mühte sich als Letzter über die Brunnenwand. Von unten sah er dabei zu, wie Dystariel das Gitter wieder zurückbog, damit er es mit seinen Zauberkräften erneut mit der Mauer verschmelzen konnte. Ohne ein weiteres Wort huschte die Gargyle fort.

»Schneller!«, drang aus dem Dunkeln die krächzende Stimme von Koggs Windjammer zu ihnen herauf. Kai kraxelte die Sprossen hinunter und lauschte den Atemgeräuschen seiner Gefährten, die seltsam verzerrt von den Schachtwänden widerhallten. Ein immer fauliger werdender Geruch stieg ihm in die Nase, außerdem war von unten das Plätschern und Gurgeln abfließenden Wassers zu hören. Es platschte dreimal hintereinander laut auf, dann fanden auch seine Füße keinen Halt mehr.

Kai spähte an der Schachtwand hinab, die in einem Kanaltunnel mündete, durch den ein zähes Rinnsal stinkender Abwässer floss. Fi stand neben Koggs und Bilger und hielt eine magische Kristallkugel in den Händen, die einen goldenen Lichtschein verbreitete. Also war auch sie in der Schatzkammer der Könige fündig geworden.

Kai überwand seinen Ekel und ließ sich endlich fallen. Die stinkende Brühe spritzte hoch auf, als er im Abwasserstrom landete und sogleich bis zu den Oberschenkeln darin versank.

Der Geruch hier unten raubte ihm fast die Sinne. Es stank bestialisch nach Fäkalien, in den sich unverkennbar süßlicher Verwesungsgeruch mischte. Beständig trieben dunkle Brocken an ihnen vorbei, über deren Herkunft sich Kai lieber keine Gedanken machte. Außerdem waren am Rande ihres Lichtkreises huschende Bewegungen zu erkennen, die hin und wieder ein spitzes Fiepen von sich gaben.

Ratten!

»Bei allen Moorgeistern«, stöhnte er. »Das ist der ekelerregendste Ort, an dem ich jemals war.« Er blickte zu Fi und sah ihrem gequälten Gesicht an, dass sie ähnlich empfand.

»Für Befindlichkeiten dieser Art haben wir jetzt keine Zeit, du zimperliche Königsflunder«, schimpfte Koggs, dem die fauligen Abwässer ebenso wie Bilger sogar bis zum Bauch reichten. Entschlossen deutete er zu einem Ende des Tunnels. »Wenn ich Matiz richtig verstanden habe, sollen wir dem Kanal in Abflussrichtung folgen. Er will dort in einer Kaverne auf uns warten.«

»Hoffentlich ist auf ihn Verlass«, murrte Bilger.

Unter Koggs Führung stapften sie durch das schlickige Wasser. Es gluckste und plätscherte um sie herum, und im Licht von Fis verzauberter Glaskugel war zu sehen, dass die Tunneldecke dick mit Schimmel und braunem Kalk verkrustet war. Die Fluten, durch die sie sich kämpften, waren unangenehm warm und beständig stiegen geisterhafte Dunstschlieren von der Wasseroberfläche auf. Kai unterdrückte ein Würgegefühl.

Endlich erreichten sie eine große Felsenkammer, die in zwei weitere Kanäle mündete. Dort, auf einem breiten Steinsims, hockte ein dürrer Mann mit großen Segelohren, der ein langes Messer mit Zackenbart in den Händen hielt.

»Da seid ihr ja«, krächzte Matiz und leckte sich über seine großen Schneidezähne. Unruhig beäugte er den Tunnel, aus dem die Gefährten kamen. »Ihr werdet doch nicht verfolgt, oder?«

»Keine Ahnung«, zürnte Koggs und zog sich neben ihn auf den Sims. Seine Kleidung tropfte. »Ganz ohne Aufsehen ist unsere Flucht aus der Drachenburg nicht vonstatten gegangen, aber so schnell sollte es diesen Landratten nicht gelingen, uns zu folgen.«

Matiz riss die Augen auf, als er Bilger Seestrand erkannte, der ebenfalls auf den Sims kletterte. »Bilger! Koggs hat es tatsächlich geschafft, dich freizubekommen!«

»Wie du siehst«, knurrte der Klabauter und wischte eine Handvoll Dreck von seiner Kleidung. Anschließend half er auch Fi und Kai aus der giftigen Brühe heraus.

»Dann wart ihr auch in der Schatzkammer der Könige im Sternenturm?«

»Unwichtig«, schnaubte Koggs. »Jetzt bring uns erst mal zurück zum Hafen.«

Matiz' Blick wanderte unruhig zwischen den beiden Klabautern hin und her. »Dein Schiff, Koggs, ist ... äh. Dein Plan ist aufgeflogen. Dein Schiff wurde von den Hafengardisten gestürmt. Alle deine Männer wurden gefangen genommen.«

Erschrocken dachte Kai an Olitrax. Hoffentlich war sein kleiner Drache entkommen.

»Was?!«, brüllte der Klabauter und baute sich ungläubig vor dem Schmuggler auf. »Wie konnte das passieren?«

»Ich weiß es nicht«, wimmerte Matiz. Er zuckte zusammen, als habe Koggs ihn geschlagen. »Aber ihr könnt unmöglich hierbleiben. Zu gefährlich.«

»Verfluchte Schattenbrut, ich habe die Jungs hierhergebracht. Ich muss sie auch wieder raushauen.« Koggs stampfte wütend mit seinem Holzbein auf. Matiz leckte sich wieder über die Schneidezähne. »Kommt. Ich führe euch erst einmal zu den Ufern der Teus. Wie ich schon sagte, ich habe Freunde hier. Mit ihrer Hilfe wird uns schon etwas einfallen.«

Ohne eine Antwort abzuwarten, huschte Matiz zu einem der weiterführenden Kanaltunnel, der zu Kais Erleichterung rechts und links mit einem steinernen Steg ausgestattet war. Koggs und Bilger murrten zwar, eilten ihm dann aber nach. Kai sah, dass Fis Gesicht inzwischen eine kalkweiße Farbe angenommen hatte. Offenbar setzten ihr die schrecklichen Gerüche hier unten doch weitaus stärker zu, als ihm. »Komm, Fi. Stütz dich auf mich. Ganz sicher haben wir es bald geschafft.«

Fi nickte schwach und nahm seine Hilfe dankbar an.

Mühsam schleppten sie sich hinter ihren Gefährten her, und Kai musste mehrfach aufpassen, dass sie auf dem glitschigen Untergrund nicht ausrutschten. Matiz führte sie durch ein schier endloses Gewirr an Kanälen und Tunneln, in denen immer wieder Ratten ihren Weg kreuzten.

»Wo sind wir hier?«, wollte Koggs nach einiger Zeit wissen.

»Unter dem Ruinenviertel Albas, nicht weit vor den Stadtmauern im Westen.« Matiz kicherte. »Ist jetzt sechzehn oder siebzehn Jahre her, da hat Morgoya alles über uns mit ihrem gefürchteten schwarzen Feuer niedergebrannt. Da blieb kaum ein Stein auf dem anderen.«

»Warum das?«, keuchte Kai.

»Es heißt, sie sei auf der Suche nach einigen Königstreuen gewesen. Hab damals selbst für den Widerstand gearbeitet, aber der ist schon lange vernichtet. Es gibt da aber auch noch ein anderes hartnäckiges Gerücht und das besagt, dass Morgoya nach ihrer Tochter gesucht habe. Den Königstreuen soll es damals gelungen sein, sie zu entführen.«

»Was?« Kai hielt mitten im Schritt inne und sah Matiz mit großen Augen nach.

»Stimmt, davon habe ich auch schon mal gehört«, knurrte Koggs. »Morgoyas Tochter muss selbst ein ziemliches Miststück gewesen sein. Kann mir die ganze Geschichte aber ehrlich gesagt nur schlecht vorstellen.«

»Ist auch egal«, kicherte Matiz. »Von der hat danach nie wieder jemand gehört. Und was die Ruinen über uns betrifft, da herrschen jetzt wir, der Abschaum der Straßen.«

Sie standen nun in einer neuen Kaverne, aus der drei weitere Tunnel abzweigten. Ein beständiges Gurgeln und Plätschern hallte von den Ziegelwänden und zu ihrer unangenehmen Überraschung bevölkerten Hunderte fiepsender Ratten die Höhle. Die Nager schwammen nicht nur im Abwasser, sondern hatten sich wie ein lebender Teppich auch auf den Stegen und künstlichen Plattformen der Grotte breitgemacht. Die räudigen Biester richteten sich auf den Hinterbeinen auf und starrten ihnen aus kalten gelben Augen entgegen. Auf einen Wink von Matiz hin machten ihm die Tiere Platz. Das Ekelgefühl, das Kai beschlich, wurde unerträglich.

Matiz blieb stehen und deutete zu einem Tunnel unweit zu seiner Rechten. Er grinste breit, sodass seine großen Schneidezähne weit über die Unterlippe stachen. Wie so oft zuckten seine großen Ohren.

»Bevor ich euch allerdings nach oben bringe, müsst ihr natürlich auch etwas für mich tun.« Gierig musterte er ihr Gepäck. Insbesondere an Kais prall gefülltem Rucksack blieb sein Blick hängen. »Ihr erlangt die Freiheit und ich bekomme, was ihr im Sternenturm gefunden habt.«

»Du elende Bilgenratte willst uns ausrauben?«, schimpfte Koggs.

»Was für ein böses Wort, alter Freund. Gerade ihr beiden solltet mich verstehen.«

»Du warst es, der meine Männer verraten hat«, schrie Koggs aufgebracht. »Habe ich recht?«

»Hier in Albion muss man eben sehen, wo man bleibt.« Matiz grinste die beiden Klabauter unverschämt an und stieß eine grelle Abfolge von Pfiffen aus. »Das sehe ich übrigens nicht allein so.«

Aus den Tunneln schoben sich fünf dunkle Gestalten, Männer mit verfilzten Haaren, Stoppelbärten und vor Dreck starrender Kleidung, die überlange Messer in den Händen hielten. Zwei von ihnen bleckten ihre Zähne, und Kai konnte wie bei Matiz einen eigentümlichen Überbiss erkennen.

»Schwerer Fehler, Matiz«, schnaubte Bilger Seestrand. »Offenbar weißt du nicht, wem du hier gegenüberstehst.«

»Ich glaube, ihr wisst nicht, mit wem ihr es zu tun habt«, höhnte der albionsche Schmuggler. Auf ein Kopfnicken von ihm hoben die Fremden ihre Köpfe und stießen schrille Laute aus, die schmerzhaft von den Kanalwänden widerhallten. Die Ratten rund um sie herum duckten sich und fauchten wie zur Antwort, doch Kai hatte nur Augen für das, was mit Matiz und seinen Leuten geschah. Unter hechelnden Lauten überzog sich ihre Haut mit grauem Fell. Sie ließen sich auf allen vieren nieder, während mit ihren Körpern eine unheimliche Verwandlung vor sich ging. Die Köpfe schwollen an, stülpten sich plötzlich nach vorn und entblößten lange Reihen scharfer Reißzähne, die wie die von Ratten beschaffen waren. Sogar die Augen ihrer sechs Gegner veränderten ihre Farbe. Sie funkelten jetzt in einem tückischen Gelb.

»Rattenmenschen!«, keuchte Fi erschrocken und spannte mühsam ihren Bogen.

»Völlig richtig, Schätzchen«, zischelte Matiz, der wie ein übergroßer Nager auf den Hinterbeinen hockte. »Gebt uns, was ihr habt und ich verzichte darauf, meinen großen und kleinen Freunden den Befehl zu geben, euch zu zerreißen. Sagen wir, der alten Freundschaft wegen.«

Kai hob seinen Zauberstab und überlegte verzweifelt, welche Gruppe ihrer Gegner gefährlicher war: die Meute sprungbereiter Nager um sie herum oder die sechs Rattenmenschen vor den Tunnelausgängen. Er wollte gerade einen Flammenteppich auf die Ratten richten, als Koggs beschwichtigend die Hand hob.

»Ist gut, Matiz. Alles hat eben seinen Preis.« Ohne eine Gefühlsregung kramte er unter seiner Kleidung das Kästchen hervor, in dem sich Berchtis' Leuchtstein befand. »Was hältst du hiervon?«

Der Klabauter trat einen Schritt vor und öffnete das Behältnis mit einem Schnappen. Wie schon damals auf der Elbe breitete sich in der Kaverne ein heller Schein aus, der einen Stich ins Goldene besaß. Matiz, der sich bereits gierig vorgebeugt hatte, schlug jaulend die Hände vors Gesicht, taumelte zurück und klatschte mit Wucht gegen die Kanalwand. Auch seine fünf verwandelten Spießgesellen schrien schmerzerfüllt auf. Rauch stieg aus ihrem Fell auf. Schreiend warfen sie sich herum und flüchteten zu den Tunnelausgängen. Die unzähligen Ratten stießen schrille Schreie aus. Zu Dutzenden fielen sie ins Wasser und ruderten in die Dunkelheit. Koggs hatte Matiz längst am Kragen gepackt und zerrte ihn zu sich hoch. Noch immer zischte dessen Haut und der beißende Geruch versengten Haares breitete sich in der Höhle aus.

»Gnade!« Matiz winselte und jammerte, doch der Klabauter wartete bis die letzte Ratte die Höhle verlassen hatte, bevor er das Kästchen wieder schloss und nur noch Fis Glaskugel die Kaverne erhellte.

»Du mieser Verräter. Wie konntest du nur?«, herrschte er ihn an. »Hast du wirklich geglaubt, den alten Koggs hereinlegen zu können?«

»Vergib mir, alter Freund«, wimmerte Matiz und nahm die Hände vom Gesicht. Er hatte sich wieder zurückverwandelt, doch seine Haut war jetzt krebsrot.

»Ich muss Morgoya dienen. Ich muss ...«

»Verdammter Lügner!«, fuhr ihn Bilger an. »Dir ging es allein darum, uns auszurauben.«

»Hört ihr das?«, sagte Fi plötzlich. Sie lauschte in Richtung Tunnel, aus der ein leises Rauschen zu hören war.

Matiz verlor schlagartig jeden Anflug von Demut. Seine großen Ohren zuckten und er grinste hässlich. »Schade, der Versuch war's wert. Wenigstens fahre ich nicht allein in die Schatten. Ihr hört es ja, die Gardisten haben die Fluttore zur Teus geöffnet. In wenigen Augenblicken ersaufen wir hier alle wie ...«, er kicherte irre, »... wie die Ratten!«

»Sag schon, wo geht es hier raus!«, brüllte Koggs.

Matiz spuckte ihn an. Koggs schlug ihm hart ins Gesicht und stieß ihn in ins Abwasserbecken. »Weg hier!«, kommandierte er.

»Fragt sich wohin«, fluchte Bilger.

»Dorthin!« Kai wies mit seinem Zauberstab auf einen der Tunnel. »Das ist der Tunnel, auf den Matiz gezeigt hat, als er meinte, er brächte uns hier raus.«

»Probieren wir es«, schnaubte Koggs.

Kai stützte Fi abermals und gemeinsam rannten sie in den dunklen Schacht hinein. Der Abwasserstrom überspülte die Stege und kroch von Augenblick zu Augenblick an Beinen und Kanalwänden empor. Langsam überkam Kai Panik.

»Weiter«, rief Fi mit schwacher Stimme. »Da hinten sehe ich eine Tür.«

Kai, Fi und die beiden Klabauter wateten durch das Wasser, während das Rauschen und Gurgeln immer lauter wurde. Wie Fi gesagt hatte, näherten sie sich einer verrosteten Metalltür mit eisernem Fensterkreuz. Koggs und Bilger, denen das schlickige Wasser bereits bis zu den Hüften reichte, zerrten an ihrem Griff, doch sie ließ sich nicht öffnen.

»Junge, mach was!«, brüllte Koggs.

Kai hob seinen Zauberstab und beschwor einen Feuerwusel herauf. Das Elementar verwandelte sich sofort in einen Kugelblitz, der Funken sprühend im Schloss der Tür einschlug. Ein Knall hallte durch den Tunnel und Koggs und Bilger schafften es, die Tür einen Spaltbreit aufzuziehen. In diesem Moment steigerte sich das Rauschen hinter ihnen zu einem donnernden Getöse. Erschrocken drehten sich Kai und Fi um und sahen, wie sich eine gewaltige Wasserwand an den Tunnelwänden brach und auf sie zujagte.

»Schnell, schaff Fi hier raus!«, brüllte Koggs. Er und Bilger stemmten sich gegen die Tür, sodass sich Kai mit der geschwächten Fi hindurchzwängen konnte. Im nächsten Moment war das Wasser der Teus heran. Alles um sie herum erstickte in einem lärmenden Rauschen und Schäumen. Kai und Fi stürzten prustend in den hinter der Tür liegenden Gang, und mit einem Krachen schlug die eiserne Pforte wieder zu. Keuchend stemmte sich Kai sofort gegen das Hindernis, doch es war hoffnungslos. Die Fluten im Tunnel waren zu stark. Die Wassermassen pressten derart gegen die Tür, dass sich diese nicht mehr bewegen ließ.

»Koggs? Bilger?« Panisch kam nun auch Fi wieder auf die Beine und half Kai. Durch das schmale Fensterkreuz hindurch vernahmen sie ein verzweifeltes Keuchen und Gurgeln, das im Lärmen der Fluten unterging, dann sahen sie, wie die Finger ihres alten Klabauterfreundes hilflos die Gitterstreben umklammerten. Koggs würgte und bekam kaum noch Luft, als er sich mit seiner roten Knollnase gegen das kleine Türfenster presste. Durch dieses flutete bereits ein Schwall braunes Wasser in den Gang.

»Zu spät, Junge! War … wohl unsere letzte Heldentat.« Koggs Stimme war kaum noch zu verstehen. »Behaltet uns … in guter Erinnerung. Nimm!«

Der Klabauter zwängte das Kästchen mit Berchtis' Leuchtstein durch das Fensterkreuz.

»Nein, Koggs! Nicht so. Nicht so!«, schrie Kai verzweifelt. Er mobilisierte all seine Kraftreserven und stemmte sich ebenso wie Fi abermals gegen die Tür. Immer und immer wieder warfen sie sich dagegen, doch Koggs Gesicht war längst nicht mehr zu sehen. Auch seine Finger, die noch eine Weile die eisernen Streben umklammerten, rutschten irgendwann ab und machten den schäumenden Wassermassen Platz.

Kai stand da wie paralysiert. Wie in einem Albtraum sah er Fi dabei zu, wie die Elfe mit ihren Fäusten weinend gegen die Tür schlug. Irgendwann wurde auch ihr die Vergeblichkeit ihres Tuns bewusst. Inzwischen standen ihnen die brackigen Fluten auch diesseits der Pforte bis zu den Hüften.

»Das darf nicht sein«, schluchzte Fi. »Koggs und Bilger, sie sind …!«

»Ich weiß«, krächzte Kai mit einer Stimme, die ihm selbst fremd klang. Er blinzelte seine eigenen Tränen fort und steckte Koggs Kästchen ein, das einsam vor ihm auf der Wasseroberfläche trieb. Dann ergriff er Fis Hand und zog sie stumm auf eine überspülte, steinerne Wendeltreppe zu.

Geister der Vergangenheit

Kai fror und seine Kleidung klebte feucht an seinem Körper. Doch er achtete kaum darauf, als er und Fi im Innern eines verfallenen Gebäudes mit schwarzen, rußgeschwärzten Mauerstümpfen an die Oberfläche gelangten. Rings um sie herum erhob sich ein gespenstisches Ruinenfeld. Irgendwo im Nebel war das ferne Rauschen der Teus zu hören, und im Osten konnte er die gewaltige Stadtmauer Albas erahnen, auf der Wächter mit Fackeln patrouillierten.

Noch immer fühlte sich Kai wie betäubt. Stenzel mit eingerechnet, hatten sie in nur einer Nacht gleich drei Freunde verloren. Er betrachtete Fi, die mit bebenden Schultern neben ihm stand und die Hände vors Gesicht geschlagen hatte. Behutsam nahm Kai sie in den Arm.

»Ich verspreche dir, wir werden sie rächen.«

»Davon wird Koggs nicht wieder lebendig«, schniefte Fi.

Kai schluckte den Kloß im Hals herunter, und versuchte Koggs' Schicksal aus seinen Gedanken zu verbannen. Im Moment galt es, Fi in Sicherheit zu bringen. Wohin, war ihm egal. Hauptsache fort von diesem finsteren Ort.

Entschlossen zog er die Elfe mit sich und gemeinsam streiften sie durch das unheimliche Ruinenfeld. So wie Matiz gesagt hatte, musste hier einst ein schreckliches Feuer gewütet haben.

Sie passierten eingestürzte Häuser mit verkohlten Dachstühlen, ließen geborstene Mauerstümpfe hinter sich und folgten zerstörten Straßen, die noch immer nach Rauch und Asche stanken. Morgoya hatte hier einst einen ganzen Stadtteil niederbrennen lassen, und doch war es ihr nicht gelungen, das Leben in diesem Viertel vollständig auszulöschen. Hin und wieder waren Bewegungen zwischen den Hausruinen zu erahnen. Sie wurden beobachtet. Kai beschleunigte seinen Schritt und fragte sich, wer hier unter solch menschenunwürdigen Bedingungen hausen mochte.

Sie kamen soeben an den Überresten eines alten Turms vorbei, als sie über sich flatternde Geräusche vernahmen. Fi zog schnell ein Messer, da ihre feuchte Bogensehne nutzlos geworden war, und Kai hielt sich zauberbereit. Zu ihrer Erleichterung war nun vom Himmel her ein vertrautes Schnauben zu hören, und schon war die Silhouette von Olitrax im Dunst zu erkennen. Aufgeregt landete der kleine Drache auf Kais Arm.

Sogleich wurde Kais Bewusstsein von einer Bilderflut überspült. Er sah schwarz-rot gekleidete Gardisten, die Koggs Schiff stürmten. Er sah wie die Matrosen kämpften, der Übermacht erlagen und wie Sklaven abgeführt wurden.

»Ich weiß«, sprach er niedergeschlagen und streichelte zärtlich über die Schuppen des kleinen Drachen. »Dieser Weg ist uns nun versperrt.«

»Nicht nur der«, rasselte es über ihnen. Erschrocken blickte Kai auf und entdeckte Dystariel, die nun ebenfalls aus dem Dunkeln heranglitt, um mit schweren Schwingenschlägen neben ihnen auf dem Boden aufzusetzen. Eine große Wunde klaffte im Bein der Gargyle. »Die ganze Stadt ist auf den Beinen«, knurrte sie. »Morgoyas Soldaten durchkämmen jede Gasse und jedes Haus auf der Suche nach uns.«

»Wie hast du uns gefunden?«, wollte Kai wissen.

»Das war nicht schwer. Ich musste mich nur an ihn halten.« Dystariel fletschte die Zähne und nickte in Olitrax' Richtung. Sie schaute sich um. »Wo sind diese beiden Prahlhälse? Ich hoffe, sie stellen keine Dummheiten an.«

»Hör auf, so über sie zu sprechen«, platzte es zornig aus Fi heraus, und wieder liefen ihr Tränen über die Wangen. »Sie haben sich geopfert, um uns aus der Stadt zu bringen. Sie sind tot!«

Dystariel legte ihren Kopf schief.

»Das tut mir leid«, röhrte sie zu Kais Überraschung. »Sie waren lästig und vorlaut, aber tapfer. Durchaus tapfer. Aber jetzt ist keine Zeit zum Trauern. Ich habe Thadäus versprochen, mich um euch zu kümmern. Und deswegen bringe ich euch jetzt an einen sicheren Ort. Hier könnt ihr nicht bleiben, denn sie werden schon bald damit beginnen, auch das Ruinenviertel und den Fluss abzusuchen. Und sollte Kruul erst in Alba eintreffen, wird er die Suche mit Mitteln ausdehnen, von denen ihr lieber nichts wissen wollt.«

Dystariel presste Kai und Fi an sich und stieß sich wieder vom Boden ab. Mit kräftigen Schwingenschlägen setzte sie über das nachtschwarze Ruinenviertel hinweg und tauchte in die Wolken über Alba ein. Im Schutz des Nebels wandte sie sich nach Norden, und Kai konnte mit etwas Mühe erkennen, dass ihnen Olitrax unbeirrt folgte. Schmerzlich wurde Kai bewusst, wie feucht seine Kleider noch waren. Der Flugwind schnitt wie Messerklingen in seine Haut. Er spürte, dass es Fi neben ihm nicht viel besser erging.

Irgendwann zitterte Kai derart vor Kälte, dass er schon glaubte, aus dem Griff der Gargyle zu rutschen. Wie lange mochten sie inzwischen unterwegs sein? Eine Stunde? Oder gar zwei? Längst war ihm jedes Zeitgefühl abhandengekommen. Da kippte Dystariel scharf nach rechts ab. Kai dachte schon, der Sturzflug würde nie enden, als sie die Zweige und Äste hoher Bäume durchbrachen. Es folgte ein dumpfer Aufprall. Unsaft stellte Dystariel ihre beiden Passagiere auf die Beine, doch ebenso wie Fi kippte auch Kai vor Schwäche einfach um. Er landete auf etwas Weichem, das sich wie Moos anfühlte.

War das hier eine Waldlichtung? Es roch um sie herum so merkwürdig bitter. Leider waren die Sichtverhältnisse derart schlecht, dass er nichts erkennen konnte. Außerdem waren seine Glieder so steif, dass er sich kaum noch rühren konnte.

»Haltet aus, ich hole Feuerholz«, röhrte die Gargyle und humpelte fort, während Olitrax mit seiner warmen Schnauze mehrfach gegen Kais Gesicht stupste.

Irgendwo war das Brechen von Zweigen zu hören, dann kam die Gargyle wieder zurück und warf das gesammelte Holz auf den Boden. Im nächsten Moment fühlte sich Kai wie eine Puppe angehoben und Dystariel schlug ihm leicht ins Gesicht. »Reiß dich zusammen, Flamme. Komm zu dir und mach Feuer!«

Kai stöhnte. Zögernd besann er sich seiner Kräfte und beschwor ein magisches Feuer herauf, das mit einem lauten Puffen den vor ihnen liegenden Holzstapel in Brand setzte. Hohe

Flammen schlugen ihm entgegen. Es knisterte und knackte und beständig wirbelten Funken empor. Dystariel schob ihn und Fi direkt an das Lagerfeuer heran und baute sich mit ausgebreiteten Schwingen hinter ihnen auf. Eine wohlige Wärme umfing sie und schon nach kurzer Zeit stieg Dampf von ihren trocknenden Kleidern auf. Kai bemerkte, dass Fi vor Kälte das Bewusstsein verloren hatte. Zitternd zog er sie an sich und legte den Arm um sie. Dabei sah er die hellen Linien der Trauer, die ihre Tränen in den Schmutz auf ihren Wangen gegraben hatten. Ihr hilfloser Anblick rührte Kai so sehr, dass er sie nur umso mehr an sich presste. Olitrax schnaubte, spie ihnen einen seiner Rauchkringel entgegen und kletterte auf Fis Schoß, um die Elfe mit seinem warmen Drachenkörper zusätzlich zu wärmen.

Kai sah sich erstmals an dem Ort um, an dem sie lagerten. Es handelte sich tatsächlich um eine Waldlichtung. Doch der Wald, zu dem sie Dystariel gebracht hatte, war seltsam. Um sie herum standen gespenstische Tannen, über deren Nadelzweigen ein pilziges, weißes Geflecht lag. Die Bäume sahen aus, als seien sie von Spinnen eingewoben worden. Und da war noch etwas. Zwischen den Zweigen erkannte er hölzerne Plattformen, auf denen sich die verrotteten Überreste von Hütten und Baumhäusern befanden. Auch auf der Lichtung selbst waren die Überbleibsel einstiger Bewohner zu sehen. Nicht weit vom Lagerfeuer entfernt ragte eine halb verrottete Zeltstange aus dem Boden, in einer der Tannen steckte eine verrostete Wurfaxt und sogar das eingesponnene Skelett eines Pferdes glaubte er im Dickicht zu erkennen.

»Bei allen Moorgeistern, wo sind wir hier eigentlich?«

»Die Elfen haben diesen Ort früher *Aedraths Wood* genannt«, röhrte Dystariel hinter ihm. »Das bedeutet Geistergehölz. Schon damals wuchsen hier diese seltsamen Flechten, nur waren es da noch nicht so viele. Ihr bitterer Duft verwirrt die Sinne von Fährtenhunden und anderen Kreaturen, die ihre Opfer anhand ihres Geruchs ausfindig machen können. Deswegen hatten die letzten Königstreuen hier vor sechzehn Jahren ein geheimes Lager errichtet.«

»Dann hat es in Albion also tatsächlich einen Widerstand gegen Morgoya gegeben?«

»Oh ja.« Dystariel schnaubte. »Unter ihnen waren Ritter und Bauern gleichermaßen. Prinz Kyrill führte sie damals an. Er war der Sohn des gestürzten König Drachenherz. Er und seine Leute haben Morgoya und ihren Vasallen immer wieder schwere Schläge zugefügt.«

Der gestürzte albionsche König hatte einen Sohn gehabt? Kai sah zu Dystariel auf und nahm all seinen Mut zusammen. »Dystariel, ich weiß, wer du in Wahrheit bist. Du bist Morgoyas Tochter, richtig?«

Die Gargyle knurrte. »Woher weißt du das?«, brach es fauchend aus ihr heraus.

»Gilraen hat es mir erzählt.«

Dystariel antwortete nicht. Einen Moment lang glaubte Kai, sie wolle sich erheben. Doch sie blieb an ihrem Platz und breitete ihre Schwingen weiterhin schützend über ihn und Fi aus.

»Ich will nur wissen, auf welcher Seite du gestanden hast«, fragte Kai zaghaft.

»Du stellst viele dumme Fragen, du neunmalkluger Moorgänger«, antwortete Dystariel. Ihre Beinkrallen bohrten sich knirschend in den Untergrund. »Ich bin wer ich bin. Morgoya hat mich benutzt, so wie sie jeden benutzt hat, der ihr nützlich war. Nur war ich damals zu jung, um ihre Lügen zu durchschauen. König Drachenherz war ein Mann. Jeder in Albion wusste, dass das Unglück mit sich bringen würde. Ich habe Morgoya geglaubt, dass ihr Anspruch auf den Thron rechtmäßig war. Fast zwei Jahre lang habe ich in ihrem Namen Königstreue und flüchtige Elfen gejagt. So lange, bis nur noch Prinz Kyrill und eine Handvoll Getreuer übrig waren. Doch dann bin ich Kyrill Drachenherz in die Falle gegangen. Er hat mich im Laufe der Zeit davon überzeugt, dass ich auf der falschen Seite stehe. Lange her.«

»Und dann?«

Dystariel knurrte und fletschte unwillig ihre Reißzähne. »Morgoya hat Kyrill, mich und die anderen irgendwann doch erwischt. Und an jedem Einzelnen von uns hat sie bittere Rache geübt. Allein mir gelang die Flucht. Ich wollte Kyrills Leute hier im Wald in Sicherheit bringen, doch ein halbes Jahr später fand Morgoya auch dieses Lager. Niemand ist entkommen. Ihre Schergen haben schrecklich unter uns gewütet.« Dystariel schüttelte den Kopf. »Und jetzt hör auf an Dingen zu rühren, die lange zurückliegen. Schüre lieber das Feuer, trockne dich und ruhe dich aus.«

»Aber …«

»Kein Aber!« Dystariel packte ihn schmerzhaft an der Schulter. »Mach dir lieber Gedanken darüber, was wir jetzt tun sollen. Vielleicht ist es dir noch nicht aufgefallen, aber wir befinden uns mitten im Herz des Feindes. Uns ist der Rückweg abgeschnitten, die Hälfte unserer Kameraden ist krepiert und vor zwei Stunden wurde die Jagd auf uns eröffnet.« Die Gargyle starrte ihn mit ihren gelben Raubtieraugen drohend an. »Verstehst du mich? Wenn wir so weitermachen, ist auch von uns bald keiner mehr übrig.«

Murguraks Geheimnis

Leise glucksend schlängelte sich ein Bächlein durch die morgenfrische Waldwiese. Die Sonne spiegelte sich auf den Gräsern tausendfach in kleinen Tautropfen, über den Farnen zwischen den Bäumen summten kleine Fliegen und dort wo die Spinnen ihre Netze gewoben hatten, glitzerte und glänzte es in vielen bunten Farben.

Kai wusste sofort, dass er in der wirklichen Welt eingeschlafen sein musste. Er wandte sich um. Wieder stand er jenem prächtigen Einhorn gegenüber, das ihn nun schon mehrfach in seinen Träumen aufgesucht hatte.

Dein Weg neigt sich dem Ende entgegen, Kind des Unendlichen Lichts. Der weiße Hengst schnaubte und schüttelte seine lange weiße Mähne.

»Wirst du mir nun den Rest erzählen?«, fragte ihn Kai.

Deswegen habe ich dich aufgesucht. Das Einhorn trat neben ihn und deutete mit seinem goldenen Horn zum Rand der Lichtung. Wie die Male zuvor glitten die Bäume vor ihnen wie ein Vorhang zurück und machten einem majestätischen Sternenhimmel Platz.

Du erinnerst dich, was ich dir über die Quelle des Unendlichen Lichts und Murgurak den Raben gelehrt habe?

»Ja.« Kai nickte. »Nur weiß ich nicht, warum?«

Der schwarze Sternenhimmel vor ihnen zerfloss und Kai sah Murgurak inmitten eines majestätischen Gebirgspanoramas. War das das Albtraumgebirge? Der Hexenmeister war in ein tiefschwarzes Gewand gekleidet und hielt seinen Rabenstab sowie ein dickes Buch in den Händen, bei dem es sich ohne Zweifel um das *Liber nocturnus*, das Buch der Nacht, handelte.

Der Fokus verschob sich, und Kai entdeckte, dass Murgurak auf einem abgeflachten Berggipfel stand, in dessen Gestein ein großes, dreizehnzackiges Tridekagramm aus Mondsilber eingelassen war. Der Berggipfel war vom Blut zahlreicher Tier- und Menschenopfer besudelt, deren ausgeblutete Leiber von gesichtslosen schwarzen Schemen gehalten wurden. Murgurak summte einen unhörbaren Zaubergesang. Die Wolken am Himmel über ihm zogen sich zu schwefelgelben Gebilden zusammen, heftige Böen hoben das lange weiße Haar des Hexenmeisters an und jäh zerriss ein Blitz das Firmament, der so grell war, dass Kai seine Augen abschirmen musste. Ungläubig verfolgte er mit, wie der Bergzug, auf dem Murgurak stand, der Länge nach auseinanderbrach. Die Flanken des Berges schoben sich rund um Murgurak auseinander. Massen an Geröll rutschten von den Höhenzügen, und immerzu brachen von den zerrissenen Bergwänden weitere Felsen ab, die lawinenartig in die Tiefe stürzten. Bei allen Moorgeistern! Kai wurde klar, dass er hier nichts Geringeres als die Entstehung der Schattenklüfte miterlebte.

Murgurak stand noch immer inmitten des mondsilbernen Tridekagramms und beobachtete kühl sein Werk. Der einstige Berggipfel besaß jetzt die Gestalt eines irrwitzig lang gezogenen Totenschädels, der wie ein giftiger Dorn aufragte. Der Hexenmeister riss den Zauberstab nach vorn, und aus einem bodenlosen Schacht zu seinen Füßen quoll ein wirbelnder Strom dämonischer Heuschrecken, die sich über ihm zu einem monströsen Schwarm sammelten. Das schreckliche Gebilde wogte am Himmel hin und her und verschluckte auch das letzte Licht, das an den geschändeten Ort fiel. Murgurak wies mit seinem Rabenstab nach Norden, brüllte etwas gegen den Sturm an, und die unheimliche Heuschreckenwolke jagte wie ein schwarzer Pfeil davon. Die Bilder zerflossen und machten wieder dem Sternenhimmel Platz.

»War das eben das erste der neun Ungeheuer, das Murgurak heraufbeschwor?« Kai starrte das Einhorn schockiert an.

Lucusta, der Schwarm der Nacht!, sprach der weiße Hengst und stampfte mit den Hufen. *Es hat die Helden der damaligen Zeit große Anstrengungen gekostet, Lucusta und die anderen acht Ungeheuer zu bannen. Noch nie befand sich die Welt so nah am Abgrund. Doch wo Finsternis ist, ist stets auch Licht.*

Vor ihnen erschien das Bild eines schwarzhaarigen Ritters in zerbeulter Rüstung, der auf einer hell erleuchteten Waldwiese kniete und ehrfürchtig das Haupt vor einem Einhorn gebeugt hielt. Die Hände des Ritters ruhten auf einem Schild, der einen Drachen im Wappen führte. Aus einer Schwertscheide auf seinem Rücken ragte der Griff eines kunstvollen Langschwertes. Parierstange und Knauf liefen in taubeneigroßen Echsenköpfen aus, deren Augen mit funkelnden Smaragden verziert waren. Es handelte sich um die Drachentöterklinge *Sonnenfeuer*. Kai trat staunend einen Schritt vor. Er ahnte, wen ihm das Einhorn diesmal zeigte.

»Sigur Drachenherz!« Ergriffen besah er sich nun auch das fremde Einhorn, vor dem Drachenherz kniete. Es glich seinem eigenen Begleiter bis in die Schweifspitzen. »Dann habt Ihr also auch ihn damals zu Euch gerufen. Meine Güte. Dann seid Ihr so etwas wie die Verkörperung des Unendlichen Lichts?«

Das Einhorn schnaubte belustigt. *Nein, das bin ich nicht. Ich bin nur ein Bote. An mir war es nur, Drachenherz auf seine Aufgabe vorzubereiten. Die Mächte der Schatten sind nicht die einzigen Kräfte, die um die Welt ringen. Wo die Schatten versuchen, das Leben zu zerstören, wirkt das Unendliche Licht aus dem Leben heraus. Um die Schöpfung zu beschützen, erwählte das Unendliche Licht daher einen Sterblichen als seinen Paladin und sandte ihn aus, um den bedrängten Völkern beizustehen. Die Elfen bezeichnen solche Erwählten als Glynmeithyr, als Hüter des Lichts. Doch die Feen, die älter als alle anderen sind, gaben ihnen einen anderen Namen. Sie nennen die Auserwählten* Kinder des Unendlichen Lichts.

Kai schluckte und sah dem Einhorn tief in die blauen Augen. Auch die Feenkönigin hatte ihn stets so genannt. Und sein geheimnisvolles Gegenüber hatte diesen Ausdruck ebenfalls mehrfach verwendet. »Oh Mann. Das heißt, ich bin einer dieser … Paladine?«

Das heißt es, Kind des Unendlichen Lichts. Das Unendliche Licht leitet deine Wege und wirkt durch deine Taten.

Endlich verstand Kai, warum Berchtis' Leuchtstein im Turm an der Elbmündung noch brannte, als die Feenkönigin im eisigen Todesschlaf lag und alle anderen Lichter an der Küste erloschen. Es war nicht das Licht der Elfenkönigin, das es speiste. Es war das Seine. Er selbst hatte den wundersamen

Stein damals neu entzündet. Und wie er nur zu gut wusste, brannte das Licht noch immer.

Dir allein obliegt es, die Finsternis aufzuhalten, fuhr das Einhorn fort. *Doch um zu siegen, musst du verstehen, was die Schatten planen. Wisse, dass Murgurak die neun Ungeheuer nicht nur gerufen hatte, um die Heere seiner Feinde zu vernichten. In Wahrheit dienten sie einem höheren Zweck.*

Das Einhorn senkte sein goldenes Horn und abermals stiegen vor ihnen Bilder auf. Sie zeigten eine von dichten Wolken bedeckte Ebene, die auf einer Seite von einem breiten Flusslauf umschlossen wurde und auf der anderen Seite an ein dichtes Waldgebiet grenzte. Jenseits des Flusses hatte ein großes Heer mit weißen Bannern Aufstellung bezogen, das sich anschickte, den breiten Strom mit einer Vielzahl an Booten und Flößen zu überqueren. Die Streiter waren Menschen, Zwerge und Kobolde. Und wieder entdeckte er unter ihnen jenen Ritter, den er eben noch vor dem Einhorn kniend gesehen hatte: Sigur Drachenherz!

Ihnen gegenüber stand ein ebenso großes Heer aus dunklen Schattengestalten und Dämonen. Sie schützten so etwas wie einen tiefen Krater, in dem ein beunruhigendes, blaues Licht flackerte. Kai blinzelte und konnte in der Nähe der unheimlichen Bodensenke Heerscharen geflügelter Albe erkennen. Die Albtraumbringer umkreisten den Krater wie Motten ein Kerzenlicht.

Murgurak der Rabe, fuhr das Einhorn fort, *erkannte im Laufe der Jahrhunderte, dass er die Traumbarrieren, die die Quelle des Unendlichen Lichts vor seinen Feinden schützten, nur mit einer ebenbürtigen Macht würde einreißen können.*

Die neun Urmonster, die er auf die Welt rief, dienten dem Zweck, Furcht und Hader unter den Sterblichen zu schüren. Unter Anleitung der Schatten erschuf er ganz in der Nähe der Elfenwälder ein schreckliches Pandämonium, einen Kerker der Ängste und Albträume. Zu seinem Bau verwendete er einen Teil der Schattenessenz jedes der neun Urmonster, um auf diese Weise die von ihnen heraufbeschworenen Albtraumkräfte zu binden. Mit dieser Macht wollte er den Traumwall endgültig zerschlagen. Traum gegen Albtraum. Und fast wäre ihm dies auch gelungen.

»Bei allen Moorgeistern, jetzt verstehe ich«, wisperte Kai. »Dann wäre die Quelle des Unendlichen Lichts wieder für ihn erreichbar gewesen. Aber Sigur Drachenherz und die Seinen sind ihm doch zuvorgekommen?«

Ja, das sind sie. Das Einhorn nickte. *Denn auch Elfenkönig Avalaion entschied sich zu handeln. Fünfhundert Elfen folgten seinem Ruf und nahmen das Opfer auf sich, wieder in die Wirklichkeit zurückzukehren – und damit sterblich zu werden. Sie vereinten sich mit Sigur Drachenherz und seinem Heer. Und gemeinsam gelang es ihnen, Murgurak zu besiegen.*

Die Bilder veränderten sich und Kai sah, wie Sigur Drachenherz und seine Streiter einen hoffnungslosen Kampf gegen Murguraks Schattengestalten ausfochten. Da flammte am Waldrand ein gleißendes Licht auf. Aus dem Wald brach ein Heer Elfen auf weißen Pferden hervor, die tief in die Reihen des Feindes vordrangen. Der wundersame Blick in die Vergangenheit riss ab und Kai fand sich von einem Moment zum anderen auf der einsamen Waldlichtung wieder. Sein Herz hämmerte vor Aufregung.

»Und dieses Pandämonium?«, fragte Kai. Längst dämmerte ihm, an welchem Ort die Schicksalsschlacht gegen Murgurak geschlagen worden war. Nur, dass sich dort heute eine große Stadt befand: Colona!

Murguraks finsteres Erbe existiert bis heute, denn vernichten kann es niemand. Der stattliche Hengst neigte sein Haupt und sah Kai eindringlich an. *Sigur Drachenherz und die Magier an seiner Seite versiegelten das Pandämonium mit den Kräften von Feuer, Wasser, Luft und Erde. Und sie versahen es mit einem Schutz, der es keinem Schattenwesen gestattet, diese Siegel zu brechen. Bis heute obliegt es den Kobolden, Murguraks finsteres Erbe zu hüten.*

»Darum also geht es Morgoya. Sie will die Albtraumkräfte des Pandämoniums entfesseln, um ihrerseits den Traumwall einzureißen.«

Ich sehe, du hast auch deine letzte Lektion gelernt. Du weißt jetzt alles, was du wissen musst. Die Hoffnung der rechtschaffenen Völker ruht auf dir.

Das Einhorn neigte sein Haupt und berührte Kai mit seinem Horn. Die Waldlichtung rund um Kai herum verblasste und auch die Konturen des Einhorns verwischten immer mehr.

»Bitte, sagt mir doch, wer Ihr seid?«, rief Kai.

Weißt du das wirklich nicht?, schallte es leise zurück. Dann erfasste ein Wirbel Kais Bewusstsein …

… und er erwachte.

Noch immer lag er auf der Waldlichtung mit den gespenstisch eingesponnenen Bäumen, nur dass der wolkenbedeckte Himmel über ihm jetzt von einem bleiernen Schein erfüllt war. Vor ihm flackerte müde das Lagerfeuer. Seine Kleidung war jetzt wieder weitestgehend trocken.

Dystariel war nirgendwo zu sehen, da sie sich zu dieser Tageszeit versteckt hielt. Dafür erblickte er am Waldrand eine ungewöhnliche Bewegung. Dort schwebte ein langer Ast in der Luft, der sich ihnen lautlos näherte. Kai sprang alarmiert auf und griff nach seinem Zauberstab, als er hinter sich eine beruhigende Stimme hörte. »Das ist nur Quiiiitsss, Kai.«

In diesem Moment stellten sich wie zur Bestätigung Kais Nackenhaare auf. Er drehte sich um und sah, dass Fi im Schneidersitz und mit traurigem Gesicht auf einem umgekippten Baumstamm saß. Zu ihren Füßen hatte sich Olitrax eingerollt. Im Gegensatz zu Kai wirkte die Elfe wieder seltsam sauber. Er sah, dass sie jenes Buch durchblätterte, das ihm Stenzel mitgegeben hatte. Er hatte den Band in all der Aufregung völlig vergessen.

Quiiiitsss materialisierte sich unter einem der verrotteten Baumhäuser und bedachte ihn mit seinem öligen Spinnweblächeln. »Die junge Elfendame beschloss, dass ich mich wieder ein wenig nützlich machen könnte. Und dienstbar wie ich bin, griff ich diesen Vorschlag mit dem mir üblichen Elan auf. Ich hoffe, Ihr hattet es die Nacht über warm. Denn dort, wo ich existiere, ist es eher kalt, wenn Ihr versteht, was ich meine.«

»Das wird es auch bleiben, wenn du dein Verhalten nicht änderst«, sagte Kai.

»Welch bittere Worte für jemanden, der so in der Blüte seines Lebens steht wie Ihr, junger Herr«, raunte Quiiiitsss. Er ließ den Ast auf dem Haufen mit dem Brennholz fallen und schwebte dicht an Kai heran. »Oder sollte ich vielleicht sagen, für jemanden, der *noch* so in der Blüte seines Lebens steht? Denn wenn ich mich hier umschaue, dann dünkt mir, dass sich unsere Reisegesellschaft etwas ausgedünnt hat.«

Kai funkelte den Poltergeist wütend an. »Heute ist ein verdammt schlechter Tag, um den Bogen zu überspannen.«

»Das war mitnichten meine Absicht, junger Herr. Aber Ihr müsst doch zugeben, dass ich mir nicht ohne Grund Sorgen mache. Was, äh, was soll ich tun, falls auch Ihr nicht mehr seid?« Quiiiitsss blinzelte ihn mit seinen Schlieraugen betont arglos an. Der Versuch misslang. »Vielleicht findet Ihr ja nun etwas Zeit, Euch dem guten alten Quiiiitsss etwas intensiver zu widmen und mir zu helfen?«

»Fang endlich an, nicht nur an dich selbst zu denken, dann hilft das Schicksal vielleicht auch dir«, zürnte Kai. »Und jetzt verzieh dich, bevor ich mir nähere Gedanken darüber mache, wo du gestern warst, als Koggs und Bilger dich gebraucht hätten. Sonst komme ich vielleicht noch auf die Idee, deinen verdammten Grundstein hier im Wald einzubuddeln. Dann kannst du den Rest deiner jämmerlichen Existenz als Waldgeist verbringen. Hast du mich verstanden?«

Beleidigt schwebte Quiiiitsss wieder zum Waldrand zurück, während vor Kais innerem Auge die schrecklichen Ereignisse des Vortages vorüberzogen. Tief atmete er ein.

»Konntest du dich etwas ausruhen?«, wollte Fi nun wissen. Die Elfe stand auf und setzte sich zu Kai ans Feuer. Olitrax schnaubte und watschelte ihr auf seinen krummen Drachenbeinen hinterher.

Kai nickte aufgebracht. »Vielleicht war es doch keine gute Idee, Quiiiitsss mitzunehmen.«

Kai klopfte auf seine Knie, doch Olitrax ignorierte ihn und legte sich wieder zu Fi. Klasse, der Tag begann ja wundervoll.

»Du hast unruhig geschlafen«, meinte Fi.

»Ich habe wieder geträumt. Von diesem Einhorn.« Kai griff nach einer Hartwurst, die ihm die Elfe hinhielt. Endlich kam Kai dazu, ihr all das zu berichten, was er aus seinen Träumen erfahren hatte. Er redete und redete und Fi wirkte überaus ernst, als er endete.

»Beim Traumlicht, wenn es Morgoya gelingt, dieses Pandämonium in Besitz zu nehmen und die Albtraumenergien zu entfachen, dann ist das das Ende der Welt – zumindest so, wie wir sie kennen.«

»Ich weiß.« Kai seufzte und bemerkte, dass er inzwischen nur noch einen kleinen Wurstzipfel zwischen den Fingern hielt. Ihm war überhaupt nicht bewusst gewesen, wie viel Hunger er gehabt hatte.

»Leider weiß ich im Moment nicht, wie uns all das weiterhelfen soll«, fuhr Kai fort. »Vielleicht haben wir uns mit dem Plan, den Schattenkelch wiederherzustellen, in etwas verrannt, was in Wahrheit völlig aussichtslos ist? Denn wenn es stimmt, dass Morgoya den Stein der Elemente besitzt, wie soll ich ihn dann je zu fassen kriegen? Ich weiß ja noch nicht einmal, wo sich diese elende Nebelhexe überhaupt aufhält.«

»Du vergisst, dass Morgoya dich ebenso fürchtet, wie du sie«, antwortete Fi.

»Ach, hör auf«, meinte Kai. »Magister Eulertin liegt mit seiner Einschätzung vollkommen richtig. Ich bin ihr nicht gewachsen. Vermutlich wird sie mich mit einem Fingerschnippen in die Knie zwingen, sobald ich ihr nur gegenüberstehe.«

»Egal wie Furcht einflößend sie dir erscheint, Kai«, widersprach Fi und blickte ihn aus ihren großen Katzenaugen an, »die Prophezeiung der Schicksalsweberinnen muss auch Morgoya sehr ernst nehmen. Nicht umsonst unternimmt sie seit Jahren jede Anstrengung, die Letzte Flamme zu finden und auszuschalten. Außerdem besitzt du ihr gegenüber einen Vorteil. Denn im Gegensatz zu ihr, die dich noch immer sucht, weißt du, wo du sie finden kannst.«

»Du meinst in Colona?«

Fi nickte.

»Ich sehe darin keinen Vorteil.« Kai atmete tief ein. »Außerdem dürfte sie inzwischen wissen, dass wir uns in Albion aufhalten. Sie braucht bloß eins und eins zusammenzuzählen, wenn sie hört, was sich in der Drachenburg zugetragen hat. Irgendwie spüre ich, dass sie bereits dabei ist, einen schrecklichen Plan auszubrüten. Und ganz davon abgesehen habe ich keine Ahnung, wie wir es je wieder zum Kontinent zurückschaffen sollen. Du etwa?«

»Darum mache ich mir jetzt keine Gedanken.« Fi blickte in die ersterbende Glut des Lagerfeuers. Auch wenn der Zeitpunkt alles andere als passend war, stellte Kai wieder einmal fest, wie hübsch seine Begleiterin war. »Es ist so, wie es dir dein Traum gesagt hat. Du bist nicht nur die Letzte Flamme, du bist ein Glynmeithyr, ein Kind des Unendlichen Lichts. Durch dich wirkt seine Macht. Ich bin mir sicher, wenn es so weit ist, wirst du die freien Völker zum Sieg führen.«

»Deine Zuversicht in allen Ehren, Fi, aber die Kräfte, die Morgoya gegenüberstehen, sind zersplittet.« Kai nahm seinen Zauberstab und stocherte mit ihm missmutig im Feuer herum. »Selbst wenn es Magister Eulertin und Amabilia gelingt, die übrigen Magier und Hexen zu vereinen, haben wir es immer noch mit Aureus von Falkenhain zu tun. Der Kerl ist wahnsinnig. Ohne Zweifel weiß er von dem Pandämonium, doch er …« Kai erinnerte sich plötzlich wieder an die Worte des obersten Stadtmagisters und er wurde bleich. »Bei allen Moorgeistern, Fi. Natürlich. Ich glaube, ich ahne, was dieser Narr plant.«

»Was denn?«

»Er will das Pandämonium ebenfalls in seinen Besitz kriegen«, brach es aufgeregt aus ihm heraus. »Aber nicht, um es vor Morgoya zu beschützen, sondern um es selbst zu benutzen. Er hat euch Elfen mir gegenüber als ›spitzohriges Pack‹ beschimpft, das nur zu kämpfen bereit ist, wenn es die Not von ihnen erfordert.«

»Aber das stimmt nicht!«, erwiderte die Elfe empört. »Haben die freien Völker vergessen, dass ihnen während der Schattenkriege ein Elfenheer zu Hilfe gekommen ist? Ohne meine Vorfahren wäre es Sigur Drachenherz nicht gelungen, Murgurak zu bezwingen.«

»Was wissen wir schon, was damals alles geschehen ist?« Kai zog seinen Zauberstab wieder an sich. »Wir haben völlig vergessen, dass die Quelle des Unendlichen Lichts ein Geheimnis ist, von dem kaum jemand etwas weiß. Niemand kennt die wirklichen Gründe, warum sich die Elfen aus der Welt zurückgezogen haben. Ebenso, wie niemand ahnt, dass es die Träume deines Volkes sind, die die Quelle des Unendlichen Lichts schützen. Für die freien Völker muss es doch so aussehen, als verschanze sich dein Volk hinter seiner machtvollen Mondmagie und überlässt den übrigen Völker die Schmutzarbeit im Kampf gegen die Schattenmächte. Ich schätze, auch Aureus von Falkenhain kennt die wirklichen Zusammenhänge nicht. Aber sicher weiß er, zu welchem Zweck das Pandämonium erschaffen wurde. Je länger ich mir seine Worte vergegenwärtige, desto mehr bin ich mir sicher, dass dieser elende Mistkerl etwas ganz anderes vorhat. Ich glaube, er ist davon überzeugt, dein Volk dazu zwingen zu können, in die Schlacht gegen Morgoya einzugreifen!«

Fi sah Kai sprachlos an. »Du meinst, indem er selbst die Traumbarriere einreißt?«

»Ja.« Kai nickte. »Entweder das, oder weil er hofft, sich selbst der Quelle des Unendlichen Lichts bemächtigen zu können. Offenbar glaubt er, nur so Morgoya gewachsen zu sein – und auf perfide Weise ist dieser Gedanke nicht einmal so abwegig.«

»Ist diesem Zauberer denn nicht klar, dass er Morgoya damit direkt in die Hände spielt?« Fi erhob sich und ein bitterer Zug umspielte ihre Lippen. »Mein Volk hat einen Fehler begangen, sich derart von der Welt abzuwenden.«

»Ich weiß es nicht, Fi. Ob Verzweiflung oder blanker Wahnsinn, zumindest muss so von Falkenhains Plan aussehen.«

»Auch Morgoya weiß mit Sicherheit um die Quelle«, sagte Fi. Sie reichte Kai Stenzels Buch. »Die Chronik des Sonnenrates. Hast du schon einen Blick hineingeworfen?«

Kai nahm den Wälzer stirnrunzelnd an sich und blätterte darin. Die Seiten waren feucht und fleckig und mit einer engen Handschrift beschrieben. An den Seitenrändern war die Tinte stellenweise verlaufen. Offenbar hatte das Kanalwasser dem Buch nicht gutgetan. »Nein. Ich bin noch nicht dazu gekommen, darin zu lesen.«

»Es sind alte Aufzeichnungen, den Sonnenrat betreffend. Sie beginnen bei seiner Gründung vor tausend Jahren, kurz nachdem Sigur Drachenherz im Kampf gegen den Drachenkönig Pelagor sein Leben ließ.«

Olitrax' Kopf ruckte hoch, als Pelagors Name fiel. Kai hatte den Eindruck, als lausche der kleine Drache Fi ebenso aufmerksam wie er selbst.

»Die Heldentaten von Sigur Drachenherz sind darin verzeichnet«, erklärte Fi derweil, »wie die Entschlüsse, die der Rat in den letzten eintausend Jahren getroffen hat. Außerdem Königslisten, Geburts- und Sterbedaten der Drachenherz'schen Blutlinie. Und wie Stenzel gesagt hat, wird darin auch die Quelle des Unendlichen Lichts erwähnt. Zwar nur zweimal, aber sie wird erwähnt.«

»Dann können wir davon ausgehen, dass es in Albion noch mehr Dokumente gibt, die sich mit ihr beschäftigen«, meinte Kai. »Unter den Sonnenmagiern Albions scheint ihre Existenz also kein Geheimnis gewesen zu sein.«

Kai betrachtete eine Bildtafel, auf der Sigur Drachenherz gegen den Drachenkönig Pelagor kämpfte. Es war untertitelt mit den Worten »Die Vertreibung des Drachenkönigs«. Interessiert blätterte Kai weiter und entdeckte einen Kupferstich, auf dem eine Magierin zu sehen war, die mit erhobenem Zauberstab vor einem seltsamen Wirbel stand, der gänzlich aus Flammen zu bestehen schien. Im Hintergrund erhoben sich drei große Monolithen, auf denen jeweils eine glühende Glyphe prangte. Auch dieses Bild war beschriftet: »Der Weg der

Sonne«. Kai schüttelte leicht den Kopf. »Fi, du hast diesen Sonnenrat schon mehrfach erwähnt. Bitte erzähl mir mehr über ihn.«

»Sigur Drachenherz hinterließ eine Gemahlin«, erzählte Fi, die ihre Finger nun über der Glut wärmte. »Sie brachte nach seinem Tod eine Tochter zur Welt und begründete damit die Königslinie Albions. Sie war es auch, die die Feuermagier und Elfen, die Drachenherz nach Albion gefolgt waren, zu einem gemeinsamen Rat vereinte. All das geschah in dem Bestreben, dem neu gewonnenen Land auf beste Weise zu dienen.«

»Und wo befand sich dieser Sonnenrat?« Gespannt sah Kai auf.

»Dort, wo Pelagor einst seinen Drachenhort hatte. Auf dem Feuerberg. Ich weiß nicht viel über den Rat, da nur seine Mitglieder in seine Geheimnisse eingeweiht waren. Aber mir ist bekannt, dass die Ewige Flamme dort schon zu Lebzeiten des Drachenkönigs aus dem Berg schlug. Die Sonnenmagier haben diese Flamme verehrt und mit ihrer Hilfe großartige magische Dinge erschaffen.

Gilraen und ich waren vor fünf Jahren zum ersten Mal an diesem Ort. Morgoya hat dort kaum einen Stein auf dem anderen gelassen. Von der einstigen Pracht des Sonnenrates zeugen heute nur noch Ruinen.«

Kai sah Fi an und runzelte die Stirn. »Und was hat es mit dieser Prophezeiung auf sich, von der du mir berichtet hast? Du hast mir gesagt, dass der Glyndlamir auf schicksalhafte Weise mit dem Sonnenrat verbunden ist. Angeblich sei er dazu bestimmt, über das Schicksal Albions zu entscheiden. Mit ihm könne man dem Licht zum Sieg verhelfen.«

»Ja, so lautet die Legende.« Fi zog den Glyndlamir aus dem Ausschnitt ihres Hemdes und drehte das Mondsilberamulett in ihrer Hand. Es lief am Rand gleich den Strahlen der Sonne in kunstvollen Zacken aus, die drei Mondphasen einschlossen, die in der Mitte des Amuletts eingebettet waren. Fis Gesicht nahm einen versonnenen Ausdruck an. »Einige meines Volkes meinen, Elfenkönig Avalaion habe ihnen das Amulett damals mitgegeben, als unsere Vorfahren Sigur Drachenherz zu Hilfe eilten. Andere sind davon überzeugt, Drachenherz habe das Amulett zu diesem Zeitpunkt schon besessen.« Sie seufzte. »Sicher ist nur, dass meine Vorfahren einen magischen Eid auf den Glyndlamir ablegten, Drachenherz in die Schlacht zu folgen. Deswegen nannten ihn die Sonnenmagier des Rates auch Schwurstein. Der Glyndlamir entschied später auch über die Aufnahme neuer Mitglieder des Sonnenrates. Meine Mutter war seine Hüterin.«

»Das alles weiß ich bereits«, sagte Kai. »Und du hast mir auch erzählt, dass der Glyndlamir Morgoya verbrannt hat, als sie um die Aufnahme in den Rat ersucht hat.«

»Ich kann leider nur wiederholen, was mir meine Mutter berichtet hat«, antwortete die Elfe. »Um die Weissagung zu erfüllen, muss man den Glyndlamir in die Ewige Flamme des Rates halten und ein Zauberlied anstimmen, das sie mir beigebracht hat. Bis Gilraen den Glyndlamir gegen den Eisigen Schatten einsetzte, vereinte er Traum und Licht miteinander. Doch das Unendliche Licht des Glyndlamirs ist erloschen, und wenn ich die Feenkönigin richtig verstanden habe, haftet ihm nur noch der Traumaspekt an.« Fi machte eine längere Pause. »Und als wäre all das noch nicht schlimm genug, gibt es auch die Ewige Flamme des Rates nicht mehr. Ich habe dir doch erzählt, dass Morgoya sie erstickt hat.«

Kai zögerte. »Wie wirkt sich der Zauber, der auf dem Amulett liegt, genau aus? Morgoya wird den Sonnenrat doch nicht ohne Grund zerstört haben. Wenn diese Prophezeiung existiert, dann müssen wir sie ebenso ernst nehmen, wie jene Weissagung, die mir gilt. Vor allem sollten wir auf ihren genauen Wortlaut achten. Prophezeiungen sind manchmal recht mehrdeutig.«

»Es tut mir leid, ich kenne die Weissagung nicht im Wortlaut«, antwortete Fi leise. »Sie stammt meines Wissens aber von Sigur Drachenherz selbst. Angeblich ist sie in seine Grabplatte eingemeißelt.«

»In seine Grabplatte?« Kai stand nun ebenfalls auf und sah Fi interessiert an. »Es gibt ein Grab von Sigur Drachenherz?«

»Aber natürlich«, antwortete die Elfe. »Er war der größte Held, den die Schattenkriege hervorgebracht haben. Sein Grab befindet sich ebenfalls auf dem Feuerberg. Immerhin hat er dort Pelagor bezwungen.«

»Und du hast dir das Grab damals mit Gilraen nicht angesehen?«

»Dazu kamen wir nicht. Morgoyas Schergen haben bereits dort oben auf uns gelauert. Das weißt du doch.«

»Fi, wie weit ist der Sonnenrat von Alba entfernt?«, wollte Kai wissen.

»Zu Fuß etwa zwei Tagesreisen in nördliche Richtung.« In Fis Blick keimte erstmals wieder Hoffnung. »Dann willst du es also tatsächlich wagen, den Feuerberg zu betreten und die Ewige Flamme neu zu entfachen?«

»Na ja, wenn ich mich nicht irre, hast du damals im Schwarzen Wald selbst gesagt, dass das vielleicht meine Aufgabe ist.«

»Ja … ich habe es jedenfalls gehofft.« Fi lächelte und steckte den Glyndlamir wieder ein. Schnell wurde sie wieder ernst. »Kai, das Schicksal meines Volkes hängt davon ab, dass wir nicht noch einmal versagen. Ich habe keine Ahnung, wie viele von ihnen noch am Leben sind, aber du weißt, wie die Zustände in Morgoyas Mondsilberminen sind. Ohne eine Möglichkeit, sie zu heilen, ist jeder Befreiungsversuch zwecklos.«

»Nur wird Morgoya Vorkehrungen getroffen haben, um unsere Anstrengungen zu vereiteln. Aber es hilft ja nichts.« Kai seufzte, schlug das Buch zu und befestigte es wieder an seinem Rucksack. »Dystariel hat uns immerhin schon ein gutes Stück in nördliche Richtung geflogen. Sagt dir der Begriff Geistergehölz etwas? Sie meinte, das sei der Name dieses Waldes.«

»*Aedraths Wood*?« Fi nickte und strich sich das lange Haar zurück. »Das ist sogar ein sehr gutes Stück im Landesinnern. Der Feuerberg befindet sich von hier aus nur noch etwa eine halbe Tagesreise entfernt. Wenn wir uns beeilen, dann schaffen wir es vielleicht bis zum Nachmittag, ihn zu erreichen.«

Der Sonnenrat

Der Nebel, der auf Albion lastete, hing in grauen Schleiern über dem Land. Kai und Fi durchstreiften Hügellandschaften mit kränklichem Bewuchs, schlugen einen großen Bogen um eine Burg, die sich wie eine dunkle Faust auf einem Felsen erhob und stapften durch eine moorige Ebene, in dem Kai seine Kenntnisse aus dem Lychtermoor zugutekamen.

Das Geistergehölz lag nun bereits viele Stunden hinter ihnen und Kais Laune war auf einem Tiefpunkt angelangt. Abgesehen von seinem Rücken schmerzten nun auch seine Beine, ihm war kalt und zu allem Übel stellte sich heraus, dass ihre Vorräte zur Neige gingen. Keiner von ihnen hatte damit gerechnet, nicht mehr auf Koggs Schiff zurückkehren zu können. Immerhin, der Gestank, der ihm seit Alba anhaftete, hatte etwas nachgelassen.

Einmal versuchte Fi, ein wildes Kaninchen zu erlegen, doch der Versuch misslang, da das verängstigte Tier im Nebel entkam. Stattdessen mussten sie sich immer wieder selbst vor ekligem und beißwütigem Getier in Acht nehmen, das nur darauf lauerte, sich auf ein Opfer zu stürzen.

Die Natur war auf Albion schon lange aus dem Gleichgewicht geraten. Kai fragte sich, wie es die Menschen über all die Jahre geschafft hatten, in einer solchen Umwelt zu überleben. Und je mehr er über den Schrecken nachsann, den Morgoya auf Albion entfesselt hatte, desto zorniger wurde er.

Sie waren soeben dabei, einen Hügel hinaufzuklettern, als ihm Fi hektisch bedeutete, stehen zu bleiben und sich hinter einem kümmerlichen Strauch zu verbergen. Vorsichtig schob sich die Elfe voran, schließlich gab sie ihm ein Zeichen, wieder zu ihr aufzuschließen.

»Sieh dir das an.« Fi hockte neben Teilen eines Skeletts, das in einer Senke lag.

War das ein Mensch? Irgendwie kamen Kai Knochenbau und Wuchs filigraner vor und auch die Wölbungen der Augenhöhlen waren etwas größer. Was auch immer den Fremden getötet hatte, es hatte ihn regelrecht zerfetzt. Manche Knochen waren sogar aufgebrochen worden, um an das Mark in ihrem Innern zu gelangen. Etwas sagte Kai, dass dafür keinesfalls ein Tier infrage kam.

»Das sind die Überreste eines Elfen«, erklärte Fi mit bitterer Stimme und sah sich aufmerksam nach allen Seiten um. »Unmöglich sind die Überreste älter als ein oder zwei Monate.«

»Wie kann das sein? Ist es denn noch anderen deines Volkes gelungen, aus den Mondsilberminen zu entkommen?«

»Vielleicht. Manch einer mag Morgoyas Zugriff entkommen sein und verbirgt sich vielleicht immer noch irgendwo auf der Insel. Doch was auch immer diesen Elf zerrissen hat, es lauert sicher noch in der Nähe. Besser wir bleiben auf der Hut!«

Argwöhnisch schob sich Fi weiter die Anhöhe herauf und Kai folgte ihr. Endlich erreichten sie den Bergrücken, der steil vor ihnen abfiel. Der Ausblick, der sich ihnen von hier aus bot, stimmte sie nur wenig zuversichtlich.

Vor ihnen erstreckte sich eine breite, kesselförmige Talsenke, die mit verkrüppelten Bäume bewachsen war. Dichter Bodennebel verhinderte, dass sie einen Blick auf den Grund des unheimlichen Ortes werfen konnten. Was Kai aber sofort erkannte, waren die gewaltigen Trauben rot schillernder Falter, die überall im Talkessel von den Baumwipfeln hingen. Funkenschmetterlinge!

Der Leuchtturm der Feenkönigin in der Elbmündung war mit diesen eigentümlichen Faltern gesichert gewesen. Kai wusste, dass die Tiere mit ihrem Flügelschlag vernunftbegabten Wesen die Sinne verwirren konnten. Damals hatten die Erbauer des Turms diese Schmetterlinge dazu eingesetzt, das Leuchtfeuer zu beschützen. Hier aber sicherten sie einen anderen Ort. Denn inmitten des Talkessels erhob sich wie eine Insel eine Bergspitze aus dem gespenstischen Dunst. Die Flanken des Berges bestanden aus schroffem Gestein und seine Spitze mündete in einer flachen Ebene, auf der sich Monolithen erhoben, zwischen denen vage die zerfallenen Überreste alter Gebäude zu erkennen waren.

»Meine Güte, ist das da oben der Sonnenrat?«

»Ja«, murmelte Fi. »Wir haben den Feuerberg fast erreicht. Aber ich befürchte, wir kommen nicht näher an ihn heran. Nur eine falsche Bewegung und die Funkenschmetterlinge sorgen dafür, dass wir den Rest unseres Lebens in geistiger Umnachtung beschließen. Und es würde mich nicht wundern, wenn inmitten dieses Nebelwaldes noch andere … Kai, runter!«

Fi riss ihn erschrocken an sich und rollte mit ihm in den Schutz eines dunklen Felsens.

Aufgeschreckt sah sich Kai nach einem Gegner um, doch Fi presste den Finger auf die Lippen und deutete hektisch zum Himmel. »Strigen!«

Ein fernes Krächzen war zu hören und aus dem dunklen Wolkengebirge über dem Talkessel jagte lauernd und unheilvoll ein Schwarm der Toteneulen hervor.

»Oh nein! Wie haben sie uns gefunden?«

»Warte doch erst einmal ab«, flüsterte Fi. »Vielleicht wissen sie gar nicht, dass wir hier sind. Ich vermute, Morgoya wurde von den Ereignissen in Alba unterrichtet und lässt nun einfach alle nahe liegenden Ziele in Albion nach uns absuchen.«

Kreischend schossen die Strigen über das Bergplateau hinweg, und Kai und Fi konnten sehen, wie die Funkenschmetterlinge in dichten Schwärmen zum Himmel aufstiegen. Aus der Entfernung stellten sie glücklicherweise keine Gefahr dar, doch Kai entdeckte noch etwas anderes. Auf einigen Bäumen kletterten nackte Gestalten empor, die den Ruf der Strigen mit klagendem Gesang beantworteten. Das Geräusch schmerzte in ihren Ohren.

»Schattenelfen!« Fi griff entsetzt nach Kais Arm. »Morgoya hat sie hier als Wächter angesiedelt.«

Kai erinnerte sich wieder daran, was ihm Fi über das Leid ihres Volkes berichtet hatte. Morgoya hinderte die gefangenen Elfen schon seit Jahren daran zu schlafen. Ohne ihre Träume verloren die Elfen nach und nach ihr Selbst. Manche von ihnen waren bereits wahnsinnig geworden und zu schrecklichen Geschöpfen mutiert, die längst auf der Seite der Schatten standen. Angeblich konnten sie mit der Dunkelheit verschmelzen und ihr Gesang trieb einen Menschen in den Irrsinn. Doch vor allem entsetzte ihn eine andere ihrer Gewohnheiten. Sie fraßen Menschenfleisch! Und wenn er dem Knochenfund hinter ihnen Glauben schenkte, fielen sie hin und wieder auch übereinander her.

»Wir waren Narren, Fi«, keuchte Kai, als der Klagegesang der Elfen plötzlich abebbte. »Uns hätte klar sein müssen, dass uns Morgoya beim ersten Fehler nachstellen würde.«

»Ja, aber noch hat sie uns nicht«, zischte die Elfe wütend. »Auf mich wirkt das so, als würde sie im Moment nur kontrollieren wollen, ob ihre Wächter noch auf dem Posten sind.«

Endlich stiegen die unheimlichen Gesandten Morgoyas wieder auf und flogen weiter gen Norden. Sie waren kaum außer Sicht, als neben ihnen Olitrax landete, den Kai bis dahin aus den Augen verloren hatte. Schnell zog er den Drachen zu sich heran.

»Wohin mögen sich die Strigen jetzt wenden?« Kai betrachtete die Wolke, in die die Toteneulen eingetaucht waren.

»Morgoya weiß, dass ich bei dir bin, Kai.« Fi robbte hinter dem Felsen hervor und spähte die Bergflanke hinab. Von den Schattenelfen war keine Spur mehr zu sehen. Auch die Funkenschmetterlinge hatten sich wieder auf den Baumspitzen niedergelassen. »Sicher ahnt sie, dass ich nichts unversucht lassen werde, um mein Volk zu befreien. Entweder suchen die Strigen jetzt den Lunamon ab, das alte Siedlungsgebiet meines Volkes, oder sie machen sich auf den Weg zu den Mondsilberminen. Sie liegen in den Penniodrim, den Schratzacken. Das ist das höchste Gebirge in Albion.«

»Und was machen *wir* jetzt?« Auch Kai schob seinen Kopf über den Abhang. »Es ist hoffnungslos. Der Weg durch den Talkessel ist uns versperrt. Da kommen wir niemals durch.«

Fi wollte etwas erwidern, doch ein schwacher, feurig roter Schein in ihrem Rücken ließ sie herumfahren. Sie sahen, dass sich Olitrax mit ausgebreiteten Schwingen unter dem Felsen aufgebaut hatte und zum verschatteten Feuerberg hinüberstarrte. In seinen Augen leuchtete ein seltsames Feuer. Pupillen und Augäpfel des kleinen Drachen glühten wie brennende Kohlen und ihn umgab eine fast schon majestätische Aura.

»Olitrax, was ist mit dir?«, flüsterte Kai irritiert.

Der kleine Drache stieß ein Knurren aus und kam auf ihn zu. Auch sein Gang hatte sich verändert. Das war kein Watscheln mehr, es ähnelte einem würdevollen Schreiten.

»Lass ihn, Kai!« Fi klang ehrfürchtig. »Hast du vergessen, wessen Sohn er ist? Pelagors Hort befand sich einst auf dem Feuerberg.«

Olitrax baute sich vor Kai auf und musterte ihn aus seinen Glutaugen. Schließlich öffnete er sein Maul und eine spitze Flamme züngelte hervor, die Kai an der Stirn traf. Er fühlte keinen Schmerz, stattdessen trübte sich sein Blick. Olitrax' Drachenleib glühte jetzt in einem hellen Rot und auch Fis Körper konnte er als hellen, leuchtenden Umriss wahrnehmen. Ebenso seine Hände. Die übrige Welt hingegen versank in einem eigentümlichen Blau. Die Konturen der Pflanzen und Felsen um ihn herum erschienen ihm jetzt nur noch als schattenhafte Gebilde.

»Bei allen Moorgeistern! Fi, ich werde blind!« Kai fuchtelte erschrocken vor seinem Gesicht herum. »Alles um mich herum ist plötzlich so ... seltsam. Fi, du siehst aus wie ein leuchtendes Gespenst. Und Olitrax erst.«

»Beim Traumlicht!« Kai konnte erkennen, wie Fi aufgeregt zwischen ihm und Olitrax hin- und herblickte. »Olitrax hat dir die Gabe verliehen, wie ein Drache zu sehen. Von den wenigen Magiern, denen sich ein Drache als Vertrauter angeschlossen hat, ist so etwas überliefert. Drachen unterscheiden angeblich nur zwischen warm und kalt. Es liegt an dem Feuer in ihnen. Weißt du, was das bedeutet?«

Endlich begriff Kai. Er blickte sich zu dem Talkessel um, der nachtblau vor ihm ausgebreitet lag. Nur dort, wo die Funkenschmetterlinge von den Bäumen hingen, schimmerten helle Flecke. Ein triumphierendes Lächeln kräuselte Kais Lippen.

»Fi, ich glaube, ich weiß jetzt, wie wir unbemerkt durch dieses verdammte Tal kommen. Was auch immer dort unten auf uns lauert, ich denke ich kann es sehen, bevor es uns sehen kann. Auch der elende Nebel hat keine Bedeutung mehr. Vielleicht gelingt es uns so, Funkenschmetterlinge und Schattenelfen auszutricksen. Sie können da unten ja nicht überall zugleich sein.«

»Warte, lass mich etwas ausprobieren.« Fi griff nach dem Glyndlamir, schloss die Augen und legte die Hand auf Kais Arm. Kai fühlte auf Höhe seines Herzens eine angenehme Wärme. Fi schlug wieder die Augen auf und lächelte. »Kai, ich sehe es ebenfalls.«

»Hat der Glyndlamir ...?«

»Du weißt, dass wir beide durch ihn verbunden sind. Ich kann dir einen Teil meiner Kräfte verleihen ... und du kannst es ebenfalls.«

Kai lächelte Olitrax dankbar an. »Mein Kleiner, du bist in Wahrheit ein ganz Großer!«

Olitrax schnaubte und Kai fühlte, wie ein Rauchkringel sein Gesicht streifte. Ob die Augen des kleinen Drachen noch immer leuchteten, konnte er nicht mit Bestimmtheit feststellen. Doch aus dem Watschelgang seines Vertrauten schloss er, dass die seltsame Veränderung, die Olitrax befallen hatte, nun wieder beendet war.

»Komm! Eine Gelegenheit wie diese wird sich nicht so schnell wieder ergeben. Lass uns runterklettern, bevor wir hier doch noch entdeckt werden.« Kai zurrte das Gepäck fest, ergriff seinen Zauberstab und schob sich über die Bergflanke. Fi spannte ihren Bogen und schloss sich ihm an.

Mehr rutschend als kletternd kraxelten die beiden den Abhang hinunter. Und obwohl sie vorsichtig waren, lösten sich aus dem feuchten Untergrund immer wieder Erdmassen und Steine, die wie kleine Lawinen in die Tiefe polterten. Kai schrammte sich die Arme auf und mühte sich verzweifelt darum, seinen überstürzten Abstieg abzubremsen. Vergeblich. Dann war der Grund der Talsenke erreicht.

Der Bodennebel, der ihm hier unten normalerweise jede Sicht versperrt hätte, stellte für seinen Drachenblick kein Hindernis dar. Doch die feuchte Kälte, die mit ihm einherging, kroch durch jede Faser seiner Kleidung. Olitrax jagte als hell leuchtendes Schemen heran und nahm auf seiner Schulter Platz. Er schnaubte aufgeregt. Fröstelnd schaute sich Kai in dem blau schimmernden Säulenwald um und flehte alle Schicksalsmächte an, dass ihr unsanfter Abstieg unbemerkt geblieben war.

Auch Fi war längst wieder an seiner Seite und hielt ihre Elfenohren gespitzt. Sie winkte ihm zu und vorbei an zwei verkrüppelten Baumstämmen huschten sie ins Dickicht. Kai folgte ihr. Schon bald konnten sie zwischen den königsblau schimmernden Zweigen hindurch einen hellen Lichtfleck ausmachen. Eine Ansammlung von Funkenschmetterlingen.

Kai und Fi schlichen in einem großen Bogen um die Falter herum und arbeiteten sich vorsichtig weiter durch das Unterholz, als sich Kais Nackenhaare aufstellten. Quiiiitsss!

»Aufpassen, junger Herr!«, raunte neben Kais Ohr auch schon die Stimme des Poltergeists.

Aufgeschreckt sah sich Kai um und entdeckte, wie schräg über ihren Köpfen ein helles Schemen raubtierhaft über einen Ast huschte. Also war ihre Ankunft doch bemerkt worden! Weiter hinten im Wald konnte er noch einen zweiten Schemen ausmachen, der sich mit katzenhafter Gewandtheit von Baum zu Baum hangelte. Schattenelfen! Ob ihre Gegner wirklich mit der Dunkelheit verschmelzen konnten oder nur den Schutz des Nebels nutzten, wusste Kai nicht. Doch nichts deutete darauf hin, dass die Menschenfresser damit rechneten, dass sie entdeckt worden waren. Er hob seinen Zauberstab, doch Fi hielt ihn zurück.

»Wage es ja nicht, hier dein Feuer einzusetzen«, wisperte sie. »Dann haben wir sie gleich alle am Hals!«

Kai hörte die Sehne ihres Bogens surren. Ein überraschtes Jaulen hallte gedämpft durch den Nebel und nur wenige Schritte von ihnen entfernt schlug ein schwerer Körper auf. Kai starrte beklommen zu dem hell leuchtenden Umriss, der vor ihnen auf dem Waldboden lag. Die verrenkte Gestalt mit ihren Krallenhänden hatte kaum noch etwas Elfisches an sich. Der andere Schattenelf zog sich sogleich hinter einen Baumstamm zurück, doch als er seinen Kopf wieder hervorstreckte, schoss Fi einen weiteren Pfeil ab. Getroffen stürzte auch er zu Boden. Ein geisterhaftes Rauschen wie von Blättern, die der Wind aufwirbelte, hallte durch den unheimlichen Krüppelwald. Kai ahnte, dass sie irgendwo in den Bäumen über sich einen Schwarm Funkenschmetterlinge aufgeschreckt hatten.

Fi zog ihn schnell mit sich hinter eine Baumwurzel und bedeutete ihm, die Augen zu schließen. Er tat es und bedeckte vorsichtshalber auch Olitrax' Kopf mit seiner Hand. Erst als das eigentümliche Rauschen verebbte, wagten sie es wieder, ihre Augen zu öffnen. Unruhig sahen sie sich nach neuen Gefahren um.

»Keine Bange, junger Herr«, wisperte Quiiiitsss mit seiner Grabesstimme. Der Poltergeist war nur als blau wabernder Schatten zu erahnen. »Ich hätte Euch schon gewarnt, wenn sich Euch in der Zwischenzeit ein weiterer Schattenelf genähert hätte.«

»Danke«, murmelte Kai erleichtert. Dennoch hatte er das Gefühl, dass der Poltergeist ihnen nur deswegen so aufmerksam zur Seite stand, weil Quiiiitsss Angst davor hatte, bei ihrem Scheitern für immer und ewig an das Tal gefesselt zu bleiben.

»Weiter«, kommandierte Fi mit tonloser Stimme. Es musste ihr sehr schwergefallen sein, auf zwei ehemalige Angehörige ihres Volkes zu schießen.

Unter Fis Führung durchquerten sie den Wald. Dann, endlich, erreichten sie die Flanke des Feuerberges.

»Ich befürchte unser kleiner Plan hat eine Schwachstelle«, flüsterte Fi. Kai konnte erkennen, wie sie den Höhenzug emporspähte. »Wenn wir da hochklettern, sind wir spätestens jenseits der Baumwipfel für jeden unserer Gegner sichtbar«

Kai überlegte. »Was hältst du von einer Ablenkung? Ich könnte im Wald einen Brand entfachen. Das wird diese Schattenelfen vielleicht eine Weile davon abbringen, den Berg im Auge zu behalten.«

»Willst du etwa einen deiner Feuerbälle schleudern? Unmöglich. Dann sieht man uns. Außerdem müsstest du den Brand an einem möglichst weit entfernten Ort auslösen.«

»Warte, lass mich etwas überprüfen.« Kais Plan sah vor, einige Irrlichter zu beschwören, doch noch nie hatte er ausprobiert, wie weit von ihm entfernt er sie herbeirufen konnte. Er schloss die Augen, öffnete sich der Quelle seiner Magie und stolperte rücklings gegen einen der Baumstämme. Die arkane Pforte zu den elementaren Mächten öffnete sich in ihm wie eine gewaltige Schleuse, und er fühlte eine ungeheure Wärme in sich aufsteigen. Noch nie hatte er das Gefühl gehabt, dem Feuer in sich so nahe zu sein. Mehr noch, er spürte, dass er erst einen Zipfel dieser Macht zu fassen bekommen hatte.

»Bei allen Moorgeistern«, keuchte er verblüfft. »Fi, das ist unglaublich. Um uns herum wirkt eine Magie, wie ich sie noch nie gespürt habe.«

»Der Feuerberg«, meinte Fi. »Hast du vergessen, dass die Sonnenmagier hier fast eintausend Jahre lang ihre Magie gewoben haben?«

»Ja, vielleicht«, sprach Kai leise. »Aber ich glaube, hier geht noch etwas anderes vor sich. Etwas, was noch älter ist. Etwas,

was vielleicht erklärt, warum sogar Pelagor hier einst seinen Hort errichtet hatte. Warte …«

Kai setzte Olitrax ab, schulterte entschlossen seinen Rucksack und kletterte den Berg so weit empor, bis er knapp über die Wipfel hinweg zum Talrand spähen konnte. Er hob seinen Zauberstab. Sein Geist spannte sich und er spürte, wie sich sein magischer Wille fast bis zum Rand des Talkessels dehnte. Entschlossen beschwor er in der Ferne gleich ein Dutzend Irrlichter herauf. Er konnte die Elementarwesen nicht sehen, aber der helle Schein, der am Rande des blauen Waldes entflammte, verriet ihm, dass seine Beschwörung Erfolg gehabt hatte. Kai lachte still und fühlte sich von der Macht, die ihn an diesem Ort erfüllte, wie berauscht.

»Hoffen wir, dass dein Trick Erfolg hat. Und jetzt los!« Fi eilte an ihm vorbei und kletterte flink wie eine Katze an der Bergflanke empor. »Der Sonnenrat erwartet uns.«

Die Inschrift

Kai zog sich über die Kante des Plateaus und blieb erschöpft liegen. Er hatte sich während des Aufstiegs schmerzhafte Risse an den Händen zugezogen, zweimal wäre er fast in die Tiefe gestürzt und der Schweiß lief ihm in Strömen den Rücken hinunter. Wenigstens war ihm jetzt warm, und auch sein Ablenkungsmanöver schien zu funktionieren. Obwohl er inzwischen wieder normal sah, war er davon überzeugt, dass sich kein Schattenelf an ihre Fährten geheftet hatte.

Olitrax watschelte auf ihn zu und stupste ihn mit seinen Nüstern an. Der kleine Drache befand sich in Begleitung Fis. Die Elfe reichte Kai die Hand und half ihm auf. »Komm schon, hoch mit dir.«

Kai, der beim besten Willen nicht verstand, wie Fi solche Strapazen immer wieder so schnell wegsteckte, betrachtete nun erstmals den einstigen Sonnenrat. Der Anblick war niederschmetternd.

Vor ihm erstreckte sich eine Ruinenlandschaft aus geborstenen Mauern, eingestürzten Säulen und ausgehöhlten Fundamenten, zwischen denen die feuchte Höhenluft zu Nebeln gerann. Kai hatte hier oben nur die Überreste einer lichten Ratshalle erwartet, doch die Ruinen zeugten von einer weitläufigen Palastanlage mit unzähligen Gebäuden und Terrassen, deren einstige Pracht man nur noch erahnen konnte. Die herumliegenden Steinquader waren mit kunstvollen Abbildungen von Pflanzen und Tieren übersät. Hin und wieder streifte sein Blick zersprungene Reliefs, auf denen Magier und Elfen dargestellt waren, die Zauberstäbe, Bücher und Pergamentrollen in den Händen hielten.

»Hier haben sich einst Schulen, Gärten und Bibliotheken befunden«, flüsterte Fi, die ihren Bogen noch immer im Anschlag hielt. »Elfen und Menschen versuchten, auf dem Feuerberg ihren Traum von einem friedlichen Zusammenleben zu verwirklichen. Morgoya hat diesen Traum in nur einer Neumondnacht zerstört.«

Vorsichtig durchquerten sie das Trümmerfeld, und das einzige Geräusch, das sie hörten, war das Säuseln des Windes, der klagend über die Mauerreste strich. Sie kletterten über Schutthügel hinweg, kamen an einer ehemaligen Zisterne vorbei und passierten ein zerstörtes Tor, an dessen Spitze sich einst eine prachtvoll mit Blattgold überzogene Sonnenuhr befunden hatte. Ihr verbogener Zeiger ragte wie ein mahnender Finger vor ihnen auf, als wollte er den Sieg der Schatten über das Licht beklagen.

Kai mochte gar nicht daran denken, welches Wissen mit dem Untergang des Sonnenrates verloren gegangen war. Da fiel ihm auf, dass sich inmitten des Plateaus sechs monolithische Felsen aus dem Dunst erhoben.

»Was ist das da hinten?«, flüsterte er.

»Dort brannte einst die Ewige Flamme«, erklärte Fi. »Komm, ich zeige dir den Ort. Aber sei vorsichtig, dort haben Morgoyas Schergen damals auf mich und Gilraen gelauert.«

Die Elfe führte ihn an zerbrochenen Säulen vorbei auf die Menhire zu. Sie ragten haushoch zum Himmel auf und vermittelten den Eindruck, als stützten sie die dunkle Wolkendecke. Sie waren mit archaischen Runen und Petroglyphen übersät, unter denen Kai immer wieder die Symbole für Feuer erkannte. Außerdem war das dunkle Gestein mit auffallend hellen Splittern durchzogen.

»Herrje, das ist Titanenerz«, murmelte er, während sich Olitrax unruhig auf seinem Arm bewegte und schnaubte. »Diese Pfeiler standen mit Sicherheit schon hier, als der Sonnenrat gegründet wurde.«

Aufmerksam besah er sich den kreisrunden, gepflasterten Platz in der Mitte der Monolithen, den seine Erbauer mit einem großen Bodenmosaik geschmückt hatten. Obwohl ein geisterhafter Bodennebel über die Mosaiksteine kroch, konnte er deutlich sehen, dass hier, von Flammen umkränzt, Sigur Drachenherz abgebildet war, der erbittert gegen den Drachenkönig Pelagor stritt. In der Mitte des Areals aber prangte ein Loch im Boden, das ringförmig von dunklen Bodenplatten umgeben war. Auch diese bestanden aus Titanenerz und waren ebenso wie die Monolithen um sie herum älter, als alles andere hier.

Der Berg hütete ohne Zweifel ein Geheimnis.

Fi sah sich nach etwaigen Gegnern um und entspannte sich langsam. »Du siehst, die Ewige Flamme ist erloschen.«

Kai nickte nur und betrat den Platz. Der milchige Dunst zerfaserte unter seinen Schritten und er entdeckte im bunten Gestein die Abdrücke von Pranken und Klauen. Kai hatte nicht vergessen, dass Morgoya einen Schwarm Dämonen auf die Mitglieder des Sonnenrates gehetzt hatte. Waren das ihre Spuren?

Olitrax knurrte und breitete seine Schwingen aus. »Ganz ruhig, Olitrax. Das alles ist Vergangenheit.« Kai wartete, bis sich der kleine Drache beruhigt hatte, dann trat er vor den dunklen Schacht und blickte hinein. Er war eng und wirkte bodenlos. Kai beschwor seine Kräfte herauf und richtete all seine Sinne in die Tiefe. Wieder konnte er jene elementare Macht fühlen, die im Berg schlummerte. Und noch immer hatte er keine Erklärung dafür. Etwas hinderte das feurige Element daran, an die Oberfläche zu treten. Aber was?

Kai spürte vage eine Kraft, die nicht Licht, aber auch nicht Schatten war. Sie war auch nicht elementaren Ursprungs. Und doch stemmte sie sich seinen tastenden Versuchen erfolgreich entgegen.

Nachdenklich ging er wieder zu Fi zurück. »Ich spüre, wie es tief im Berg lodert. Was auch immer hier vor sich geht, es ist … ungeheuerlich.«

»Bitte, Kai, du bist die Letzte Flamme.« Fis Finger umschlossen voller Hoffnung den Glyndlamir. »Versuche die Ewige Flamme des Sonnenrates wieder zu entzünden. Wenn das einer schaffen kann, dann nur du.«

»Aber ich weiß nicht wie, Fi.« Kai sah die Elfe unglücklich an. »Ich befürchte, ich muss erst verstehen, was hier vor sich geht, bevor ich auch nur an so etwas denken kann.«

In diesem Moment erfüllte wieder jener seltsame, feurige Schein Olitrax' Blick. Der Schuppenkörper des kleinen Drachen straffte sich und seine Krallen bohrten sich schmerzhaft in Kais Arm.

»Olitrax, hör auf!« Erschrocken schüttelte Kai den Drachen von sich ab und sah ihm staunend dabei zu, wie er sich in die Lüfte schraubte und zu den mächtigen Monolithen aufstieg. Der Drache umkreiste das Bodenmosaik und richtete seinen glühenden Blick auf die beiden Gefährten. Dann jagte er zwischen den Ruinen davon.

Kai sah die Elfe Hilfe suchend an. »Verdammt, Fi. Irgendetwas stimmt nicht mit Olitrax. Das geht schon so, seit wir Albion erreicht haben.«

»Er ist jung. Vielleicht gehört das zu seiner Entwicklung?«

»Nein, ich fühle, dass das nicht mit rechten Dingen zugeht.« Kai verengte seine Augen zu misstrauischen Schlitzen. »Offenbar gibt es hier eine Kraft, die sich seiner bemächtigt, wann und wo sie will. Und das mag ich überhaupt nicht.«

Hastig folgten sie dem kleinen Drachen in die Richtung, in die er geflogen war. Sie erreichten ein mächtiges Felsportal. Seine zerfallenen Torflügel stellten einen schlafenden Ritter dar, der Schwert und Schild auf der Brust hielt. Dahinter tat sich ein kolossaler Felsengang auf, der tiefer in den Berg hineinführte.

»Beim Traumlicht.« Fi blieb stehen und blickte auf die Überreste der Portalflügel. »Ich glaube, das ist die Grabanlage von Sigur Drachenherz. Offenbar will Olitrax, dass wir da hineingehen.«

»Grabanlage?« Kai blickte zu dem gewaltigen Eingang auf. »Held hin oder her, ist das nicht ein wenig übertrieben?«

»Soweit ich weiß, war das nicht immer ein Grab«, antwortete seine Begleiterin. »Hier befand sich früher Pelagors Drachenhort.«

Kais Blick fiel auf den Schild des Ritters, und er sah, dass dort ein Wappen prangte, das auf der einen Hälfte einen Drachen, auf der anderen Hälfte aber ein sich aufbäumendes Einhorn zeigte.

»Eigenartig«, murmelte er. »Ich habe Sigur Drachenherz in meinen Träumen gesehen. Doch damals zierte allein ein Drache sein Schild.«

»Ja, das war bevor er den Bund mit den Elfen einging«, entgegnete Fi.

Kai sah irritiert zu ihr auf und die Elfe schüttelte ungläubig den Kopf. »Weißt du denn immer noch nicht, für wen das Einhorn steht?«

»Herrje. Du meinst den Elfenkönig? Dann war es Avalaion, der mich in meinen Träumen unterwiesen hat?«

»Da bin ich mir ganz sicher, Kai. Avalaion ist der Kronzeuge all jener Geschehnisse, die unsere Welt so nachhaltig verändert haben.«

»Manchmal sieht man das Feuer vor lauter Funken nicht.« Kai schüttelte über sich selbst den Kopf.

Gemeinsam schritten sie durch den Torbogen und Kai entzündete am Ende seines Zauberstabes eine Flamme. Sie folgten breiten Steinstufen, die ganz sicher erst nach Pelagors Vertreibung in den Fels gemeißelt worden waren. Schließlich gelangten sie in eine gewaltige Höhle, die Kai von ihren Ausmaßen her an Pelagors Drachenhort im Albtraumgebirge erinnerte. Lange Tropfsteine zierten die Decke.

Im Flackerschein der magischen Fackel entdeckten Kai und Fi nun einen großen, auffallend schmucklosen Sarkophag, der auf einem Sockel aus Granit ruhte. Er stand unter einer hoch aufragenden Felswand, in deren Gestein der Abdruck einer gewaltigen Drachenpranke zu sehen war.

»Pelagors erster Schlag«, murmelte Fi ergriffen. Sie deutete auf den imposanten Prankenabdruck. »Die Legende besagt, dass Pelagor das heimliche Eindringen von Sigur Drachenherz bemerkte, sich aber schlafend stellte, um ihn seinerseits zu überraschen. Als Drachenherz zu seinem ersten Streich ausholte, schlug Pelagor zu. Doch Drachenherz schaffte es auszuweichen. Stattdessen traf Pelagors Hieb den Fels. Er war so stark, dass der ganze Berg erbebte. Und dann begann ein Zweikampf, der drei Tage dauerte.«

Kai musterte den Prankenabdruck und stellte sich den Kampf gegen den einstigen Drachenkönig vor. Er hatte Pelagor kennengelernt. Der Drachenkönig selbst war es gewesen, der ihn mit zum Feuermagier geweiht hatte. Aber ein Kampf, der drei Tage dauerte? Unmöglich. Sicher war das nur eine Legende.

Viel mehr interessierte Kai der Sarkophag. Auch auf seinem Deckel befand sich die Darstellung eines schlafenden Ritters, der ein Schwert in den Händen hielt. Olitrax hatte sich auf ihm niedergelassen. Kai musterte den kleinen Drachen argwöhnisch, der neugierig am Gestein des Sarkophagdeckels kratzte. Olitrax wirkte wieder so verspielt und tapsig wie immer.

»Sieh«, rief Fi aufgeregt. »Es ist so, wie ich dir gesagt habe. Auf dem Deckel befindet sich die Weissagung. Sie ist auf Elfisch abgefasst.«

Kai hob die magische Fackel und warf einen Blick auf die kunstvoll geschwungene Schrift. »Bitte, Fi, übersetze es mir.«

Wisset, Hüter, die ihr im Lichte wandelt,
dass einst die Nacht sich wird erheben
im Land wo Mensch und Elfen leben,
Dann lauscht auf des Grabes Weisung,
und hört auf der Toten Preisung.
Horcht und gehorcht.

Wisset, Hüter, die ihr im Lichte wandelt,
dass auf dem Berg von Drachenglut
der Elben letzte Hoffnung ruht.
Brennt heiß, die Flamme ewiglich,
nehmt den Stern, webt Mondeslicht.
Seht des Lichtes ungeträumte Träume.

Wisse, Hüter, der du im Lichte wandelst,
dass der Nebel aus dem Albenland
überzieht die Welt mit Weltenbrand.
Dann wird die Letzte Flamme brennen,
nichts sie mehr vom Schatten trennen.
Ersticke sie, sonst erstickt das Licht.

Fis Worte verhallten und Kai musste sich an seinem Zauberstab festklammern, um nicht zitternd niederzusinken. Diese Weissagung war nicht viel besser, als die der Schicksalsweberinnen. Dort hieß es, dass die Letzte Flamme unterliegen würde. Und er war die Letzte Flamme. Die Feenkönigin hatte versucht, ihm Hoffnung zu machen, doch auch diese Weissagung versprach ihm kein besseres Schicksal. Mehr noch, sie forderte regelrecht seinen Tod, wenn das Licht siegen sollte.

»Warum?«, krächzte Kai. »Verdammt, welche Gefahr geht von mir aus, dass man mich ersticken soll? Irgendwas muss mit mir sein, was ich noch nicht weiß. In der anderen Prophezeiung heißt es, ich würde den Keim des Schattens längst in mir tragen. Von Falkenhain wollte ihn mir sogar austreiben. Ich verstehe einfach nicht, was damit gemeint sein soll.«

»Kai, hör auf, an dir zu zweifeln.« Fi kam zu ihm und nahm liebevoll seine Hand. »Der Glyndlamir hätte dich niemals zu seinem Hüter bestimmt, wenn du die Schatten im Herzen trügest. Und diese Weissagung stammt, nach allem was ich weiß, von Sigur Drachenherz selbst. Welche Mächte sich ihm auch offenbart haben, sicher hatten sie Gutes im Sinn. Dann aber muss sie rätselhaft bleiben, damit die Schattenmächte keinen Vorteil daraus ziehen können.«

Kai atmete tief ein und gewann langsam wieder seine Fassung zurück. Fis Worte machten ihm Hoffnung, auch wenn ein letzter Zweifel blieb. Wieder einmal war er dankbar, dass sie an seiner Seite war.

»Also«, sprach Fi aufmunternd. »Was tun wir jetzt? Immerhin ist der mittlere Teil der Weissagung relativ eindeutig und entspricht auch in etwa dem, was mir meine Mutter gesagt hat. Wir müssen die Ewige Flamme entzünden, ich muss das Mondlicht weben und dann … wir werden sehen.«

»Na gut.« Kai atmete tief ein. »Ist wohl besser, ich verhalte mich endlich wie ein Zauberer. Wir gehen so vor, wie es Magister Eulertin tun würde: Wir benutzen unseren Verstand. Mir ist da nämlich etwas aufgefallen.« Er beugte sich über den Sarkophag und tippte auf die ersten Worte der Inschrift. »Steht da wirklich ›Wisset, Hüter‹?«

»Ja.« Fi sah ihn verwundert an. »Da steht *Iva Glynmeithyra*, das ist die elbische Bezeichnung dafür. Ich schätze, damit sind wir gemeint. Die Hüter des Glyndlamirs.«

»Das ist seltsam, denn zu Anfang des drittens Verses hast du ›Wisse, Hüter‹ übersetzt. Verstehst du. Da war vom Hüter des Lichts in der Einzahl die Rede.«

»Hm, stimmt«, murmelte Fi. »Doch die Weissagung ist alt und wer weiß, ob man sie nicht nachträglich auf das Grab gemeißelt hat. Vielleicht ein Übertragungsfehler.«

»Was aber, wenn nicht? Das Einhorn in meinen Träumen erklärte mir, dass ihr Elfen mit *Glynmeithyr* auch die Paladine des Unendlichen Lichts bezeichnet. Jene, die die Feen ›Kinder des Unendlichen Lichts‹ nennen!«

Fi runzelte die Stirn. »Du meinst, das ist kein Zufall?«

Kai wischte aufgewühlt den Staub von der alten Schrift. »Nehmen wir einmal an, diese Weissagung wurde absolut korrekt übertragen. Dann könnte das ein Hinweis darauf sein, dass ihr eine verborgene Botschaft innewohnt. Vielleicht müssen wir alles an ihr sehr wörtlich nehmen. Ich meine, es ist ja möglich, dass sich die ersten beiden Verse tatsächlich an die Hüter des Glyndlamirs richten. In diesem Fall also an uns beide. Aber was ist dann mit dem dritten Vers?«

»Du meinst, er beinhaltet eine versteckte Aufforderung, die nur an dich gerichtet ist?«

»Ich stelle bloß Fragen, Fi. Aber die Feenkönigin und auch das Einhorn haben keinen Zweifel daran gelassen, dass ich ein *Glynmeithyr*, ein Kind des Unendlichen Lichts, bin.«

Eine Weile herrschte Schweigen zwischen ihnen, das Kai brach, indem er sich wieder dem ersten Vers zuwandte. »Und da ist noch etwas Merkwürdiges. Bitte lies mir die letzten drei Zeilen dieses Verses noch einmal vor.«

Fi tat ihm den Gefallen.

Dann lauscht auf des Grabes Weisung,
und hört auf der Toten Preisung.
Horcht und gehorcht.

»Was soll damit sein?«, endete sie.

»Es sind die verwendeten Wörter, die mich stören«, meinte Kai. »Lauschen. Hören. Horchen. Ich meine, hier spricht schließlich niemand zu uns. Vor allem dieses ›Horcht und gehorcht‹. Findest du das nicht seltsam?«

»Du meinst nicht, dass all das einfach nur die Eindringlichkeit der Weissagung unterstreichen soll?«

»Vielleicht. Aber was, wenn das ebenfalls wörtlich zu verstehen ist? Was, wenn wir tatsächlich genau horchen müssen, um des Grabes Weisung zu verstehen?«

»Wir sollen einem Toten lauschen?« Fi baute nachdenklich ihren Bogen vor sich auf. »Sollen wir etwa das Grab von Sigur Drachenherz schänden?«

»Nein, ich denke, das ist nicht damit gemeint.« Kai sah sich aufmerksam in der Höhle um. »Es war von ›den Toten‹ die Rede. Wer auch immer damit gemeint ist.«

Bedeutungsvoll legte er seinen Finger auf die Lippen und gemeinsam lauschten sie in die Stille hinein. Selbst Olitrax, der noch immer auf dem steinernen Sarg hockte, gab keinen Mucks von sich. Doch es war nichts zu hören. In der Höhle war es buchstäblich grabesstill.

»Vielleicht habe ich mich auch geirrt«, seufzte Kai nach einer Weile.

»Nein, Kai. Nicht unbedingt.« Fi wirkte aufgeregt. »Rufe Quiiiitsss. Wenn jemand die Stimmen von Toten hören kann, dann sicher er.«

Aber natürlich, warum war er da nicht selbst drauf gekommen?

Es dauerte eine Weile, bis sich der schreckliche Nebelleib des Poltergeists vor ihnen manifestierte. Sein transparenter Körper zerfaserte immerzu wie Rauch im Wind.

»Quiiiitsss, wir brauchen deine Hilfe.«

»Ich habe es gehört, junger Herr«, wimmerte Quiiiitsss. »Ihr habt es sicher vergessen, aber ich bin stets an Eurer Seite. Aber muss das wirklich sein? Dieser Ort ist nicht gut für mich. Er bereitet mir Schmerzen.«

»Schmerzen?« Kai sah den Poltergeist fragend an.

»Ja, mein junger Herr. Es ist, als würden immerzu Klauen an mir reißen. Ich schätze, ich dürfte gar nicht hier sein. Sie heulen und sie tun mir weh.«

»Quiiiitsss, hörst du auch Stimmen? Sagen sie etwas?«

»Wirklich, junger Herr. Es wäre mir lieber, wenn …«

»Quiiiitsss, bitte. Reiß dich zusammen. Wir müssen unbedingt wissen, ob du Stimmen hörst.«

Der Poltergeist verzog seine dunklen Schlieraugen und schien angestrengt zu lauschen. »Ja«, raunte er nach einer Weile. »Da ist tatsächlich etwas. Ojeee … Jetzt weiß ich es.« Quiiiitsss ächzte. »Alte Seelen, mein junger Herr. Sehr alte Seelen. Außerordentlich machtvoll. Sie drohen mir und … sie rufen nach Euch.«

»Nach mir?« Kais Finger schlossen sich fester um den Zauberstab.

»Da ist von Drachenfeuer die Rede«, wehklagte Quiiiitsss, der sich nun gepeinigt die Geisterarme vor den Kürbisschädel hielt. »Und von einer Spur der Ihr folgen sollt.«

»Drachenfeuer?« Kai drehte sich zu Olitrax um. »Komm mein Freund, ich glaube, ich brauche dich.«

Der kleine Drache stieg auf und segelte zu ihm.

»Also«, forderte ihn Kai auf. »Spuck dein Feuer.«

Olitrax musterte ihn aufmerksam, öffnete sein Maul und spie eine helle Flamme in die Dunkelheit. Kai wartete ab, doch es geschah nichts.

»Nicht so, Kai.« Fi deutete zu der Felswand, auf der der Prankenabdruck Pelagors zu sehen war. »Wenn es hier eine Spur gibt, dann diese.«

Kai umrundete den Sarkophag und trat an den eigentümlichen Abdruck in der Felswand heran. »Versuche es noch einmal, Olitrax.«

Abermals spie der kleine Drache sein Feuer. Nur zielte er diesmal auf den Prankenabdruck. Olitrax' Drachenfeuer brach sich an den Kanten des Gesteins und erlosch. Im gleichen Moment begann der Abdruck im Fels zu glühen. Das Strahlen wurde immer heller. Fi gab einen Laut des Staunens von sich. Kai trat vorsichtshalber zurück, bis er den Sarkophag von Sigur Drachenherz im Rücken spürte.

Es knackte und knirschte und plötzlich tat sich ein Riss in der Wand auf. Mit einem mächtigen Rumpeln, das laut von den Wänden der Höhle hallte, schoben sich mächtige Gesteinsquader auseinander und gaben einen verborgenen Eingang frei. Er war so gewaltig wie ein Scheunentor und ein Strom warmer Luft blies Kai entgegen.

»Beim Traumlicht!« Fi strahlte hoffnungsvoll. »Ich wette mit dir, dass wir kurz davor stehen, ein Geheimnis zu lüften, von dem kein Mitglied des Sonnenrates je etwas geahnt hat.« Feierlich wandte sie sich an Quiiiitsss, der noch immer wie zerrissenes Segeltuch neben einem Tropfstein schwebte. »Danke, Quiiiitsss. Jetzt bin ich davon überzeugt, dass es für dich Hoffnung gibt.«

»Wie meint Ihr das, mein junge Dame?« Der Poltergeist blickte sichtlich verwirrt auf die Elfe herab.

»Begreifst du denn nicht?« Fi lächelte. »Ohne dich wäre es uns nicht möglich gewesen, der Anweisung Folge zu leisten. Glaubst du ernsthaft, das war Zufall?«

»War es nicht?«, raunte Quiiiitsss verwirrt.

»Nein«, gab sich Fi entschlossen. »Nicht der Schatten, das Unendliche Licht hat dir den Weg bis hierher geebnet. Trotz deines Fluches webt es noch immer an deinen Schicksalsfäden. Es hat dich nicht aufgegeben.«

Sprachlos starrte Quiiiitsss auf sie herab.

»Also, vermassle es nicht«, rief Kai, der nun endlich wissen wollte, wohin sie der Gang führen würde. Olitrax fauchte und sauste voran in die Dunkelheit. Kai folgte ihm.

Feuer & Traum

Ein warmer Luftzug strich beständig über ihre Haut, während Kai und Fi der breiten Gangwindung in den Berg hinein folgten. Die Elfe hielt nun wieder ihre leuchtende Glaskugel hoch, dennoch reichte ihr Licht kaum aus, den immer breiter werdenden Tunnel auszuleuchten. Hin und wieder mussten sie Geröll aus dem Wege gehen, das im Laufe der Jahrhunderte von der Decke gestürzt war, doch beständig ging es weiter in die Tiefe.

»Sieh nur, das dürften Drachenspuren sein!« Kai deutete zu Decke und Wänden, an denen gelegentlich Schrammspuren wie von Krallen zu sehen waren. Ohne Zweifel war der Felstunnel an diesen Stellen künstlich erweitert worden. Der Gang war dadurch überall so hoch, dass sich ein Drache darin ohne Probleme bewegen konnte.

Schließlich weitete sich der Tunnel. Zu ihrem Erstaunen erreichten sie jetzt einen Höhlenzugang, in dem links und rechts kolossale Knochentürme aufragten. Das waren Drachenskelette!

Die beinernen Ungetüme wirkten überaus bedrohlich, und durch die Art, wie die toten Drachen ihre fleischlosen Krallen gespreizt hielten, haftete ihnen etwas von Wächtern an, die sie davor warnen wollten weiterzugehen.

Kai nahm entschlossen Fis Hand und gemeinsam schritten sie zwischen den Gebeinen der Feuerechsen hindurch. Sie erreichten eine erzene Rampe, die in eine Höhle führte, die so gewaltig war, dass sie den Schein ihrer Lichter einfach verschluckte. Der warme Wind war hier besonders stark und rüttelte leicht an ihrer Kleidung.

»Meine Güte«, wisperte Fi und ihre Stimme erzeugte einen seltsamen Hall. »Wo sind wir hier?«

Kai beschwor einige Feuerwusel herauf und befahl ihnen, sich zu großen Glutgebilden aufzublähen, die er in die Finsternis schickte. Nach und nach wurde die riesige Kaverne von ihrem Flackerlicht ausgeleuchtet und enthüllte große Felspfeiler natürlichen Ursprungs, die die Decke stützten. Die Kaverne besaß gut und gern die Ausmaße des Hafenbeckens von Hammaburg. Staunend sahen sie sich um. Überall am Grund der gewaltigen Höhle schimmerten bleiche Knochen. Weitere Drachenskelette. Es mussten Hunderte sein, die an diesem Ort versammelt waren.

Manche der einstigen Feuerechsen wirkten wie in der Bewegung erstarrt. Ihre knöchernen Häupter ragten mit weit aufgerissenen Kiefern der Höhlendecke entgegen, als hätten sie sich mit einem markerschütternden Gebrüll vom Leben verabschiedet. Andere lagen zusammengerollt da, wie friedlich entschlafen.

»Bei allen Moorgeistern!«, stammelte Kai. »Was ist das hier? Ein Drachenfriedhof?«

»Ja, ich denke schon.« Fi ließ ergriffen ihre Leuchtkugel sinken. »Das würde erklären, warum man in all den Zeiten nur so wenige Drachenskelette gefunden hat. Und das, obwohl es in unseren Liedern heißt, dass die Drachen früher den Himmel so zahlreich bevölkerten, wie heute die Vögel.«

»Wenn das hier Magister Äschengrund sehen könnte.« Kai schüttelte noch immer ungläubig den Kopf und hielt Ausschau nach Olitrax. Er war sich sicher, dass der kleine Drache irgendwo in dem Gebeinfeld auf sie wartete.

Behutsam kletterten sie die Rampe hinunter, bis sie auf Höhe der toten Drachen angekommen waren. Kai schluckte. Die ausgeblichenen Wirbel und Rippenbögen ragten in dem unbeständigen Zwielicht wie die Streben von Schiffsrümpfen auf. Und wann immer sein Blick auf die unheimlichen Drachenschädel um ihn herum fiel, hatte Kai das Gefühl, als würden diese ihn lauernd aus ihren finsteren Augenhöhlen heraus anglotzen. Vorsichtig bewegten sie sich voran, wobei sie immer wieder auf Drachenschuppen traten, die unter ihren Füßen knirschten.

»Sieh mal! Was ist das?« Fi hielt inne und deutete ein Stück voraus. Zwischen dem Drachengebein, nur unweit einer der mächtigen Felssäulen, ragten reglos die haushohen Silhouetten dreier Drachenstandbilder empor. Kai hob seine magische Fackel und zog Fi vorsichtig auf den seltsamen Ort zu. Die Statuen waren aus schwarzem Basalt und wiesen ohne Zweifel ein ungeheures Alter auf. Ergeben blickten die Drachen auf eine kreisrunde Plattform aus Titanenerz, in dessen Zentrum sich ein enger Schacht befand. Kai ließ einen der Feuerwusel an die Höhlendecke aufsteigen und sah direkt über ihnen eine weitere Öffnung im Fels. Der Schacht fand dort offenbar seine Fortsetzung, zog sich kerzengerade durch das Gestein und mündete dann in den Platz mit den Monolithen.

Ein Fauchen drang aus dem Zwielicht. Kai und Fi wirbelten herum und entdeckten Olitrax, der aus dem Dunkeln angeflogen kam. Die Augen des kupferroten Drachen waren wieder von jener eigentümlichen Glut erfüllt, die sie nun schon mehrfach bei ihm gesehen hatten. Mit fast schon königlicher Anmut ließ sich Olitrax auf der Plattform nieder. Dann hob er sein kleines Drachenhaupt und starrte Kai mit loderndem Blick an. Er ließ ein unnatürlich lautes Gebrüll hören, das schwer von den Höhlenwänden rollte. Dem Gebrüll folgte eine lange Stichflamme, die den kleinen Drachen schließlich selbst in Flammen einhüllte.

Kai schrie erschrocken auf und wollte zu Olitrax laufen, doch Fi hielt ihn zurück. Olitrax stieß abermals ein furchtbares Gebrüll aus. Diesmal schwoll sein Drachenodem zu einer gewaltigen Feuerwolke an, die unter prasselnden Lauten zur Höhlendecke aufstieg, um dort die Konturen eines großen Drachen mit gewaltigen Feuerschwingen anzunehmen.

»Pelagors Geist!«, keuchte Kai wie vom Donner gerührt.

Eine sengende Hitze senkte sich zu ihnen herab und Kai zog Fi schützend hinter sich. Endlich begriff er, welche Macht es gewesen war, die sich damals im Albtraumgebirge mit Olitrax vereint hatte.

Pelagors Feuererscheinung bewegte sich unter lautem Knistern über den Köpfen der Basaltstatuen und stierte mit brennendem Blick auf Kai herab.

Du hast dein Versprechen gehalten, Kind des Unendlichen Lichts, toste hinter Kais Stirn die majestätische Stimme des einstigen Drachenkönigs. *Du hast die Macht meines Blutes auf meine Brut übertragen. Und hier, an diesem geweihten Ort, schließt sich nun der Kreis. So werde auch ich das Versprechen erfüllen, dass ich der Feenkönigin gab.*

»Dann ging es damals nicht nur darum, mich zum Feuermagier zu erheben?«, fragte Kai verwundert.

Nein, prasselte die Stimme in Kais Kopf. *Es ging darum, jenen Fehler wiedergutzumachen, den ich vor eintausend Jahren beging. Damals haben wir Drachen Schuld auf uns geladen. Wir haben durch unsere Machtgier dabei geholfen, den Schatten den Weg zu bereiten. Doch diesmal wird es anders sein.*

»Was ist das hier für ein Ort?« Kai deutete mit seinem Zauberstab auf den eigentümlichen Schacht zu ihren Füßen.

Du stehst vor einer Pforte zur elementaren Ebene des Feuers. Der Herr der Elemente selbst hat sie einst mit ewiger Glut erfüllt. Diese Pforte ist der Nabel des Landes. Sie erfüllt Albion mit unbändiger Macht. Ihr Feuer brennt ewig und wir Drachen haben sie Jahrtausende gehütet. Bis zu jenem Zeitpunkt, als Elfen und Menschen das Land besiedelten. Doch sie erwiesen sich als unfähig, die Zeichen zu erkennen, die mit dem Kommen der Finsternis auf Albion einhergingen. Und so sorgten wir Drachen dafür, dass die Ewige Flamme sich tief in den Berg zurückzog, als der Schatten erstmals seinen Fuß auf den Feuerberg setzte.

»Ihr Drachen?« Kai runzelte die Stirn. »Sigur Drachenherz hat dich vertrieben. Wie könnt ihr Drachen dann noch über diese Stätte wachen?«

Vertrieben? In Kais Kopf hallte feuriges Gelächter. *Bist du dir da so sicher, Mensch?*

Fi stieß einen erschrockenen Laut aus. Nun sah auch Kai, dass sich an zahlreichen Stellen über dem Gebeinfeld die flirrenden Leiber machtvoller Feuerechsen in der Luft abzeichneten. Alte Seelen. Jetzt wusste Kai, was Quiiiitsss vorhin gemeint hatte. Die Geisterdrachen schlängelten sich raubtiergleich auf sie zu und maßen sie mit bohrenden Blicken.

Und jetzt geh, Kind des Unendlichen Lichts. Es ist an der Zeit, die Ewige Flamme neu zu entzünden. Tut, was euch das Schicksal gebietet, doch stört nie wieder die Ruhe dieses Ortes.

Kai verbeugte sich vor Pelagors prasselnder Flammengestalt und hastete zu Olitrax, der zusammengesunken vor einer der großen Basaltstatuen lag. Der kleine Drache hatte das Bewusstsein verloren. Sachte hob Kai ihn auf, als ein mehrstimmiger, klagender Gesang den Drachenfriedhof zu erfüllen begann. Immer mehr der fahlen Drachenschemen glitten aus dem Zwielicht heran, und das unheimliche Geräusch steigerte sich zu einem Crescendo, das wie ein Sturm über sie hinwegfegte. Kais Ohren begannen zu schmerzen.

Schnell sahen er und Fi zu, dass sie die eigentümliche Stätte hinter sich ließen. Sie stolperten zurück durch das Gebeinfeld, und als sie die Rampe erreichten, rollte ein unheimlicher Donner von den Wänden, der sogar den Untergrund zu ihren Füßen erbeben ließ. Gewaltige Tropfsteine stürzten von der Decke und begruben die Knochen der Drachen unter sich. Kai und Fi blickten atemlos zurück und sahen, wie eine gigantische Feuersäule zwischen den drei basaltenen Drachenstatuen hervorbrach. Die gewaltige Flammenfontäne erfüllte die riesige Kaverne mit feurigem Schein und stieg bis zur Decke der Höhle auf, wo sie sich wie ein flammender Teppich über den Fels legte. Es knisterte und knackte und ein heißer Wind brannte auf ihren Gesichtern.

»Die Ewige Flamme, sie brennt wieder!«, rief Fi und griff bewegt zu dem Glyndlamir um ihren Hals. Sie zog Kai am Ärmel und stürmte mit ihm zurück durch den Tunnel. Keuchend rannten sie durch die Höhle, in der der Sarkophag stand, dann stolperten sie wieder ins Freie.

Schwer atmend ließ sich Kai gegen einen der zerbrochenen Torflügel fallen und füllte seine Lungen mit der feuchtkalten Bergluft. Olitrax schlug zu seiner Erleichterung bereits wieder schwach mit den Schwingen. Fi hingegen wies zu jener Stelle, an der sich die Monolithen aus der Ruinenlandschaft erhoben. Ein flackernder Schein geisterte über die alten Menhire. Selbst die tief hängende Wolkendecke über ihnen war von rotem Licht erfüllt. »Komm, Kai, wir haben es fast geschafft.«

Kai schleppte sich erschöpft hinter Fi her und endlich erreichten sie den Platz mit dem kunstvollen Bodenmosaik. Aus dem Loch in seiner Mitte züngelte eine goldene Flamme, die eine machtvolle Aura umgab. Noch nie hatte sich Kai seinem feurigen Element so nahe gefühlt. In der Nähe dieser Flamme war ihm, als würde sich sein Innerstes aufrichten. Kräfte tosten in seinem Körper, von denen er bislang nichts geahnt hatte. Seine Erschöpfung wich fast schlagartig.

Auch Olitrax schlug nun wieder seine Augen auf. Der kleine Drache fauchte und richtete sich mit ausgebreiteten Schwingen auf. Dann stieß er eine Feuergarbe aus, deren Glut sich mit der Ewigen Flamme vereinte und mit ihr hinauf zum Himmel gerissen wurde.

Fi hielt den Glyndlamir längst hoch über ihren Kopf. Furchtlos trat sie mit dem Mondsilberamulett an die Ewige Flamme heran und begann ihr Lied anzustimmen. Ehrfürchtig lauschte ihr Kai. Ihre Stimme berührte ihn tief in seinem Innersten. Kraftvoll strich sie über die Ruinen. Kai glaubte plötzlich, Vögel zwitschern, Wasser plätschern und das Rauschen von Bäumen hören zu können und verspürte den Wunsch, sich von der Melodie wie ein Blatt im Wind davontragen zu lassen. Auch Olitrax sah gebannt auf.

Endlich beugte sich Fi vor und tauchte das Mondsilberamulett in das lichterloh prasselnde Feuer der Ewigen Flamme. Der Glyndlamir glühte rotsilbern auf, und die Welt um sie herum veränderte sich, als habe Fi einen Stein in einen See geworfen, dessen Oberfläche nun kreisrunde Wellen schlug. Nichts war mehr wie zuvor. Bilder wogten ihm entgegen, brandeten wie schaumige Gischt über das Plateau hinweg und schoben sich über die Mauerreste. Um ihn herum schälten sich die transparenten Konturen von lichten Gebäuden aus der Luft und überall ragten nun blasse, himmelwärtsstrebende Säulen empor.

Plötzlich waren leise Stimmen zu hören. Jemand lachte, irgendwo ertönte der Klang einer Harfe und einen Moment lang glaubte Kai, neben einem der Monolithen einen Elfen stehen zu sehen. Das traumhafte Bild flackerte, doch Kai konnte erkennen, dass der Fremde ein lichtes Gewand mit dem Emblem einer Flamme trug, das von einem Sonnenkranz eingefasst wurde. Kai blinzelte. Das geisterhafte Bild wich, und er entdeckte stattdessen eine Gruppe Magier in derselben Tracht, die um ein aufgeschlagenes Buch herum saßen und ernst miteinander diskutierten. Erst jetzt bemerkte er, dass Fi ihr Lied beendet hatte.

»Fi, was geschieht hier?«

Die Elfe trat neben ihn und schaute mit einem feierlichen Gesichtsausdruck zu einer Terrasse, auf der durchscheinende, silbrig glitzernde Obstbäume standen. »Hier wirkt die Kraft der Träume«, sprach sie. Der Glyndlamir lag wieder um ihren Hals und noch immer ging von ihm ein schimmernder, rotsilberner Schein aus. »Der Sonnenrat mag heute zerstört sein, doch der Glyndlamir ermöglicht es uns, einen Blick auf ihn zu werfen, so wie er früher war. Er birgt die Träume und Erinnerungen jener, die vor uns den Glyndlamir gehütet haben. Verstehst du?«

Kai sah sich fassungslos zu den transparenten Häusern, Säulenhallen und Arkaden um, die das Ruinenfeld wie ein Geisterreich wirken ließen. Herrje, die Wunder des heutigen Tages wollten kein Ende nehmen.

»Und wie soll uns das helfen?«, fragte er.

»Ich weiß es noch nicht, aber sieh doch. Da hinten ist ein Bauwerk zu sehen, das irgendwie … wirklicher aussieht, als die restlichen Traumgebäude.« Fi deutete zu einer prachtvollen Halle, dessen Front von glitzernden Säulen gestützt wurde. Zwar bot die Halle einen Anblick, als bestünde sie aus goldbestäubtem Milchschaum, doch war sie weit weniger durchscheinend, als alles andere um sie herum. Seltsam.

Kai ließ seinen Blick zum Horizont schweifen und bemerkte, dass die Wolkendecke rund um den Berg dunkler geworden war. Offenbar neigte sich der Tag langsam dem Ende entgegen. Der Feuerschein der Ewigen Flamme stach inmitten des Zwielichts besorgniserregend hell hervor und musste trotz des Nebels über dem Talkessel gut zu sehen sein. Sie konnten nur hoffen, dass sich die Strigen inzwischen weit entfernt hatte. Dennoch würde es sicher nicht lange dauern, bis Morgoya erfuhr, was sich hier oben auf dem Berg zutrug.

»Gut, lass uns nachsehen, was es damit auf sich hat.« Kai hieß Olitrax aufzusteigen, und gemeinsam durchquerten sie das Trümmerfeld, bis sie direkt vor dem eigentümlichen Traumgebäude standen. Auf einem Relief über dem Eingang waren von Blumen umkränzte Pergamentrollen zu sehen.

»Die Bibliothek«, meinte Fi und lachte. »Begreifst du, Kai. Welches Wissen der Sonnenrat über all die Jahrhunderte auch zusammengetragen hat, hier wurde es gesammelt. Das kann kein Zufall sein.«

»Können wir da denn überhaupt reingehen?«

Die Frage beantwortete sich von selbst, als Olitrax direkt durch die Front des Traumgebäudes hindurchstieß und nicht mehr zu sehen war. Fi zwinkerte Kai zu und tat dasselbe. Es war, als würde sie durch Rauch schreiten.

Kai folgte ihr und musste aufpassen, nicht sogleich über einen der Felsen zu stolpern, die immer noch sehr real aus dem Untergrund aufragten. Staunend sah er sich in der Empfangshalle der Traumbibliothek um. Die Wände schimmerten leicht golden. Nebelhafte Türen zweigten von hier aus ab, und es herrschte geisterhafte Stille, die nur hin und wieder vom fernen Gesäusel des Windes durchbrochen wurde. Offenbar schirmte die elfische Traummagie auch die Geräusche der Außenwelt ab.

Einzig die hässlichen Quader und Trümmersteine, die noch immer überall um sie herum aufragten, erinnerten ihn daran, an welchem Ort sie sich in Wahrheit befanden. Auf einem von ihnen hockte Olitrax, der sie mit einem Schnauben begrüßte, nur um dann ungerührt eine seiner Schwingen zu putzen. Kai lächelte und fragte sich, ob sich der kleine Drache an die Geschehnisse unten im Berg erinnerte. Falls ja, dann hatten sie ihn nicht sonderlich beeindruckt.

Sein Augenmerk richtete sich jetzt auf einige Nischen an den Wänden, in denen lebensgroße Tierskulpturen standen. Doch zu seinem Erstaunen hatte der unbekannte Künstler hier ausschließlich Tierarten mit zweifelhaftem Ruf dargestellt. Er entdeckte einen prächtigen Raben, eine stattliche Schlange und gleich daneben einen riesigen Wolf. Voller Argwohn schritt Kai weitere der Traumnischen ab und erblickte nicht minder befremdliche Statuen, darunter eine Krähe, eine Ratte und eine dick behaarte Spinne.

»Sag mal Fi, was ist das für eine seltsame Sammlung hier?«

»Sie alle waren Tierkönige«, antwortete die Elfe traurig. »Die ersten ihrer Art, die aus dem Unendlichen Licht getreten sind. Sie sind schon vor langer Zeit gestorben. Man hat sie gejagt und getötet, denn schon immer gab es Zauberer, die die Tierkönige um ihre Unsterblichkeit beneidet haben und diese auf sich übertragen wollten.«

»Tierkönige?« Kai erinnerte sich daran, dass auch Kriwa keine einfache Möwe war.

»Die Skulpturen sollen an sie erinnern«, fuhr Fi fort. »Ihr Tod ist der Grund, warum sich ihre Untertanen bis heute so leicht von den Schatten verführen lassen. Denn mit ihren Königen ist ihnen auch die Hoffnung geraubt worden.«

Kai wandte sich bestürzt von den Nischen ab.

»Besser wir finden heraus, warum sich uns diese Traumbibliothek überhaupt offenbart hat«, meinte er. »Das Gebäude hat von außen ziemlich groß gewirkt. Ich schlage vor, wir trennen uns, dann kommen wir schneller voran.«

»In Ordnung. Aber pass auf, wohin du trittst.«

»Warte!« Kai hielt Fi auf und gab Olitrax ein Zeichen, sich zu ihr zu gesellen. »In seiner Begleitung bist du sicherer. Wir wissen schließlich nicht, was uns hier erwartet.«

»Und du?«, wollte Fi wissen.

Kai rief nach Quiiiitsss. Der Poltergeist materialisierte sich und bedachte ihn mit einem geisterhaften Spinnweblächeln. »Der junge Herr ruft und ich folge«, raunte er.

»Dann viel Glück!« Fi winkte ihnen zu und trat wie zuvor einfach durch eine der Wände hindurch.

»Gut, und was machen wir jetzt?«

»Ich schlage vor, junger Herr, wir machen es so wie Eure Begleiterin.« Quiiiitsss wölkte an ihm vorbei und glitt mit dem Kürbisschädel voran ebenfalls durch eine der substanzlosen Traumwände. Kai kam sich selbst wie ein Gespenst vor, als er ihm auf diese Weise folgte.

Sie betraten einen lichten Bibliothekssaal mit hohen Fenstern und Lesepulten, der der Länge nach von Regalen gesäumt wurde. Beeindruckt sah sich Kai um. In dem Raum lagerten unzählige Bücher und Schriften. Hin und wieder flackerten in den Regalgängen die Gestalten von Sonnenmagiern auf, doch sie waren wie Truggespinste und stets nur kurz zu sehen.

Seltsam. Offenbar war in dieser Traumwelt vor allem das von Bestand, was auch in der wirklichen Welt die Zeiten überdauert hatte. Kai kletterte über die rußgeschwärzten Teile des ehemaligen Dachstuhls hinweg, um einen Blick auf die geisterhaften Buchbestände des Saals zu werfen. Vor ihm standen

Zauberbände in Hülle und Fülle. Und die meisten von ihnen beschäftigten sich mit der Kunst der hohen Feuermagie. Kai streckte seine Hand verlangend nach einem Band mit dem Titel *Schlachtfeldmagie* aus – und griff zu seiner Enttäuschung durch das Traumbuch hindurch.

»Oh nein, das darf doch nicht wahr sein.«

»Da seht Ihr, mein junger Herr«, hauchte Quiiiitsss dicht neben ihm, »wie uns Geistern manchmal zumute ist.«

»Aber diese Traumbibliothek muss doch zu irgendetwas Nutze sein. Warum ist sie uns sonst erschienen?«

»Vielleicht ist der Grund nicht solch profaner Natur, wenn Ihr mir diese Anmerkung erlaubt.«

»Profan? Schon vergessen, dass ich es irgendwann mit Morgoya zu tun bekomme?« Wütend marschierte Kai nun quer durch die Buchreihen hindurch. Abermals musste er Schutt und Trümmerteilen aus dem Weg gehen, und wenig später stand er in einem Skriptorium mit einer Vielzahl an Arbeitspulten. Kai wusste, dass in solchen Einrichtungen Bücher kopiert und instand gesetzt wurden. Leider fand er auch hier nichts, was einen näheren Blick wert gewesen wäre. Er durchquerte mühselig einige weitere Räume und gelangte dann in einen halbrunden, mit goldschimmernden Pfeilern ausgestatteten Raum, der irgendwie prachtvoller als die übrigen aussah. In seiner Mitte erhob sich ein großes Lesepult und an den Wänden standen mehrere Vitrinen, in denen aufgerollte Pergamentrollen lagen. Kai hielt den Raum anfänglich für eine Art Kartensaal, da an der Stirnseite eine übergroße Karte Albions aufgemalt war. Ein sternförmiges Netz aus Linien spannte sich über die Insel, die sich an einem Punkt vereinten. Dann bemerkte er, dass dies die einzige Karte im ganzen Raum war.

»Mich dünkt, dieser Raum bewahrte früher wichtiges Wissen«, raunte Quiiiitsss. Er deutete mit seinen Nebelarmen zur Eingangstür, die einst mit einem imposanten Schloss aus Mondsilber gesichert war.

Kai trat an das Pult heran, während Quiiiitsss unter leisem Rumpeln zu den Schaukästen glitt. Kai fand auf dem Pult einen schweren Folianten auf dem in der alten Gelehrtensprache der Titel *Wege der Sonne* prangte. Wie erwartet entzog sich das Buch Kais Zugriff.

Verärgert trat er an die große Wandkarte heran und betrachtete den Punkt, an dem sich das Netz aus Linien kreuzte. Darüber befand sich ebenfalls ein Wort in der Gelehrtensprache: *Feuerberg*.

Kai folgte grübelnd den Linien in südliche Richtung und stolperte über Ortsbezeichnungen wie *Alba*, *Feuermund* und *Schwanensee*. Im Norden und Nordwesten hingegen las er zu seinem Erstaunen teils elfische Ortsnamen wie *Lunamon* und *Penniodrim*. Hier waren also auch die Schratzacken eingezeichnet. Morgoyas Mondsilberminen befanden sich dort. Neben all den Namen waren jeweils drei bis vier Zauberglyphen aufgemalt.

»Quiiiitsss, verstehst du, was hier dargestellt sein könnte?«

Der Poltergeist schwebte neben ihn und grinste ihn schauderhaft an. »Ich schätze schon, mein junger Herr«, raunte er. »Auch Euch wird sich das Geheimnis dieser Linien erschließen, wenn Ihr erst einen Blick auf die Pergamente in den Vitrinen werft.«

Kai wandte sich aufgeregt den Schaukästen zu, während Quiiiitsss weitersprach. »Ihr kennt ja die Wandelnde Kammer im Zunfthaus. Den Texten in den Vitrinen ist zu entnehmen, dass die Sonnenmagier des Rates über eine ganz ähnliche Einrichtung des schnellen Reisens verfügten. Es handelte sich hierbei um ein arkanes Wegenetz, dass ganz Albion überspannte. Offenbar wird es durch die elementare Macht der Ewigen Flamme gespeist.«

»Was?« Kai trat an die Schaukästen heran und stellte erfreut fest, dass die Schrift auf den brüchigen Bögen noch immer lesbar war. Es war, wie Quiiiitsss gesagt hatte. Schließlich blieb sein Blick an einer langen Zauberformel hängen, die angeblich eine Pforte öffnen würde. Und er fand auch solche, die den Reisenden vor der Hitze des Elements schützten. Leider endeten die Texte recht abrupt an jener Stelle, die beschrieb, wie sich der jeweilige Zielort ansteuern ließ.

»Ist dir klar, was für eine Entdeckung wir gemacht haben?« Kai sah den Poltergeist begeistert an. Fieberhaft wühlte er Pergament und Stift hervor und schrieb die Formeln ab. Dann wandte er sich wieder der großen Karte Albions zu. »Jetzt müssen wir bloß noch herausfinden, wie man durch die Pforte an das jeweilige Ziel gelangt. Aber Moment mal …«

Kais Blick streifte wieder das Buch auf dem Pult: *Wege der Sonne*. Das hatte er doch schon einmal gelesen. Hastig schnürte er die Chronik des Sonnenrates von seinem Rucksack und blätterte die Seiten durch, bis er den Kupferstich fand, der die Sonnenmagierin vor dem seltsamen Feuerrad zeigte. Die Bildunterschrift trug den gleichen Namen wie das Buch auf dem Pult. Und im Hintergrund waren Säulen zu sehen, die den Monolithen am Platz mit der Ewigen Flamme glichen. Aufmerksam beäugte er die hell glühenden Runen auf den Monolithen des Kupferstiches und sah dann wieder zu den Ortsnamen der Wandkarte auf, neben denen ebenfalls Glyphen prangten. Allmählich dämmerte ihm, wie sich dieses arkane Wegenetz benutzen ließ.

Kai war gerade damit beschäftigt, auch die Ortsnamen mitsamt den dazugehörigen Runen abzuschreiben, als ihn ein aufgeregtes Flattern unterbrach. Olitrax sauste durch eine der Traumwände und kurz darauf gesellte sich auch Fi zu ihnen. Sie sah bekümmert aus.

»Hattest du keinen Erfolg?« Kai starrte Fi betroffen an.

»Doch, Kai.« Fi lächelte freudlos. »Es gibt tatsächlich einen Weg, mein Volk zu heilen. Durch die Wasser des Lunamon. Ich habe dir doch von dem geheimnisvollen See erzählt, an dem mein Volk hier in Albion lebte.«

»Ja, er liegt in den Einhornwäldern, wenn ich mich recht entsinne. Und du sagtest, dass sich im Lunamon hin und wieder seltsame Bilder zeigen. Visionen und Geschehnisse aus der Vergangenheit Albions.«

Fi nickte. »Tatsächlich birgt der See ein Geheimnis, das allein den Ältesten meines Volkes bekannt war. Wir Elfen haben den See nicht einfach gefunden, in Wahrheit wurde er von jenen meiner Vorfahren erschaffen, die Sigur Drachenherz einst nach Albion gefolgt sind.«

Kai sah Fi staunend an. »Wie das?«

»Mit ihren Träumen, Kai. Der Lunamon ist in Wahrheit ein Refugium, dessen Wasser von den Wünschen, Sehnsüchten und Fantasien meines Volkes gespeist wird. In seinen Fluten vereinen sich die Erinnerungen an die Vergangenheit und die Hoffnungen auf eine lichte Zukunft. Erst der Lunamon ermöglichte es meinen Vorfahren, hier in Albion eine Heimat zu erschaffen, die so strahlend war, wie die Mondwälder, die sie einst verlassen mussten.« Fi seufzte. »Die Macht ihrer Träume wirkt noch immer in den Wassern des Sees. Und mithilfe des Glyndlamirs war es den Hütern des Amuletts möglich, die Einhornwälder nach dem Vorbild der alten Heimat zu formen. Wenn auch in einem viel kleineren Rahmen, als dies unseren Brüdern und Schwestern auf dem Kontinent möglich ist. Der Lunamon birgt eine Kraft, die nicht nur das Land, sondern auch mein Volk zu heilen vermag.«

»Aber das ist doch wundervoll, Fi.« Kai lachte. »Warum siehst du dann aus wie drei Tage Regenwetter?«

»Kai, um all dies zu bewirken, benötige ich das Unendliche Licht des Glyndlamirs. Doch dieses ist seit dem Kampf gegen den Eisigen Schatten erloschen.« Fi ließ sich schwer auf einen Felsblock sinken und eine Träne rann stockend über ihre Wange. »Am Ende habe ich also doch versagt.«

Kai sah Fi bestürzt an und eine Weile sprach keiner von ihnen.

»Nein, Fi. Vielleicht ist es doch möglich, deinem Volk zu helfen.« Hektisch kramte er die Schatulle mit dem Leuchtstein aus Berchtis' Turm hervor. »In dem Bergkristall wirkt das Unendliche Licht noch immer. Ich schenke ihn dir.«

Sprachlos nahm Fi das Kästchen entgegen. Ihr Blick huschte unruhig zwischen Kai und der Schatulle hin und her. »Ja, so könnte es gehen, aber …« Unvermittelt reichte sie ihm die Schatulle wieder zurück. »Ich kann dein Geschenk nicht annehmen. Du gibst gerade deine größte Waffe gegen die Schattenmächte aus der Hand. Und vielleicht auch gegen Morgoya selbst. Wenn ich den Stein annehme, dann muss dir klar sein, dass ich mit der Rettung meines Volkes unmöglich warten kann, bis … bis …«

»Du meinst, bis ich Morgoya gegenüberstehe und wir Gefahr laufen, dass ich unterliege und sie mir den Leuchtstein noch entreißt?« Kai lachte freudlos. »Ich habe selbst schon darüber nachgedacht, wie es wäre, das Unendliche Licht direkt gegen Morgoya einzusetzen. Aber Morgoya war uns bislang immer mehrere Schritte voraus. Ich bin mir sicher, sie ahnt, welchen Schatz wir besitzen. Doch das Licht dieses Steins brennt nur in der Nacht und etwas sagt mir, dass Morgoya einen Zeitpunkt für unser Aufeinandertreffen wählen wird, bei dem sie allein alle Vorteile in den Händen hält. Also nimm ihn. Bitte.« Er schob ihre Hand wieder zurück. »Es ist gut so, wie es ist. Außerdem habe ich dir versprochen, dir und deinem Volk beizustehen. Und an mein Versprechen halte ich mich. Gelingt es mir erst, den Schattenkelch wieder herzustellen, besitze ich eine Waffe, die vollkommen ausreicht.«

»Danke, Kai.« Fi standen wieder Tränen in den Augen und Kai nahm ihre Hand und lächelte ihr aufmunternd zu. Dann deutete er zu der großen Inselkarte an der Wand. »Ich habe sogar schon einen Plan. Wir werden noch heute zu den Schratzacken aufbrechen, um dein Volk aus den Mondsilberminen herauszuholen.«

»Unmöglich«, schniefte Fi. »Das Gebirge liegt fast vier Tagesmärsche entfernt. Bis dahin hat Morgoya Colona dreimal überrollt. Lass mich hier zurück. Du musst allein einen Weg zurück zum Kontinent finden, um unseren Freunden zu helfen. Denk an unsere Reise damals zum Kristallgebirge. Sicher kann dich Dystariel noch einmal über eine solche Entfernung tragen. Das schafft sie aber nicht mit zwei Personen.«

»Keine Bange«, gab sich Kai selbstbewusst. »Ich kenne inzwischen eine Möglichkeit, den Weg zu diesem Penniodrim-Gebirge erheblich abzukürzen.«

Die Mondsilberminen

Als Kai und Fi die Traumbibliothek hinter sich ließen, hatte sich bereits die Nacht über den Feuerberg gesenkt. Die Gebäude um sie herum schimmerten noch immer, doch ihre Konturen verblassten bereits wieder. Nur noch wenige Stunden, dann würden die wundersamen Traumgespinste, die Fi mit ihrem Gesang und mithilfe des Glyndlamirs heraufbeschworen hatte, wieder vergangen sein.

Dafür züngelte hell und majestätisch die Ewige Flamme des Sonnenrates zwischen den Monolithen empor und tauchte die dunstgeschwängerte Ruinenlandschaft in rotgoldenes Flackerlicht. Quiiiitsss hatte sich wieder unsichtbar gemacht und Olitrax sauste in kühnem Zickzack der goldenen Stichflamme entgegen, die der Berg ausspie.

»Vielleicht reicht es, wenn du einfach hierbleibst«, meinte Fi skeptisch. Auch ihr war klar, dass der helle Schein auf dem Berg trotz der Wolkendecke weithin sichtbar sein musste. »Unsere Gegner werden dann ganz von allein kommen.«

»Das tun sie schon jetzt«, rollte ihnen die Reibeisenstimme Dystariels entgegen. Erschrocken wirbelten Kai und Fi herum und entdeckten die Gargyle, die hinter einer zerbrochenen Säule hervortrat. Dort hatte sie übereinandergestapelt die Leichen dreier Schattenelfen abgelegt, die mit ihren Krallenhänden und den verrenkten Gliedmaßen ein schauriges Bild abgaben.

»Es war leicht, euch zu finden«, rasselte Dystariel und starrte zu der goldenen Flamme, die aus dem Berg schlug. »Auf meinem Weg durch den Talkessel habe ich bereits vier von diesen lästigen Ausgeburten erschlagen, und inzwischen kommen sie alle halbe Stunde den Berg raufgeklettert. Man kann euch wirklich nicht allein lassen.«

Kai und Fi warfen sich betretene Blicke zu. Sie waren wirklich zu sorglos gewesen.

»Und, habt ihr gefunden, was ihr gesucht habt?«

Kai nickte in Richtung Ewiger Flamme. »Oh ja. Und jetzt werden wir den Weg der Sonne einschlagen und ins Schratgebirge aufbrechen, um Fis Volk zu befreien.«

»Den Weg der Sonne, sieh an.« Dystariel fletschte ihre Reißzähne und leckte sich das Blut der Schattenelfen von ihren Krallen. »Ein verwegener Plan. Ganz nach meinem Geschmack. Ich hoffe, ihr nehmt mich mit.«

»Nichts lieber als das. Kommt!«

Kai umrundete einen Schuttberg und betrat endlich den Platz mit der Ewigen Flamme. Grelle Hitze schlug ihm entgegen. Andächtig sah er zu den Monolithen auf, die sich rund um das gepflasterte Areal erhoben. Nur Olitrax schien wenig feierlich zumute zu sein. Der kleine Drache hatte sich auf einem der steinernen Ungetüme niedergelassen und blickte von dort gelangweilt auf sie herab.

Kai griff nach seinen Notizen und verglich die Runen auf den Menhiren mit denen, die in der Traumbibliothek neben dem Begriff *Penniodrim* verzeichnet gewesen waren. Er fand die gesuchten Glyphen auf drei der Monolithen. Mit ihrer Hilfe würde er die elementare Macht des Feuers so ausrichten können, dass sie der Weg der Sonne in das Schratgebirge führen würde.

Kai kramte bereits nach der Zauberformel, als Quiiiitsss neben ihm erschien.

»Junger Herr, darf ich mir eine Bemerkung erlauben?«, raunte er leise aber bestimmt.

»Herrje, was ist denn?«

»Ist Euch eigentlich bewusst, wie groß die Schratzacken sind?« Quiiiitsss sah ihn mit seinen großen Schlieraugen eindringlich an. »So hastig, wie Ihr die Texte in den Vitrinen studiert habt, frage ich mich, ob Ihr eventuell die nicht ganz unbedeutende Passage übersehen habt, die davon sprach, dass der Magus, der den Weg der Sonne beschreitet, den Zielort seiner Reise genau kennen sollte. Denn sonst könnte es geschehen, dass Euch die Feuerpforte … nun ja, *irgendwo* im Zielgebiet absetzt. Und ich möchte Euch versichern, dass ich es überaus bedauern würde, wenn sie Euch zu einem steilen Felsgrat führte und Ihr Euch dort bereits kurz nach Eurer Ankunft alle Knochen brecht.«

Überrumpelt blickte Kai zu dem Poltergeist auf. »Na ja, äh, ich schätze, ich hab diese Passage tatsächlich übersehen.« Mit hochrotem Kopf blickte er zurück zu Fi und Dystariel, die ihn aufmerksam beobachteten.

»Alles in Ordnung, Kai?«, wollte Fi wissen.

»Jaja, ich muss mich nur kurz sammeln«, rief Kai zurück. Hastig wandte er sich wieder dem Poltergeist zu. »Was machen wir denn jetzt?«

»Nun, mein junger Herr, was Ihr jetzt macht, weiß ich nicht. Und meine Zeit als Zauberer liegt bereits lange zurück. Aber wenn Ihr mir erlaubt, würde ich Euch gern an die Kristallkugel in Eurem Tornister erinnern. Sie könnte Euch von Nutzen sein.«

»Natürlich, eine gute Idee!« Kai ärgerte sich, dass er nicht selbst darauf gekommen war und packte die Kristallkugel aus. Vorsichtig stellte er sie auf dem Mosaikboden ab. Diesmal reichte bereits ein kurzer Gedanke, um die Schlieren in ihr zum Wallen zu bringen. Wie immer schlugen Flammen aus seinen Handrücken und er konzentrierte sich auf die Mondsilberminen.

In der Kugel flammte ein unheimliches Abbild der Minen auf. Kai stöhnte entsetzt. Er konnte niedrige Stollen sehen, die sich wie die Kriechgänge von Maden durch dunkles Berggestein wanden. Bemitleidenswerte Gestalten trieben im Licht von rot glühenden Elmsfeuern schwere Pickel und Spitzhacken in den Fels. Elfen!

Nichts an ihnen erinnerte noch an die einstige Pracht ihres Volkes.

Bewacht wurden sie von formlosen Gestalten, die nur aus wallenden, schwarzen Kutten bestanden, unter denen nichts als Finsternis zu erkennen war. In ihren Schattenhänden hielten die Dämonen lange Dornenpeitschen, die sie unerbittlich niedersausen ließen, wann immer einer der Elfen in seinem Tun nachließ. Und das war noch nicht alles. Beständig huschten katzenartige Schemen mit dürren Gliedmaßen durch die Tunnel, die Kai nur allzu gut kannte. Albe! Er wusste, dass sie die gefangenen Elfen daran hinderten zu träumen.

»Was tust du da, Kai?« Fi trat zu ihm und sah, welche Bilder er in der Kugel heraufbeschwor.

Erschüttert von dem was ihm das Bergauge gezeigt hatte, drehte sich Kai zu seinen Begleitern um. Ihm kam ein irrwitziger Gedanke. »Was haltet ihr davon, wenn ich uns direkt in die Mine hineinbringe? So müssen wir uns nicht erst umständlich einen Weg hineinkämpfen. Ich schätze, der Mineneingang wird gut bewacht, oder?«

»Das wird er«, meinte Fi mit spröder Stimme. »Damals waren es Felsschrate und Drachengardisten. Aber ich befürchte, nach dem Ausbruch von Gilraen und mir wird die Wachmannschaft noch verstärkt worden sein.«

»Gut, umgehen wir sie«, schlug Kai vor. »Gibt es in der Mine einen Platz, von dem aus wir im Bergwerk ausschwärmen können? Oder noch besser, diese Mine muss doch so etwas wie einen Kommandanten haben. Weißt du, wo wir den finden?«

»Es gibt da einen Minenbereich, der für uns Elfen gesperrt war«, meinte Fi nachdenklich. Ihr weiches Profil schimmerte rosenfarben im Licht der Ewigen Flamme. »Aber ich kann dir darüber kaum etwas sagen. Nur dass Morgoya dort die seltenen Male Quartier bezog, wenn sie die Mine besuchte. Dieser Bereich liegt nicht allzu weit entfernt von der Wolkenzunge.«

»Der was?«

»Eine Plattform, die in einen großen Krater mit schroffen Bergwänden ragt. Dort brennt Tag und Nacht das schwarze Feuer Morgoyas und kocht das geförderte Mondsilber, das in trägen Schwaden zum Himmel aufsteigt. Es wurde stets vermutet, dass Morgoya die Dämpfe zum Bau ihrer Wolkenfestung benötigt. Aber es kamen auch regelmäßig Gargylen vorbei, die das geförderte Metall abholten.«

»Die Wolkenzunge also. Gut.« Kai beschwor in der Kristallkugel das Bild einer Felsenplattform herauf, die wie die gespaltene Zunge einer Schlange aussah. An ihrem Ende stand ein großer, vogelkopfartiger Schmelzofen, von dem aus Schienen hinein in den Berg führten.

»Also, macht euch kampfbereit.« Kai hatte genug gesehen und verstaute die magische Kristallkugel wieder in seinem Rucksack. Konzentriert trat er vor die Ewige Flamme des Sonnenrates, hob den Zauberstab und rezitierte die Formel, die ihm den Weg der Sonne bahnen sollte. Die goldene Stichflamme flackerte und stob zum Himmel empor. Ihre Spitze neigte sich nun dem Boden entgegen und begann zu rotieren. Das Feuerrad, das sich auf diese Weise über dem Platz bildete, wirbelte und sprühte Funken. Kai sah zu seinem Erstaunen so etwas wie einen feurigen Trichter, der sich in der Mitte des Wirbels bildete und sich suchend dem Horizont entgegentastete.

Es wurde Zeit, das Ziel der Reise zu bestimmen. Kai deutete auf die Monolithen und konzentrierte sich auf die magischen Runen, die für die Schratzacken standen. Hell flammten die Glyphen über ihren Köpfen auf. Der Wirbel in dem Feuerrad machte einer Art Glutfenster Platz, hinter dem sich vage die Umrisse eines fernen Orts abzeichneten.

Kai winkte seine Gefährten zu sich heran. Olitrax nahm auf seiner Schulter Platz, und er selbst ergriff Fi und Dystariel mit den Händen. Die Formeln zum Schutz gegen die Hitze des Feuers kamen fast von allein über seine Lippen, dann machte er einen Schritt auf das Feuerrad zu und spürte einen unglaublichen Sog. Sie wurden gepackt und stürzten in den feurigen Wirbel.

Kai rief sich sofort die zungenförmige Plattform vor Augen, die er in der Kristallkugel gesehen hatte. Im nächsten Moment glaubte er zu fallen. Ein Schlauch aus wirbelnden Flammen hüllten ihn und seine Begleiter ein. Bereits im nächsten Moment spürten sie einen Ruck und das Feuerrad spie sie auf einem ölig schwarzen Felsen aus. Kai schlug hart auf dem Boden auf und begrub Olitrax unter sich, der sich mit heftigen Schwingenschlägen wieder von ihm befreite. Nun drehte sich Kai zu dem großen Flammenrad in seinem Rücken um. Noch immer rotierte es rasend schnell. Plötzlich knallte es und Aberdutzende von Funken, die über das Gestein tanzten, waren alles, was von der arkanen Pforte übrig blieb.

Jetzt standen sie nur wenige Schritte von dem riesigen Schlackeofen entfernt und wurden ungläubig von vier schwarz gekleideten Gardisten angestarrt. Doch bevor auch nur einer der überraschten Männer einen Laut von sich geben konnte, hatte Fi bereits zwei von ihnen mit ihren Pfeilen niedergestreckt. Um die übrigen Wächter kümmerte sich Dystariel. Sie brach wie eine Urgewalt über sie herein, rammte ihre Köpfe gegeneinander und stieß sie erbarmungslos in den Abgrund. Lauernd baute sie sich neben einer leeren Lore am Eingang zur Mine auf und beäugte den Stollen, der tiefer in den Berg führte.

Kai sah sich um. Die Plattform war umgeben von schroffen Bergwänden und ragte tief in einen Krater hinein, der verborgen inmitten eines hohen Gebirgszuges klaffte. Der gewaltige

Schmelzofen in ihrem Rücken war anscheinend schon längere Zeit über nicht mehr in Betrieb.

Da fiel sein Blick auf eine vornehme, schwarz lackierte Sänfte, die sich nur unmerklich vor der verschatteten Kraterwand abzeichnete. Sie war wie die Fahrgastkabine einer Kutsche geformt, nur dass sie auf goldenen Kufen stand und an den Dachenden über vier goldene Haltegriffe verfügte.

»Das deutet auf vornehmen Besuch hin«, flüsterte Fi, die vorsichtig einen Blick in die Sänfte warf. »Diese Himmelssänften werden üblicherweise von Gargylen getragen und stehen nur hochrangigen Günstlingen der Nebelkönigin zu.«

»Ist Morgoya etwa selbst hier?«, wollte Kai wissen.

Fi zuckte mit den Schultern. »Vielleicht. Besser wir machen uns auf alles gefasst.«

»Was steht ihr da hinten noch rum?«, rasselte Dystariel. »Lasst uns das Überraschungsmoment nutzen.«

Unter Fis Führung schlichen sie in den Stollen und folgten dem Verlauf der Schienen. Kai schnupperte und verzog das Gesicht. Die Luft in dem Schacht roch verbraucht und stank irgendwie nach Schwefel und Salpeter. Außerdem lag ein beständiges Jaulen und Wehklagen in der Luft, das sich seltsam verzerrt an den Tunnelwänden brach. Hin und wieder passierten sie kupferne Laternen, in denen rot glühende Elmsfeuer züngelten. Kai hatte von den unheimlichen Vettern der Irrlichter bislang nur ein Exemplar gesehen. Angeblich brachten sie ihrem Besitzer Unglück, doch das sah Morgoya offenbar anders.

Zügig ließen sie den Gang hinter sich und erreichten einen Minenbereich, von dem aus zwei weitere Tunnel abzweigten.

Auch hier waren Schienen zu sehen, auf denen Loren standen. Fi blieb stehen und bedeutete ihnen in Deckung zu gehen. Dystariel schwang sich kurzerhand zur Höhlendecke auf und krallte sich am Gestein fest, während Kai der Elfe folgte, die sich hinter einer der Loren verbarg. Herrje, wo war Olitrax?

Er kam nicht dazu, sich weiter Gedanken um den Drachen zu machen, da in einem der Tunnel ein mehrstimmiges Stöhnen zu hören war, in das sich metallenes Klirren mischte. Wenig später schleppten sich ein halbes Dutzend angekettеter Elfen in die Höhle. Auf ihrem Rücken trugen sie Weidenkörbe, aus denen große Erzbrocken herausragten. Kai schluckte. Fis versklavte Brüder und Schwestern wirkten ausgezehrt und unendlich müde. Ihre Haut spannte sich pergamentartig über die Knochen, sie hatten tiefe Ringe unter den Augen und vielen von ihnen waren die Haare bereits büschelweise ausgefallen. Noch nie zuvor hatte Kai ein solches Elend gesehen.

Begleitet wurde der Trupp von zwei hässlichen Kobolden mit langen Zackenspeeren, die von einer dämonischen Kuttengestalt angeführt wurden. Mit einem wuchtigen Schlag ließ die Schattenkreatur eine lange Peitsche auf die Rücken der Elfen niedersausen.

»Hi, hi, hi«, kicherte einer der beiden Kobolde schadenfroh und führte einen eigentümlichen Tanz auf. »Hüa, Ihr Elfen. Hüa!« Offenbar war der Kobold in dieser Umgebung bereits selbst verrückt geworden.

»Hüa«, echote Fi kalt und erhob sich. Ihr Pfeil erwischte den verblüfften Kobold in der Leibesmitte und nagelte ihn gegen den Felsen. Sein Kumpan wurde von Dystariel zermalmt, die sich einfach von der Decke fallen ließ. Doch ihr Schwanzschlag, mit dem sie die Kuttengestalt von den Beinen reißen wollte, wirbelte nur etwas Stoff auf. Der geisterhafte Dämon schnellte mit einem sphärischen Fauchen herum und schlug mit der Peitsche zu. Die Striemen klatschten auf die granitene Haut der Gargyle und hinterließen dort brandige Striemen. Dystariel ächzte, doch bevor sie zum Gegenangriff übergehen konnte, hatte Kai bereits eine Flammenlanze auf den Dämon abgefeuert, die ihn in Brand steckte. Wimmernd fiel er in sich zusammen. Übrig blieb nur eine schwelende Kutte.

Auch über ihren Köpfen züngelte jetzt eine grelle Stichflamme. Kai blickte auf und sah, dass Olitrax einen Alb mit Fledermauskopf angegriffen hatte, der versuchte, sich über ihnen an der Decke heranzupirschen. Mit einem zirpenden Geräusch stürzte der Albtraumbringer vor ihnen zu Boden und zerfiel zu roter Asche.

Die angeketteten Elfen verfolgten das Geschehen seltsam regungslos, als müssten sie erst überlegen, ob sie Zeuge eines trügerischen Spuks geworden waren.

Den Glyndlamir hoch erhoben, trat Fi vor sie. »Ich bin Fiadora, Tochter Anastrianas und Felwarins, Mondregenten zu Lunamon und Mitglieder des Sonnenrates. Euer Leiden hat von nun an ein Ende. Wir sind gekommen, um euch zu befreien.«

Der vorderste der Elfen riss die Augen in jähem Begreifen auf und tastete ungläubig nach Fis Gesicht. »Du bist es wirklich«, krächzte er.

Auch die anderen Elfen erwachten nach und nach aus ihrer Lethargie und schoben sich nach vorn. Weidenkörbe fielen zu

Boden und Erzbrocken rollten über den Fels. Eine der halb verhungerten Gestalten begann zu weinen und sank auf die Knie, die anderen tasteten ebenfalls nach Fi.

»Man hat uns gesagt, deine Flucht sei gescheitert«, sagte eine Elfe mit müder Stimme.

»Morgoya hat euch belogen.« Fi berührte die Elfe tröstend an der Wange. »Doch diese Lügen finden heute ein Ende. Geht hinaus zur Wolkenzunge. Wartet dort, bis ich euch hole.«

Kai beschwor sein elementares Feuer und schmolz die Kettenglieder auf.

»Ein Sonnenmagier!«, wimmerte der Elf verwirrt, der noch immer vor ihnen kniete.

Einer der anderen Elfen zog ihn hoch und starrte Kai an. »Wir hungern nach Helligkeit, Magus«, wisperte er. »Wir hungern nach Helligkeit.«

Erschöpft schleppten sich die Elfen an Fi vorbei, nicht fähig, irgendeine Freudenbekundung zu zeigen. Entweder waren sie zu ausgelaugt, oder ihre Hoffnungslosigkeit saß zu tief. Vielleicht beides.

Versteinert sah sie ihnen nach, dann hob Fi ihren Bogen und führte die Gefährten tiefer in den Berg hinein. Sie gelangten in einen Stollenabschnitt, aus dem das Hämmern von Spitzhacken erklang, dem hin und wieder das Klatschen einer Peitsche folgte. Ein herzergreifendes Wimmern war zu hören. Olitrax ließ sich wieder auf Kais Schulter nieder und stieß ein grimmiges Fauchen aus. Auch Dystariel knurrte.

»Quiiiitsss!«, befahl Kai den Poltergeist herbei. Ihr gespenstischer Begleiter materialisierte sich knapp unterhalb der Gangdecke. »Finde heraus, wie viele Elfen sich in dem Stollen aufhalten und mit wie vielen Gegnern wir es dort zu tun haben.«

»Wie Ihr wünscht, junger Herr.« Der Geist glitt in den dunklen Tunnel und kam wenig später wieder zurück.

»Zwei Dutzend Elfen«, raunte er. »Acht Albe, soweit ich erkennen konnte, zwei menschliche Wächter und eine weitere dieser Kuttenkreaturen. Doch ich gebe zu bedenken, dass dort weitere Quertunnel existieren, aus denen jederzeit neue Wächter kommen können. Diese Minen sind wie ein finsterer Bienenstock. Ich habe noch nie von einem Ort gehört, an dem so viele Schattenkreaturen auf einmal existieren – abgesehen vielleicht vom Albtraumgebirge.«

»Ja, ich weiß«, sagte Kai und rief sich wieder in Erinnerung, was die weiße Magierschaft über die Beschwörung und Bindung von Schattenwesen wusste. Die schwarzen Hexen und Hexenmeister schafften es meist nur, ein oder zwei Dämonen gleichzeitig an sich zu binden. Ausgenommen natürlich wahre Meister wie Murgurak oder Morgoya. Oftmals dienten diese Kreaturen lediglich der Erfüllung einer Aufgabe und verschwanden danach wieder ins Schattenreich. Doch in dieser Mine hausten offenbar Hunderte Albe und eine völlig unbekannte Zahl dieser peitschenschwingenden Dämonen.

»Vielleicht liegt es an dem Mondsilber in diesem Berg?«, flüsterte Fi.

»Ich wage nur ungern zu widersprechen«, raunte Quiiiitsss, der für einen Moment recht nachdenklich wirkte. »Das Mondsilber mag die Beschwörung von Schattenkreaturen zwar zu erleichtern, ich spreche da aus eigenen Erfahrungen, ähem, doch hier …« Der Poltergeist schien einen Moment in die

Dunkelheit zu lauschen. »Hier existiert etwas, was unsereins gewissermaßen ruft. Es lockt und flüstert immerzu. Ich, äh, ich hoffe, dass ich diesem Ruf nicht irgendwann erliege.«

»Das würde zu dir passen«, röhrte die Gargyle abfällig. »Schattenmächte hin oder her. Lasst uns endlich in den Stollen gehen und diese elenden Kreaturen zerreißen. Nebenbei können wir ja auch noch ein paar Elfen befreien.«

»Nein, warte. Ich selbst würde nichts lieber als das.« Fi sah unglücklich zu der Gargyle auf. »Doch ist dir klar, wie viele Angehörige meines Volkes hier in den Minen leben? Unser Volk zählte einst über dreitausend Köpfe. Ein Drittel von uns kam bei Morgoyas Angriff ums Leben. Der Rest wurde versklavt. Selbst wenn nur noch die Hälfte von ihnen am Leben ist, haben wir es mit vielen Hundert Elfen zu tun. Die Minen sind zu groß. Wir drei ...«, sie blickte zu Olitrax und Quiiiitsss, »entschuldigt, wir fünf können mein Volk nicht befreien, indem wir uns durch jeden Stollen einzeln kämpfen.«

»Ich stimme Fi zu«, murmelte Kai, der bei den Geräuschen, die aus dem Stollen drangen, am liebsten selbst losgestürmt wäre. »Lasst uns lieber bei unserem Plan bleiben, diesen geheimen Minenbereich aufzuspüren. Es würde mich nicht wundern, wenn wir dort finden, was Quiiiitsss so verängstigt.«

»Was heißt hier ›verängstigt‹?« Quiiiitsss verzog pikiert seine Schlieraugen. »Sprechen wir doch lieber von ›Sorge bereitet‹. Ich werde natürlich auch weiterhin alles tun, um euch den Rücken zu stärken.«

»Du wirst uns höchstens in den Rücken fallen, du elender Spuk.« Die Gargyle bedachte Quiiiitsss mit einem kalten Blick. »Denn für Ersteres bräuchte man Charakter.«

»Hör auf, Dystariel.« Kai wandte sich von den Streithähnen ab und folgte nun wieder Fi in die von Elmsfeuern beleuchtete Dunkelheit. Aufmerksam sah er sich um und entdeckte im Gestein hin und wieder haarfeine, mondsilberne Adern. Fi führte sie jetzt über eine Förderrampe eine Ebene tiefer. Olitrax flog aufmerksam voran und spürte zwei weitere Albe auf, die gut getarnt von der Gangdecke hingen. Er verbrannte sie mit seinem Drachenfeuer, bevor sie Unheil anrichten konnten. Doch auch er konnte nicht verhindern, dass ein dritter Alb durch einen Belüftungsschacht entkam.

»Oh nein«, flüsterte Fi. »Ausgerechnet jetzt, da wir unserem Ziel so nahe sind.«

Sie deutete zu einem Gangabschnitt, an dessen Ende eine schwach beleuchtete Halle zu erahnen war. In diesem Moment ertönte von dort ein schriller, zirpender Laut, dem laute Alarmrufe folgten. Hektische Stiefelschritte waren zu hören, und auch das albenhafte Zirpen steigerte sich, so als würden jenseits des Tunnels immer mehr der katzenhaften Albtraumbringer zusammenströmen.

»Beim Traumlicht, das klingt, als hätten wir gerade eine ganze Kompanie aufgeschreckt«, sagte Fi.

Kai hob seinen Zauberstab. »Dann werde ich diesen Schattenbau eben ausräuchern. Quiiiitsss!«

Der Poltergeist erschien neben ihm.

»Sind da vorn Elfen?«

Quiiiitsss glitt in den dunklen Tunnel hinein, aus dem ihnen bereits Wachen entgegenkamen. Der Poltergeist kam wieder zurück. »Keine Elfen. Aber Wachsoldaten und Albe. Viele Albe.«

»Sulphur!«

Eine gewaltige Glutschlange züngelte vor ihnen aus dem Boden. Sie rollte sich zusammen und raste dann als breite Flammenwalze durch den Stollen in die Halle. Panische Schreie hallten von den Wänden. Eine laute Explosion folgte, die die Stollenwände erzittern ließ. Geröll brach aus der Decke und aus dem Tunnel schlug ihnen eine Hitzewelle entgegen. Olitrax stieß Drachengebrüll aus und jagte in den Tunnel hinein. Gefolgt von Dystariel, die bereits unruhig die Krallen wetzte, rannte auch Kai los. Er stolperte an den schwelenden Überresten von Wächtern vorbei, die Lanzen und Äxte in den verbrannten Händen hielten und erreichte eine rußgeschwärzte Halle, von der aus weitere Gänge abzweigten. An ihrer Stirnseite erhob sich ein Torbogen, hinter dem breite Treppenstufen weiter in die Tiefe führten.

Doch Kais Aufmerksamkeit galt allein der Vielzahl glühender Knochen, kokelnder Rüstungen und verbogener Waffen, mit denen der Raum übersät war. Stellenweise war der Boden dick mit der roten Asche von Alben bedeckt. Hinzu kam ein schrecklicher Geruch nach verbranntem Fleisch und versengtem Haar, der ihn würgen ließ.

Hustend stolperte jetzt auch Fi hinter ihnen in die Halle und sah sich schockiert um. »Wenn dir an deinem Licht gelegen ist, Kai«, sprach sie ernst, »dann tue so etwas nie wieder! Der Grat zwischen Licht und Schatten ist sehr schmal!«

Doch noch bevor Kai etwas erwidern konnte, schlug ihm Dystariel mit der Pranke anerkennend auf die Schulter und grinste zufrieden. »Hör einfach nicht auf die zimperliche Elfe, Flamme. Gut gemacht.«

Fi warf der Gargyle einen eisigen Blick zu, während Olitrax aus einem der Nachbartunnel herangeflogen kam. Offenbar hatte er diesen nach weiteren Gegnern abgesucht.

Dystariel stampfte zielstrebig auf den geschwärzten Torbogen zu und hob lauernd ihre Schwingen. Sie konnten leise, klagende Laute hören, die von jenseits der Treppenstufen zu ihnen heraufhallten. »Ist es das, was du fürchtest, Poltergeist?«

Quiiiitsss schälte sich aus dem Zwielicht und Kai konnte sehen, dass seine Schauergestalt wie heiße Luft flirrte. Verlangend schwebte der Geist in Richtung Treppe.

»Jaaaa«, raunte Quiiiitsss und verzog seine Geisterlippen zu einem unheimlichen Spinnwebslächeln. »Es ruft … und lockt … und flüstert.«

»Verzieh dich!«, befahl ihm Kai. »Lass dich nicht mehr blicken, bis wir herausgefunden haben, was da unten vor sich geht.«

Quiiiitsss löste sich zögernd wieder auf.

»Habt Ihr einen Plan, wie wir jetzt vorgehen sollen?« Fi prüfte die Spannung ihres Bogens. »Diese Explosion ist ganz sicher gehört worden.«

»Ganz einfach«, rasselte Dystariel. »Wir gehen da jetzt runter und was auch immer uns erwartet, unsere Flamme tut genau das, was sie hier schon gemacht hat. Wir beide räumen dann die Reste weg.«

Bevor sie widersprechen konnten, schritt die Gargyle voran. Kai und Fi hasteten ihr hinterher, während das unheimliche Heulen immer lauter wurde. Sie gelangten in eine hoch aufragende Höhle mit verschatteten Felswänden, durch deren Untergrund sich ein breiter, tief zerklüfteter Felsspalt zog.

Fahler Dunst stieg aus der Kluft, die von einem beklemmenden, grünlich gelben Licht erfüllt war. Kai hatte den Eindruck, als würden in den aufsteigenden Schwaden beständig Schatten huschen. Doch wann immer er sie genauer ins Auge fasste, zerfaserten sie. Waren sie es, die die klagenden Geräusche von sich gaben? Er bekam eine Gänsehaut.

Dystariel deutete auf eine steinerne Brücke, die sich über den breiten Felsspalt spannte und schlich lautlos voran. Kai und Fi folgten ihr.

»Jaaaa, das ist es. Es ruft mich!«, wisperte es. Quiiiitsss wölkte nun wieder neben ihnen und starrte wie gebannt auf den Dunstschleier.

»Ich sagte, du sollst verschwinden«, zischte Kai besorgt. Doch der Poltergeist hörte nicht auf ihn. Quiiiitsss Augen verzogen sich wie dunkle Öllachen und sein Schlierenkörper zog sich in die Länge, als würde er von etwas vor ihnen angesogen. Unvermittelt riss der Dunstschleier auf und gestattete ihnen einen Blick auf den Höhlenbereich jenseits der Brücke. Dort erhob sich ein schwarzer Felsen, auf dem ein bleicher Menschenschädel thronte, der über und über mit mondsilbernen Zauberglyphen bedeckt war. In seinen Augenhöhlen gloste ein gespenstisches, fahlgrünes Licht, wie es auch den Dunst über der Kluft erfüllte.

Quiiiitsss erwachte schlagartig aus seinem tranceartigen Zustand und begann panisch zu heulen. »Neeeiiiiinn. Es zieht mich! Es zieht mich ins Schattenreich!«

Der Poltergeist wirkte nun wie ein gespenstischer Nebelwurm, der sich verzweifelt gegen den Sog stemmte, der von dem Schädel ausging.

Hatte Secretarius Stenzel nicht von dem Geisterschädel einer dunklen Zauberin gesprochen, den Morgoya einst aus der Drachenburg entwendet hatte? Endlich begriff Kai, welche Kraft die Albe und Dämonen in solch großer Zahl in den Minen hielt.

»Schnell, wir müssen diesen Totenschädel zerstören«, rief er. Dystariel erhob sich kurzerhand in die Lüfte. Auch Olitrax stieg auf und jagte hinter ihr her.

Kai hingegen löste hastig seinen Rucksack und kippte ihn aus. Er fischte nach dem Grundstein an dem Quiiiitsss gebunden war und konzentrierte sich auf ihn. Mit all seiner Macht stand er Quiiiitsss bei und stellte sich der unheimlichen Kraft entgegen, die den Geist gepackt hatte. Es war, als habe er sich auf ein Tauziehen mit einem Riesen eingelassen.

Längst hatten Gargyle und Drache den schwarzen Felsen erreicht. Olitrax spie dem Geisterschädel sein heißes Drachenfeuer entgegen, während Dystariel immer wieder kraftvoll mit ihrem Schwanz zuschlug, um den Kopf zu zertrümmern. Jäh glühten die Augenhöhlen auf und die beiden wurden wie von einer unsichtbaren Druckwelle zurückgeschleudert, ohne dem Geisterschädel auch nur einen Kratzer zugefügt zu haben. Quiiiitsss stieß weiterhin schrille Schreie aus, denn die Kraft, die an ihm zerrte, verstärkte sich. Kai stand der Schweiß auf der Stirn.

Ein hämisches Gelächter schallte plötzlich von den Wänden, das Kai seltsam bekannt vorkam. Eine hagere Gestalt mit roten Augen erschien direkt neben dem Pfeiler, indem sie mit einem Ruck einen nachtschwarzen Umhang zurückschlug: Barabas Schwarzmantel.

Der Hexenmeister trug eine kunstvoll gewickelte Bandage um seinen Kopf und hielt siegesgewiss seinen Zauberstab mit der mondsilbernen Spinnenapplikation in seiner Rechten.

»Glaubt ihr ernsthaft, ihr Strolche«, höhnte er mit Blick auf den kreischenden Quiiiitsss, »dass sich der Geisterschädel Parlokeias so einfach zerstören lässt? Wäre dem so, warum hat ihn der elende Sonnenrat wohl in der Drachenburg eingeschlossen? Nein, so einfach ist das nicht.« Mit einem maliziösen Lächeln wandte er sich Dystariel und Olitrax zu, die wieder auf die Beine kamen.

Dystariel stieß ein furchtloses Rasseln aus und entfaltete drohend ihre Schwingen. »Kopfschmerzen, Hexenmeister?«

»Dein Spott wird dir noch vergehen, Abtrünnige.« Die roten Augen des Hexenmeisters blitzten wütend, und zu Kais Entsetzen erhoben sich im Hintergrund zwei dunkle Schatten, die er bislang für Felsen gehalten hatte. Gargylen!

Doch er konnte im Moment nichts tun. Seine Konzentration galt dem Poltergeist, der inzwischen schrie, als habe man ihn auf eine Streckbank gelegt. Die beiden Ungeheuer bauten sich drohend neben dem Hexenmeister auf und fletschten ihre Reißzähne. Nahe dem Eingang waren nun ebenfalls Geräusche zu hören. Kai und Fi sahen, dass dort Dutzende Albe auf spindeldürren Beinen die Wände hinunterkrabbelten und ihnen den Fluchtweg versperrten.

In der Finsternis unterhalb der Höhlendecke waren ebenfalls huschende Bewegungen auszumachen. Fi hob den gespannten Bogen.

»Habt ihr Narren geglaubt, ich würde euch noch einmal unvorbereitet gegenübertreten?« Der Hexenmeister sah sie zornig an. »Die dunkle Herrscherin erwartet, dass ich meinen Fehler in Alba wiedergutmache. Glücklicherweise brauchte ich nur hierherzukommen, denn ihr Toren seid allzu berechenbar. Morgoya wird sich sicher dankbar erweisen, wenn sie von meinem Triumph erfährt. Allerdings gestehe ich, dass ich überrascht bin, wie zügig ihr an diesen Ort gelangt seid. Nun ja, unwichtig.« Der Hexenmeister blickte in Kais Richtung, der verzweifelt überlegte, was er tun konnte, ohne Quiiiitsss den Schatten zu überlassen. »Nun werde ich Ihrer Nebelköniglichen Majestät endlich die Letzte Flamme ausliefern können. Es war ein großer Fehler, mich am Leben zu lassen. Eine zweite Gelegenheit, mich zu überrumpeln, wirst du nicht mehr erhalten.«

»Wirklich?«, zischte Kai, der nur ein klein wenig den geistigen Griff um Quiiiitsss lockerte. Ohne Vorwarnung feuerte er eine grelle Flammenlanze auf den Hexenmeister ab. Doch das glühende Geschoss raste durch den Magier hindurch und offenbarte lediglich, dass dort nur wieder eine seiner Truggestalten stand.

Irgendwo aus der Finsternis mischte sich hohles Gelächter in Quiiiitsss Wehklagen. »Vernichtet sie, meine Kinder!«

Brüllend stürzten sich die beiden Gargylen auf Dystariel, der Olitrax mit einem wohlgezielten Flammenstoß beistand. Mehr vermochten Kai und Fi nicht mehr zu erkennen, da um sie herum ein höllischer Sturm losbrach. Gleich einem gewaltigen Fledermausschwarm stürzten von Wänden und Decke Aberdutzende Albe auf sie nieder. Fi feuerte einen Pfeil nach dem anderen ab, doch Kai war klar, dass die Übermacht der Albtraumbringer zu groß war. Mit einem Satz warf er sich gegen Fi und bündelte die Kräfte, die ihm noch blieben zu einem Schild aus feuriger Glut, der sie schützend umgab. Gerade noch rechtzeitig, denn im nächsten Moment prasselten unzählige Albe gegen die Feuerwand. Zirpende Todesschreie waren zu hören und beständig rieselte rote Asche auf ihre Körper nieder.

»Glaube nicht, dass du meiner Rache entgehst«, brüllte Schwarzmantel. Schemenhaft war durch die Feuerwand zu sehen, wie der Hexenmeister an den grünlich glosenden Spalt im Höhlenboden herantrat. Olitrax jagte unvermittelt auf ihn zu und spie ihm tapfer seinen Drachenodem entgegen, doch der Hexenmeister bemerkte den Drachen und lenkte den Flammenstrahl mit einem Windstoß ab. Im nächsten Augenblick wickelte sich ein schwarzes Spinnennetz um Olitrax. Wie eine eingesponnene Raupe krachte er zu Boden.

Schwarzmantel kümmerte sich nicht mehr um ihn, sondern intonierte hasserfüllt eine Zauberformel. Die Flut der Albe zog sich wie auf ein geheimes Kommando zurück, dafür schälten sich aus dem aufsteigenden Dunst ein halbes Dutzend Kuttengestalten mit leuchtend grünen Augen, die lange Peitschen hinter sich herschleiften.

»Zeigt ihnen die Macht der Schatten«, brüllte Barabas Schwarzmantel. Ein dunkler Wirbel löste sich von seinen Fingern und jagte auf Kais Feuerschild zu. Der spürte, wie die Glut des Schildes durchlässiger wurde. Ächzend stemmte er sich auch dieser Macht entgegen, und einen Moment lang quälte ihn der verlockende Gedanke, Quiiiitsss seinem Schicksal zu überlassen. Doch er konnte sich nicht dazu durchringen. Er war für ihn verantwortlich.

»Fi«, wimmerte Kai, »meine Kräfte lassen nach. Ich weiß nicht mehr, was ich machen soll.«

»Aber ich.« Die Elfe nestelte an ihrem Rucksack und hielt nun die Schatulle mit dem Leuchtstein in den Händen. »Dystariel«, schrie sie mit gellender Stimme, »in die Schatten mit dir!«

Ob die Gargyle sie wirklich gehört hatte, wussten sie nicht. Jenseits der Felsspalte war zu sehen, wie Dystariel einen ihrer Gegner zurück gegen die Felswand schleuderte und im nächsten Moment von der zweiten Gargyle niedergerungen wurde. Dystariel wälzte sich mit ihr auf den Spalt zu und stürzte in ihn hinein.

Da entflammte neben Kai ein golden strahlendes Licht, das in mächtigen Wellen die gesamte Höhle durchflutete. Ein höllisches Gebrüll erfüllte die Höhle und hallte gespenstisch von den Wänden wieder. Wie eine gewaltige Brandungswelle rollte das Unendliche Licht über die dunkle Schar der Schattenkreaturen hinweg. Die Albe versuchten jaulend davonzurennen und verschrumpelten mitten im Sprung, die Dämonen entflammten und zerfielen in wirbelnde Asche und jenseits des Spalts versteinerte die verbliebene Gargyle in einer grotesken Pose. Selbst der Dunstschleier über dem tiefen Felsspalt zerfaserte wie Rauch im Sommerwind. Dann zerriss ein peitschender Knall die Höhle und der Geisterschädel zerplatzte in einem Knochenregen.

Barabas Schwarzmantel taumelte geblendet vor dem Licht zurück und brüllte seine Wut hinaus. Bevor Kai reagieren konnte, stieß er seinen Zauberstab nach vorn. Geisterhafte Kräfte entrissen Fi die Schatulle. Der Deckel klappte zu, Finsternis senkte sich schlagartig über die Höhle und irgendwo an einer der Felswände hörten sie das Kästchen klappern.

»Dafür werdet ihr in Morgoyas schwarzem Feuer schmoren!«, zischte es aus dem Dunkeln.

Kai taumelte. Dann beschwor er an den Felswänden einen weitläufigen Ring aus Irrlichtern herauf, die die Höhle wieder in flackerndes Zwielicht tauchten. Argwöhnisch blickte er sich nach Schwarzmantel um. Der Hexenmeister stand jetzt vor der Brücke. Fi schoss sogleich einen Pfeil auf ihn ab. Abermals erwies sich die Gestalt als Illusion.

»Geh woanders spielen, kleines Elfenmädchen«, wisperte es. Ein gewaltiger Windstoß riss Fi von den Füßen und wirbelte sie wie eine Puppe hoch gegen eine der Felswände. Die Elfe schrie laut auf, als sie gegen das Gestein krachte. Regungslos blieb sie liegen.

»Fi!« Kai feuerte blind vor Sorge zwei Feuerlanzen in die Düsternis ab. Er versuchte zu ihr zu gelangen, doch in diesem Augenblick ließ sich Schwarzmantel wieder blicken. Der unheimliche Zauberer nahte rechts von ihm. Doch er tauchte auch zu seiner Linken auf. Und auch in seinem Rücken. Und nicht nur dort. Insgesamt umkreisten ihn sieben identische Trugbilder des Hexenmeisters. Und allesamt bewegten sie sich mit den gleichen fließenden Bewegung. Kai stöhnte. Die Abbilder grinsten spöttisch und richteten ihre Zauberstäbe auf ihn. »Na, Junge. Wer von uns ist wohl der Richtige?«

Kai gebot noch einmal all seine verbliebenen Kräfte auf und stieß die Hand nach vorn. Gleich vier sengende Feuerlanzen prasselten fächerförmig auf die Hexenmeister zu. Doch er zerstörte nur weitere Trugbilder.

»Nicht schlecht, aber leider falsch!«, antwortete Schwarzmantel und ging seinerseits zum Angriff über. Ölig schwarze Spinnennetze jagten von drei Seiten auf Kai zu. Er versuchte zwei von ihnen mit seinem Feuer abzuwehren, doch es war, als würden die Schatten sein Geschick lenken. Wieder erwischte er nur Truggespinste. Im nächsten Moment umwickelten ihn eisenharte Stränge und warfen ihn zu Boden. Kai mühte sich vergeblich, sich aus der klebrigen Umstrickung zu befreien. Je angestrengter er es versuchte, desto schlimmer verhedderte er sich in dem Gespinst. Zornig besann er sich einer weiteren Zauberformel, als unvermittelt etwas Klebriges in sein Gesicht klatschte und ihm den Mund verschloss. Unfähig neues Feuer heraufzubeschwören, konzentrierte sich Kai auf den Ring aus Irrlichtern und gab den Flackergestalten den geistigen Befehl, die drei verbliebenen Hexenmeister anzugreifen. Doch sein Gegner lachte nur. Er wehrte den hilflosen Versuch mit einer mächtigen Windböe ab, die die Irrlichter noch während ihres Ansturms erlöschen ließen.

»Hast du nicht mehr zu bieten, als die Spielereien eines Zauberlehrlings?«, tönte es boshaft aus dem Dunkeln. Kai riss und zerrte an seinen Schattenfesseln, dann gab er auf. Bitter musste er sich eingestehen, dass er den Zweikampf gegen den Hexenmeister verloren hatte.

Ein geisterhaftes Licht umgab die Enden von Schwarzmantels Zauberstab und der Hexenmeister näherte sich ihm von drei Seiten. »Jeder findet einmal seinen wahren Meister, Letzte Flamme. Und jetzt werde ich dir große Schmerzen zufügen. Weißt du warum?« Er beugte sich mit gehässigem Lächeln über ihn. »Einfach nur, weil ich es kann.«

»Wagt auch nur eine einzige unbedachte Bewegung, und ein Pfeil wird Euer Herz durchbohren«, erklang es aus dem Dunkeln.

Bei allen Moorgeistern, das war Fi! Entweder war sie wieder zu sich gekommen, oder sie hatte sich nur bewusstlos gestellt.

Fahrig leckte sich der Hexenmeister über die Lippen und verharrte tatsächlich. Ein tückisches Funkeln trat in seine Augen. »Nun, mein kleine Elfe. Für mich sieht es so aus, als ob die Chancen drei zu eins gegen dich stehen.«

»Ist der Rechte der richtige Hexenmeister?«, fragte Fi laut.

»Nein!«, tönte eine laute Stimme, die Kai schon früher einmal vernommen hatte. Im nächsten Moment rollte aus dem Dunkeln die magische Dschinnenbüste aus Murguraks Nachtschattenturm heran. Ihre Augen waren nun wieder geschlossen.

Barabas Schwarzmantel warf einen Blick auf das Zauberartefakt und schien zu ahnen, was es bewirkte. Fluchend wirbelte der Hexenmeister herum. »Dann steht es eben zwei zu eins gegen dich!«

»Irrtum!« Fis Sehne surrte. Längst befand sie sich im Rücken des Hexenmeisters. Kai sah, wie zwei Pfeile gleichzeitig auf die verbliebenen Gegner zujagten. Beide Pfeile fanden ihr Ziel.

Ungläubig traten die Augen des Hexenmeisters hervor. Er griff sich an die Brust, aus der nun eine blutende Pfeilspitze ragte. Die beiden Truggestalten vergingen und der echte Zauberer brach in die Knie.

Mit gebrochenen Augen stürzte er der Länge nach auf Kai.

Das schwarze Spinnenetz, das Kai einhüllte, löste sich mit Schwarzmantels Tod in Rauch auf. Auch jenseits der Felsspalte war jetzt wieder das vertraute Flattern von Olitrax' Schwingen zu hören. Kai wälzte den toten Hexenmeister von sich und entzündete am Ende seines Zauberstabes ein Feuer. Fi stand noch immer mit dem Bogen in der Hand da und atmete schwer.

»Danke«, stöhnte Kai. »Das war brillant.«

Fi lächelte schmal. »Was ist mit den Alben und den Dämonen hier in der Mine?«

»Na ja, der Geisterschädel ist zerstört. Ich denke, sie sind fort«, flüsterte Kai, der sich wunderte wo Olitrax blieb. Der kleine Drache flatterte aufgeregt über dem Riss im Höhlenboden und beleuchtete diesen hin und wieder mit seinem Drachenatem. Dort waren nun kratzende Laute zu hören und im nächsten Augenblick zog sich eine Gargyle aus dem Schacht.

Kai hob seinen Zauberstab, ließ ihn aber gleich wieder sinken. Zu seiner Erleichterung handelte es sich um Dystariel. Sie blutete aus zahlreichen Wunden.

»Was ist?«, rasselte sie biestig. »Hattet ihr etwa Zweifel, dass ich siegreich bleibe?«

»Wir haben noch nicht gesiegt«, antwortete Fi trocken. »Wer Sieger ist, das zeigt sich erst im Moment der Niederlage. Pass nur auf, dass dir dein Glück weiterhin treu bleibt.«

Auszug der Elfen

Kai und Olitrax saßen reglos auf einem Felsen und blickten auf das Tal vor dem riesigen Eingangstor zur Mondsilbermine herab. Seine Form ähnelte einem gewaltigen Hufeisen und die schroffen Bergflanken umschlossen den Gebirgseinschnitt wie die Faust eines Riesen. Mehrere Hundert Elfen lagerten in dem Nebel, der die Ebene überzog. Sie waren halb verhungert und völlig erschöpft.

Die komplette Nacht und den ganzen folgenden Tag hatte es gedauert, die Elfen in den Minen aufzuspüren und ins Freie zu schaffen. Nur wenige von ihnen hatten noch die Kraft besessen, ihnen dabei zu helfen. Hinzu kam, dass sie in den Stollen immer wieder auf kleine Gruppen von Morgoyas Soldaten gestoßen waren. Doch die hatten kaum Widerstand geleistet. Morgoya schien sich ganz auf die Albe und Dämonen verlassen zu haben. Die Hälfte von ihnen war jetzt tot. Gestorben unter Dystariels Prankenhieben oder verbrannt in Kais Feuer. Die Übrigen hatten sie in einem toten Stollenabschnitt zusammengetrieben. Kai schwor sich, sie alle vor die Richter Albions zu stellen, sollten sie es schaffen, Insel und Kontinent zu befreien. Doch je mehr Zeit verstrich, desto aussichtsloser erschien ihm dieses Vorhaben. Die Elfen konnten kaum laufen, der Lunamon befand sich aber fast einen Wochenmarsch entfernt. Und noch immer hatte Kai keinen Hinweis darauf gefunden, wo sich Morgoyas Wolkenfestung verbarg. Ohne den Schattenkelch aber brauchte er gar nicht erst zu versuchen, Morgoya gegenüberzutreten. Der Kampf gegen den Hexenmeister hatte ihm dies noch einmal mit aller Deutlichkeit klargemacht.

Und noch etwas ließ ihm keine Ruhe. Während des Tages hatte er Finsterkrähes Kristallkugel noch einmal benutzt, um einen Blick auf Colona zu werfen. Das Bild, dass sich ihm bot, war niederschmetternd. Morgoyas Heer umlagerte die Metropole so zahlreich, wie Ameisen ihren Hügel. Ohne Zweifel würde ihr Angriff die folgende Nacht beginnen. Kai wusste nicht einmal, ob er es mit Dystariels Hilfe überhaupt noch schaffen würde, Colona rechtzeitig zu erreichen.

»Es dauert nicht mehr lange, mein junger Herr, und die Nacht senkt sich wieder über das Land«, wisperte neben ihnen die Geisterstimme von Quiiiitsss. Olitrax stieß ein unwilliges Schnauben aus. »Fiadora schickt mich, um Euch auszurichten, dass sie Euch gern dabeihätte, wenn sich der Leuchtstein entzündet.«

Kai nickte müde und warf einen Blick auf das von Nebeln erfüllte Gebirgspanorama, das langsam in der Dunkelheit versank. Fis Plan sah vor, den befreiten Elfen das Unendliche Licht des Steins zu zeigen, um ihnen wieder Hoffnung zu machen. Vielleicht würde es ihr Volk so weit stärken, dass es aus eigener Kraft den langen Marsch antreten konnte.

»In Ordnung«, antwortete Kai müde.

»Äh, da ist noch etwas«, raunte Quiiiitsss mit leichtem Zögern. »Ich, äh, möchte mich bei Euch bedanken.«

»Wofür?«

»Ihr habt mich letzte Nacht davor bewahrt, auf ewig in die Schatten zu fahren, junger Herr. Und ich weiß, dass Ihr mir dabei ohne Rücksicht auf Euer Leben geholfen habt.«

Kai winkte ab. »Sieh es endlich ein, Quiiiitsss. Du gehörst nun einmal zu uns. Wir haben bereits Koggs, Bilger und wenn du so willst auch Stenzel verloren. Nicht dich auch noch.«

»Dennoch, junger Herr, für mich hat so etwas noch nie ein Mensch getan. Ich stehe tief in Eurer Schuld.« Der Poltergeist verzog dankbar seine Schlieraugen. »Und jetzt werde ich Eure Antwort überbringen.«

Kopfschüttelnd blickte ihm Kai hinterher. Ein kühler Wind kam auf, der den Geruch von feuchter Erde herantrug. Kai mühte sich hoch und quälte sich den felsigen Grat ins Tal hinunter. Er war sich sicher, dass er zum letzten Mal etwas Ruhe gefunden hatte.

In der Ebene angelangt, erwartete ihn ein allgegenwärtiges Flüstern, in das sich das Stöhnen der vielen Verletzten mischte. Inzwischen schien sich unter den Elfen herumgesprochen zu haben, wer er war. Denn als er durch all die Befreiten hindurchschritt, die in Gruppen um kleine Lagerfeuer kauerten, verneigten sich viele von ihnen. Kai sah verlegen zu, dass er weiterkam und bemerkte viel zu spät das sonderbare Verhalten von Olitrax. Der Drache saß mit stolzgeschwellter Brust auf seinem Arm und neigte sein Drachenhaupt huldvoll nach links und rechts. Offenbar glaubte Olitrax, dass ihm die Dankbarkeitsbekundungen galten.

»Hörst du wohl damit auf!«, zischte Kai den kleinen Drachen an. »Such lieber Fi!«

Beleidigt stieg Olitrax zum Himmel auf und flog die Lagerfeuer ab, bis er die Elfe gefunden hatte.

Fi stand am Rande eines wagenradgroßen Felsens, umringt von fünf Elfen, die ihnen bereits in der Nacht sehr geholfen hatten. Sie trug den Glyndlamir offen vor der Brust und lächelte, als sie Kai sah. Die fünf Elfen traten zurück. Auch sie verneigten sich vor ihm. Kai nickte ihnen zaghaft zu.

»Kannst du ihnen nicht sagen, dass sie das lassen sollen?«, bat er leise.

»Unmöglich, Kai.« Fi schüttelte den Kopf. »Du bist bereits zu einem Teil unserer Lieder geworden. Und jetzt bitte alle Schicksalsmächte darum, dass mein Volk heute Nacht wieder an Kraft gewinnt. Es ist gleich so weit.«

Sie kletterten auf den Felsen. Das unruhige Flüstern in der Senke wich erwartungsvoller Stille. Längst lag die Ebene tief verschattet vor ihnen und so entzündete Kai am Ende seines Zauberstabes eine Flamme, die weithin sichtbar war.

Fi hielt den Leuchtstein in den Händen und sie warteten. Endlich begann der Bergkristall zu schimmern. Sein Licht war wie immer angenehm. Friedlich, ruhig und silbern mit einem Stich ins Goldene. Es erfüllte das Tal bis zum Tor der Mine.

Ein Raunen aus Hunderten Kehlen erhob sich um sie herum. Manche der Elfen kamen wankend auf die Füße und deuteten ungläubig auf die Quelle des hellen Scheins, andere begannen in Tränen auszubrechen und hielten sich aneinander fest. Es gab keinen, den der Anblick des Unendlichen Lichts unberührt ließ.

»Berchtis und alle Schicksalsmächte, bitte helft diesem gepeinigten Volk!«, flüsterte Kai ergriffen. Er sah zu Fi und fasste sie an der Hand. Da bemerkte er, dass sich auf dem Glyndlamir ein Frauengesicht zeigte, das er nur allzu gut kannte. Es war jung und schön, doch in seinen Augen spiegelte sich die Weisheit von Jahrtausenden.

Die Feenkönigin Berchtis!

Eine Flüsterstimme war zu hören. »Euer Schicksal wird sich nun erfüllen, Kind des Unendlichen Lichts. Für jeden von euch!«

Das Bild wechselte und das stolze Einhorn erschien. Der Elfenkönig neigte vor ihnen das mit dem goldenen Horn gekrönte Haupt. Im nächsten Moment war die Erscheinung verschwunden.

Das Mondsilberamulett begann im Licht des Bergkristalls seltsam bunt zu funkeln.

»Fi, siehst du das?«, flüsterte Kai und griff nach dem Glyndlamir.

Fi wandte den Blick von ihrem Volk ab und starrte verwundert auf ihre Brust. Doch bevor sie einen Laut von sich geben konnte, erfüllte ein Grollen die Wolkendecke über dem Gebirge, als nahe ein Sommergewitter. Die Nebel rissen auf und zum ersten Mal seit zwanzig Jahren war wieder der Himmel über dem Gebirge zu sehen. Er leuchtete schwach im Licht der am Horizont versinkenden Sonne und der Mond und einige wenige Sterne waren zu sehen.

Die Elfen vor ihnen reckten die Köpfe, und abermals erhoben sich überall im Tal staunende Rufe. Ein gewaltiger Regenbogen formte sich weit über ihnen. Er brach aus einer der Wolken hervor und wanderte langsam hinab zum Tal.

Kai riss verblüfft die Augen auf.

»Beim Traumlicht!«, rief Fi begeistert. »Die Regenbogenbrücke! Sie ist uns Elfen schon einmal erschienen. In den Liedern heißt es, sie habe meine Vorfahren zum Einhornwald geführt. An seinem Ende liegt der Lunamon. Jetzt weiß ich, wie wir den Traumsee erreichen.«

Fi lachte Kai an, dann sprang sie vom Felsen. Sie rannte quer durch die Reihen ihres Volkes und rief ihre Brüder und Schwestern dazu auf, dem Licht des Regenbogens zu folgen. Kai, der dem Geschehen mit fassungslosem Staunen zusah, bemerkte, dass immer mehr Elfen Fis Aufforderung folgten und ihre Füße auf das bunte Licht der Brücke setzten. Unaufhörlich strömten weitere Gruppen auf den Regenbogen zu. Wer nicht stark genug war, der wurde gestützt. Irgendwann hatte sich ein langer Treck gebildet, der dem Licht hinauf zu den Wolken folgte. Die Talsenke leerte sich langsam.

Kai wusste nicht, wie viel Zeit inzwischen vergangen war. Doch nun sprang er ebenfalls vom Felsen herab und sah mit an, wie die letzten Elfen den Regenbogen betraten. Zurück blieb allein Fi, die wartete, bis Kai heran war. Sie strahlte über das ganze Gesicht. Noch nie hatte Kai seine hübsche Gefährtin so glücklich gesehen.

»Ich danke dir, Kai. Für alles.« Sie blickte ihm tief in die Augen und Kai wurde ganz schwindelig zumute.

»Geh ruhig, Du musst dein Volk heilen.« Kai schluckte.

Fi nickte und umfasste Bergkristall und Mondsilberamulett. Ihr Lächeln machte einem überaus feierlichen Gesichtsausdruck Platz. Noch immer blickte sie ihn an und Kai war, als würde sie auf etwas warten.

»Fi?«

»Ja?«

»Du … du hast noch Gilraens Plan. Der von der Wolkenfestung.« Kai hatte eigentlich etwas anderes sagen wollen, doch ihm schnürte ein dicker Kloß den Hals zu. Warum war das so verdammt schwierig?

»Ja, richtig.« Fi räusperte sich. »Vielleicht brauchst du ihn noch.«

Sie drückte ihm die Karte in die Hände und lächelte scheu. Hastig wandte sie sich um und machte einige Schritt auf den Regenbogen zu.

»Warte, Fi!«, rief Kai schüchtern. »Sehen … sehen wir uns wieder? Ich meine, falls ich diese Nacht überlebe? Ich … würde mir nämlich nichts mehr wünschen als das.«

Jetzt war es heraus. Kai spürte wie sein Gesicht brannte. Und diesmal stammte es nicht vom dem Feuer, das in ihm schwelte.

Fi blieb stehen. Dann drehte sie sich um und schenkte ihm ein geheimnisvolles Lächeln. »Ich dachte schon, du würdest es nie sagen.«

Sie kam zu ihm zurück, trat dicht an ihn heran und blickte zärtlich zu ihm auf. Dann stellte sie sich auf die Zehenspitzen und küsste ihn. Kai wagte nicht zu atmen. Er wagte nicht einmal zu denken. Ihre Lippen brannten auf den seinen, und plötzlich war ihm, als würde auch sein Körper in Flammen stehen. Als Fi sich wieder von ihm löste, musste sich Kai an seinem Zauberstab festhalten, sonst hätten seine Beine nachgegeben.

»Dich und mich wird nicht einmal der Tod trennen können«, flüsterte Fi, die ähnlich atemlos wirkte wie er selbst.

»Dein Schicksal ist auch mein Schicksal. Ich werde da sein, wenn du mich brauchst.«

Abermals wandte sie sich um und lief die Regenbogenbrücke entlang, bis sie zu den Letzten ihres Volkes aufgeschlossen hatte. Noch einmal winkte sie ihm zu.

Kai sah ihr hinterher, bis der Nebel sie verschluckte. Das Licht des Regenbogens verblasste, die Wolkendecke zog sich wieder zu und Dunkelheit verhüllte das Tal.

Von irgendwoher flog Olitrax heran und setzte sich auf Kais Arm. Er bemerkte die Berührung kaum. Seine Lippen schmeckten immer noch nach Fi.

Erst als stampfende Schritte hinter ihm ertönten, kam wieder Bewegung in ihn. Im Lichtschein seiner Fackel tauchte Dystariel auf. Die Gargyle war noch immer mit Narben übersät, die kaum verheilt waren.

»Wo sind all die Elfen hin?«, röhrte sie und schreckte Kai aus seinen Gedanken.

»Fort. Beim Lunamon.«

Die Gargyle nickte, als habe sie nichts anderes erwartet. Dann warf sie ihm den Zauberstab und den schwarzen Mantel des Hexenmeisters vor die Füße. »Bei unserem Rundgang durch die Mine haben wir völlig vergessen, auch Schwarzmantel zu durchsuchen, oder was noch von ihm übriggeblieben ist. Sieh, was ich gefunden habe.«

Dystariel streckte eine ihrer Krallen aus und enthüllte ihm eine glitzernde Kugel aus Kristall, die mit einer öligen Flüssigkeit gefüllt war. Darin trieb eine schwarze Feder, deren Spitze schräg hinauf zu den Bergwänden wies.

»Was ist das?«

»Ein Wolkenkompass«, rasselte sie. »Nur hohe Günstlinge Morgoyas besitzen einen. Solche wie Kruul und eben auch Schwarzmantel. Er weist dir den Weg zu ihrer Festung.« Dystariel fletschte grimmig die Reißzähne. »Gut möglich, dass Morgoya sie ihm zur Verfügung gestellt hat und er mit ihr so schnell hierhergelangt ist. Also, wie sieht es aus. Bist du noch an diesem Elementenstein interessiert?«

Kai nickte.

Festung über den Wolken

Mit rauschenden Schwingen brauste Dystariel durch das Wolkengebirge, das sich schier endlos über die Schratzacken spannte. Dunkle Nebelfetzen trieben ihnen entgegen, und der Flugwind riss an Kais Kleidern, die zunehmend klammer und feuchter wurden.

»Meinst du, dass wir lange suchen müssen?«, schrie Kai gegen den Wind an und fragte sich, wie hoch sie inzwischen aufgestiegen waren. Es war schon eine Weile her, dass sie zum letzten Mal einen schroffen Berggrat überflogen hatten. Und wenn er zurückblickte, entdeckte er nur Nebel und noch mehr Wolken, aus denen sich hin und wieder Olitrax' kupferroter Leib schälte, der tapfer hinter ihnen herflog.

»Wenn Schwarzmantel wirklich mit der Wolkenfestung hergekommen ist«, rasselte Dystariel und verstärkte ihren Griff um ihn, »kann sie nicht weit entfernt sein.«

Kai musterte den Wolkenkompass in seinen Händen und korrigierte ein weiteres Mal Dystariels Flugrichtung. Die Federspitze des seltsamen Zauberinstruments zitterte in der Flüssigkeit und Kai fragte sich, was das zu bedeuten hatte, als sie unvermittelt aus einer Wolkenbank hervorbrachen. Vor ihnen erstreckte sich ein Wolkenmeer, über dem trübe die Sterne des Nachthimmels funkelten. Sie hatten das Ziel ihrer

Suche erreicht. Kai starrte fasziniert zu einer tiefschwarzen Wolke, die vor ihnen durch die Lüfte trieb. Auf ihr thronte eine nachtschwarze Festung, die mit ihren hoch aufragenden Türmen, Plattformen und Säulen so kalt und unnahbar wirkte, wie der ferne Sternenhimmel. Und doch ging von ihr eine unheimliche Schönheit aus, die Kai zugleich anzog und abschreckte. An den Himmelstürmen waren sogar Fenster zu erkennen, hinter denen klein und unscheinbar schwarz-rotes Licht flackerte. Die luftige Konstruktion erschien Kai fast so unwirklich, wie die Traumgespinste auf dem Feuerberg. Wie war es nur möglich, ein solches Bauwerk zu errichten?

Dystariel schnaubte und beschrieb in der Luft eine jähe Drehung, um wieder in eine Wolke einzutauchen. Kai entglitt bei der heftigen Bewegung der Wolkenkompass und er fühlte, wie sein Magen rebellierte.

»Ich hab den Kompass verloren«, krächzte er.

»Unwichtig«, röhrte Dystariel und folgte einem ausgefransten Wolkenarm, dessen Nebelfetzen weit hinauf bis über den Wolkenpalast reichten. Als die feuchten Schleier kaum noch die Kraft besaßen, einen Vogel zu verbergen, schoss die Gargyle im Sturzflug auf die Festung nieder. Die Wolkenfeste raste auf sie zu, wie ein übergroßer schwarzer Diamant, den ein Riese an den Himmel geworfen hatte. Je näher sie dem gespenstischen Bauwerk kamen, desto mehr Einzelheiten wurden deutlich. Und immer offensichtlicher wurde, dass die unheimliche Ästhetik, die dem Bauwerk aus der Ferne zu eigen war, einem näheren Blick nicht standhielt. Die spitzen Türme sahen nun wie die Reißzähne eines gewaltigen Ungeheuers aus, zwischen denen lichtlose Innenhöfe und bodenlose

Schächte klafften. Die Treppen und Erker erwiesen sich als willkürliche Konstruktionen, die an den Gebäudefronten wie schwarze Blutegel klebten. Die Bogengänge waren von klaustrophobischer Enge und die Säulen, die zwischen all diesen architektonischen Ungeheuerlichkeiten aufragten, erinnerten an Pfähle, die ein Wahnsinniger in ein schwarzes Herz gerammt hatte.

Doch irgendwie kam Kai die Festung auch vertraut vor. Hatte Morgoya über den Wolken ein Gegenbild zum Sonnenrat mit seinen verspielten Bauten, hoch aufstrebenden Pfeilern und lichten Arkaden erschaffen wollen? Herausgekommen war eine grässliche Parodie, über die sich hin und wieder gnädig Nebelschleier legten. War das Absicht, oder hatte Morgoya bis heute nicht ihre Ablehnung verwinden können, die ihr damals beim Sonnenrat zuteil geworden war?

Dystariel setzte hart auf einem Balkon am Rand einer der Türme auf, der von einer bizarr gezackten Balustrade umgeben war. Lauernd spähte sie in den Nebel, der über die Festung trieb. Kai hielt sich wieder zum Zaubern bereit. Doch abgesehen vom Pfeifen und Heulen des Windes, der sich an den Kanten des Wolkenschlosses brach, war jenseits der Zinnen nur ein gelegentliches Grollen zu hören. Ohne Zweifel entstammte es der unheimlichen Gewitterwolke, die die Festung trug.

Was war das überhaupt für ein Gestein, aus dem die Festung bestand?

Kai ging in die Hocke und berührte den Untergrund. Er war feucht und glatt. Ebenso wie die steil vor ihnen aufragende Turmwand handelte es sich um ein fugenloses, nachtschwarzes Material, in dem es silbern glitzerte. Wenn tatsächlich Mondsilber die Hauptkomponente dieser Substanz war, dann musste Morgoya das seltene, magische Metall hier oben quaderweise verbaut haben. Ungläubig schüttelte Kai den Kopf.

Endlich kam auch Olitrax herangeflogen. Mit unruhigem Blick beäugte er die Festung.

Dystariel huschte auf eine seltsam schiefe Pforte in der Turmwand zu. Sie bestand aus der gleichen silbrigen, nachtschwarzen Substanz, wie der Rest der Festung. Da die Tür über keine Klinke verfügte, nahm die Gargyle Anlauf, doch Kai hielt sie zurück.

»Warte!«, flüsterte Kai. »Quiiiitsss?«

Der Poltergeist materialisierte sich gleich einem Nebelstreif. »Junger Herr?«

»Sieh nach, ob hinter der Tür Gefahr droht.«

Quiiiitsss glitt auf das Portal zu und prallte gegen ein festes Hindernis. Weit unter ihnen in der Gewitterwolke rumorte es.

»Äh, es geht nicht, mein junger Herr«, raunte der Geist ehrlich überrascht. »In dieser Wand ist etwas, was mich zurückwirft.«

»Das Mondsilber?«, wollte Kai wissen.

»Ja, vielleicht«, raunte Quiiiitsss zögernd. »Aber da war noch etwas anderes.«

»Wir machen es auf meine Weise«, fauchte die Gargyle und breitete ihre Schwingen aus. Wütend stürmte sie auf die Tür zu und warf sich mit aller Kraft dagegen. Doch sie wurde von der eigenen Wucht zurückgeworfen. Dystariel ließ ein zorniges Zischen hören.

»Wartet, wenn diese Substanz aus Mondsilber besteht, dann …« Kai richtete kurzerhand seine elementare Macht auf das dunkelglitzernde Portal. Zu seinem Erstaunen sprühten helle Funken auf, und sein magisches Feuer brannte ohne Schwierigkeit ein großes Loch in die Tür, dessen Ränder wie zerlaufene Butter schimmerten. In der Gewitterwolke unterhalb der Festung krachte es laut. Der Donnerhall erfüllte das ganze Wolkenmeer. Grelle Blitze zuckten jenseits der Wehren. Kai eilte zur Brüstung und warf einen besorgten Blick in die Tiefe. Irgendwie schien die Wolke dort unten auf ihr gewaltsames Vorgehen zu reagieren. Er kam wieder zurück und entzündete am Ende seines Zauberstabes eine kleine Flamme.

»Was auch immer das für ein seltsames Material ist, aus dem die Festung besteht, es lässt sich so leicht wie Mondsilberstaub entzünden.«

»Nicht schlecht, Flamme. Du kannst ja nachher versuchen, die ganze Festung abzufackeln.« Dystariel grinste hässlich und schob ihren massigen Leib durch das Loch. Kai, Quiiiitsss und Olitrax folgten ihr.

Sie betraten ein prachtvoll ausgestattetes Turmzimmer, an dessen Stirnseite ein dunkles Baldachinbett mit hölzernen Stützpfeilern stand. Die Streben waren aufgerichteten Gargylen nachempfunden.

Da keine persönlichen Einrichtungsgegenstände zu sehen waren, schloss Kai, dass es sich bei der Kammer um so etwas wie ein Gästezimmer handeln musste.

Plötzlich schnaubte Olitrax und jagte hinauf zur Decke. Seine Krallen packten etwas Schwarzes und er schnappte zu. Ein kaum Handteller großes Etwas fiel auf den Boden. Kai und Quiiiitsss näherten sich dem Objekt und blickten auf eine kleine, zerbissene Kreatur mit vage menschlichem Äußeren, die dunkle Kakerlakenflügel besaß.

»Ein Imp«, röhrte Dystariel. »Elendes Ungeziefer. Diese abstoßenden Kreaturen nisten sich überall dort ein, wo die Macht der Schatten besonders stark ist. Um sie braucht ihr euch keine Sorgen zu machen.«

Kai sah sich angewidert nach weiteren Impen um und entdeckte neben einer Kommode einen flackernden Lichtschein, der unmöglich nur eine Reflektion seines eigenen Lichts sein konnte. Dort war ein schwarzer Spiegel in die Wand eingelassen, dessen Rahmen aus nachgebildeten Menschenknochen bestand. Hinter der Spiegelfläche wallten dunkle Schlieren, in denen es beständig gloste, ganz so, als befände sich dort ein Fenster, das ihm einen Blick auf ein Wetterleuchten am fernen Horizont gestattete.

»Vorsicht, junger Herr«, raunte Quiiiitsss neben ihm. »Solche Zauberspiegel sind oft sehr tückisch. Nähert euch ihm nicht.«

Die Gargyle winkte sie zu einer Tür, und sie erreichten einen Gang mit rotem Läufer, in dem die gleichen schwarzen Kerzen mit den verzerrten Flammengesichtern brannten, die Kai bereits im Sternenturm gesehen hatte. Auch hier geisterte ein beständiges Heulen und Wehklagen durch die Flure. Kai spähte den Gang entlang und entdeckte zwischen den Schatten noch weitere der ekligen Käferwesen. Sie klebten tatsächlich wie Ungeziefer an den Wänden. Ihn schüttelte es.

Dystariel führte sie lautlos auf eine düstere Freitreppe zu, über der ein weiterer der sonderbaren Wolkenspiegel hing.

Einen Moment glaubte Kai inmitten des knöchernen Rahmens ein zorniges Augenpaar zu sehen, doch schon war es wieder verschwunden und machte dunkelschwarzer Bewölkung Platz.

»Verflucht, da in dem Spiegel war was«, wisperte Kai alarmiert. »Wer oder was treibt hier noch sein Unwesen? Ich meine, außer diesen Käferkreaturen?«

»Eventuell weitere Gargylen«, rasselte Dystariel, die den Spiegel ebenfalls beäugte. »Falls Morgoya sie nicht allesamt auf den Kontinent abgezogen hat. Außerdem hat sie sich einige Banshees als Leibdienerinnen unterworfen. Albionsche Todesfeen, so kalt und schön wie die Nacht. Ihr Klagegesang soll angeblich den Tod eines Menschen verursachen. Und dann vegetieren hier ganz sicher noch jene Missgeburten, die für die groben Arbeiten bestimmt sind. Letztlich müssen wir hier mit allem rechnen.«

Kai wartete, bis sie einen weiteren Gang erreicht hatten, von dem aus der Spiegel nicht mehr zu sehen war.

»Es wundert mich, dass Morgoya die Wolkenfestung so bereitwillig für die Suche nach uns zur Verfügung gestellt hat«, sagte Kai nachdenklich. »Sie wäre doch ideal für einen Angriff aus der Luft geeignet.«

»Bereitwillig?« Dystariel schnaubte. »Nein, Flamme. Die Furcht treibt sie. Diese Festung wurde nicht für den Kampf geschaffen. Sie dient Morgoya als Rückzugsort, weil sie Angst hat.«

»Angst? Wovor?«

»Vor Attentätern. Vor Dämonen. Und auch vor dir! Morgoya geht davon aus, dass alle so denken und handeln wie sie.

Denn die Hexenmeister und schwarzen Zauberinnen, die ihr dienen, sind allesamt selbst von Machtgier zerfressen. Jeder von ihnen wartet nur auf einen Fehler Morgoyas, um die Nebelhexe zu beerben. Und sicher ahnt sie auch, dass selbst die Schattenmächte sie nur so lange unterstützen werden, wie sie ihnen nützlich ist.«

Kai nickte und kramte Gilraens Karte der Wolkenfestung hervor. Fi hatte ihm die Anmerkungen des Elfen schon vor Wochen übersetzt. Doch jetzt, da sie hier waren, war es gar nicht so einfach herauszufinden, wo sie sich in dem labyrinthenen Gewirr der Kammern und Flure überhaupt aufhielten.

Die Gargyle beäugte das Pergament ebenfalls und wies mit einer ihrer Krallen auf einen Turm rechts oben auf der Karte.

»Wir befinden uns hier«, knurrte sie. »Aber wir brauchen diese Karte nicht. Ich kenne die Wolkenfestung von früher. Sag mir, wohin du willst, und ich führe dich.«

»Ehrlich gesagt weiß ich das selbst nicht so recht«, antwortete Kai. »Vermutlich suchen wir eine Schatzkammer. Oder so was wie eine Zauberküche oder ein Laboratorium. Ich will bloß zu diesem *Lapis elementarum*. Leider habe ich keine Ahnung, wo der sein könnte.«

»Das ist zu wenig«, fauchte Dystariel. »Die Wolkenfestung ist vollgestopft mit seltsamen Dingen.«

Kai wandte sich an Quiiiitsss. »Kannst du uns sagen, wie der Stein der Elemente aussieht, den Murgurak einst geschaffen hat?«

»Aber ja«, raunte der Poltergeist. »Die alten Berichte sind da alle sehr eindeutig. Es handelt sich um einen schwarzen

Kristall. Er verschluckt das Licht fast vollständig und zieht die Magie der Umgebung an sich, um damit die Macht der vier Elemente in Schwingungen zu versetzen. Ist er erst aktiviert, erstrahlt er in einem roten Licht. Er hat die Größe eines Dracheneies.«

Dystariel stieß ein lautes Keuchen aus und schnappte erfolglos nach dem Hals des Poltergeists. »Was sagst du da, du dreimal verfluchter Spuk?«, knirschte sie.

Kai sah erschrocken zu ihr auf. Quiiiitsss brachte hastig etwas Abstand zwischen sich und die Gargyle. »Äh, was habe ich denn gesagt? Ich habe nur beschrieben, wie der *Lapis* …«

»Dann kenne ich diesen Elementenstein.« Zornig fuhr Dystariel zu Kai herum und durchbohrte ihn mit ihrem Raubtierblick. »Warum hast du mir nie gesagt, was das für ein Artefakt ist?«

»Wieso? Was hat es denn mit dem Stein auf sich?«

»Hast du dir nie Gedanken darüber gemacht, wofür Morgoya den Stein benötigt, törichte Flamme?« Dystariel beugte sich wütend zu Kai herab. »Sie erschafft uns damit. Uns Gargylen!«

Kai sah ungläubig zu ihr auf. Er erinnerte sich plötzlich wieder an die Chimärenreste, die sie unter dem Zunfthaus gefunden hatten. Und das war lediglich das Resultat dessen, was der Stein von Quiiiitsss und seinen Zauberkumpanen bewirkt hatte. Murguraks Original war weitaus mächtiger. Spätestens seit sie erfahren hatten, dass Morgoya den Stein der Elemente schon vor vielen Jahren aus der Drachenburg geraubt hatte, hätte er ahnen können, wofür sie den Stein einsetzte. »Es tut mir leid, Dystariel.«

Dystariel blähte ihre Nüstern. »Der Elementenstein befindet sich in Morgoyas Thronsaal. Dort wurde ich zu dem gemacht, was ich bin.«

Kai warf wieder einen Blick auf Gilraens Karte und fand den Saal sofort. Dort war das Symbol eines Throns aufgemalt, über dem ein blitzförmiges Zeichen angebracht war. Selbst Fi hatte ihm das Zeichen nicht deuten können. Ob es für den *Lapis elementarum* stand?

»Gut, gehen wir.«

Sie schlichen eine beklemmend steile Freitreppe hinunter und erreichten einen Trakt, der von wunderschönen Marmorstatuen geziert wurde. Sie stellten hübsche Elfen und Elfinnen bei der Verübung profaner Tätigkeiten dar. Dazwischen erhoben sich bezaubernde Statuetten von Tieren und Menschen. Verwirrt eilte Kai an ihnen vorbei und entdeckte, dass zwischen den Plastiken besonders viele der widerlichen Impe krabbelten, als wollten sie den herrlichen Anblick verschandeln.

Schließlich betraten sie einen gewaltigen Saal, der von hoch aufragenden Säulen aus der gleichen silbrig schwarzen Substanz flankiert wurde, aus dem auch der Rest der Wolkenfeste bestand. Unter der Decke hingen große Kristallleuchter, in denen schwarze Kerzen ihr unheimliches Flackerlicht verbreiteten.

Verblüfft hielt Kai inne und starrte auf die unzähligen Apparaturen, die hier ausgestellt waren. Ganz in seiner Nähe erhob sich ein marmorner Springbrunnen, dessen Becken von hübschen Nymphen gesäumt wurde. Inmitten des Beckens sprudelte immerzu eine glitzernde Wassersäule, ohne dass ersichtlich war, welcher Mechanismus sie hervorbrachte. Daneben stand eine kunstvolle Spieldose mit beweglichen Figuren. Neben einer der Säulen war ein gewaltiges Teleskop zu sehen, das auf ein dunkles Kristallfenster an der Wand gerichtet war. Nicht weit davon entfernt stand eine goldene Tischuhr mit gläsernem Deckel, die die Gestalt eines Schwans besaß. Viele andere Gerätschaften bestanden vornehmlich aus Pendeln, Gegengewichten, Schrauben und Radachsen, deren Sinn sich Kai nicht erschloss.

»Herrje, was ist das alles hier?«, fragte er verwundert.

»Geräte, die magische Effekte nachahmen!«, murrte die Gargyle. Sie lauschte angespannt und maß die Schauhalle nur mit einem oberflächlichen Blick. »Hier ruht, was der elfische, menschliche, zwergische und koboldische Erfindergeist hervorgebracht hat. Morgoya hat die Schaustücke aus ganz Albion zusammenraffen lassen.«

»Das da oben ist aber nicht das, wofür ich es halte, oder?« Kai deutete zu einer großen Konstruktion unterhalb der Decke, die aus zwei künstlichen Drachenflügeln bestand.

»Doch. Es handelt sich um eine künstliche Flugmaschine.«

»Sieh mal an, eine zwergische Rechenmaschine«, raunte Quiiiitsss. Er schwebte auf einen Metallkasten mit vielen Zahnrädern zu, auf dem sich Olitrax niedergelassen hatte. Der Drache behielt die Impe im Auge, die auch hier in großer Zahl herumkrabbelten.

Ehrfürchtig schritt Kai in eine Nachbarhalle, die vollgestopft mit Kunstgegenständen war. Kostbare Gemälde hingen von den Wänden, auf Sockeln standen Büsten aus Rosenquarz und immer wieder streifte sein Blick wundervoll geformte

Kelche, Teller und Statuetten aus Gold und Silber. Am wertvollsten schien ein künstlicher Strauß Blumen zu sein, dessen Stängel und Blätter aus Gold bestanden und dessen Blüten aus funkelnden Juwelen gefertigt waren.

»Das hätte ich nicht erwartet«, flüsterte Kai, der sich beeindruckt umsah. »Nie hätte ich gedacht, dass Morgoya einen Sinn für solch erlesene Dinge besitzt.«

»Den besitzt sie auch nicht, Flamme.« Dystariel ließ ihren Blick kalt über die kostbaren Schaustücke schweifen. »Morgoya schmückt sich nur damit. Sie hofft verzweifelt, dass etwas von ihrem Glanz auch auf sie abfällt. Denn was sie selbst erschafft, dient stets nur der Zerstörung. Sie neidet den Künstlern und Erfindern ihre Kreativität und ihren Einfallsreichtum. Und deswegen demütigt sie sie und lässt sie töten, sobald die Männer und Frauen ihr nicht mehr von Nutzen sind. Doch heimlich bringt sie die schönsten ihrer Wunderwerke in den Wolkenpalast, um sich daran zu ergötzen. Zugleich verzweifelt sie daran. Das ist der Fluch der Schatten, der auf ihr lastet.«

»Es wird Zeit, dass wir Morgoya von diesem Fluch befreien!« Entschlossen blickte Kai der Gargyle in die gelben Augen. »Wir müssen die Welt endlich von ihr erlösen.«

»Dann komm.« Dystariel führte sie zu einem schiefwinkligen Treppenhaus, von dem verzogene Türfluchten und beklemmend niedrige Gänge abzweigten. Dabei passierten sie weitere der unheimlichen Wolkenspiegel. Nicht zum ersten Mal beschlich Kai das Gefühl, etwas würde sie daraus beobachten. Doch abgesehen von den lästigen Impen, die mit ihren schwarzen Käferkörpern Decken und Wände bedeckten, trafen sie keine Kreaturen an. Endlich standen sie vor einem großen Doppelportal mit Flügeln aus jener silbrig schwarzen Wolkensubstanz.

»Morgoyas Thronsaal!«, knurrte Dystariel. »Wir haben unser Ziel erreicht.«

Dystariel drückte gegen die Portalflügel und stemmte sie auf. Weit schwangen die hohen Türen zurück und eröffneten ihnen einen großen, halbrunden Thronsaal, in dem sich ein gewaltiges Standbild Morgoyas erhob. Der Saal wurde von schlanken, nachtschwarzen Pfeilern gestützt, die zu der hohen Bogenwand führten. Diese war mit großen Panoramafenstern aus dunklem Feenkristall ausgestattet. Sie erlaubten einen Blick auf die fernen Wolkenberge jenseits der Festung, die im Licht eines geisterhaften Wetterleuchtens erstrahlten. Auch der Thronsaal selbst wurde immerzu von dem roten und blauen Flackerlicht erhellt und ein tiefes Grollen rollte durch die Gewitterwolke weit unter ihnen.

Kai atmete tief ein und sah sich zur Stirnseite des Raums um. Dort führten Treppen hinauf zu einem unheilvollen Thron, den Morgoya offenbar aus einem einzigen Block verderbten Feenkristalls erschaffen hatte. In seinen Kopf- und Armlehnen prangten dämonische Fratzen mit Mäulern, aus denen gespaltene Schlangenzungen hingen. Kais Blick wanderte weiter. Vor den Treppenstufen entdeckte er eine nestförmige Mulde, in der die gehäuteten Reste einer übergroßen Schlange lagen.

Kai musste an die schwarze Amphitere denken, die sich Morgoya angeblich als Vertraute hielt. Olitrax fauchte und bewegte sich unruhig auf seinem Arm.

Schließlich wandte er sich der kolossalen Statue zu, die im Scheitelpunkt der Bogenwand mit den großen Fenstern stand. Sie überragte selbst den Thron und stellte Morgoya als Frau von faszinierender Schönheit dar, die mit triumphierender Geste ein schlankes Zepter von sich gestreckt hielt. An seinem Ende thronte, umfasst von einem massiven mondsilbernen Zackenstern, ein dracheneigroßer Kristall, der auf ein Gestell mit Hand und Fußfesseln gerichtet war. Das Gerüst stand innerhalb eines fünfzackigen Pentagramms aus Mondsilber, in dem auch ein Käfig mit seltsam gesprenkelten Eiern aufgebaut war. Die meisten Eier waren zerbrochen. Dafür wanden sich an den Gitterstäben fingergroße, schwarze Schlangen mit glühend roten Augen, die aggressiv mit ihren winzigen Flügeln flatterten. Das Geräusch, das sie verursachten, hörte sich an wie raschelndes Papier.

»Bei allen Moorgeistern!« Kai trat näher an die Statue heran und betrachtete den Kristall am Ende des Zepters. Ohne Zweifel handelte es sich bei ihm um den gesuchten *Lapis elementarum*, den Stein der Elemente.

Olitrax stieß sein Drachengebrüll aus, das innerhalb des Käfigs von lautem Geraschel beantwortet wurde. Kai wandte sich dem Käfig zu und war sich sicher, es bei dem aufgescheuchten Gewürm mit der Brut der schwarzen Amphitere zu tun zu haben. Er schaute vom Käfig auf das Pentagram und von dort über das Gerüst mit den Fesseln hinauf zum Kristall. Ein Schauder erfasste ihn.

»Endlich verstehe ich«, stammelte er. »Gargylen entstehen aus der Verschmelzung von Amphiteren und Menschen, habe ich Recht?«

Dystariel trat zu ihm und nickte. »Morgoyas Macht über die Adligen des Landes basiert auf Zwang«, röhrte sie. Diesmal klang ihre Reibeisenstimme irgendwie erschöpft. »Sie hat von jeder Familie Geiseln genommen. Kein Geschlecht Albions blieb davon verschont. Die Adligen denken, ihre Familienmitglieder werden getötet, wenn sie Morgoya nicht gehorchen. In Wahrheit hat die Elende sie alle bereits verwandelt. Ein Heer von Gargylen. Erschaffen aus dem Blut der vornehmsten Familien Albions und dem der geflügelten Schlangen. Das war Morgoyas Rache dafür, dass niemand sie bei ihrer Gier auf den Drachenthron unterstützt hatte.«

»Du bist die Einzige, die so denkt, Dystariel«, grollte hinter ihnen eine tiefe Stimme. »Wir anderen sehen es vielmehr als Ehre an!«

Kai und Dystariel wirbelten herum und sahen, wie Kruul hinter einem der nachtschwarzen Pfeiler hervortrat. Der Gargylenfürst entfaltete machtvoll seine Schwingen und hob befehlend eine Pranke.

Mit Wucht schlugen die schweren Portalflügel des Saals zu und versperrten so den Ausgang. Hinter dem Thron entflammte ein greller Blitz. Zorniges Gelächter rollte durch den Saal. Einen Moment lang erwartete Kai, Morgoya dort stehen zu sehen, doch stattdessen wurde zwischen den Schatten an der Wand ein weiterer, riesiger Knochenspiegel sichtbar, auf dessen Oberfläche sich ein wallendes Wolkengesicht mit glühenden Augen abzeichnete. Das Gesicht ähnelte dem Antlitz des grimmen Nordwindes, doch sein Wolkenbart war blitzförmig gezackt und immer wieder tanzten pockenartige Luftwirbel über die drohende Erscheinung.

»Tornador hat euch schon lange angekündigt«, rasselte Kruul und trat siegessicher auf sie zu. »Ich wundere mich, dass ihr ihn nicht bemerkt habt, denn Heimlichkeit ist nicht gerade seine Stärke.«

»Oh nein«, brüllte das Wolkengesicht hinter ihm und sein Gelächter brauste wie lauter Sturmwind durch den Saal. »Das ist es nicht. Das ist es nicht.«

Tornador? Kai erinnerte sich wieder zurück an die Statue in Alba. Dann hatte Morgoya den Wolkengeist also nicht bezwungen, sie hatte ihn sich dienstbar gemacht.

»Du wagst es tatsächlich, uns allein gegenüberzutreten?«, röhrte Dystariel misstrauisch. Längst hatte sie ihre Krallen ausgefahren und sah sich beunruhigt um.

»Aber sicher.« Der Gargylenfürst bleckte hochmütig seine Reißzähne. »Ihre Nebelkönigliche Majestät hat im Moment Besseres zu tun. Denn in diesen Augenblicken beginnt der Sturm auf die Menschenstadt am Rhyn. Nichts wird sich ihrer Macht entgegensetzen können. Schon bald gehört die Welt den Schatten.«

Kai hob drohend seinen Zauberstab und stellte verblüfft fest, dass das magische Feuer an seinem Ende erloschen war.

»Die Letzte Flamme«, röhrte Kruul höhnisch. »Du wirst feststellen, dass deine Magie hier nicht wirkt.«

Kai feuerte einen Flammenball auf Kruul ab, doch das magische Feuer entzog sich seinem Willen und beschrieb nur wenige Schritte von ihm entfernt einen jähen Bogen, um unkontrolliert zu dem Stein der Elemente hinaufzujagen. Die Glut vereinte sich mit dem Kristall und der *Lapis elementarum* begann in einem roten Licht zu glühen.

»Zauberei hat in diesem Raum keine Bedeutung«, fauchte Kruul. »Jede Magie wird von dem Gargylenstein aufgesogen. Ein hübscher Nebeneffekt seiner eigentlichen Macht, der Ihre Nebelkönigliche Majestät vor aufsässigem Ungeziefer wie dir bewahrt.« Er deutete zu dem Pentagramm und lächelte böse. »Dein Weg ist hier zu Ende!«

»Raus hier, Kai!«, fauchte Dystariel und schnellte mit einem gewaltigen Satz auf Kruul zu. Der Gargylenfürst erwartete sie mit einem mächtigen Prankenschlag und schlitzte ihr eine der Schwingen der Länge nach auf. Dystariel brüllte und stieß ihre Krallen ebenso unerbittlich in die Brust des Gargylenfürsten. Im nächsten Moment war der Saal von den Kampfgeräuschen der beiden Gargylen erfüllt. Kruul riss Dystariel fauchend zu Boden. Sofort schlugen und bissen die beiden Kontrahenten brüllend aufeinander ein.

»Niemand kommt hier raus!« Das Sturmgelächter Tornadors hallte durch den Thronsaal. Doch Kai hatte nicht vor wegzulaufen. Verzweifelt versuchte er, sein magisches Feuer zu einer Flammenlanze zu bündeln. Doch abermals entriss ihm der düstere Kristall die Kraft und zog die Glut wirbelnd an sich.

»Olitrax!«, schrie Kai verzweifelt und deutete zu dem Zepter empor. Der Drache stieg sogleich zur Statue auf und spie dem Kristall seinen Drachenodem entgegen. Doch der Kristall verschlang auch dieses Feuer. Olitrax fauchte, krallte sich im Unterarm der Statue fest und richtete sein Drachenfeuer nun auf das nachtschwarze Material. Was hatte er vor? Olitrax' Feuer wanderte Funken sprühend an dem Arm entlang, nur um ebenfalls wieder mit dem Kristall zu verschmelzen.

Im Hintergrund kämpften Kruul und Dystariel noch immer miteinander. Erbarmungslos schlugen sie mit ihren Krallen aufeinander ein. Dystariel wirbelte ihren Schwanz gegen Kruuls Kopf, um ihm mit einem Prankenhieb den Hals aufzureißen, doch der Gargylenfürst schützte sich mit einer schnellen Bewegung seiner Schwingen. Sogleich stieß er vor und schlug seine Reißzähne in Dystariels Leib. Die Gargyle brüllte schmerzerfüllt, schlug Kruuls Kopf zur Seite und versuchte wieder hochzukommen. Doch längst hatten sich Kruuls Krallen in ihrer Hüfte vergraben und zogen sie wieder an sich. Dystariels Bewegungen erlahmten. Kruul schwang sich mit einer gleitenden Bewegung über sie. Dann bohrten sich seine Krallen tief in ihren Leib. Dystariel bäumte sich röchelnd auf und ihre zerfetzten Schwingen erzitterten.

»Neeeeeiiiiiinnnn!« Kai schrie erschüttert, hob seinen Zauberstab wie eine Keule und rannte auf Kruul zu. Der ruckte herum und mit einem beiläufigen Schlag seines Schwanzes schleuderte er Kai hinüber zu dem Pentagramm. Hart krachte Kai gegen das Gestell mit den Hand- und Fußfesseln und blieb benommen liegen. Irgendwo schräg über ihm war noch immer helles Drachenfeuer zu sehen und es sprühten mondsilberne Funken.

Kai richtete seinen schmerzenden Oberkörper wieder auf und sah, wie sich Kruul von Dystariel löste und nun auf ihn zukam. Der Leib des Gargylenfürsten war von tiefen Wunden übersät. Drohend baute er sich vor Kai auf und beäugte ihn mit kaltem Raubtierblick. Doch Kai hatte nur Augen für Dystariel, die überströmt von schwarzem Gargylenblut auf dem Boden lag. Sie zuckte nur noch schwach.

»Und jetzt werde ich dich töten, kleiner Magier!«, rasselte der Gargylenfürst.

Er fuhr seine Krallen aus, als hinter ihm Dystariels schwache Stimme zu hören war. »Nicht … Kyrill. Er ist … unser beider Sohn!«

Der Gargylenfürst verharrte mitten in der Bewegung und seine gelben Augen durchbohrten Kai wie glühende Lanzen. Was hatte Dystariel da eben gesagt? Kai starrte die beiden Gargylen ungläubig an.

Kruul drehte sich zu Dystariel um. »Was sagst du da?«

»Er ist unser Sohn, Kyrill!«, röchelte die Gargyle. Sie versuchte sich aufzurichten und fiel wieder zurück. Die Blutlache um ihren Körper wurde immer größer.

»Diesen Namen kenne ich nicht mehr. Ich bin jetzt Kruul«, rasselte der Gargylenfürst mit schwerer Stimme und wandte sich wieder Kai zu. Der begriff plötzlich, dass vor ihm in Wahrheit Kyrill Drachenherz stand, der Sohn des gestürzten Königs, der einst den Widerstand gegen die Nebelkönigin angeführt hatte. Auch an ihm hatte Morgoya also schreckliche Rache geübt.

»Bitte, Kyrill …« Dystariel ächzte. »Besinne dich … der Liebe wegen, die uns einst verband.«

»In mir ist nur Leere.« Der Gargylenfürst stieß ein schreckliches Rasseln aus. Doch Kai fühlte, wie Kruul in sich ging und mit sich rang. Zornig schüttelte er sein Gargylenhaupt. »Schatten der Vergangenheit. Sie haben keine Bedeutung mehr.«

Abermals hob er seine Krallen, doch ein flirrender Geisterleib manifestierte sich plötzlich zwischen ihm und Kai. Quiiiitsss!

»Wagt es, ihm ein Haar zu krümmen«, raunte Quiiiitsss gefährlich leise, »und Ihr werdet die Folgen zu spüren bekommen.«

»Fort mit dir, Gespenst!« Kruul fletschte die Reißzähne. »Denn wenn du denkst, deine Geistermacht schreckt mich, dann irrst du dich!«

»Das sollte es aber«, wisperte Quiiiitsss frostig. »Denn ich bin ein Poltergeist!«

Er breitete seine Geisterarme aus und Kruul wurde unter die Statue geschleudert. Über ihnen sprühten noch immer Funken. Kai sah erst jetzt, dass Olitrax' beständiger Drachenhauch den Arm bis hinauf zum Zepter tief ausgehöhlt hatte. Quiiiitsss wandte seinen Schlierenblick nach oben, ein Ruck ging durch die Statue und im nächsten Moment brach der Arm ab. Kruul stieß ein fürchterliches Brüllen aus. Der Arm mit dem Zepter stürzte wie ein dorniger Streitkolben auf ihn nieder und die mondsilbernen Zacken bohrten sich tief in seinen Leib.

Kruul bewegte sich nicht mehr. Kai rappelte sich auf und sah, wie sich der zerschmetterte Gargylenleib in einen muskulösen Mann mit schwarzem Haar verwandelte. Er besaß ein kühnes Profil mit energischem Kinn und schmaler Nase, die Kai ein wenig an seine eigene erinnerte. Noch einmal hob Kruul den Kopf. Seine blauen Augen suchten Kai und seine Lippen formten letzte Worte. *Verzeih mir … Sohn.*

Dann brach sein Blick.

Kai stürmte hinüber zu Dystariel. Sie lag direkt neben der Mulde mit der gehäuteten Schlangenhaut. Ihr Brustkorb hob und senkte sich nur noch schwach. Ihm liefen die Tränen über das Gesicht, als er sah, wie schrecklich ihr Gargylenleib von Wunden entstellt war. Kai griff aufgewühlt nach einer ihrer Pranken. Zwei Krallen waren abgebrochen. »Bitte, Dystariel. Du darfst mich nicht verlassen. Ich brauche dich doch.«

»Es tut mir leid, Kai«, rasselte die Gargyle mit schwacher Reibeisenstimme. »Den letzten Teil deines Weges wirst du allein gehen müssen.«

»Warum hast du mir nie etwas gesagt?«, schluchzte er. »Vielleicht hätte ich dir helfen können?«

»Aber du hast mir doch geholfen.« Blut quoll aus ihrem Maul. »Was denkst du, warum ich als einzige Gargyle noch etwas fühlen kann? Durch meine Liebe zu dir, mein Sohn. Das Licht hat dich erwählt.« Dystariel verzog ihre Gargylenlippen zu einem Lächeln. Es wirkte wie eine Grimasse. »Die alte Frau im Lychtermoor war dir eine bessere Mutter, als ich es je hätte sein können. Doch ein Drachenherz schlägt auch in deiner Brust. Denke stets daran.«

Verzweifelt sank Kai vor ihr nieder, und er fühlte, wie sich ihre zerrissenen Schwingen sanft um ihn schlossen.

»Du darfst nicht gehen«, wimmerte er. »Du darfst es einfach nicht. Bitte … Mutter.«

»Grüß mir Thadäus«, flüsterte die Gargyle. »Er war mir stets ein treuer Freund. So klein, aber doch so groß.« Dystariel bäumte sich ein letztes Mal auf. »Und jetzt … lass mich sterben, wie ich gelebt habe. Als Kämpferin …«

Dystariels Leib erschlaffte und verwandelte sich vor Kais tränenverschleiertem Blick zurück in eine Frau mit langem kupferrotem Haar, das unter ihrem Kopf wie ein Kissen ausgebreitet war. Sie war wunderschön, auch wenn ihr schlanker

Körper von unzähligen Narben und klaffenden Wunden entstellt war. Plötzlich wusste Kai, dass er sie schon einmal gesehen hatte. Damals in den Zwergenminen, als er sich dem Tode nahe an seine früheste Kindheit zurückerinnert hatte.

Die Tränen liefen Kai in Sturzbächen über die Wangen. Noch immer hielt er Dystariels Hand. Er musste an all seine Erlebnisse mit ihr zurückdenken. Immer war sie da gewesen, um ihn zu beschützen. Doch jetzt war sie tot. So wie Koggs. So wie Bilger. Aber auch wie Stenzel, Gilraen, Ratsherr Hansen und seine Großmutter. Sie alle waren in diesem elenden Krieg gestorben.

Kai weinte und spürte kaum, dass Olitrax auf seiner Schulter landete und tröstend die Nüstern gegen seinen Hals schmiegte. Irgendwann hatte Kai keine Tränen mehr. Tief atmete er ein. Er fühlte sich leer und ausgebrannt. Sanft strich er über Dystariels Gesicht und schloss ihre Augen. Sie wirkte jetzt friedlich, und es sah fast so aus, als würde sie lächeln.

Kai mühte sich auf und noch immer zitterten ihm die Beine. Etwas war in ihm zerbrochen. Seine tiefe Trauer schlug in kalte Wut um. Sein Blick streifte die Mulde mit den verschrumpelten Überresten der Schlangenhaut, als ein mondsilbernes Blitzen in seine Augen stach. Kai besah sich die Senke genauer. Halb bedeckt von den Hautresten der Amphitere befand sich im Boden eingelassen eine große Mondsilberscheibe, in der ein schwarz gezackter Donnerkeil eingebettet war. Er hatte schon einmal einen Donnerkeil in der Winkelgasse gesehen. Sie entstanden, wenn ein Blitz ins Erdreich einschlug und seine Hitze das Gestein schmolz. Man sagte ihnen magische Kräfte nach. Dieser hier war sogar besonders groß.

Kai wandte sich von der Senke ab und betrachtete still den schwarzen Kristall am Ende des Zepters. Ein düsterrotes Licht ging von ihm aus und bestrahlte den Leichnam seines Vaters. Kai konnte es noch immer nicht glauben.

Quiiiitsss schwebte ganz in seiner Nähe.

»Bist du noch bereit zu kämpfen?«, fragte Kai mit tonloser Stimme.

»Oh ja, junger Herr!«, wisperte Quiiiitsss und seine Schlierenaugen verzogen sich in gespannter Erwartung.

Kai lächelte kalt und seine Gestalt straffte sich. »Gut. Um den Schattenkelch kümmere ich mich später. Denn jetzt müssen wir hier erst einmal wegkommen.«

»Und wie, junger Herr? Falls mir die Frage gestattet ist.« Quiiiitsss schwebte näher an Kai heran.

Mit dem Zauberstab in der Hand wandte sich Kai dem Wolkengesicht hinter dem Thron zu. Wie erwartet hatte der finstere Sturmgeist das Geschehen im Thronsaal gespannt mitverfolgt. In seinen Augen blitzte es.

»Tornador«, sprach Kai kühl. »Du musst Morgoya nicht dienen. Hilf uns!«

Die Stirn des Sturmgeistes braute sich tiefschwarz zusammen.

»Warum sollte ich?«, höhnte er mit tiefer Bassstimme. »Morgoya schützt mich vor den Winden des Nordmeers. Und solange der Gargylenkristall hier herumliegt, kannst du nicht zaubern, Magier. Ohne meine Hilfe kommst du hier aber nicht raus, denn mein Wille erfüllt jeden Winkel des Schlosses. Ich werde dich einfach hier festhalten, bis die dunkle Herrscherin zurückkommt und dich holt.«

Tornador lachte dröhnend. Außerhalb der Festung krachten grelle Blitze und ein tiefer Donner rollte von den Wänden.

»Gut, du hast es nicht anders gewollt«, antwortete Kai. Längst ahnte er, auf welche Weise die Winde des Nordmeers den Sturmgeist einst an Albion gekettet hatten. Ebenso wie er ahnte, auf welche Weise es Tornador möglich war, die Wolkenfestung zu kontrollieren.

Festen Schrittes trat er an die Mulde mit der Schlangenhaut heran und sah auf die Mondsilberscheibe mit dem großen Donnerkeil hinab. Inzwischen war er sich sicher, dass das gezackte Symbol auf Gilraens Karte diesen Donnerkeil darstellte.

»Was machst du da, Menschenzauberer?«, brandete hinter ihm die wütende Stimme des Sturmgeistes auf. Kai beachtete ihn nicht weiter.

»Quiiiitsss, was hältst du von einem neuen Heim?«

»Wie meint Ihr das, junger Herr?« Quiiiitsss schwebte neben ihn und besah sich die Senke.

»Meinst du, dein Wille reicht aus, die Feste zu übernehmen?«, wollte Kai wissen.

Quiiiitsss wandte sich zu Tornador um. Ein gehässiges Spinnweblächeln huschte über seine Geisterlippen. »Versuchen wir es.«

Unter der Festung grollte und rumpelte es und Tornadors Wutgebrüll lärmte von den Wänden. »Das wagt Ihr nicht. Das wagt Ihr nicht!«

Längst spie Olitrax seinen Drachenodem auf die Mondsilberscheibe. Und auch Kai beschwor mit aller Macht sein Feuer herauf. Die Flammen strichen knisternd und prasselnd über die Senke und wirbelten sogleich als Flammenglut hinüber zu dem Stein der Elemente. Doch die Hitze reichte aus, das Mondsilber zum Schmelzen zu bringen.

»Jetzt!«, stieß Kai hervor.

Quiiiitsss ergriff den Donnerkeil mit seinen Geisterkräften und zog ihn aus der Silberschlacke. Sogleich erschütterte ein mächtiges Beben den Thronsaal. Die Wände und Pfeiler erzitterten und hinter der Statue gingen einige Scheiben zu Bruch. Die ganze Festung sackte plötzlich in der Luft ab. Kai ließ panisch den Grundstein aus dem Zunfthaus fallen und das flüssige Mondsilber schloss sich nun um ihn. Sogleich ließ das Beben nach, bis nur noch ein leichtes Zittern zu spüren war.

»Quiiiitsss?«

Es dauerte etwas, doch dann erschien sein vertrautes Kürbisgesicht auf der dunklen Spiegelfläche hinter dem Thron. Quiiiitsss schenkte ihm ein angestrengtes Spinnweblächeln.

»Ich bin noch immer da, mein junger Herr«, raunte es von den Saalwänden. »Es ist fantastisch.« Weiter hinten klappten die Portaltüren wild auf und zu. »Ich versuche mich in dieser Festung nur gerade etwas zurechtzufinden. Tornadors Wille ist noch immer überall zu spüren, doch er wirkt jetzt eher wie ein laues Lüftchen, das sich ängstlich meinem Willen fügt.«

»Dann beeil dich mit deinem Zurechtfinden und sieh zu, dass du die Festung nach Süden bringst.« Kai kniete wieder neben dem Leichnam Dystariels nieder. Er wusste, was sie jetzt gesagt hätte. »Wir haben eine Schlacht zu schlagen.«

Die Schlacht am Rhyn

Kai kniete schweißüberströmt neben dem Stein der Elemente und betrachtete den Schattenkelch. Es hatte einige Stunden gedauert, bis er verstanden hatte, wie sich die Kräfte des *Lapis elementarum* nutzen ließen. Doch unter Quiiiitsss Anleitung und mit fast übermenschlicher Willensanstrengung war es ihm schließlich gelungen, die in dem Kristall eingeschlossenen Elementarkräfte auf den Schattenkelch zu fokussieren. Der Sprung, der sich über den dunklen Feenkristall bis hinauf zum Deckel gezogen hatte, war nicht mehr zu sehen. Dafür strahlte der unheimliche Pokal, der seinem Opfer Schatten und Zauberkräfte zu rauben vermochte, nun wieder eine kalte Macht aus.

Kai erhob sich und unterdrückte ein leichtes Würgegefühl. Ihm war schlecht. Beide Artefakte waren von verderbten Kräften erfüllt, und er fühlte sich, als habe er Wasser aus einer fauligen Quelle getrunken.

Kai atmete tief ein. Im Thronsaal der Wolkenfestung stand vor ihm die zerstörte Statue Morgoyas. Olitrax hockte auf dem abgebrochenen Arm des Standbilds und sah ihn unverwandt an. »Alles in Ordnung«, flüsterte Kai.

Mühsam verstaute er den Schattenkelch in seinem Gepäck und dachte wieder voller Bitternis daran, welche Opfer es gekostet hatte, seine Kräfte neu zu entfachen. Plötzlich fiel ihm auf, dass sich das Zittern in den Wänden des Thronsaals zu einem lauten Beben gesteigert hatte. Beständig rumpelte es irgendwo. Aus der Panoramawand lösten sich weitere Scheiben, die klirrend zu Boden fielen. Ein kühler Luftzug strich über sein erhitztes Gesicht.

»Sind wir noch auf Kurs?«, rief er in Richtung Knochenspiegel.

»Ja, junger Herr«, geisterte es angestrengt von den Saalwänden. »Wir überfliegen bereits den Kontinent und ich halte mich streng an den Verlauf des Rhyn. Aber ich weiß nicht, wie lange ich noch die Kontrolle über die Wolkenfestung behalte. Ich gestehe es nur ungern, aber ich bin nicht Tornador, sondern nur ein gewöhnlicher Poltergeist. Rund um uns herum brechen bereits ganze Teile der Festung ab.«

»Halte noch ein wenig aus, Quiiiitsss.«

Kai ging auf den Leichnam Dystariels zu, über den er seinen Umhang gebreitet hatte. Aufgewühlt betrachtete er noch einmal das Antlitz seiner toten Mutter. Dann sah er hinüber zum Leichnam seines Vaters. Er war ebenso ein Opfer Morgoyas gewesen, wie Dystariel es war. Unwillkürlich musste Kai wieder an ihre Worte zurückdenken. *Ein Drachenherz schlägt auch in deiner Brust …*

Er wusste, was Dystariel damit gemeint hatte. In seinen Adern strömte das Blut der Drachenherz'schen Königslinie. Abgesehen von Morgoya war er wahrscheinlich der letzte legitime Erbe des albionschen Königshauses. Doch die Erkenntnis ließ ihn seltsam unberührt. Im Moment hatte er Wichtigeres zu tun.

»Junger Herr«, ächzte es. »Colona liegt jetzt vor uns. Aber der Anblick wird Euch nicht gefallen.«

Kai lief zu den großen Panoramafenstern und starrte hinaus. Noch immer bebte das Wolkenschloss, und er konnte aus den Augenwinkeln mitansehen, wie einer der Erker rumpelnd von den Festungswänden brach und in die Tiefe stürzte. Dort, wo sich die düstere Gewitterwolke durch die Nebelbänke über Colona schob, war ihm nun der Blick auf eine von Hunderten Feuern und Fackeln beschienene Ebene gestattet. Die Auenlandschaft vor Colona war ein einziges riesiges Schlachtfeld.

Unter ihm wogte ein Meer aus schwarz-roten Drachenstandarten, das in dunklen Wellen gegen die Mauern der Stadt brandete. Er konnte Katapulte erkennen, die einen Hagel aus Felsen auf die Stadt niederregnen ließen. Belagerungstürme und Sturmleitern wurden an die Mauern herangeschoben, und hin und wieder flammten arkane Blitze und grelle Lichtkugeln auf, mit denen die Zauberer beider Seiten die Reihen ihrer Feinde zu dezimieren versuchten.

Auch auf dem Rhyn wurde gekämpft. Der breite Fluss war bedeckt mit Drachenbooten. Aber er sah auch die Boote der Verteidiger. Sie sperrten den Fluss vor der großen Rhynbrücke wie eine Kette ab. Doch in dem Bootswall klafften bereits große Löcher, durch die einzelne Drachenboote hindurchstießen. Ihr Ziel waren Brücke und Uferwehr. Doch viel schlimmer war der Anblick der vielen Gargylen, die über das Dächermeer der Stadt jagten und immer wieder auf die tapferen Verteidiger niederstießen. Einzig das wundersame Wolkenschiff der Magierschaft aus Halla hielt die fliegenden Monster davon ab, die Reihen der Verteidiger endgültig niederzumähen. Das Himmelsschiff stellte sich dem Gargylenschwarm unerschrocken entgegen und die Magier an Bord feuerten immerzu blaue und grüne Blitze auf die Ungeheuer ab.

»Bei allen Moorgeistern!«, stammelte Kai.

»Das ist leider noch nicht alles, mein junger Herr. Richtet Euren Blick bitte auf die andere Uferseite des Rhyns.«

Kai erblickte dort das Kastell, das die große Brücke auf der Ostseite des Ufers sicherte. Auch dieses wurde von einem Heer belagert, das das Tor unerbittlich mit großen Rammen bearbeitete. Doch obwohl die Feste intakt und gut gesichert wirkte, strömten auf der Flussseite immerzu Gardisten aus ihr hervor. Fluchtartig rannten sie über die lange Brücke hinüber nach Colona und lieferten sich damit schutzlos den Gargylen aus, die immerzu auf sie herabstießen und sie in die Fluten des Flusses warfen.

Endlich entdeckte Kai, was den Gardisten eine solche Angst einflößte, dass sie es vorzogen, es lieber mit den übermächtigen Gargylen aufzunehmen. Aus dem Osten nahte der Hammar. Das gewaltige Ungeheuer war nicht mehr weit entfernt und walzte mit seinem haushohen Leib unerbittlich über Hügel und Bäume hinweg. Gierig riss es an sich, was sich ihm in den Weg stellte.

»Wir haben verloren«, keuchte Kai. »Niemals bestehen wir gegen eine solche Übermacht. Spricht sich das Nahen des Hammars erst herum, bricht die Verteidigung drüben in der Stadt endgültig zusammen.«

»Nein, junger Herr, ich sehe einen Weg, dieses Urmonster aufzuhalten.«

Kai wirbelte zu dem großen Knochenspiegel hinter dem Thron herum und bemerkte, dass ihn Quiiiitsss ernst aus seinen großen Schlieraugen ansah. »Ist Euch klar, wie viel Mondsilber in den Wänden dieser Festung steckt?«

Kai keuchte auf. »Du willst die Festung doch nicht etwa als Waffe einsetzen?«

»Ich sehe keinen anderen Weg, junger Herr.«

»Aber was ist mit dir?«

»Habt Ihr etwa schon vergessen, dass ich schon lange tot bin?«, geisterte Quiiiitsss' Stimme durch den Saal.

»Aber du weißt doch gar nicht, was passiert, wenn zwei solche Schattengewalten aufeinanderprallen. Vielleicht zieht es dich mit in die Finsternis.«

»Nun, junger Herr. Dann werde ich dieses Risiko wohl eingehen müssen.« Der Poltergeist schenkte ihm ein wehmütiges Spinnweblächeln. »Und jetzt geht. Verlasst die Festung, damit ich meinen Plan in die Tat umsetzen kann.«

»Aber wie? Ich …« Kais Gestalt straffte sich. Die Lage war bereits so verzweifelt, dass es auf eine irrwitzige Idee mehr oder weniger auch nicht ankam. Einen letzten Blick auf Dystariel und Kyrill Drachenherz werfend rannte er los. Gefolgt von Olitrax eilte er die endlosen Gang- und Treppenfluchten des Schattenpalastes wieder nach oben, solange, bis er den Saal mit den Erfindungen erreicht hatte. Sein Blick erfasste die seltsame Konstruktion mit den Drachenflügeln unter der Decke.

»Olitrax, ich muss verrückt sein«, flüsterte er, als er einen Sockel unter den eigentümlichen Flugapparat schob und zu ihm emporkletterte. Er entdeckte Halterungen für Körper und Füße, außerdem eine Stange mit Hebeln, mit der sich das zerbrechliche Gefährt offenbar durch die Luft lenken ließ.

Der kleine Drache umkreiste die fragile Konstruktion und schnaubte verächtlich. Kai mühte sich derweil damit ab, sich in die richtige Lage zu bringen.

»Quiiiitsss, bist du noch bei mir?«, rief er ängstlich.

»Aber ja, mein junger Herr«, raunte es geisterhaft von den Wänden. »Überlasst den Rest nur mir.«

Vor ihm in der Außenwand knirschte es und die beiden großen Torflügel öffneten sich. Ein heftiger Wind fuhr in die Halle.

»Seid Ihr bereit?«, wisperte Quiiiitsss von irgendwoher.

»Quiiiitsss, sollten wir uns nicht wiedersehen, dann …«

»Viel Glück, junger Herr«, unterbrach ihn der Poltergeist feierlich. »Möge Euer Feuer heiß brennen, wenn Ihr Morgoya gegenübersteht.»

Ein heftiger Ruck erfasste die Flügelkonstruktion. Über ihm an der Decke quietschten Rollen und geisterhafte Kräfte schoben das Fluggerät mit Macht auf die Öffnung zu. Kai sah Dunkelheit und Wolken auf sich zukommen, als die Flügelkonstruktion von der Decke riss. Die künstlichen Drachenschwingen hoben ihn empor, doch im nächsten Moment kippte das Fluggerät auf die Seite und Kai trudelte mit ihm immer schneller werdend durch die Wolken.

»Olitrax!«, kreischte er, während der Wind kalt und unerbittlich an seiner Kleidung rüttelte. »Wie fliegt man, verdammt noch mal?«

Energisch zog er an den Hebeln und hörte, wie die Flügel des Apparats unter der Belastung knarrten. Die Nase der

Flugmaschine hob sich wieder, das Trudeln wurde zu einem unsanften Schlingern und erleichtert fühlte er, wie Olitrax auf seinem Rücken landete. Sofort erschienen vor seinem Geist Bilder, die ihm eine Vorstellung davon vermittelten, was notwendig war, um elegant durch die Lüfte zu gleiten. Und wie von selbst wuchs sein Gespür dafür, wie sich der verdammte Flugapparat steuern ließ. In einem weiten Bogen segelte er nun durch die Wolkendecke hindurch und sah unter sich das Schlachtfeld von Colona. Die Verteidiger der Stadt waren inzwischen noch mehr in die Defensive gedrängt worden. Die ersten Drachenboote waren angelandet. Ihnen entstiegen Horden von Felsschraten, die sofort damit begannen, die Uferwehren zu bestürmen. In diesem Moment erbebte im Westen Colonas die Erde. Vor der fernen Silhouette der Elfenwälder stapfte ein großer Schatten an der Stadt vorbei, der mit schweren Schritten auf das Heer der Angreifer zutrampelte. Thraak!

Der Riese zermalmte unzählige Feinde unter seinen Schritten und schaffte dort etwas Entlastung. Doch Morgoyas Heerführer hatten längst reagiert. Im Norden rumpelte es in der Wolkendecke und dort begann es heftig zu schneien. Auch hier donnerte die Erde. Im unbeständigen Flackerlicht sah Kai zwei Frostriesen mit weißen Bärten und vereisten Augenbrauen heranstampfen.

Leider konnte Kai das weitere Geschehen nicht verfolgen, da neben ihm in der Luft plötzlich ein lautes Kreischen zu hören war. Knapp unter der Wolkendecke jagte ein großer Schatten mit mächtigen Schwingenschlägen auf ihn zu.

Eine Gargyle!

Kai stieß die Hebel nach vorn und sein Fluggerät jagte im Sturzflug auf den Fluss zu. Tapfer versuchte Olitrax den übermächtigen Gegner aufzuhalten, doch schräg unter dem Flugapparat stieß bereits ein zweites der geflügelten Ungeheuer zu Kai empor. Kai warf eine Hand nach vorn. Ein mächtiger Feuerball raste auf die Gargyle zu. Er explodierte und mit rauchenden Schwingen trudelte die Getroffene dem Schlachtfeld entgegen. Kai lachte zornig, als unvermittelt die erste Gargyle wieder heran war. Er versuchte hektisch nach links auszuweichen, doch diesmal erwischte ihn die wütende Bestie. Ein hässliches Geräusch ertönte, als sich Krallen in die Drachenhautbespannung bohrten. Etwas splitterte, eine der Flügelspitzen knickte ab und die wundersame Konstruktion fiel schräg vom Himmel.

Kai sauste ungesteuert über den Fluss auf das verlassene Kastell zu, schrammte knapp über die Zinnen des höchsten Turms hinweg und befand sich plötzlich direkt über dem Heer der Belagerer, die das große Tor der Brückenfestung unaufhörlich mit Rammen bearbeiteten. Noch einmal schaffte er es, die Nase des Fluggeräts aufzurichten, dann kippte es wieder ab und er raste auf ein kleines Wäldchen zu, dass unweit des Feldlagers der Feinde lag. Doch er schaffte es nicht mehr bis dorthin. Krachend bohrte sich die Apparatur in den Erdboden und überschlug sich mehrfach. Kai wurde kräftig durchgeschüttelt. Benommen blieb er liegen. Er blinzelte und prüfte seine Gliedmaßen. Wie durch ein Wunder hatte er sich keine größeren Verletzungen zugezogen. Mühsam rappelte er sich auf und entdeckte am Himmel Drachenfeuer.

Olitrax!

Die elende Gargyle hatte die Verfolgung offenbar immer noch nicht aufgegeben.

Atemlos wirbelte Kai seinen Zauberstab heran, der einige Schritte von ihm entfernt gelegen hatte, als hinter ihm ein greller Lichtblitz die Dunkelheit zerriss, dem ein gewaltiger Donnerschlag folgte. Der Untergrund erbebte so heftig, dass Kai von der jähen Erschütterung abermals umgerissen wurde. Aus den Augenwinkeln sah er, dass es den Soldaten des Belagerungstrupps nicht anders erging. Viele Hundert Mann gingen mit einem Schlag zu Boden. Selbst das Kastell erzitterte unter der Wucht. Teile der Mauern stürzten in sich zusammen und begruben Dutzende der Belagerer unter sich.

Aus der Ferne gellte nun ein infernalisches Gebrüll, das so laut und durchdringend war, dass es noch auf Meilen zu hören sein musste. Die Gargyle, die gerade auf Kai herabstürzen wollte, ließ von ihm ab und flog nach Osten. Kai rappelte sich auf und sah ihr fassungslos hinterher.

Das Ungeheuer jagte auf einen Horizont zu, der in ganzer Breite in Flammen zu stehen schien. Hinter der Hügelkette, die sich dunkel vor dem Licht abzeichnete, flackerte ein grelles Blitzlichtgewitter. Rote, schwarze und blaue Lichtbögen züngelten immerzu unkontrolliert dem Nachthimmel entgegen. In der Wolkendecke klaffte nun ein gewaltiges Loch, durch das sogar einige Sterne zu sehen waren.

Kai lachte wie hysterisch. Das alles konnte nur bedeuten, dass Quiiiitsss' Plan aufgangen war. Die abscheulichen Schreie jenseits der Hügelkette wurden zunehmend schwächer. Alles deutete darauf hin, dass er den Hammar mit der Wolkenfestung voll erwischt hatte.

Kai drehte sich wieder um und ihm verging das Lachen. Unzählige Augen ruhten auf ihm. Morgoyas Kriegsknechte hatten ihn entdeckt.

»Alarm! Ein Zauberer hinter den Linien!«, drang ein lauter Warnruf an seine Ohren. Schon tat sich eine Schneise zwischen den Männern auf, durch die drei hünenhafte Felsschrate auf ihn zustapften. Bogen- und Armbrustschützen nahmen hinter ihnen Aufstellung. Keinesfalls war er dieser Übermacht gewachsen.

Kai ließ vor sich eine große Flammenwand entstehen, die die Sicht auf ihn behinderte und hetzte panisch auf das Wäldchen zu. Hinter ihm ertönten laute Kommandos und Kai sah, wie die Felsschrate durch die Feuerwand sprangen und ihm nachsetzten. Im nächsten Moment war überall um ihn herum das Prasseln einschlagender Pfeile und Bolzen zu hören. Er stürzte hinüber zu einem der Bäume und wirbelte herum, weil dicht hinter ihm bereits das Schnauben eines Schrates zu hören war. Kai jagte ihm eine Flammenlanze entgegen, die dem großen Ungeheuer krachend in die Brust schlug. Der Felsschrat geriet ins Taumeln. Seine beiden Begleiter blieben abrupt stehen. Hinter ihnen fielen die Flammen in sich zusammen.

Unterdessen knackte es im Wäldchen. Kai ruckte erneut herum und sah zu seinem Entsetzen, wie zwei große Gestalten auf ihn zukamen. Die beiden trugen schwere Steinkeulen, die sie drohend in der Luft schwenkten. Bei allen Moorgeistern, das waren Trolle!

Er war verloren. Kai riss seinen Zauberstab hoch, als er erkannte, wer sich nun schützend vor ihm aufbaute.

»Ragosch? Hrundar?« Fassungslos starrte er die beiden Trolle an, die er aus der Knechtschaft von Falkenhains befreit hatte. »Verdammt, was macht ihr hier?«

»Dies auch unser Welt, Flamme. Wir zu spät?«

»Nein«, antwortete Kai mit gepresster Stimme. »Ihr kommt gerade rechtzeitig. Aber mit so vielen Gegnern werdet auch ihr nicht fertig.«

Ragosch grunzte und hob eine Pranke. Im Wäldchen war das Jaulen von unzähligen wirbelnden Schleudern zu hören. Hektisch nahmen die feindlichen Armbrust- und Bogenschützen wieder Aufstellung, als bereits ein gewaltiger Hagel aus Steinen und kleineren Felsen auf sie niederprasselte. Die Reihen der gegnerischen Schützen lichteten sich, bevor Morgoyas Handlanger auch nur dazu kamen, ihre Waffen zu spannen.

Verblüfft sah Kai mit an, wie rund um ihn herum weitere Trolle aus dem Wald traten. Die Hünen grunzten und schnaubten. Wie Ragosch und Hrundar waren sie mit großen Keulen und langen Steinschleudern bewaffnet.

»Wir dich bringen zur Menschenstadt, Flamme. Komm!« Ragosch packte Kai mit einer Pranke unter dem Arm und mit lautem Kampfgebrüll stürmten die Trolle auf das Kastell zu. Panik begann sich im Belagerungsheer breitzumachen. Die hinteren Reihen versuchten in die zerstörte Festung zu gelangen und nur wenige Unerschrockene rammten ihre langen Piken in den Boden und stellten sich den Angreifern mit ein paar Felsschraten entgegen.

Doch die Trolle ließen sich nicht von ihnen aufhalten. Wie eine Lawine rollten sie über ihre Feinde hinweg und mähten die Soldaten mit ihren Keulen nieder. Immer mehr Albioner versuchten zu flüchten und behinderten sich dadurch gegenseitig. Schnell hatten die Trolle die Mauern des Kastells erreicht. Die ehemaligen Belagerer sahen sich unvermittelt in der Rolle von Verteidigern. Schreiend ließen sie Steine und Speere auf die Trolle niederregnen. Mit kalter Wut zertrümmerten die Trolle die notdürftig aufgebauten Barrikaden und richteten ein fürchterliches Gemetzel unter ihren Gegnern an.

Dann war die Brücke erreicht. Noch immer stürzten sich die Gargylen auf die vor dem Hammar geflüchteten Gardisten. Auch die Trolle zögerten, als sie die fliegenden Ungeheuer sahen.

Auf der anderen Flussseite waren inzwischen ein halbes Dutzend Drachenschiffe angelandet. In der Uferbefestigung klafften große Lücken und viele Feinde waren bereits ins Stadtgebiet eingedrungen. Tapfer stellten sich ihnen dort Menschen, Zwerge und Kobolde entgegen. Doch lange würden sie nicht mehr standhalten.

Kai ließ sich absetzen und beschwor sein magisches Feuer herauf. »Wir müssen da rüber. Ich werde euch Deckung gegen die Gargylen geben.«

Mit einer gewaltigen Feuerlanze holte er eines der geflügelten Ungeheuer vom Himmel. Die Trolle brüllten, dann liefen sie mit großen Schritten an ihm vorbei und stürmten auf Colona zu. Kai hetzte ihnen nach. Immer wieder zielte er mit Feuerbällen und Flammenlanzen auf die Gargylen, die sich von allen Seiten auf die Trolle warfen. Kai hielt sie erfolgreich auf Abstand und auch die Trolle wussten sich mit mächtigen Schlägen ihrer Keulen zu wehren. Kai packte einen verdutzten Gardisten, der neben ihm an einer Brüstung stand, und zog ihn hinter sich her. Dann strömten sie auf den Marktplatz Colonas. Die Menschen, Zwerge und Kobolde, die dort kämpften, starrten die zotteligen Trolle entsetzt an. Doch als sie bemerkten, dass die Trolle gemeinsam mit ihnen gegen die Felsschrate und Kriegsknechte vorgingen, die über die Wehre drängten, erhob sich begeistertes Geschrei. Schwerter blitzten und Schilde krachten. Kai stand Hrundar mit einem Feuerball gegen einen muskulösen Felsschrat bei. Es dauerte nicht lange und die Verteidiger hatten die Eindringlinge wieder zurückgeworfen.

Kai suchte den Himmel erfolglos nach Olitrax ab und sah, dass sich der Gargylenschwarm über Colona nun weitestgehend auf das Wolkenschiff der Stadtmagister konzentriert hatte. Es glitt noch immer über das Dächermeer, und der Schwarm, der es zornig umkreiste, war nun so dicht, dass das eigentümliche Himmelsgefährt von ihren Gargylenleibern schier verdunkelt wurde. Das sah gar nicht gut aus.

Auch auf der gegenüberliegenden Flussseite waren plötzlich wieder Schreie zu hören. Kai drängte an den Kämpfenden vorbei zu einer der Rhynwehren und sah, dass weitere Drachenboote kurz davor standen, das Ufer zu erreichen. Felsschrate und Hunderte von Drachengardisten warteten dort auf den Befehl zum Angriff.

»Beim Unendlichen Licht! Seht!« Ein Gardist neben Kai deutete voller Schrecken zur Flussmitte. Dort glitt jetzt eine mächtige, schwarze Kriegsgaleere mit zwei Ruderreihen an jeder Seite heran. Kai erkannte das fürchterliche Kriegsschiff sofort. Die *Seekrake*!

Die Männer auf der Galeere richteten ihre Katapulte und Geschütze auf die Uferbefestigungen und von den Drachenbooten brandete vielstimmiges Kriegsgeschrei zu ihnen herauf.

Kai wollte gerade einige Feuerbälle heraufbeschwören, um die verdammte Galeere in Brand zu setzen, als dort zu ihrer aller Überraschung eine weiße Flagge mit dem rot-weißen Wappen Colonas hochgezogen wurde. Und noch etwas Seltsames entdeckte er: Auf dem Bugkastell der Galeere standen zwei gedrungene Gestalten, die ihm sehr bekannt vorkamen. Eine von ihnen stelzte mit einem Holzbein und Dreispitz auf dem Kopf über das Deck und brüllte Befehle.

Bei allen Moorgeistern, das waren Koggs Windjammer und Bilger Seestrand!

Kai stieß einen ungläubigen Freudenschrei aus. Diese verdammten Klabauter mussten es irgendwie geschafft haben, sich vor dem Ertrinken zu retten. Und nicht nur das. Sie hatten sogar die Kühnheit besessen, Morgoyas bestes Kriegsschiff zu kapern und bis nach Colona zu bringen.

Im nächsten Moment begann die Galeere mit ihrem Beschuss. Die Katapulte und Lafetten der Torsionsgeschütze an Bord dröhnten, und die vor dem Ufer liegenden Drachenboote wurden von einem tödlichen Hagel aus Steinkugeln, Speeren und Bolzen getroffen. Masten knickten um und Planken splitterten. Morgoyas Soldaten schrien und viele von ihnen stürzten in den Fluss. Eines der Drachenboote schlug leck und füllte sich gurgelnd mit Wasser. Auch die Männer auf den Wehren begannen mit neuem Elan auf die Feinde zu schießen.

Koggs und Bilger legten die schwarze Galeere jetzt quer zur Brücke und eröffneten den Beschuss auf die Drachenboote, die das Ufer noch nicht erreicht hatten.

Doch Kais Freude währte nicht lange. Über die Stadt zog sich ein lautes Knarren, in das sich triumphierendes Gargylengekreische mengte. Entsetzt sah Kai wieder auf. Die Gargylen hatten die Besatzung auf dem Wolkenschiff nun endgültig niedergerungen. Ein Dutzend der Himmelsbestien schraubte sich geifernd in die Höhe, nur um anschließend mit angelegten Schwingen und rasender Geschwindigkeit auf das Schiff niederzustürzen. Ihre granitenen Leiber durchpflügten Decksaufbauten und Schiffswände wie Katapultgeschosse. Weiße Holzsplitter regneten in die Tiefe. Grüner Rauch stieg jetzt über dem Wolkenschiff auf. Knarrend neigte es sich auf die Seite, und eine lange Rauchfahne hinter sich herziehend, stürzte es auf das Dächermeer nieder.

»Oh nein!« Kai sah von der Mauerkrone aus, wie das Wolkenschiff in eine der Stadtmauern einschlug. Bis zum Marktplatz waren das Dröhnen des Aufschlags und das Prasseln von Steinen zu hören.

»Ragosch! Hrundar!«, brüllte Kai. »Zur Stadtmauer mit euch, schnell! Ein Durchbruch!«

Die beiden Trolle grunzten und zusammen mit der Hälfte ihres Haufens folgten die Hünen Kai durch die Gassen der Stadt. Der Himmel über ihnen war nun wieder schwarz von Gargylen. Die fliegenden Ungeheuer schwärmten aus und machten Jagd auf Bürger und Gardisten. Nur ein einzelner Greifenreiter war am Himmel zu sehen, der sich mit einem der Ungeheuer ein erbittertes Duell lieferte.

Sie rannten an einem niedergestreckten Riesenhabicht vorbei, der mit gebrochenen Schwingen auf einem Platz lag. Kai fragte sich einen Moment lang, wo sich all die Zauberer befanden. Beim Labyrinth im Koboldviertel? Er musste unbedingt dorthin, sobald er den Trollen den Weg gewiesen hatte.

Endlich erreichten sie eine Straße, die direkt zu dem eingestürzten Mauerabschnitt führte. Ein breites Loch klaffte in der Mauer und der Platz davor war übersät mit Steinquadern, verkohlten Wrackteilen und Toten.

Zu ihrem Grausen quoll ihnen ein unaufhörlicher Strom Untoter durch den eingestürzten Mauerabschnitt entgegen. Nur etwa drei Dutzend Zwerge und einige wenige Stadtgardisten standen den schrecklichen Gestalten gegenüber. Die restlichen Verteidiger waren tot oder schreiend davongerannt.

Die Zwerge jedoch hatten sich mit ihren Schilden, Speeren und Äxten zwischen den Häusern aufgebaut und erwarteten die wankenden Toten mit unerschütterlicher Disziplin.

Kai schleuderte der unheimlichen Leichenarmee drei Feuerbälle entgegen, die große Löcher in ihren Reihen hinterließen.

Der Befehlshaber der Zwerge wirbelte herum und riss die Augen auf, als er die vielen Trolle auf sich zulaufen sah. Kai erkannte ihn. Es war Bergkönig Thalgrim. Der bärtige Zwergenherrscher hielt eine breite Kriegsaxt in den Händen und wirkte in seinem mondsilbernen Kettenhemd wie ein schimmernder Fels in der anrollenden Brandung.

»Die Trolle stehen auf unserer Seite!«, schrie ihm Kai entgegen, während die Untoten unter Stöhnen und Ächzen die Waffen in ihren verwesten Armen hoben.

»Dann sollen sie zeigen, dass sie uns Zwergen an Tapferkeit ebenbürtig sind!«, brüllte Thalgrim.

Schilde krachten, als die erste Woge der geisterhaften Armee auf die Zwerge traf. Kai ließ zwei weitere Feuerbälle zwischen den Untoten explodieren, doch der Strom der Angreifer riss nicht ab. Auch die Trolle hielt jetzt nichts mehr zurück. Brüllend stürmten sie vor und gemeinsam mit den Zwergen metzelten sie die wankenden Leiber nieder. Innerhalb kürzester Zeit war die breite Straße von Kriegsgeschrei erfüllt.

Da vernahm Kai das Schlagen kräftiger Schwingen. Drei Gargylen jagten über den Straßenzug hinweg und Kai feuerte ihnen sogleich eine seiner Flammenlanzen entgegen. Eine der Gargylen schrie getroffen auf und stürzte auf ein Dach. Die beiden anderen Monster gaben rasselnde Laute von sich und jagten im Zickzack auf ihn zu. Kai wehrte sich abermals mit seinen arkanen Kräften. Wieder trudelte eine Gargyle zu Boden, doch am Himmel tauchten bereits zwei weitere auf. Und dann noch eine und noch eine.

Viel zu spät begriff Kai, dass sie gezielt die Jagd auf ihn eröffnet hatten. Verflucht, er musste die Bestien von den Trollen und Zwergen weglocken. Gehetzt rannte er zurück in das Gassengewirr der Stadt. Die Gargylen setzten ihm brüllend nach. Kai stürmte in eine schmale Seitengasse, rannte an einem zertrümmerten Wohnhaus vorbei und gelangte so auf einen größeren Platz mit schreienden Bürgern. Beständig war hinter und über ihm das Schlagen von Schwingen zu vernehmen. Da entdeckte er vor einer Torzufahrt einen flammenden Schein. Drachenfeuer!

Dort hinten musste sich Olitrax befinden. Kai sprintete zu dem Torbogen und erreichte einen leeren Innenhof. Eine Hand legte sich auf seine Schulter.

»Pst, Kai. Ganz ruhig.« Ein leises Pferdeschnauben war zu hören, und als Kai an sich herabblickte, sah er unter sich nur Pflastersteine. Er war unsichtbar.

Dann war die erste Gargyle heran. Ihre Klauen bohrten sich in die Mauerkrone des Torbogens und lauernd beäugte sie den Innenhof. Enttäuscht stieß sie sich wieder ab und setzte ihre Suche nach ihm fort.

»Magister Äschengrund?« Kai berührte die Hand des Drakologen und keuchte erleichtert.

»Sei froh, dass mich dein Drache gefunden hat. Und jetzt sitz auf, Junge.« Der alte Magister zog ihn auf Kristallfell und für einen Moment erschien Olitrax in der Luft, bevor er sich zufrieden auf Kais Schulter niederließ.

»Ich hab mich schon gefragt, warum du dich so verspätest«, meinte der Alte.

»Ihr könnt froh sein, dass ich überhaupt hier bin. Bis vor wenigen Stunden befand ich mich noch im Norden Albions.«

»Na und? Weissagung bleibt Weissagung. Und Morgoya ist allem Anschein nach hier. Also muss auch die Letzte Flamme an ihrem Platz sein. Das nächste Mal beeilst du dich einfach ein bisschen.«

»Welches nächste Mal?« Fassungslos schüttelte Kai den Kopf. »Wo sind überhaupt Magister Eulertin, Amabilia und all die anderen?«

»Thadäus, unsere Ordensbrüder und -schwestern und die drei Hammaburger Kollegen kämpfen am Labyrinth im Koboldviertel gegen Seine Magnifizenz und die Zauberer aus Halla«, antwortete Äschengrund und galoppierte los. »Von Amabilia habe ich leider nichts mehr gehört, seit sie aufgebrochen ist, um nach ihren Hexen zu suchen.«

»Dann müssen wir zum Koboldviertel. Schnell!«

»Ich weiß, nur geht das jetzt noch nicht. Das Schicksal hat dich schließlich nicht ohne Grund zu mir geführt.« Kai konnte die Freude in Magister Äschengrunds Stimme hören. »Zunächst darfst du mir dabei helfen, eine Bitte der Feenkönigin zu erfüllen.«

Das Pandämonium

Äschengrund preschte auf Kristallfell ungestüm durch die dunklen Gassen Colonas. Er zügelte sein Zauberpferd erst, als sie das Rathaus der Stadt erreichten. Hier waren drei große Katapulte aufgebaut, deren Wurfarme beständig vorschnellten und große Schleudersteine in den Himmel warfen. Der Magister führte Kristallfell in den Schatten des Rathausturms, der hoch vor ihnen aufragte. Dort sprang er ab und wurde wieder sichtbar.

»Komm, Junge.«

Kai folgte seinem Beispiel und sah, wie der Drakologe den blau-weißen Stoff mit den goldenen Fransen hervorzog, den er schon vor einer Weile im Gepäck des Alten entdeckt hatte.

»Was ist das?«, wollte Kai wissen. Auch Olitrax reckte neugierig seinen Kopf vor.

»Oh, etwas ganz Besonderes«, rief der Fryburger Magister und rieb sich über seine lange Nase. »Diese Fahne hat mir die Feenkönigin selbst mitgegeben. Sie sagte mir, ich solle sie hissen, wenn die Gefahr für uns am größten ist. Und zwar am höchsten Ort, den ich finden kann. Und da sind wir. Nur leider«, er deutete auf die verschlossene Pforte des Rathausturms und rüttelte an der Klinke, »ist das Rathaus komplett gesperrt. Ich kriege die verdammte Tür nicht auf. Und die Soldaten hier auf dem Platz sind ebenfalls nicht gerade hilfsbereit. Keiner wollte mir zuhören, als ich sie freundlich um ein Gespräch bat.«

»Um ein Gespräch?«

»Ja, kannst du dir das vorstellen?« Äschengrund wirkte ehrlich empört. »Die haben mich behandelt, als wäre ich plemplem im Kopf, als ich ihnen sagte, dass mich die Feenkönigin gesandt hat.«

»Weg da, Magister!« Kai schob den Drakologen beiseite, visierte die Tür mit seinem Zauberstab an und zerstörte das Schloss mit einer grellen Explosion. »Am besten, ihr gebt mir das.« Er griff bereits nach dem Fahnenstoff. »Der Turm ist sehr hoch, und ich weiß nicht, ob ihr die vielen Stufen schafft.«

Kai nahm dem Drakologen kurzerhand die Fahne ab, eilte an ihm vorbei und rannte die Turmtreppe hoch. Als er die oberste Plattform erreicht hatte, schlug ihm der Wind kühl ins Gesicht. Bei dem Blick über das Dächermeer Colonas sackte Kai das Herz in die Hose. An vielen Stellen in der Stadt brannte es und überall waren Gargylen zu sehen. Besonders dicht schwärmten die geflügelten Ungeheuer jetzt über dem Koboldviertel. Dort glühte der Himmel vor entfesselten arkanen Gewalten.

Hastig sah sich Kai um und bemerkte, dass auch Äschengrund die Turmplattform erreicht hatte und erschöpft zu einer Fahnenstange deutete. Kai rannte zu ihr, schlug den Fahnenstoff auf und blickte auf eine prächtige Lyre. Der Riesenschwan aus Berchtis' Reich war gänzlich aus Goldfäden gestickt und hob sich prachtvoll vor der blau-weißen Stoffbahn ab. Kai befestigte die Fahne am Seil des Mastes und zog sie empor. Der Wind erfasste die Feenfahne, die jetzt weit über den Dächern der Stadt flatterte.

»Ist sie nicht prächtig, mein Junge?« Äschengrund strahlte begeistert über das ganze Gesicht.

»Und, was passiert jetzt?« Kai sah den Drakologen fragend an. Der wollte gerade antworten, als zwischen den Wolken ein goldener Lichtstrahl entflammte, der seinen Weg bis zu den Zinnen des Rathausturms fand. Kai hielt sich geblendet die Hand vor die Augen und hörte einen stählernen Klang wie von fernen Posaunen. Im nächsten Augenblick brach aus dem strahlenden Lichtschein ein ganzer Schwarm von Berchtis' weißen Flügelpferden hervor. Es waren Dutzende. Aberdutzende. Auf ihnen waren Reiter mit Flügelhelmen zu sehen, die mit Lanzen, Schilden, Speeren und Schwertern bewaffnet waren.

»Die Helden der Zeitalter«, wisperte Haragius Äschengrund ergriffen. »Ich wusste es. Berchtis schickt uns die Krieger zu Hilfe, die in den letzten tausend Jahren den Weg in ihr Reich gefunden haben.«

Kai starrte fassungslos zum Himmel auf und sah, dass sich an der erleuchteten Wolkendecke einen Moment lang das Antlitz der Feenkönigin abzeichnete. Ernst blickte sie auf Colona herab und doch war Kai, als ruhe ihr Blick allein auf ihm.

»Die Stunde der Entscheidung ist gekommen, Kind des Unendlichen Lichts!« Ihre Stimme war nicht lauter als der Wind. »Besinne dich dessen, was du gelernt hast und es kann dir gelingen, den Schatten zurückzuwerfen.«

Kai schüttelte verwirrt den Kopf und schrie: »Was soll ich gelernt haben?«

Doch der goldene Lichtschein verblasste und die weißen Himmelsreiter jagten jetzt auf das Koboldviertel zu. Kreischend ließen die Gargylen von den Zauberern unter ihnen ab und warfen sich ihnen entgegen. Über ganz Colona war ein lautes Krachen zu hören, als die Kontrahenten in der Luft aufeinanderprallten.

Olitrax bohrte seine Krallen in Kais Arm. Kai folgte dem Blick des Drachen und sah, dass eines der Flügelpferde aus dem Verband ausgeschert war und auf die Turmspitze zuhielt. Es wieherte und mit ausgebreiteten Schwingen landete es neben ihnen. Das wundersame Ross war gesattelt, doch es besaß keinen Reiter.

»Magister, ich schätze, es ist so weit.«

»Viel Glück, Junge!«, sagte der Drakologe feierlich.

Kai saß auf dem Flügelpferd auf. Er konnte sich gerade noch festhalten, als es wieder über die Zinnen sprang und mit mächtigen Flügelschlägen auf das Koboldviertel zuhielt. Der Kampf dort tobte jetzt heftiger als zuvor, nur wurde er nicht mehr allein am Boden, sondern auch in der Luft ausgetragen.

Im Tiefflug raste Kai über die bunten Hauszeilen mit den seltsamen, albartigen Dachverzierungen hinweg, und das Flügelpferd wich den wenigen Gargylen aus, die noch die Gelegenheit fanden, sich ihnen in den Weg zu stellen. Der Himmel war erfüllt von lautem Kampfgeschrei und dem erbitterten Gebrüll der Gargylen.

Vor Kai lag nun der Platz mit dem seltsamen Heckenlabyrinth. Die gefährlichen Sträucher waren bis auf die Wurzeln niedergebrannt, doch inmitten des Irrgartens, wo einst die vier elementaren Becken gestanden hatten, erhob sich nun ein breites Tor aus Titanenerz. Es sah aus, als wäre es aus dem Erdreich emporgewachsen. Inmitten des Torbogens flackerte ein unbeständiges, blaues Licht.

Um dieses Portal herum tobte der erbitterte Krieg der Magier. Dutzende Zauberer lagen bereits am Boden und rührten sich nicht mehr. Einige von ihnen wiesen tiefe Bisswunden auf. Die Zauberer, die noch übrig waren, bekämpften sich mit Wasser-, Luft- und Erdelementaren. Glitzernde Schilde wurden gewoben, Blitze flammten auf und rumpelnde Erdkugeln rollten aufeinander zu.

Kai landete mit seinem Flügelpferd in einer Seitengasse und entdeckte dort Magister Chrysopras und Magistra Wogendamm. Sie hatten sich schützend vor Doktorius Gischterweh aufgebaut, der bewusstlos hinter ihnen lag. Erbittert setzten sie sich gegen zwei Stadtmagister zur Wehr, die grelle rote Kugeln auf sie abfeuerten. Kai riss den Zauberstab nach vorn und erstickte die Kugeln in einer jähen Flammenwand. Beide Parteien wirbelten zu ihm herum.

»Junge!«, wisperte die Magistra ungläubig.

»Die Letzte Flamme!«, ächzte einer der Stadtmagister.

Kai rannte an den Wettermagiern vorbei und deutete mit seinem Zauberstab drohend auf die beiden Zauberer aus Halla, die nicht so recht wussten, was sie tun sollten. Über ihm flog Olitrax heran und stieß eine Glutwolke aus.

Auf dem großen Platz wurde noch immer gekämpft. Es waren nur noch wenige Zauberer übrig, die sich um Seine Magnifizenz Aureus von Falkenhain und Magister Eulertin geschart hatten, der winzig klein vor dem bärtigen Mann schwebte. Beide lieferten sich ein erbittertes Zauberduell.

»Hört auf mit diesem Wahnsinn!«, schrie Kai und beschwor eine hohe Flammensäule herauf, die die Blicke aller Beteiligten fesselte.

Die beiden Gruppen der Zauberer stellten ihre Kampfhandlungen augenblicklich ein und lösten sich zögernd voneinander. Kai sah, dass ihm misstrauische aber auch erleichterte Blicke zugeworfen wurden.

Magister Eulertin sauste auf einem schwebenden Blatt auf Kai zu. »Dem Unendlichen Licht sei Dank, Junge!«

»Ich verlange, dass Ihr mir Euren Lehrling ausliefert, verräterischer kleiner Däumling!«, brüllte Aureus von Falkenhain herrschsüchtig.

»Ihr seid ein Narr und Ihr werdet immer einer bleiben, Aureus«, antwortete der Däumlingsmagier. »Begreift endlich: Ihr müsst die Pforte zum Pandämonium wieder schließen. Und das schnell!«

»Nein, Thadäus Eulertin!« Die Augen des Stadtmagisters blitzten. »Begreift Ihr endlich, dass der Krieg verloren ist, wenn wir die Macht des Pandämoniums nicht selbst nutzen. Gegen Morgoya hilft nur ein unerwartetes Durchgreifen.«

»Aber doch nicht, indem wir versuchen, den Schatten mit dem Schatten auszutreiben!« Kai trat einen Schritt vor und deutete auf all die herumliegenden Zauberer. »Seht doch, wozu all das geführt hat. Ein Bruderkrieg. Die Kräfte des Guten haben sich gegenseitig niedergestreckt.«

»Was weißt du denn schon, Junge?«, brüllte der oberste Stadtmagister.

»Mehr, als Ihr ahnt, mein törichter Freund.« Die Stimme die plötzlich den Platz erfüllte, war dunkel und furchteinflößend. Überall im Koboldviertel ballten sich jetzt die Schatten zusammen, ganz so, als würden die wenigen Lichtquellen von einer schweren Last erdrückt. Eine schreckliche Kälte machte sich breit, die den Atem der Zauberer vor ihren Lippen in Nebelstreife verwandelte. Dann war ein beunruhigendes Schwirren und Brummen zu hören, und jäh stieg über den Hausdächern ein riesiger Schwarm Kakerlaken auf, der sich zu einer finsteren Wolke zusammenballte und ihnen die Sicht auf die Gargylen und Feenstreiter nahm.

»Bevor ihr alle sterbt, solltet ihr wissen, dass ich die elementaren Siegel niemals ohne Eure Hilfe hätte öffnen können, Eure Magnifizenz. Denn dies ist den Schattenkräften verwehrt.« Die unheimliche Frauenstimme lachte spöttisch. »Ich habe Euch also zu danken.«

»Morgoya?«, fauchte von Falkenhain und sah sich fieberhaft nach der Nebelkönigin um.

»Aber ja, wir kennen uns bereits, Eure Magnifizenz. Oder wer, glaubt Ihr, hat all die Monate über mit Euch Korrespondenz geführt? Was meint Ihr, wer sonst den Einfluss hätte, Euch all jene Bücher und Schriften zuzuspielen, die Euch auf das Geheimnis unter Colona aufmerksam gemacht haben? Und Ihr habt nicht nur die lästigen Siegel gebrochen, Ihr habt auch dafür gesorgt, dass jene, die sich mir hätten entgegenstellen können, übereinander hergefallen sind. Ich gebe zu, Ihr habt meine kühnsten Erwartungen sogar noch übertroffen.«

»Nein, Ihr lügt! Ihr lügt!« Aureus von Falkenhain ächzte und ging erschüttert in die Knie, als er erkannte, dass er die ganze Zeit über nichts anderes gewesen war, als eine Marionette in den Händen seiner Erzgegnerin.

»Und sieh an, die Letzte Flamme ist in dieser illustren Runde ebenfalls anwesend.« Kai spürte, wie sich die unheimliche Wolke nun ihm zuwandte. »Du hast den Hammar besiegt und mein liebstes Spielzeug kaputt gemacht, du elender Bengel«, zischte die eisige Stimme. »Dafür werdet ihr jetzt alle meine Macht zu spüren bekommen!«

»Aufpassen!«, brüllte Magister Eulertin. Von mehreren Seiten zugleich jagten Luftwirbel, Wasserlanzen und Blitze hinauf in die Kakerlakenwolke. Nur wenige sahen die eigentliche Gefahr. Unmittelbar neben dem großen Portal manifestierten sich die Leiber von vier wunderschönen Maiden mit langen, weißen Haaren, deren milchig weiße Kleider in einem geisterhaften Wind wehten.

»Bansheeees!«, brüllte von irgendwoher eine alarmierte Frauenstimme, als sich die Augen der Todesfeen unvermittelt mit Blut füllten. Morgoyas fürchterliche Leibdienerinnen rissen ihre Kiefer weit auseinander und entblößten lange Reihen spitzer Zähne. Dann hallte ein infernalisches Geschrei über den Platz, das Kai bis ins Mark erschütterte. Magister Eulertin schaffte es zwar, einen Luftschild um sie zu legen, doch noch immer schmerzten die Feenschreie in ihren Ohren. Rund um sie herum brachen die Zauberer wie vom Schlag getroffen zusammen und wanden sich schreiend am Boden.

Kai schrie ebenfalls und fühlte, wie ihm Blut aus der Nase tropfte.

Herrje, er musste doch noch Mistelbeeren besitzen!

Mit zitternden Fingern wühlte er in seiner Tasche. Tatsächlich fanden seine Finger die Beeren, die er sich schnell in die Ohren stopfte.

Die schrecklichen Schmerzen ließen nach. Die vier Todesfeen stießen noch immer ihre grässlichen Laute aus, doch er würde dem Treiben jetzt ein Ende bereiten. Kai riss seinen Zauberstab nach vorn und eine große Feuerkugel raste auf die Banshees zu. Sie explodierte in einem gewaltigen Flammenball und riss die Gestalten auseinander. Die mörderischen Schreie verstummten, doch die Zauberer um ihn herum wanden sich noch immer am Boden. Sie stöhnten und zitterten und keiner von ihnen war mehr fähig zu kämpfen.

Der Einzige, der wieder zu sich kam, war Magister Eulertin. Mühsam schwebte er auf seinem Blatt neben ihn, während sich der große Kakerlakenschwarm brummend und schwirrend sammelte.

»Sieh an, sieh an«, geisterte Morgoyas Stimme über den Platz. Diesmal war es offensichtlich, dass die Laute aus dem Kakerlakenschwarm tönten. »Meine kleine Flamme steht ja noch immer auf den Beinen. Tapfer. Aber natürlich habe ich mit so etwas gerechnet. Vernichtet sie!«

Rund um den Platz herum stiegen Rauchsäulen auf, aus denen Zauberer und Hexen in schwarzen Kutten traten, auf denen die schwarz-roten Drachenembleme Morgoyas prangten. Ohne Zögern kamen sie dem Befehl ihrer Herrin nach. Schattenspiralen, grüne Leuchtkugeln und Geschosse aus dunklem Eis wirbelten auf Kai und Magister Eulertin zu, während sich der Käferschwarm raschelnd und schwirrend auf das Tor inmitten des Irrgartens zubewegte.

Kai und sein winziger Lehrmeister kämpften Rücken an Rücken und schützten sich mit Schilden aus Luft und Feuer, als ein lauter Ruf ertönte. »Auf sie, Schwestern!«

Amabilia! Aus einer der Gassen strömte eine große Schar Hexen auf den Platz, die die feindlichen Hexenmeister und schwarzen Zauberinnen ungestüm mit gelben Lichtkugeln, Elementargeistern und Zauberflüchen traktierten.

Kai konnte sehen, wie die Däumlingshexe auf dem Rücken von Kriwa hinter einer schwarzen Zauberin auftauchte und die überraschte Gegnerin mit einem Hagel gelber Geschosse niederstreckte.

»Halte Morgoya auf, Junge!«, presste Eulertin hervor. »Wir halten dir den Rücken frei!«

Kai stürmte an den Kämpfenden vorüber auf das seltsame Tor zu. Gedeckt von der Zauberei der Hexen hetzte er durch den verwüsteten Irrgarten, feuerte mehrere Flammenlanzen ab und warf sich gemeinsam mit Olitrax in den Portalbogen. Er landete auf granitenen Stufen, die hinab in die Tiefe führten. Magister Eulertin wollte ihm folgen, doch da jagte ein großes schwarzes Krähenwesen heran und hackte nach ihm.

»Weiter, Junge!«, schrie der Däumlingsmagier und stellte sich dem Dämon entgegen.

Kai hetzte die Treppenstufen hinab. Ein Schauder erfasste ihn, und je weiter er sich vortastete, desto unheimlicher wurde ihm. Hastig packte er den Schattenkelch aus. Mit ihm und seinem Zauberstab bewaffnet, stolperte er die Stufen weiter nach unten.

Er gelangte zu einer frei schwebenden Plattform, die an granitenen Streben unter der Spitze einer gewaltigen Kuppelhalle hing. Von hier aus führte eine ebenfalls an Streben befestigte Freitreppe spiralförmig auf eine große Galerie zu, die das kolossale Gewölbe ringförmig umschloss.

Doch für all das hatte Kai kaum einen Blick. Er starrte ängstlich in die Tiefe.

Weit unter ihm waberte ein Meer aus Schatten, aus dem sich unaufhörlich ein turmhohes Etwas schraubte, das aus einer unheimlichen Ansammlung scharf geschliffener, siebenzackiger Quarzkristalle bestand. Das blaue Licht, das die Kuppelhalle bis hinauf zum Treppenschacht erfüllte, stammte aus ihrem Innern. Kai konnte in dem unbeständigen Kristalllicht Bilder erkennen, die wie Blasen aus der Tiefe eines dunklen Sees aufstiegen. Schreiende Münder, grässliche Monster, glühende Augen, klaffende Wunden, fledermausartige Schwingen, Reißzähne und viele andere Ungeheuerlichkeiten mehr zeichneten sich hinter den Kristallwänden ab.

Kai zitterte. Bei dem Anblick dieses Dings beschlich ihn ein Grauen, wie er es noch nie gespürt hatte. Er wusste, was dort eingeschlossen war. Dunkle Albträume. In ihnen waren die finsteren Schreckgespenster und grausigen Traumgespinste Tausender gepeinigter Wesen eingekerkert und warteten nur darauf hervorzubrechen.

Stöhnend wandte Kai seinen Blick von dem Pandämonium ab und suchte nach Morgoya. Die dunkle Nebelkönigin stand in eine Kutte gehüllt unter ihm auf der umlaufenden Galerie und hielt ihre Arme weit ausgebreitet. Unaufhörlich ließ sie Zaubergesänge hören, die seinen Verstand umnebelten und ihm Furcht einflößten. Auch das Schattenmeer in der Tiefe reagierte auf Morgoyas Gesang. Immer mehr wallte es auf, als würde es kochen. Der grässlich blaue Kristallturm mit seinen Albtraumbildern schraubte sich unter beständigen Drehbewegungen immer weiter in die Höhe. Nicht mehr lange und die scharfen Zacken an seiner Spitze würden die Plattform erreichen, auf der er stand.

Olitrax stieg auf und jagte voran, während Kai einen Feuerball heraufbeschwor und in seinem Schutz die frei hängende Treppe nach unten rannte, bis er ebenfalls auf der Galerie stand. Morgoya befand sich jetzt keine zehn Schritte mehr von ihm entfernt. Sie beendete ihren Zaubergesang und unter hallendem Gelächter drehte sie sich zu ihm um.

Kai ächzte. Unter ihrer Kapuze enthüllte sich ihm ein abscheuliches Antlitz. Morgoyas Gesicht war eine einzige, wogende und krabbelnde Ansammlung von Kakerlaken, die nur mühsam Augen, Nase und Lippen zu formen verstanden.

Auch ihre Kutte bestand nicht aus Stoff. Sie setzte sich in Wahrheit aus Hunderten schwarz schillernder Käferflügel zusammen, die leise raschelten und im Schein von Kais Feuerkugel düster schimmerten. Morgoya konnte sich nicht in einen Kakerlakenschwarm verwandeln, sie *war* der Schwarm.

»Nun, Letzte Flamme. So stehen wir uns also doch noch gegenüber.« Die Kakerlaken auf ihrem Gesicht bildeten ein kaltes Lächeln. »Ich gestehe, es war mir in all den Jahren nicht vergönnt, dich selbst zu finden. Doch seit du mir im Albtraumgebirge so freimütig deine Identität enthüllt hast, war es nicht schwer, mehr über dich in Erfahrung zu bringen.«

Unter knisternden Geräuschen schritt sie auf ihn zu und die Kakerlaken öffneten unruhig ihre Flügel. Kai wich vor der dunklen Herrscherin zurück. Ihm wurde bei ihrem Anblick schlecht.

»Ich habe in Hammaburg und Fryburg meine Agenten ausgeschickt«, fuhr sie mit rauchiger Stimme fort. »Sie haben alles über dich und deine Freunde herausgefunden, was wichtig zu wissen war.«

Irgendwie ging von Morgoya eine kalte Faszination aus, der sich Kai nicht entziehen konnte. Sie machte ihm Angst, aber zugleich lockte sie ihn.

»Auch ich weiß vieles über Euch«, presste Kai mühsam hervor und versuchte so etwas wie Augen in ihrem Käfergesicht zu finden. Noch immer wich er vor ihr zurück. »Dystariel hat mir alles erzählt, was *ich* wissen muss.«

»Ah, Dystariel!« Morgoya blieb stehen. »Ist diese undankbare Verräterin ebenfalls hier?«

»Nein«, kam es über Kais Lippen, bevor er es verhindern konnte. »Sie ist tot. Ebenso wie Kruul.«

»Gut so, das elende Miststück hat es nicht anders verdient.« Etwas in ihrer Stimme schlug Kai in seinen Bann. Verzweifelt kämpfte er gegen das dumpfe Gefühl in seinem Kopf an.

»Lass mich raten«, säuselte die Nebelkönigin. »Du und sie, euch verbindet ein kleines Geheimnis, habe ich Recht? Mir wurde damals berichtet, dass sie nach ihrer Flucht einen Jungen zur Welt brachte. Dann erst begann ihre Verwandlung zur Gargyle. Ich habe mich immer gefragt, wie sie meiner Macht so lange widerstehen konnte. Ich denke, der Grund warst du. Nun ja, letztlich hat sie mein langer Arm doch noch erreicht.«

»Hört auf so über sie zu reden!« Kai fühlte eine eigentümliche Schwere.

»Aber Junge, hast du es denn noch nicht begriffen?« Morgoya beugte ihren widerlichen Kakerlakenleib zu ihm vor. Ihre Stimme war nun von entsetzlicher Süße. »Warum schließt du dich mir nicht an? Ich bin immerhin deine Großmutter.«

Der hypnotische Zauber, mit dem Morgoya ihn zu umgarnen versuchte, fiel schlagartig von ihm ab. »Ich hatte nur eine Großmutter, Elende!«

Mit aller Kraft schleuderte er ihr seine Flammenkugel entgegen. Auch Olitrax sauste heran und spie sein Feuer. Doch bevor die Flammen Morgoya erreichten, platzte ihr Kakerlakenleib auseinander und der Käferschwarm bildete große Löcher, durch die die Lohen hindurchfuhren, ohne Schaden anzurichten. Die dunkle Insektenwolke setzte in einem Bogen über Kai hinweg und manifestierte sich in seinem Rücken.

»Dann eben anders, kleiner Zauberer!« Morgoya stieß kreischend ihre Käferhände nach vorn und schwarz-rote Flammen züngelten auf ihn zu. Kai schrie auf und beschwor geistesgegenwärtig eine Flammenwand herauf, die den Ansturm der Schattenglut auffing, dann aber in sich zusammenbrach.

Schräg über ihm stieß Olitrax ein entsetztes Drachenbrüllen aus, da von jenseits der Halle ein geflügeltes Schlangenungetüm auf ihn zuschnellte. Die schwarze Amphitere war fast doppelt so groß wie der Drache und musste irgendwo über ihnen an den Wänden gelauert haben. Zischelnd schnappte sie nach Olitrax, der ihr nur deswegen entkam, weil er sich jenseits der Galerie in die Tiefe fallen ließ. Wieder schnellten Morgoyas Hände nach vorn und Kai taumelte abermals unter dem Ansturm schwefig stinkender Glutbrünste zurück. Feuerwand um Feuerwand baute er vor sich auf, doch Morgoya zerstörte sie schneller, als er sie errichten konnte. Von Mal zu Mal kamen ihm die schwarzen Flammen näher. Verzweifelt besann er sich wieder der neu erlernten Schutzformel gegen die Flammenmacht, als ihn die Glut Morgoyas endgültig einhüllte.

Kai lachte böse. »Nimm das!«

Er zog den Schattenkelch hervor, öffnete den Deckel und hielt ihn auf Morgoya gerichtet. Doch nichts geschah.

Die schwarze Zauberin begann abermals in schallendes Gelächter auszubrechen, das unheimlich von der Kuppel hallte. »Junge, ich hoffe, du hast nicht zu viele Hoffnungen auf dieses zweifelhafte Artefakt gesetzt?«

Verzweifelt sah Kai auf den Kelch und dann wieder zu Morgoya, während Olitrax von der schwarzen Flügelschlange quer durch das Gewölbe gejagt wurde. Endlich dämmerte ihm, warum die Kräfte des Pokals nicht wirkten. Morgoya besaß keinen Schatten.

»Ich habe meinen Schatten schon vor Ewigkeiten an die Mächte der Finsternis geopfert«, höhnte die Zauberin. »Und ohne ihn wirkt deine kleine Wunderwaffe nicht. Und nun lass es uns beenden.«

Bevor Kai reagieren konnte, ergriffen unsichtbare Gewalten seinen Zauberstab und entrissen ihn seinen Händen. Kai wollte dem Stab nachsetzen, doch die gleichen Gewalten drückten ihn jetzt mit Macht gegen die Hallenwand. Polternd fiel der Kelch zu Boden. Kai röchelte und bekam kaum noch Luft. Irgendwo im Hintergrund stieß die schwarze Amphitere auf Olitrax nieder und schlug dem Drachen ihre Zähne in den Leib. Olitrax brüllte noch einmal auf und seine Bewegungen erlahmten.

Den kleinen Drachen zwischen den Zähnen, glitt die schwarze Flügelschlange zu ihnen zurück und ließ sich wie ein übergroßer Blutegel an einer der Wände nieder. Fauchend warf sie Morgoya ihre Beute vor die Füße, doch Morgoya beachtete Kais Vertrauten nicht weiter.

Kai liefen Tränen des Zorns über die Wangen. Doch er konnte nichts tun. Die unheimlichen Gewalten umfassten ihn wie ein Schraubstock.

»Und nun, mein lieber Enkel, wirst du Zeuge meines endgültigen Triumphs!« Morgoyas Kakerlakenleib jagte als dunkle Käferwolke mehrfach rund um das Pandämonium herum. Beständig drangen Zaubergesänge aus der schwirrenden Käferwolke hervor, die unheilvoll von den Gewölbewänden widerhallten. Das Licht in dem Kristallbaum wurde immer heller. Die Kristalle begannen schrill zu schwingen. Kai hätte sich am liebsten die Ohren zugehalten, doch er schaffte es nicht einmal, sich den schrecklichen Albtraumszenen zu verschließen, die ihm das Pandämonium nun seltsam klar zeigte. Schreckliche Mord- und Todesszenen flackerten in den Kristallen auf, und die Furcht, die sein Herz umfasste, wurde immer greifbarer. Zu Kais Entsetzen sickerte das blaue Licht jetzt aus den Kristallen heraus und umhüllte das Pandämonium als albtraumhafter Nebel, der nach oben hin in einen blauen Wirbel auslief. Kaum hatte der Wirbel die Decke des Gewölbes erreicht, als sich dort die ersten Steine lösten und in die Tiefe stürzten. Ein Grollen erfasste die Kuppel. Immer mehr Risse durchliefen das Gestein und plötzlich brachen ganze Quader hervor. Auch die spiralförmige Freitreppe brach in sich zusammen. Immerzu lösten sich Lawinen von der Decke und stürzten in den kochenden Schattensee. Schließlich klaffte über ihnen, dort, wo sich einst der Irrgarten der Kobolde befunden hatte, ein gewaltiges Loch. Der albtraumhafte blaue Wirbel jagte unter fürchterlichem Heulen hinauf in den Nachthimmel über Colona.

Kai zerrte und tobte verzweifelt in dem magischen Klammergriff. Vergebens. Die dunkle Zauberin kehrte wieder zu Kai zurück und manifestierte sich nur wenige Schritte von ihm entfernt. »Sieh nur gut hin, Kai Drachenherz! Denn jetzt bin ich es, deren Träume die Wirklichkeit verändern. Jetzt werde ich die Traumbarriere der Elfen einreißen und der Finsternis den Weg zur Quelle des Unendlichen Lichts ebnen. Und du wirst mein Zeuge sein, bevor du stirbst.«

Kai war so voller Zorn und Wut, dass er nur noch eines wollte: Morgoya verletzen. Wenn schon nicht durch Zauberei, dann wenigstens mit Worten.

»Wenigstens bleibt mir dann deine Hässlichkeit erspart, du intrigantes altes Kakerlakenweib. Allein dein Anblick verursacht schon so viele Albträume, dass sie alle Träume dieser Welt verderben können!«

Morgoya kreischte auf. Die Käfer, die ihr Gesicht formten, krabbelten und wogten wild durcheinander. »Das wirst du … bereuen, Letzte Flamme! Niemand wagt es, mich zu demütigen. Jetzt wirst du es sein, der die Macht des Pandämoniums als Erster zu spüren bekommt!«

Aus Morgoyas Händen brachen schwarze Flammen hervor, die sich mit dem albtraumhaften Spiralwirbel über ihnen verbanden. »Die Flamme soll brennen, die Flamme soll flackern«, verhöhnte sie die Prophezeiung der Schicksalsweberinnen, »im Ringen mit der Dunkelheit. Doch am Ende wird sie unterliegen.« Morgoya wandte ihm ihr Kakerlakengesicht zu, und die letzten Worte spie sie ihm entgegen. »Und dann soll die Letzte Flamme in die Schatten fahren!«

Kai sah, wie die blauen Albtraumschlieren über ihm immer stärker rotierten. Doch sein Blick war fest auf die schwarzen Flammen geheftet, die noch immer aus Morgoyas Händen schlugen. Ihm kam plötzlich wieder ein Teil der Inschrift auf dem Sarkophag von Sigur Drachenherz in den Sinn.

Wisse, Hüter, der du im Lichte wandelst,
dass der Nebel aus dem Albenland
überzieht die Welt mit Weltenbrand.

Der Nebel überzog die Welt mit Brand. Plötzlich begriff er die ganze Wahrheit. Er verstand endlich, warum Morgoya es einst gewagt hatte, um Aufnahme in den Sonnenrat zu bitten. Und er begriff nun auch, warum sie schwarzes Feuer wirken konnte. Sie bediente sich derselben Kräfte wie er. Morgoya war selbst eine Feuerzauberin! Es gab zwei Flammen in der Welt.

Kai stöhnte unter dieser Erkenntnis auf. Er bündelte seine geistigen Kräfte und drehte den Schattenkelch, bis seine Öffnung auf ihn selbst wies. Tränen stiegen ihm in die Augen. Im selben Moment rissen Urgewalten an seinem Innersten. Kai brüllte auf vor Schmerz. Sein Schatten zog sich in die Länge und kroch auf die Kelchöffnung zu. Kai fühlte sich, als würden ihm die Gedärme herausgerissen. Ein Ruck lief durch seinen Körper und der fürchterliche Schmerz endete. Zurück blieb ein taubes, leeres Gefühl.

Er war nun kein Zauberer mehr.

Die magische Macht hatte ihn verlassen.

Morgoya lachte gellend, bis sie sah, dass es nicht die Kraft des Pandämoniums war, die Kai überwältigt hatte. »Was hast du da eben getan?«

»Du bist jetzt die Letzte Flamme, Morgoya«, röchelte Kai. »Du wirst jetzt in die Schatten fahren!«

Der Wirbel über dem Pandämonium erstrahlte in eisblauem Licht und Morgoya wurde von schwarzen Flammen eingehüllt. Sie schlugen rund um sie herum aus dem Boden und gellend schrie sie auf. Sie versuchte noch, sich mit ihrem Schwarmleib zu erheben, doch längst hatten sie dämonische Krallen gepackt, die inmitten der Flammen erschienen und die Verwandlung verhinderten. Immer mehr von ihnen krallten sich in ihren Leib. Die schwarze Amphitere an der Wand zischte furchterfüllt auf und erhob sich in die Lüfte, doch sie zerplatzte nun ebenfalls zu einem Kakerlakenschwarm, der wirbelnd auf Morgoya zutrieb und sich mit ihrem Körper vereinte.

»Neeeiiiinnnnn!« Die Galerie glühte in schwarz-rotem Licht und ein tiefer, bodenloser Schacht enthüllte sich unter Morgoyas Füßen. »Lasst miiiich!«

Mit einem Ruck wurde Morgoya in die Schattenpforte gezogen. Ihre Schreie verhallten, die schwarze Flammenbrunst fiel in sich zusammen und dort, wo sich eben noch ein Tor ins Schattenreich befunden hatte, schimmerte wieder blanker Fels.

Jäh löste sich der magische Klammergriff und Kai krachte auf den Boden. Ausgelaugt richtete er seinen Oberkörper auf und schleppte sich zu Olitrax, dessen Schuppenleib seltsam blass wirkte.

»Olitrax«, krächzte er. Der kleine Drache atmete nur noch schwach und Kais Finger fanden die Bissspuren der Amphitere. Ihr Gift wütete in Olitrax' Leib.

Über Kai rumpelte es. Noch mehr Erdreich rieselte von weit oben auf die Galerie herab, die nun ebenfalls knackte und erste Risse bekam. Der blaue Spiralnebel sank mit Morgoyas Tod wieder in sich zusammen und das kristalline Ungetüm schraubte sich zurück in den Schattensee. Immerzu fiel weiteres Gestein von oben herab.

Bei allen Moorgeistern, hier stürzte alles in sich zusammen. Kai hob den Leib des kleinen Drachen auf und griff nach seinem Zauberstab. Noch immer erfüllte eine merkwürdige Taubheit seine Glieder und er spürte schmerzlich den Verlust seiner Zauberkräfte.

Wieder bebte es und weitere Geröllmassen donnerten von der Decke. Kai suchte furchtsam an der Wand Schutz, als er über sich etwas Helles entdeckte, das durch die Krateröffnung hindurch in die Tiefe jagte. Eines von Berchtis' Flügelpferden!

Dann erkannte er die Reiterin. Es handelte sich um Fi.

Über seine Lippen drang nur ein Stöhnen. Fi jagte auf ihrem Flugross zu ihm herab. Hastig griff sie nach Kais Arm und zog ihn und Olitrax zu sich in den Sattel. Sie lächelte. »Ich hab doch gesagt, ich werde da sein, wenn du mich brauchst.«

»Ich weiß«, murmelte Kai benommen und hoffte nur noch, dass Fi ihn hier rausbrachte. »Ich weiß.«

Dann wurde es schwarz um ihn.

Ein neuer Morgen

Von der weit geöffneten Balkontür her wehte ein warmer Sommerwind in das Ankleidezimmer und trug den köstlichen Geruch blühenden Lavendels heran. Fröhlich tanzten die Strahlen der Sonne über die Kommoden und Samtstühle und auch der prachtvolle Kristallleuchter an der Decke funkelte hell in ihrem Licht.

Kai stand mit ausgebreiteten Armen vor dem Zauberspiegel aus dem Zunfthaus der Hammaburger Windmacher und starrte sein Spiegelbild an. Er trug jetzt einen Brokatmantel, der schwer auf seine Schultern drückte. Und neben ihm knieten zwei Palastdiener, die letzte Hand an seine weißen Beinkleider anlegten.

»Wundervoll!«, quäkte der Zauberspiegel. Seine Augen am oberen Spiegelrand bekamen einen schwärmerischen Ausdruck. »Endlich steht jemand vor mir, der es würdig ist, von mir angekleidet zu werden. Ihr seht wahrhaft königlich aus, Junge. Königlich!«

Kai seufzte. Sie hatten den Spiegel wie so vieles andere unter dem Plündergut im Sternenturm gefunden. Und unglücklicherweise hatte der neue Zunftmeister der Hammaburger Windmacher darauf bestanden, dass er ihn behielt. Warum war er nur so verrückt gewesen, ihn hier aufzuhängen?

»Also, ich weiß nicht«, meinte er zögernd. Am liebsten hätte er sich wenigstens das schwarze Haar wieder zerstrubbelt, das zu einem sauberen Scheitel gezogen an seinem Kopf klebte. »Das bin ich doch irgendwie nicht.«

»Doch Kai, gewöhne dich daran. In diesem Staat wirst du nun häufiger vor die Leute treten.« Fi betrat vom Balkon aus das Zimmer und lächelte ihm zu. »Außerdem kannst du bei deiner heutigen Krönungsfeier ja schlecht im Aufzug eines Irrlichtjägers vor die Leute treten. Zumindest wäre das wenig repräsentativ.«

Sie lachte und Kai seufzte abermals, während die beiden Diener weiterhin an ihm zogen und zerrten.

Drei lange Monate war es nun her, seit sie Morgoya und ihr Heer vor Colona geschlagen hatten. Als die dunkle Nebelkönigin gefallen war, hatte es nicht mehr lange gedauert, bis die Verteidiger wieder Oberhand gewannen. Die überlebenden Gargylen waren in alle Himmelsrichtungen davongeflogen, und mit ihnen hatten auch Morgoyas Heerscharen den Rückzug angetreten. Natürlich war es bei ihrer Flucht zu weiteren Scharmützeln gekommen, und es hatte Kai und Magister Eulertin viele Überredungskünste bei den verbündeten Heerführern gekostet, Morgoyas Truppen ohne weiteres Blutvergießen ziehen zu lassen. Denn auch die Albioner waren lediglich Opfer ihrer Tyrannei gewesen.

Die nächsten Tage und Wochen waren erfüllt mit Aufräumarbeiten. Die Magier und Kobolde hatten sich als Erstes darum gekümmert, das Pandämonium wieder zu verschließen und mit neuen Siegeln auszustatten. Außerdem musste die Trümmerstelle der Wolkenfestung gesichert werden, wozu viele Helfer nötig gewesen waren. Und auch überall in der Stadt galt es die Not zu lindern. Nach und nach konnten die Bürger Colonas wieder in ihre Häuser zurückkehren.

Schließlich erreichte sie die Nachricht, dass das gepeinigte Albion kurz davor stand, in einem Bürgerkrieg der Adligen zu versinken, die das Machtvakuum auf der Insel zu füllen versuchten. Kai war daher begleitet von Fi und einer Delegation Magier nach Alba gezogen und hatte seinen Machtanspruch auf den Thron erklärt. Die gepeinigte Bevölkerung hatte ihn mit begeistertem Jubel begrüßt. Auch viele der Adligen beugten nur zu gern ihr Haupt vor ihm. Sie alle waren der Schrecken müde, die die Insel zwanzig lange Jahre heimgesucht hatten.

Kai hatte die alte Königsstadt an der Teus im Licht der Sonne kaum wiedererkannt. Die vormals so verschatteten Fachwerkhäuser, Villen und Türme, die so viel Düsternis verbreitet hatten, entfalteten im Sonnenlicht ihre alte Pracht. Die Albioner selbst waren in bunte Gewänder gehüllt, mit denen sie die grauen Nebeljahre zu vergessen suchten. Bäume und Wiesen grünten bei seiner Ankunft und der strahlend blaue Himmel war mit Vogelgezwitscher erfüllt gewesen. Es war, als würde sich die Natur mit Macht zurückholen, was ihr Nebel und Schatten all die Jahre genommen hatten.

Seitdem lebte und arbeitete Kai im alten Königspalast Albas. Und es gab so viel zu tun. Noch immer versteckten sich auf der Insel gefährliche Vasallen Morgoyas, alte königliche Institutionen mussten neu mit Leben erfüllt und auch die Bande zum Kontinent mussten gepflegt werden. Denn noch immer beäugten die freien Städte und Königreiche Albion mit großem Misstrauen. Es würde Jahre, wenn nicht Jahrzehnte dauern, all das Leid vergessen zu machen, das Morgoya über die Welt gebracht hatte.

In diesem Moment öffnete sich die Zimmertür und Ragosch streckte seinen Kopf herein. »Besuch«, grummelte er.

Kai wandte sich zu dem Troll um. Er hatte ihn und Hrundar nicht davon abhalten können, ihm als persönliche Leibwächter zu dienen. Damit waren sie wahrscheinlich die beiden ersten Trolle, die auf Albion sesshaft geworden waren.

»Wer auch immer mich beehrt, er soll reinkommen«, antwortete Kai und freute sich über die Gelegenheit, endlich die beiden Kammerdiener verscheuchen zu können.

Durch die Tür eilten Koggs und Bilger auf ihn zu.

»Was muss ich da von Nivel und Levin hören, Junge«, bellte Koggs los, bevor Kai auch nur einen von ihnen begrüßen konnte. »Es gibt eine Ehrengarde, die dich heute zum Krönungsort eskortiert, und wir dürfen sie nicht anführen?«

»Eben«, stimmte ihm Bilger empört zu. »Diese beiden Mondfische brüsten sich schon den ganzen Tag damit, dass sie die Kutsche lenken dürfen, während die beiden größten Helden dieses Krieges irgendwo in einer Schiffsbilge verrotten sollen.«

Kai grinste. »Also von einer Schiffsbilge kann da eigentlich nicht die Rede sein. Ich hatte die Anweisung gegeben, dass ihr die königliche Jacht steuert, die mich anschließend zurück zum Hafen bringt. Denn da Eure Schiffe verloren sind, habe ich verfügt, dass Euch beiden auf Kosten Albas neue Segler zur Verfügung gestellt werden. Natürlich größer und prachtvoller als Eure alten Schmuggelkähne.«

»Und anschließend haben wir für Euch eine private Führung durch den königlichen Weinkeller vorgesehen«, mischte sich Fi mit feinem Lächeln ein. »Freie Verkostung inbegriffen. Auf Lebenszeit natürlich. Der Kellermeister ist bereits informiert.«

Die beiden Klabauter sahen sich sprachlos an.

»Also ein Schiff und lebenslanges Besäufnis, äh, also das klingt ja eigentlich ganz vernünftig.« Koggs scharrte verlegen mit seinem Holzbein.

»Na dann, danke, äh, Eure Königliche Majestät«, krähte Bilger unbeholfen.

Kai winkte ab. »Dieses Majestätsgequatsche will ich gar nicht erst von euch hören.« Er versuchte ein möglichst ernstes Gesicht aufzusetzen. »Und jetzt seid so nett und macht euch auf den Weg zum Hafen. Bis zu dieser unseligen Krönungsfeier sind es leider nur noch zwei Stunden.«

»Alles klar.« Koggs grinste zufrieden. Dann schlug er Bilger auf die Schulter und eilte mit ihm dem Ausgang entgegen.

Ohne weiter auf Kai und Fi zu achten, wandte sich Koggs im Gehen an Bilger. »Um noch mal auf diese beiden mondsilbernen Zwillingsflundern zurückzukommen. Sag mal, würde es als Heldentat zählen, wenn ich diese dreisten Quatschköpfe irgendwann im Meer versenke …?«

Kai und Fi konnten die Antwort nicht verstehen, da sie in schallendes Gelächter ausbrachen.

Kaum waren Koggs und Bilger durch die Tür verschwunden, kündigte Ragosch erneut Besuch an.

Diesmal war es Haragius Äschengrund, dem Magistra Wogendamm, Magister Chrysopras und Doktorius Gischterweh folgten. Sie schleppten eine kleine Truhe mit sich, während der Drakologe Olitrax im Arm hielt. Der kleine Drache flatterte aufgeregt auf, als er Kai erblickte, und begrüßte ihn mit einem Rauchkringel.

»Hey, ist ja gut.« Kai freute sich, dass es ihm wieder so gut ging. Magister Äschengrund hatte ihn gleich nach der Schlacht mit seinen bewährten Goldpasten behandelt, und doch hatte es Wochen gedauert, bis sich Olitrax vom Biss der schwarzen Amphitere erholt hatte.

Vom Balkon her stob nun auch Kriwa in das Ankleidezimmer. Auf ihrem Rücken saßen Thadäus Eulertin und Amabilia. Alle sechs begrüßten Kai mit einer tiefen Verneigung.

»Eure Hoheit«, sprach Eulertin feierlich und konnte es nicht vermeiden, dass ein leicht belustigter Unterton in seiner Stimme mitschwang.

Kai verneigte sich seinerseits. »Eure Magnifizenz.«

Er freute sich sehr, dass Magister Eulertin und Amabilia es geschafft hatten, zu seiner Krönung zu kommen. Denn bereits kurz nach der Schlacht hatten die Stadtmagister den Däumlingszauberer einstimmig zum neuen Leiter der Zauberuniversität von Halla gewählt. Damit war er der erste Däumling, dem diese Ehre zuteil wurde. Aureus von Falkenhain hatte die Schlacht nicht wohlbehalten überstanden. Er war wahnsinnig geworden und wurde jetzt ausgerechnet von Hexen gepflegt, die seit Eulertins Amtsantritt freien Zugang zum Universitätsgelände besaßen.

»Und, Neues aus Hammaburg?«, wollte Kai wissen und konzentrierte sich auf seinen Zauberstab in der Zimmerecke. Der sauste in seine Rechte, und Kai ließ damit gar nicht erst

Zweifel aufkommen, dass er die Macht des Schattenkelchs überwunden hatte. Fi hatte den tückischen Pokal glücklicherweise ebenfalls mit an die Oberfläche bringen können, sodass er sich wie Eulertin damals wieder mit seinem Schatten verbinden konnte. Mit ihm waren auch seine Zauberkräfte zurückgekehrt. Doch ob sie jemals wieder so stark würden, wie zuvor, wusste er nicht. Noch immer schmerzte es ein klein wenig, wenn er zauberte.

»Die Aufräumarbeiten in Hammaburg sind in vollem Gang«, brummte Doktorius Gischterweh. Der dicke Zauberer streichelte die kleine Schwalbe, die ihren Kopf unter seiner Weste hervorstreckte. »Doch es wird einige Zeit dauern, bis wir den einstigen Kerker des Hammars geschlossen haben.«

»Immerhin haben sich die Gerüchte um Schinnerkroog bestätigt«, erklärte die Magistra zufrieden.

»In der Tat«, stimmte ihr Magister Chrysopras zu. »Der wütende Mob hat ihn wie einen räudigen Hund erschlagen. Wir haben seine Leiche in der Elbmündung gefunden. Aber deswegen sind wir nicht hier.«

Die Zauberer stellten die kleine Truhe vor Kai ab.

»Geschenke«, brummte Doktorius Gischterweh. »Wir hoffen, dass Ihr Gefallen an ihnen findet. Wir, äh, gehen dann mal wieder.« Er gab seinen Kollegen ein Zeichen und die Zauberer verließen zu Kais Erstaunen den Raum. Nur der Drakologe stand noch immer da und lächelte.

»Haragius!«, zischte Magistra Wogendamm.

»Äh, ja? Ach so.« Auch der Drakologe verneigte sich hastig und stürmte hinter ihnen her.

Kai sah irritiert zu Magister Eulertin, Amabilia und Fi.

»Komm schon, öffne die Truhe!«, sprach Amabilia.

Vorsichtig hob Kai den Deckel und blickte auf eine Marmorbüste. Sie stellte Dystariel dar. Nicht als Gargyle, sondern so, wie sie als junge Frau ausgesehen hatte. Kai hob die Büste ergriffen aus der Truhe und konnte nicht verhindern, dass sich seine Augen mit Tränen füllten.

»Woher wisst ihr, wie sie in Wahrheit ausgesehen hat?«, krächzte er.

Fi trat zu ihm und berührte ihn mitfühlend am Arm.

»Im altem Fürstenpalast Morgoyas wurde ein Porträt von ihr gefunden«, erklärte Magister Eulertin mit trauriger Stimme. »Als ich davon hörte, habe ich das Bild an mich gebracht. Die Kollegen haben mir dann bei der Anfertigung dieser Büste geholfen.«

Kai stellte den marmornen Kopf seiner Mutter auf einer Kommode ab. »Danke«, hauchte er. »Das werde ich euch niemals vergessen.«

»Das Gemälde geht dir in den nächsten Tagen ebenfalls zu. Ich lasse gerade eine Kopie davon anfertigen und hoffe, du hast nichts dagegen.« Der Däumling räusperte sich. »Sie war immerhin auch meine Freundin. Wir haben viel zusammen durchgemacht.«

»Natürlich.« Kai lächelte, dennoch lief ihm langsam eine Träne über die Wange. »Ich werde Dystariel immer in Erinnerung behalten.«

»Ja, ich auch.« Magister Eulertins winzige Augen wirkten plötzlich gerötet.

»Wer hätte gedacht, dass mein alter Zausel in der Öffentlichkeit mal Gefühle zeigt?«

Amabilia griff zu seinem Backenbart und zog zärtlich daran. Plötzlich beugte sie sich vor und küsste ihn auf die Wange. Kai blickte erstaunt zu Fi, der anzusehen war, was sie dachte. *Sieh einmal an!*

»Amabilia, doch nicht vor dem Jungen …« Eulertin wirkte jetzt außerordentlich verlegen.

»Ich glaube, ganz so unschuldig wie du denkst, ist Kai inzwischen nicht mehr, stimmt's ihr beiden?« Amabilia zwinkerte ihm und Fi zu. Nun wurde Kai rot und Fi lächelte still.

»In der Kiste findest du übrigens noch etwas«, sagte Eulertin geheimnisvoll.

Kai beugte sich noch einmal über die Truhe und entdeckte darin einen halb verkohlten Ziegel mit einem eingebrannten Pentagramm. Herrje, das war doch der arkane Grundstein, an den Quiiiitsss gebunden gewesen war.

»Wir haben ihn dort gefunden, wo die Wolkenfestung aufgeschlagen ist. Dreh ihn um«, forderte ihn der Däumling auf.

Kai tat es und fand eingelassen in den Stein vier Worte in altertümlicher Schrift. Sie bestanden aus Mondsilber. *Danke, mein junger Herr.*

»Dann ist er jetzt erlöst?«, fragte Kai ergriffen.

»Ganz sicher«, meinte Amabilia und lächelte. »Letztlich hat er sich für uns geopfert.«

»Also, dann werden wir mal wieder«, brummte Eulertin.

»Wir sehen uns ja nachher.«

Kriwa krächzte zum Abschied und trug die beiden Däumlinge zum Balkon hinaus.

Kai sah der Möwe gerührt hinterher. Dann legte er den Stein zurück und atmete tief ein. »Ich habe so viel verloren, aber auch so viel gewonnen. Aber ich dachte immer, nach dem Kampf gegen Morgoya wäre alles zu Ende. Und jetzt soll ich auch noch zum König Albions gekrönt werden. Ehrlich gesagt weiß ich gar nicht, ob ich all dem gewachsen bin.«

»Du wirst ein guter König.« Fi streichelte ihm zärtlich übers Haar. »Ich weiß es. Außerdem hast du ja mich.«

Kai lächelte verliebt. Und doch ließ ihn ein Gedanke nicht ruhen. »Aber ich bin ein Mann. Heißt es nicht, dass auf der Drachenherz'schen Blutlinie Murguraks Flucht liegt? Was, wenn das neues Unglück mit sich bringt?«

»Kai, du machst dir unnötig Sorgen. Ich bin mir sicher, du musst dir nach dem Sieg über Morgoya um den Fluch keine Gedanken mehr machen. Außerdem bist du ein Kind des Unendlichen Lichts. Wer könnte den Schatten besser standhalten als du?«

Fi zwinkerte ihm zu. »Und jetzt komm. Du musst die Elfengesandtschaft Lunamons begrüßen, bevor das Krönungszeremoniell beginnt.«

Ach ja, die Krönung. Kai seufzte und wandte sich noch einmal der Büste Dystariels zu. Er wusste, was sie jetzt wohl zu ihm gesagt hätte. *Angst, Flamme?* Im Geiste hörte er sogar ihr spöttisches Reibeisenlachen. *Du bist ein Drachenherz. Also benimm dich auch wie einer.*

Kai streichelte sanft über ihre marmornes Profil und sein Blick erfasste den Schatten, den die Büste an die Wand warf. Darin huschten Lichtreflexe, die das Sonnenlicht hervorbrachte. Es wirkte, als würden Tag und Nacht dort weiter ihren ewigen Kampf austragen.

Doch heute kümmerte ihn das nicht.

Denn er war nicht nur ein Drachenherz, er war auch ein Kind des Unendlichen Lichts. Und in *seinen* Nächten strahlte von nun an ein Stern, wie er schöner nicht sein konnte.

Lächelnd drehte er sich wieder zu Fi um, schloss sie in seine Arme und küsste sie.

Thomas Finn wurde 1967 in Chicago geboren und lebt heute in Hamburg. Zunächst durchlief er eine Ausbildung zum Werbekaufmann und Diplom-Volkswirt. Bekannt und preisgekrönt wurde er als Mitautor des bekanntesten Fantasy-Rollenspiels *Das schwarze Auge*. Nach einigen Jahren als Lektor und Dramaturg arbeitet er heute hauptberuflich als Roman-, Spiele-, Theater- und Drehbuchautor. *Die Letzte Flamme* ist der dritte Teil der Trilogie *Die Chroniken der Nebelkriege*. Mehr unter *www.thomas-finn.de*